李琪遗像

聽春雷歡勤大野貽蒔翁舊

歲辰雄圖趁良辰美景同

心戮力堅持奮斗切莫等閒

踏革命翻方新郊皂迺設

里長征苦坦途噴古中華

好兒女浩令為之不為妝

1944年，肖静（前一）、康世恩（前二）、张永清（前三）、李琪（后一）等人在晋绥八分区。

1945年秋在关头，张雨（左一）、柳林（左二）、伍玉（尹尚之、左三）、洪涛（马俊芝：米建书夫人、右一）、李莉（怀中为李海文）、李海渊（前排左）、华国锋（前排右）在晋绥八分区。

1954年，李琪在中南海人大常委会办公室。

1950年，马列学院第一期学员合影，李琪（后排左三）、杨献珍（后排右三）。

1957年，张苏（左六）、武新宇（左五）、李琪等（中排右三）在中南海欢送苏联专家。

1959年，李琪（左三）与孙亚明（左一）、梁蔼然（左二）等参观密云水库。

1958 年，李琪（右二）陪同拉丁美洲代表团游颐和园。

1958 年，李琪（右五）在匈牙利参加法律研讨会。

1958年，毛主席接见拉丁美洲代表，李琪陪同。

1961年，李琪（左一）、李杏村（左二）、邓拓（左三）、廖沫沙（右二）、王宪（右一）在平谷海子水库。

1961年，张文松、范瑾、张大中、邓拓、李琪等在潭柘寺合影。（左起）

1961年，李琪（前排左一）、杨述（前排左二）、张大中（前右一）、宋硕（后排左）、罗青（后排右）在北京市委门前合影。

1965年，邓拓（右一）、李琪（中间）与蒙族作家玛拉沁夫合影。

1960 年，陈可大、史怀璧、李琪、李剑飞摄于昆明。（左起）

1962 年 10 月，彭冲（左四）、李琪（左三）率中苏文化友好代表团访问苏联。

1964年，周恩来、董必武、罗瑞卿等中央领导同志观看现代京剧《箭杆河边》，李琪（后排左三）。

1964 年，李琪与著名京剧艺术家马连良、赵燕侠合影。

1965 年，李琪与《芦荡火种》剧组合影，谭元寿（左一），赵燕侠（左三）。

1965年，毛主席由彭真、周扬、李琪（右一）等陪同观看革命现代观《沙家浜》。

1979年，程子华、贾庭三、武新宇、吴德、林乎加、郑天翔、冯基平参加李琪追悼会。

1979年，李琪亲属在追悼会。

1994年春节，李莉去看望彭真同志。

1951年，李琪和母亲、妹妹、弟弟在北京。

1965 年最后一张全家福。

"文革"后第一张全家福。

2002 年的全家福。

致力革命运动
功勋卓著
潜心法学研究
造诣甚深

怀念
李琪同志

张友渔　一九九〇年
七月十古

老黄牛

要象李琪同志那样
真无私坚持真理实了
求是富贵小能淫贫
贱小能移威武小能屈
是不真正的共产党人

为老战友李琪同志而辰书

辛未年初夏　华国锋

纪念李琪同志

要象李琪同志那样谦

而不舍终生不倦地学习

和宣传马列主义毛泽

东思想忠诚于党的了业

勤勤恳恳兢兢业业尽心尽力

地为党工作 甘当人民的

一身正气
两袖清风
二〇〇一年 池必卿

悼念李琪同志

莫道逶迤云好浪深莫云迟

家似沙鸥子淘万滤岂辛

苦吹辰狂沙坚到金

气刷为锦浪淘沙第八首

赵朴初

读马列为人民鞭笞

岑庠千古垂丹心

捍真理歼妖魅刚直

不辍一生捐大众

赵见
万此 敬赋

律季清閲

每上山心絞痛，唇發白，
更屬何如，翻小且備十羅，
這邊何如，一月，
達爲、催眠。

本是新聞舊夜間紙淪書
又樂何苦，最是隔後難後
顧火義懔然頃似有。

一九七九年三月九日之晨。

（印章）

将令十年运筹帷幄...

柳亚子先生...

古来三晋多俊杰憂國奋
起出奇士与君一見樂相知
抵掌縱横天下事文彩風
流思致遠酒酣四座驚谈吐
侠情肝膽聚良朋造物忌
才深毁誉平地風波旦夕
間料知賈禍因直語難明
心跡捨一身赤血忠魂昭凜
烈仁鶴谁呼丁令威歸然
老叟空追憶

懷念李琪同志長歌權當酒奠

張文松

一九九零年六月廿四日

西江月　懷念珙琪同志

半世紀前初會見　金玉年後
誠到神州大地　遭造劫漫漫
十載寺夜　且喜喜昭雪
沉竟　魑魅魍魎泯滅旭
日千起　起血雨歌壹宮慰
九泉忠到

歐陽山樵翁
辛酉年

為列盈遭鬥免
狂死
籃香征陽鴻
共產階族列
傳光明批
鳥明

敢于实事求是勇于面对真理怀念李琪同志

王照华书

前後筆文宣愧我不如總為

人民俱勞瘁

十年同謗蝎悲君先去敢揮

筆陣掃沉寃

楊述敬挽

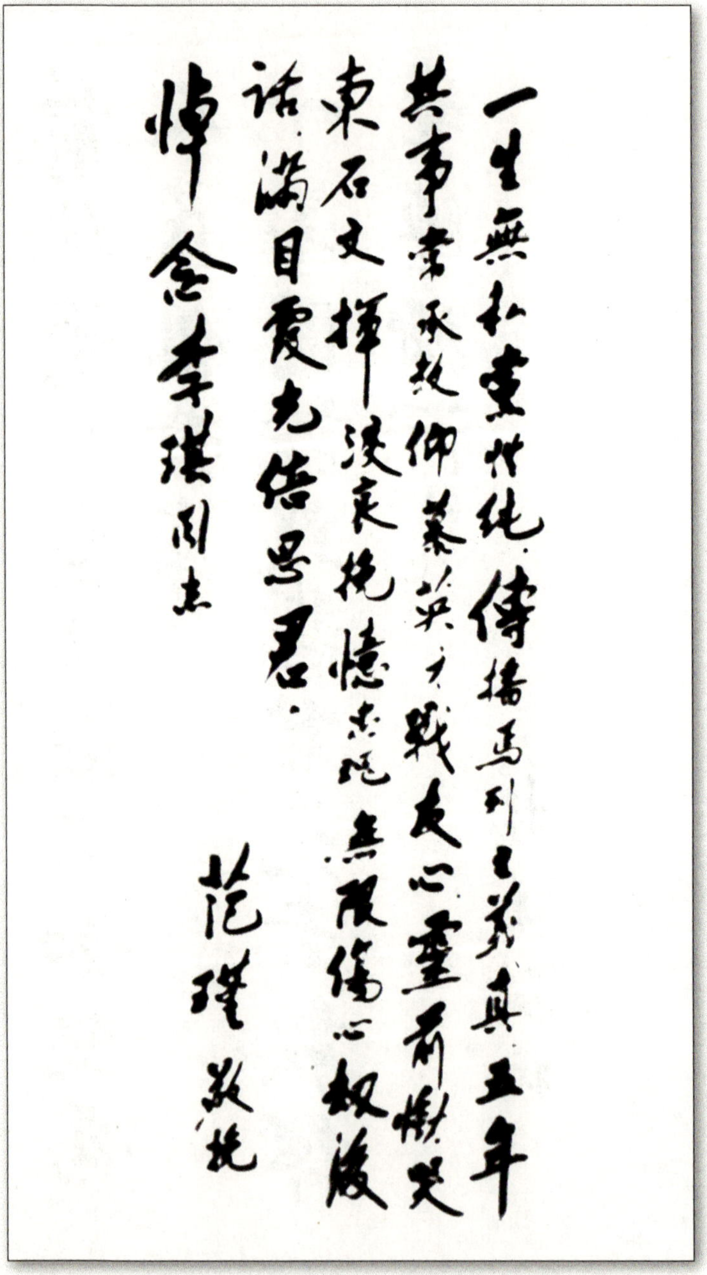

一生無私盡忠純，傳播馬列主義真，五年共事常承教，仰慕英才戰友心，靈前慟哭東石文，揮淚哀挽憶未[illegible]，無限傷心極度話，滿目霞光倍思君。

悼念李琪同志

范瑾敬挽

篤信笃行力行两论

革命一生赤胆忠心

对人对事爱憎分明

怀友继志奋往畬前

纪念李琦同志

一九九〇年青十春

王震

李琪同志从来勤奋工作，夜以继日，高标准严要求，密切联系群众，认真调查研究，把理论和实践具体结合起来

在不同的岗位上都做出了显著成绩。

李琪同志一切从人民利益出发，从不计较个人名利地位，与人为善，平易近人，廉洁奉公，艰苦朴素，始终保持着共产党人的本色。

李琪同志是我学习的榜样，他永远活在我心中

赵鹏飞 一九九〇年
六月十四日

宣传政策以育人才

风化雨

导文艺于正轨守

正持平

胡絜青　敬祝

不老诗，是凝聚在心头的几
句话，以赠给李琪同志

投笔从戎图救亡，
晋北山中露锋芒。
著书不为名和利，
探求真理寝食忘。
妖狐煽动迷去药，
沉着周旋不寻常。

狂风恶浪临头日，
署名东石写文章，
鹫闻玉碎身先去，
潸然城下湿衣裳。
魑魅魍魉现狰狞，
信党泰山石敢当。

张大中 一九九○年青廿日

忆李琪

李莉 编

九州出版社
JIUZHOUPRESS

图书在版编目（CIP）数据

忆李琪 / 李莉主编. -- 北京：九州出版社，
2017.7
　ISBN 978-7-5108-5736-2

　Ⅰ. ①忆… Ⅱ. ①李… Ⅲ. ①回忆录－中国－当代
Ⅳ. ①I251

中国版本图书馆CIP数据核字(2017)第183432号

忆李琪

作　者	李　莉　主编
出版发行	九州出版社
地　址	北京市西城区阜外大街甲 35 号 (100037)
发行电话	(010)68992190/3/5/6
网　址	www.jiuzhoupress.com
电子信箱	jiuzhou@jiuzhoupress.com
印　刷	北京九州迅驰传媒文化有限公司
开　本	787 毫米×1092 毫米　16 开
印　张	24.25
字　数	350 千字
版　次	2017 年 12 月第 1 版
印　次	2017 年 12 月第 1 次印刷
书　号	ISBN 978-7-5108-5736-2
定　价	68.00 元

目　录

一、在北京工作的日子

二、晋绥老同志的回忆

三、亲属的回忆

四、生平及传记

序

龚士其

这本怀念李琪的文集出版很有意义，它不仅寄托了人们对他的思念，还可以使人们全面了解他的为人和业绩，从而学到活生生的马克思主义。

我与李琪同龄，都生于1914年，我们于1948年秋同时入马列学院学习，是同班同学。在学习中，我和其他同学一样，对李琪的刻苦钻研、独立思考、注重理论在实际中的运用，颇为赞赏。我们于1951年毕业后，又都留在马列学院研究室从事教学与科研工作。共同的事业和共同的生活，使我们建立起深厚的友谊。

这本文集的文章是按照时间的次序编辑的，把它们联系起来看，就可以看到李琪成长的全过程，特别是他的几次重大的历史性的转变：

1937年，他为了寻找中国共产党，参加党领导下的抗日救亡运动，克服种种困难，奔赴延安，入陕北公学学习，并于1938年入党。从此，他由一个民主主义的爱国者转变为无产阶级的先锋战士，走上了革命的大道。1942年，他在山西晋绥地区参加"整风"学习，在深入学习文件的基础上，通过自我反思，着重清算了自己思想方法上的主观、片面，进一步树立了共产主义的世界观、人生观，提高了革命的自觉性。1948年，他入马列学院学习，从此由一个实际工作者转变为思想理论战线上的战士。1953年，他调到彭真办公室任政治秘书，1961年又调任中共北京市委常委、宣传部长，这是他思想上、政治上比较成熟，工作上更加出色的年代。

李琪思想政治上成熟的原因及其表现又是怎样的呢？

利剑出自磨砺。由长期的艰苦学习和实际锻炼所形成的才智，自整风以来一直奉行的实事求是的思想方法，加上中央负责同志的直接领导，使李琪的眼界开阔了，工作中的全局观点、战略意识增强了，思想认识能力也就自然而然地攀登上一个新的高峰。

李琪思想政治上的成熟，表现在他已学会运用马克思主义的立场、观点、方法，认识和处理实际问题，并取得预期的效果。

1953 年，他调到彭真办公室，后来在全国人大常委法律室从事我国法制建设工作，对他来说，这是异常陌生的事情。但他接受任务后，立即紧张地投入这一工作，他一面参加制订《刑法（草案）》等文件的起草工作，一面针对起草工作中的问题，阅读马克思主义关于国家和法的论著以及中外有关资料，发表了一批法制建设方面的论文，提出了不少有用的观点。他参与起草的《刑法（草案）》，为我国现行的《刑法》提供了坚实的基础。根据他在法学理论上的贡献，中国社会科学院法学研究所特聘请他为该所的研究员。

李琪在 1961 年被调到北京市委以来，接连三次遭到"左"的浪潮的冲击。这就是 1958 年刮起的浮夸风、共产风和瞎指挥风；1964 年江青到北京市搞的什么"京剧革命"，主张取消京剧的传统戏、历史戏；1966 年的"文化大革命"。李琪面对这一次次的严峻形势，不屈服于政治压力，"文革"中被迫害致死。

在此期间，李琪还尽可能为一些蒙冤受难的同志讲话，原中央党校校长杨献珍就是其中一个。杨献珍坚决反对 1958 年的"左"的错误，遭到康生陷害，被扣上一顶顶吓人的帽子。李琪得知这一情况后，立即向彭真汇报，到 1962 年，终于在中央的直接干预下，使杨献珍的冤案一度得到昭雪。

从以上远非完全的叙述来看，李琪的一生，是寻求真理、捍卫真理的一生，这是他遗留给我们的宝贵财富。我们要十分珍惜它、认真地学习它。

2001 年 8 月 16 日

李琪简历

邓可因 柳晓明

李琪，原名沈乃挺，1914 年 10 月 30 日出生于山西猗氏县（今临猗县）。小时家境贫寒，只念过五年私塾，14 岁时又背井离乡，到天津银号里当学徒。由于军阀混战，几经失业，流落西安。他生活极为艰苦，仍然坚持自学。日本帝国主义侵占我东三省后，他满腔义愤，在"七七"事变后，找到西安八路军办事处要求参军抗日，经林伯渠介绍，于 1937 年 11 月 17 日到云阳青训班学习。在漫漫长夜中，李琪艰苦求索，终于踏上了一条通向真理的光明大道。他极为兴奋地赋诗一首："华夏男儿志气豪，胸中猛气贯云高。读书唯爱英雄史，壮志常怀烈士操。家贫难增堂上喜，时穷每使仰天号。愿为定远投军去，杀尽日寇添海涛。"两个月学习结束后，李琪以优异成绩考入陕北公学，到达延安。1938 年 4 月，在延安加入中国共产党。不久，他调离公学，被派往晋西北敌后工作。

李琪在抗日战争和解放战争的年代，长期在晋绥边区八分区敌后，先在一二〇师王邦秀领导的清太敌区工作团任第三队队长，兼中共清原县三区区委书记，后任汾阳二区区长、汾阳县佐、八地委和吕梁区党委宣传科长、七地委宣传部长等职。敌占区斗争十分残酷，李琪出生入死同敌人周旋，曾多次被敌人追捕，都在群众巧妙掩护下化险为夷。1941 年 10 月 20 日，李琪到清太敌占区工作时，在徐沟县不幸被捕，后经组织营救获释。但李琪刚出狱，走到城门口，不料又遇到敌独立队特务，被叛徒认出，再度被捕。在狱中，他说服了一名看守他的伪兵弃暗投明。一天夜间，他和这位看守各背一枝长枪越墙逃出，安全返回地委。

1949 年 1 月，李琪到马列学院（中共中央高级党校前身）学习。在学习期间，他对马克思主义关于民族问题的理论作了较系统的研究。1953年中国青年出版社出版了他的《斯大林关于殖民地问题的理论》一书，集中反映了他研究民族问题的成果。他对哲学研究也有浓厚的兴趣。1951年2月写了《王充哲学著作及其他》。学习结业后，李琪被马列学院留任，做中共党史的教学工作，而他自己更热衷于对哲学的研究。

1951年至1952年，他在北京大学哲学系讲授哲学，先后写了《学习马克思列宁主义的应有认识》和《谈谈学习历史唯物论》；为纪念马克思诞生135周年，他写了《马克思主义哲学的产生是哲学发展史上的伟大革命》。当时毛泽东的哲学著作《实践论》《矛盾论》相继发表。李琪于1953年出版了《〈实践论〉解释》、1956年出版了《〈矛盾论〉解说》。这两本著作，对《实践论》和《矛盾论》作了理论联系实际、深入浅出的阐述，全国累计发行50余万册。后来，日本朋友又把这两本著作译成日文在日本发行。

1953年9月，因工作需要，李琪到彭真办公室任政治秘书。先后参加人民法院组织法、人民检察院组织法的起草工作，担任过政务院政法委员会研究室副主任，全国人大常委会法律室副主任、主任。1955年，根据彭真指示，李琪专职协助全国人大常委会副秘书长武新宇主持起草中华人民共和国刑法。接受这一新的任务后，李琪潜心于法学，特别是刑法理论的研究。他博览我国历代和各国的刑法典，吸取其中有益的经验。1957年，"刑法"先后修改22稿。可惜，由于"左倾"错误的影响，反右派运动以后，中断了刑法的起草工作。直到22年以后，粉碎了林彪、江青反革命集团，全国人大常委会才正式制定出新中国第一部刑法。这部刑法就是以李琪参与起草的"草案"为基础的。

1961年初，李琪奉调到中共北京市委任常委兼宣传部长，他针对"三面红旗"中出现的问题大力宣传按客观规律办事，反对主观唯心主义。他的这一思想集中地反映在1961年为北京经济学会所作《经济规律的客观性》的报告里。在这个报告里，他批判了"人有多大胆，地有多大产""只要想得到，就能做得到"等唯心主义的"左"倾错误的口号，强调要调查研究，谦虚谨慎，使主观能符合客观规律。他还针对当时不断改变生产关系、否认生产关系在一定时期需要稳定的错误，在报告中着重阐述了马克思主义关于生产关系要适应生产力性质的规律；针对当时"大办钢铁""大办农业"不顾国民经济需要按比例发展的错误，着重阐述了国民经济的发展要服从有计划按比例发展的观点。在报告中，李琪还提出，在社会主义建设中，正确处理商品生产和价值规律，具有重要意义。李琪任宣传部长后，曾主管过一段北京市的文艺工作，尽管时间不长，但给大家留下了很深的印象。李琪本身就爱读古书，爱读文艺作品，常写写旧体诗词；他喜爱戏曲，还常常哼唱几句山西梆子。这些特点对他领导文艺工作起了不小作用。他在贯彻党的文艺方针政策中，即坚持原则性，又注重灵活性。他坚持文艺的"二为"和"二存"方针，一再提醒大家，文艺革命既要积极，又要慎重，"文艺革命两点论，一要紧，二要稳，同时要准备反复"。他对文艺在全面工作中的位置有清醒的认识，指出："文艺任何时候都不能离开生产水平。""只搞阶级斗争不搞生产斗争会没饭吃的。"他关心文艺事业的发展，切实为作家创造条件，使他们深入生活，反映现实。他经常阅读一些作家的作品，并提出修改意见，还经常登门拜访作家，与他们促膝谈心。草明刚从东北调来北京，李琪就去看望，表示对她的欢迎和期冀。李琪到老舍家，听老舍谈青年作家写作情况和问题；到曹禺家，谈戏剧事业的发展。管桦的二儿子患了脑炎，李琪亲自为他联系医院治病。管桦每忆及此事，都不由得赞叹："多么好的领导啊！"

1963 年，江青打着"戏剧革命"的旗号，到北京来搞所谓"调查研究"。江青的到来，使李琪不得不把他的工作重点主要放在了戏剧，特别是京剧方面。由于江青的特殊身份，李琪给她以应有的礼遇。但江青在文艺上推行的是一条极左路线，作风上俨然像一个专横跋扈的霸主，使李琪一步步看清了江青究竟是个什么人，矛盾也越来越激化了。

1963 年，北京京剧团根据沪剧《芦荡火种》改编的京剧《地下联络员》投入排练。李琪根据彭真的意见，亲自领导了这次艺术实践。他充分发挥艺术人员的作用，集思广益，博采众长。要求京剧这个古老剧种排演现代戏既要有剧种特色，又要有时代风貌。1963 年 12 月，京剧《地下联络员》排练完成，定于 12 月某日正式上演，头三场的票已经售出。头天晚上，江青来看彩排，当场没有表示意见。回去后立即打电话来，对这个戏横加挑剔，不许上演。于是已经售满的三场戏只好退票。本来，一出新排的戏不可能尽善尽美，有缺点可以不断加工提高。但江青却来了个"突然袭击"，显然是有意给北京市委一个"下马威"，以炫耀她的权势。

根据江青意见，剧名恢复为《芦荡火种》，进行修改加工。她把北京京剧团作为她的"实验田"，对戏的修改指指点点，颐指气使，说一不二。可惜的是，她出的有些主意并不高明，比如去掉了很有戏剧性也很受观众欢迎的"二荣馆"一场和刁小三去芦荡等情节，李琪就不赞成，认为改得"没戏了"。他还向有关同志说，对江青的话"也不一定都听"，说"江青更年期，脾气不好，好猜疑"，认为江青"管得太细，过于具体，有些意见提出来就不好办"。他对江青的横行霸道根本不买账。江青多次找他开会、看戏，他都尽量推托。据他的秘书回忆，有一次江青给他来电话，两人为了什么事情僵持不下，他显得很不耐烦，屡次要挂电话，江青不让挂，就这样一直争执，僵持了一个多小时。另一次江青通知李琪到北京京剧团去看戏，李以晚上要参加常委会为托词，请另外一位同志去应付，他则设法躲开了。

江青打着"京剧改革"的旗号，搞的是一套地地道道的极左的文化专制主义；李琪则针锋相对地提出了一系列实事求是的正确主张。

关于艺术革新。李琪多次强调，古老剧种的改革要保留剧种特点，"不要赶浪头，不要急躁"。1964年10月，他在一次艺术单位负责人会议上强调："戏曲音乐一定要在原有基础上发展，脱离了原来的基础就会脱离群众。音乐唱腔必须发展，但不要急，不要人为。失去了剧种特点，等于宣布这个剧种取消，百花齐放就不存在了。"《北京日报》于1964年1月举办关于京剧改革的专题讨论，根据李琪的意见提出了京剧改革的"两条矫正线，一个出发点"。"两条矫正线"即从右的方面反对"绝对分工论"，从左的方面反对"话剧加唱"；"一个出发点"就是要求既是现代戏，又是京剧。这"两条矫正线"和"一个出发点"为京剧改革指出了正确的方向。在当时的情况下，能够提出这样实事求是的原则，是难能可贵的。

关于剧目方针。江青对丰富的戏曲遗产采取民族虚无主义态度，扭捏作态地说什么"我是和传统戏决绝了"，"我的试验田不能演传统戏，要是演传统戏，我就不要（这个团）了"。她还指责"北京市委有人对传统戏很感兴趣"。在这种极左空气下，历史戏已绝迹于舞台。李琪不赞成这种百花凋敝、一花独放的政策。在 1963 年 12 月 14 日《北京日报》发表的社论《让现代戏之花盛开》中，有一段话是李琪特别嘱咐加进去的，即："演现代戏光荣，演优秀的历史戏同样是光荣的……过去的艺术实践证明，凡是经过认真推陈出新的传统剧目，或用新的观点来编写的优秀历史剧目，同样能很好地为今天广大人民服务。"后来李琪曾向一些同志说，江青看了这篇社论后，很不满意，认为是表面上拥护京剧革命，实际上反对京剧革命的。江青的信口雌黄吓不住人，因为李琪所搞的恰恰不是贴上了"江氏"标记的京剧革命。1964 年 8 月，李琪在市委召开的文艺工作会议上，又一次针对性地提出："我们主要应该演现代戏，历史戏也可以演一些，好的外国戏也可以演。有的同志说要百分之百地演现代戏，我看不要这样提，说绝了，将来又会走向反面……历史戏不能完全不演，特别是京、昆、梆，过去长期是演历史戏的，其中有些戏还是群众喜欢的。"他让市文化局开列一百出京剧历史剧目清单，并于 1965 年 1 月向中宣部写报告，提出要公演一些新编历史戏和传统戏（在当时情况下，这份报告只写了草稿，未能发出）。

关于北昆的存亡。昆曲是中国的一个古老的剧种，它有着优美的表演艺术和丰富的传统剧目。但是，从 1964 年 10 月开始，江青向北京唯一的一个演出昆曲的剧院——北京昆曲剧院开刀了。她先是向北京市委提出，把北方昆曲剧院并入北京京剧团，成立一个京昆队，后来索性提出要取消这个剧院，而且让北京剧团到北方昆曲剧院去挑演员，要挑"北昆"的年轻武功演员去演《沙家浜》里的新四军。对这种做法，市委和文化局领导是不赞成的，剧院的领导和老艺人也很抵触。李琪曾在市委宣传部编辑出版的内部刊物《文艺战讯》上反映剧院的意见，认为"搞京昆队不合适"。1965 年 6 月，他又写了《关于北方昆曲剧院准备改为"北京昆剧歌剧团"的请示》，目的都是为了把这个剧院和这个剧种保留下来。但是由于江青的一意孤行，北方昆曲剧院还是不得不撤销。直到"文革"结束后，才恢复了建制。

关于对待名演员的政策。北京是京剧的发源地，也是京剧名演员荟萃之地。李琪很关心这批名演员，把他们看作党和国家的财富，创造各种条件使他们各显其能，在他们有困难的时候帮助他们。1965 年春，江青让北京京剧团《红岩》剧组到重庆渣滓洞体验生活，赵燕侠到重庆后，因全身水肿，请假回北京。江青知道后，大为恼火。李琪找赵谈话，了解到她确实有病，便在《文艺战讯》上反映了这一情况。不久，又在《文艺战讯》上特意写了几句："赵燕侠因患肾盂肾炎，剧团根据医生的意见，让她休息二到三个月……"他以这种方式顶住了江青的淫威，保护了赵燕侠。名演员马连良、张君秋、裘盛戎等拿手的传统戏、历史戏都被江青的一句话而禁演，对他们提出的排演现代戏的要求江青一概不许。若照她的指令办，这些为观众所熟悉和欢迎的老演员只有绝迹于舞台了。李琪反对这样做，他认为不应该剥夺老演员的艺术生命。他几次强调"对裘盛戎等老演员还是积极帮助他们排出戏来"。他不顾江青不许"男旦"演现代戏的戒律，支持张君秋排演了《芦荡火种》，还支持马连良、张君秋、裘盛戎等排演了《年年有余》《雪花飘》等现代戏。1966 年 2 月，李琪在写给江青的信中，提出：市委的意见是，这些老演员"除了在戏校教戏外，也还可演一些他们能演的革命现代戏和可能允许演的老戏"。

就这样，李琪和江青之间的矛盾愈演愈烈。江青对人一向采取又打又拉的两手策略，她一方面怒气冲冲地说"李琪骄傲自大"，"眼里没有我"；另一方面又别有用心地向李琪攻击北京市委，妄图拉拢李琪为她所用。这种种，使李琪更加认清了江青的真面目，再也压抑不住对她的不满和厌恶，甚至在周围同志面前，也不掩饰自己的这种情绪。1965 年 5 月，江青以谈工作为名，把李琪叫到上海。但李琪去后，江青根本不露面，只让张春桥从中传话。李琪一怒之下，拂袖而归。他气愤地对人说：我这个人是宁折不弯，我这个宣传部长又不是只管文艺的，把我叫去，两个多礼拜不见，真是岂有此理！其后，江青又两次叫李琪到上海。1966 年 2 月，李琪第三次去上海见过江青回京后，愤然提笔写信给彭真，控诉江青"像皇太后"，"比西太后还坏"，"主观武断、简单粗暴，像奴隶主对待奴隶一样地对待我"。不久，他又对北京市委的一位常委说："江青品质极为恶劣，作风霸道，不赞成她，不跟她走，一定会遭受打击报复。北京市委一定会被改组。"还对妻子李莉说："江青如此胡来，我总有坐牢、杀头的一天，你思想要有准备。"他已经意识到这是一场殊死的斗争了。

千淘万漉，终显真金。

这时，十年浩劫的序幕已经拉开。1965 年底，由江青幕后指挥，姚文元在上海《文汇报》上抛出《评新编历史剧〈海瑞罢官〉》一文，拿吴晗开了刀。《北京日报》没有转载，上海又出小册子。当北京市新华书店向李琪汇报说上海来电话问北京是否购这本小册子时，李琪气愤地说："这不是强人所难吗！批我们的副市长，还让我们订购。"他和邓拓、范瑾一起分析形势，他估计，这次批判一定是江青在上海发动的，不然，上海不敢对北京的一名副市长进行批判。他们都认为批评北京的副市长，又不向北京打招呼，这是有意将北京的军。李琪在市委工作会议的文化宣传新闻出版小组会上一再强调："吴晗在民主革命时期是左派，反右时也是左派。"并亲自到北京日报社，叮嘱他们："批判吴晗主要从学术方面搞，先从历史人物评价问题着手比较好。"他亲自写了《评吴晗同志的历史观》一文，以"李东石"的笔名发表在 1966 年 1 月 8 日的《北京日报》，明确表示了这一态度，公开反对对吴晗的诬陷。他还亲自找北京京剧团的同志了解情况，并发表了在《北京京剧团谈关于〈海瑞罢官〉剧本写作和排演的经过》。他说编印这一期《文艺战讯》的目的是送给江青、康生看的，是为了证明吴晗不是反党的。1966 年 2 月，他在宣传部全体干部会上激动地拍着桌子说："嘉靖皇帝那么残暴，有些宰相进谏，一句话不中他意，就被乱棍打死。而海瑞不顾个人生死，敢于上疏骂皇帝，这种为国家不畏生死的精神是可贵的。我们今天有一些共产党员还不如明代的海瑞。"他并指出姚文元的文章"简单化，不是一分二"，"对历史人物，破容易，立就难了。别看姚文元写了批判文章，要让他写出正确评价海瑞的文章，就不那么容易了"，"指出别人脸上有麻子是容易的，但要让你治好别人的麻子，就不容易了"。在阴云当头的时刻，李琪同志的这番话说得多么痛快淋漓啊！

阴风一阵紧一阵，5 月 16 日，《人民日报》公开点名批判李琪。但他处变不惊，就在这一天，还找市文联的同志一起研究《北京文艺》的工作，他告诉他们，"今天报上点了我的名"，并坦然地说："只要不撤我的职，不停我的工作，我就要坚守工作岗位。"接着，戚本禹又在《红旗》杂志上点名批评他，给李东石的文章扣上种种莫须有的罪名。这真是一个人妖颠倒的时刻！熟悉李琪的人都知道，他有一颗多么善良的心！他一方面是位"刚正不阿"的勇士，另一方面，他的容貌举止、待人接物，无不给人以"忠厚长者"的印象。此时，善受到蹂躏，美遭到践踏，这位"忠厚长者"不但受到邪恶者的恶意攻击，还经常遭到批斗，甚至辱骂和殴打。妻子被隔离审查，子女也受到株连。但李琪始终是头脑清醒、心胸坦荡的。他觉察到幕后弄权者正是江青。联想到这两年多自己同江青的纠葛，更感到问题的复杂性。他说："我同江青在工作中有分歧，有不同意见，我究竟犯了什么错误？""报纸上点名批判我包庇了一位历史学家，历史将证明这位历史学家是不是犯了错误。""我没有做过任何对不起党、对不起人民、对不起毛主席的事，相信总有一天会弄清楚我的问题。""在这个特殊情况下，正是考验我的时候，我更要实事求是，坚持真理。"

1966 年 7 月 10 日，李琪告别了人间，以身殉职，他在人生之途走了 51 个春秋。他是爱这个世界的，他是爱他为之奋斗了数十年的社会主义、共产主义事业的，他是爱他的妻子和儿女的。但是他终于诀别了他们，以死表示了对江青为代表的那股邪恶势力的抗争，表示了一个坚定的、真正的共产党员"宁折不弯"的钢筋铁骨。他在给妻子的遗书里说："历史将证明我是无罪的！"告诫子女"要做正直的革命者"。

"莫道谗言如浪深，莫言迁客似沙沉。千淘万漉虽辛苦，吹尽狂沙始到金。"曾和李琪同遭磨难的廖沫沙抄录了刘禹锡的这首《浪淘沙》来悼念李琪。历史是最公正的见证人。如今，经过时间的淘漉，吹去狂沙，显出真金。李琪耿耿丹心、铮铮铁骨的浩然正气在人们心中长存。

一、在北京工作的日子

悼战友李琪同志

郑天翔

　　李琪同志忽然离我们而去，24 年了。1964 年春，江青打着"京剧革命"的旗号来到北京，彭真、洁清、刘仁同志在彭真同志住处接待她，我也在场。江青传达了毛主席对市委同志的问候，她还转告说，毛主席说了，北京的工作很好，并说她想对"京剧革命"进行一些调查研究。彭真、刘仁同志对她来搞京剧改革表示了欢迎。江青离去后，彭真、刘仁同志和我研究，由李琪同志跟江青联系。之后，彭真同志找李琪同志做了具体安排。那时，对于江青的人品，我、李琪、刘仁甚至彭真同志都不了解。京剧改革是党的一项事业，我们自然会认真对待。几天后，李琪同志安排京剧团在长安剧院演出，请江青观看。刘仁、李琪和我以及文化局的一位同志陪她看戏。中间休息时，江青说："你们看，演旧剧目，观众就走了，演新剧目时，观众就多了。"这真是睁着眼睛胡说，我们当时听了都为之一惊，但又不便多说。其实，那天既有现代戏，也有传统剧目，都很受观众的欢迎，并不像江青说的那样。休息以后，刘仁同志先走了，我硬着头皮陪下来。而这以后，就只有李琪一个人负责同江青联系了。时隔不久，彭真同志找刘仁同志和我说，江青向他抗议了，说你们这位宣传部长真厉害，不准我发言。我们说，李琪不会那样呀。找李琪问，原来是江青唯我独尊，唯我独革，不准李琪说话。以后的情况越来越严重了，但是李琪还得陪着江青搞"京剧革命"。

　　我们还以为，在工作中总会有不同意见，开诚布公地交换意见是正常的，哪里知道江青已在上海纠集张春桥、姚文元等一批阴谋家，在康生的指点下准备对北京市委发难了，更没有想到这就叫"针插不进，水泼不进"，招来杀身之祸、解散之果和牢狱之灾。对于"文革"那样的声势，那样的结果，李琪、邓拓他们是不会想到的。李琪在与江青打了一段交道之后，已经感到会灾祸临头，作为一名共产党员，他是欣然执行党的任务，无反顾而且难反顾，他就是那样一往无前，完全没有考虑个人得失。因此，他成了北京市第一批殉难者。

李琪同志担任市委宣传部长，对自己主管的工作抓得很紧，对全局工作也抓得很紧。为了4月16日的《北京日报》按语，他和其他几位同志昼夜工作，反复修改。市委书记处在刘仁同志主持下开会，研究所谓"三家村"的问题以及"北京市委包庇坏人"的问题，李琪都参加了。市委的处境很难，大家都搞不清楚究竟发生了什么问题。彭真同志的处境也很难。4月16日以后，我们已无法跟他见面，直到4月底他从杭州开会回来见了一面，再以后就是在监狱中放风时相见了。刘仁同志有病，但在那个关键时刻不能不出来主持工作。到5月初，我们的处境就更难了。我和刘仁同志开中央政治局扩大会议后同车回来，我在他那里坐了好一阵，谈了些会上的事情，但经常是相对无言。由于我在刘仁同志生病休息期间主持过市委的日常工作，便成了某些人攻击的目标，并用攻击我来攻击彭真、刘仁同志。当时的情况是动辄得咎，不言不语也得咎。我不得不在刘仁同志主持的一次市委书记处上，请求不再主持日常工作。李琪的处境也很难，他处在矛盾的风口上，怎么也不好办，这我当时就意识到了。

从4月16号到"五·一"这段时间，北京市委遭到巨大的压力，我们真是感到度日如年，我几乎天天跟李琪、项子明在一起谈论、猜测。1966年11月间，我们从"反修堡"被押回，我和刘仁同志等人在北京钢厂劳动，从柴川若同志那里我得知李琪已去。

历史有其不以人们意志为转移的规律，毛泽东同志以"反修防修"为出发点发动了这场"革命"，但是他把党内形势估计错了，使得党内的野心家和投机分子能够得逞。北京的红卫兵率先抄家打人行凶，李琪和其他一些同志便成了十年动乱中第一批牺牲者。在一个多月的时间里，北京市死于受迫害的负责同志即有十余人。那些党内的阴谋家、野心家以及见风使舵浑水摸鱼之徒，给国家和人民造成了深重的灾难。对于毛主席在中国革命和社会主义建设事业中的伟大功勋，任何时候都不应当否定。他在一些问题上，如"总路线""大跃进""人民公社",以及后来发动"文化大革命",犯有重大的错误,应持分析态度,作出恰当的评价。在我们纪念李琪同志逝世二十四周年的时候,对毛主席采取实事求是的态度,李琪有灵,想必有同感。

下个世纪的 20 年代、30 年代、40 年代,中国和世界将会发生什么事情?中国人民将会面临什么样的挑战和严酷的考验?我们的子孙后代能否像他们的前辈那样在任何艰难的条件下都不屈地努力,将革命进行到底?如果能,那么李琪和已为这个事业逝去的人们就可以含笑九泉了。

1990 年 6 月 4 日

《李琪文集》序

郑天翔

在战争年代，李琪同志是在敌后抗日斗争的烽火中走过来的。他曾在晋中地区多次深入敌后参加了顽强的游击战争。在全国解放前夕，由党组织推荐，李琪同志到平山考入中央马列学院（中央党校前身）学习，从此他转上理论工作战线，党校毕业后，留任研究员、党史教研室副主任。曾在北京大学哲学系兼课。1953 年 9 月，在党中央提出加强我国的社会主义法制建设时，李琪同志又奉调研究法律问题。第一次全国人民代表大会召开后，任全国人大常委会法律室副主任、主任，参加起草我国的《刑法》。1961 年 1 月，又奉调到中共北京市委任市委常委兼宣传部长，直至 1966 年 7 月 10 日以身殉职。他是十年动乱中北京市委最早含冤去世的领导干部之一。他是一个具有马列主义理论修养的实干家。

现在，在临近李琪同志含冤去世十八周年之际，经过他的夫人李莉同志及其孩子们的努力，得到范若愚、龚土其、项淳一、顾昂然、高西江、李筠、张梦庚诸同志的帮助和张大中、叶佐英同志以及北京出版社、北京档案馆的支持，李琪文集出版了。这对李琪同志是最好的纪念，同时，也不仅仅是为了纪念。

李琪同志出身于山西猗氏县（今临猗县）一个贫寒家庭。只上过五年私塾，十四岁外出谋生，先在天津的几家银号里当了四年学徒，后又流落到西安一家纺织厂当一名小职员。旧社会的学徒生涯，现时六十往上的人大都是知道的。李琪同志的文化、政治、历史知识的基础就是在那样的境遇中，靠着他刻苦自学得来的。他是一个自强不息，好学不倦，敢于向他不熟悉的领域顽强进军的实干家。正是这种实干苦干的劲头，诚实的劳动，使他在实际工作方面和理论研究方面，在理论与实际的结合方面，取得了成就。在敌后的险恶环境中，他实干苦干，发动群众，依靠群众，致使日寇竟出三万元的高价买他的头。党调他从事马克思主义的学习和研究，他仍然是实干苦干。当五十年代全党开展学习毛泽东同志的哲学著作《实践论》和《矛盾论》时，他先后写出了《〈实践论〉解释》和《〈矛盾论〉浅说》，辅导同志们加深对于经典著作的理解。这两本书，在"文化大革命"前累计各发行五十万册以上。后来，由日本友人译成日文。前者由骏台出版社出版了，后者受十年内乱的影响，也不知印成了没有。李琪同志先后为日译本写了序言。这些，都收入本文集。此外，山西人民出版社还将这两本书单独再版。

李琪同志学习、研究、探讨的领域是多方面的，又是旗帜鲜明地密切联系实际的。

在我国，摆脱旧法和旧法学观点，以马列主义、毛泽东思想为指针，起草一部社会主义的符合中国国情的具有中国特色的刑法，是一项需要进行创造性劳动的任务，李琪同志积极参加了这项他不熟悉的创造性劳动。他以一贯的实干精神，解放思想，大胆探求，一边工作，一边学习，把他的学习所得具体地应用于刑法的起草工作，并写了一批论文，阐明他的观点。这个文集里收集了几篇。京剧改革，对李琪同志来说，又是一个新课题。他依然用他那股实干苦干的劲头，大胆地投入了这场复杂的斗争。他一边从理论上进行探讨，一边同著名的表演艺术家和负责文艺领导工作的同志一起，在实践中摸索，总结经验，取得了成绩。他对这项改革发表的意见，也收在这个集子里。在"大跃进"中间及其后，他论述了经济规律的客观性以及马克思主义者对待暂时困难的态度。当反革命小丑张春桥用极左的面貌否定各尽所能、按劳分配的原则时，他针锋相对地给以驳斥。这些勇敢的论述，在这个文集里都有反映。他的这种实干、苦干、理论密切联系实际的品格，使他始终保持革命者的朝气和锐气，使他领导下的工作朝气蓬勃。

对于收在这个文集中的论文，从马克思主义理论角度给以评述，非我力所能及。我只能说，这是一个正直的共产党员诚实劳动的成果。这种诚实的劳动态度，对于我们年轻的一代是宝贵的。范若愚同志在重印李琪同志的两本哲学著述的序言中写道："在我们看来李琪同志的这两本著作并不是完美无缺的"，"特别是由于历史的变化和发展，在今天看来，写于五十年代的这两本书不可避免要有这样或那样的缺点和错误。其中有的是和当时的情况密切相关，作者不可能超脱总的形势。像这种染有时代色彩的问题，并不单是李琪同志一个人的问题。至于学术理论上的问题，我们历来提倡百花齐放、百家争鸣的方针"。这段话，对这个文集中的其他论文，也是适用的。李琪若在世，他决不会迷信那个"百分之百"的神话，会进行一些修改和补充的。

李琪同志是一个敢于实事求是的人。当江青、张春桥、姚文元一伙阴谋策划，抛出"批判"吴晗同志的《海瑞罢官》的反革命檄文，而林彪、江青反革命集团顾问康生又竭力呼啸，从政治上无限上纲，必欲置吴晗同志于死地时，李琪同志发表了只从历史观的学术领域内进行讨论的文章。当林彪、江青、康生以及恶棍戚本禹之流，以攻打"三家村"为大突破口，兵刃直指北京市委及其主要领导同志时，李琪同志敢冒锋矢，表示邓拓、吴晗、廖沫沙三同志的"问题"都是人民内部矛盾，不是敌我矛盾。当林彪、江青一伙发动了对北京市的狂轰滥炸时，李琪同志身陷重围，朝不虑夕，他"相信总有一天会弄清楚我的问题"。敢于实事求是，是一种高尚的品德，是共产党员党性最根本的要求。这说起来容易，做起来并不简单，李琪同志学习了马克思主义的哲学，钻研并通俗地解释了毛泽东思想的精髓——实事求是。他更身体力行，用自己的生命实践了这个精髓——实事求是。

在 1979 年 6 月 8 日给李琪同志开追悼会的时候，我曾经写过几句话，其中有两句："最爱临险难后顾，大义凛然斥江青。"我想说的是李琪同志忠于职守，为党和人民的利益，"敢向悬崖攀绝峰"的高尚品格。李琪同志一生中经历的最严重的关头，一次是在晋中敌后之敌后出生入死的斗争。日寇捉住了他，却被他带着看守以及看守的枪跑了。这一回，日本法西斯强盗是输了。另一次就是跟江青打交道。1964 年春，江青打着"京剧革命"的旗号，驾临北京。当时北京市委对她是尊重的。根据市委的决定，李琪同志跟江青一起搞京剧"革命"。但是，时隔不久，江青就大声叫嚷：李琪"骄傲自大"，"眼里没有我"，"不听我的"。原来，这个人品低下、行为奸诈的女人，并不是搞什么京剧革命，而是要君临天下，称王称霸。她要在北京的戏剧界为所欲为，统率一切，指挥一切。李琪同志坚持党的原则，坚持党的文艺政策，对江青的那些恶行不与苟同。随着时间的推移，他已经看出"江青如此胡来，我总有坐牢杀头的一天"。同志们也看明白了。他义无反顾，一面愤怒地控诉江青"像奴隶主对待奴隶一样地对待我"，一面视死如归地继续斗争。江青辱骂整个京剧界，下令几位著名的京剧表演艺术家不得演戏，命令什么剧团只准演什么、不准演什么，凶相毕露，杀气腾腾。李琪同志根据党的政策和市委的指示，站在第一线进行斗争，对江青的狂叫一一给予驳斥和抵制。于是江青就血口喷党："北京市委是大北京主义，不听党的话。"李琪同志以身殉职了。李琪同志的战友刘仁、邓拓、吴晗、吴子牧等许多同志先后含冤离开了人间。但是，这一回，也绝不是林彪、江青反革命集团的胜利。

马克思热烈地赞美冲天的巴黎人，大声斥责那伙血洗巴黎公社的刽子手和小丑："工人的巴黎及其公社将永远作为新社会的光辉先驱受人敬仰。它的英烈们已永远铭记在工人阶级的伟大心坎里。那些杀害它的刽子手们已经被历史永远钉在耻辱柱上，不论他们的教士们怎样祷告也不能把他们解脱。"

正如刘少奇同志那句名言："毕竟，历史是由人民来写的。"伟大的中国人民不仅把颠倒了的历史颠倒过来了，而且，在党的领导下，正在创造新的历史，航向已拨正，航道越走越宽，航速将越来越快。从来就没有笔直的航线。还免不了要跟急流、险滩、恶浪、暗礁进行搏斗。但是，任何力量都无法阻拦中国人民向着革命的先驱者、勇士们为之牺牲奋斗的光辉灿烂的目标胜利前进，中国人民正在全面开创社会主义建设的新局面。

在这个春光明媚的时节，我热烈祝贺李琪文集的出版。

李琪同志永远活在我心中

赵鹏飞

我和李琪同志在一起工作多年，特别是在彭真同志办公室工作期间，朝夕相处，志同道合，结下了深厚的友谊。在他辞世 24 周年之际，引起了我对他无限的思念。

李琪同志有坚定的共产主义信念和全心全意为人民服务的思想，是一个高尚的人、有学问的人、对党的路线方针政策有深刻理解的人，是始终保持党的优良传统作风的人。

李琪同志敢于坚持真理，刚直不阿，不畏强暴，历经艰险，视死如归，宁死不屈。

李琪同志一生好学不倦，知识渊博。参加革命以后，在党的培养下，他倾注了全部心血，学习、研究和宣传马克思列宁主义、毛泽东思想，成为优秀的理论工作者。

李琪同志熟悉党的历史，能够正确执行党的路线方针政策，明辨是非，抵制"左"的或右的思想影响，防止一种倾向掩盖另一种倾向。

李琪同志勤奋工作，夜以继日，高标准，严要求，密切联系群众，认真调查研究，把理论和实践具体结合起来，在不同的岗位上都做出了显著成绩。

李琪同志一切从人民利益出发，从不计较个人名利地位，与人为善，平易近人，廉洁奉公，艰苦朴素，始终保持着共产党员的本色。

李琪同志永远活在我心中。

1990 年 6 月 14 日

忆李琪

项淳一

　　回忆 37 年前，李琪同志自马列学院调来彭真同志办公室担任彭真同志的政治秘书，自此以后，李琪同志就成为我的良师益友。以后多年，在共同帮助彭真同志起草重要讲话过程中，在起草《法院组织法》《检察院组织法》以及《刑法（草案）》的过程中，在探讨"真理有没有阶级性""法律的继承性"等理论问题时，以及日常交换对各种问题的看法时，我深刻体会到了李琪同志高度的理论修养，平等待人的民主作风，实事求是、谦虚好学的学风。对各种问题，他常有独特的见解，不论在领导同志面前，还是对我们年青后辈，他都同样心平气和地提出来共同探讨，对不同意见认真思考，对自己的正确意见也不轻易放弃，以理服人，从不盛气凌人，从不对别人带有意气地攻击，更不乱扣帽子。李琪同志所有这些优良的思想作风给了我极大的启发和教育，在九年的共事中真是受益匪浅，至今难忘。李琪同志是一个优秀的共产主义知识分子，也是一个继承了中国优秀传统的革命知识分子。他数十年如一日孜孜不倦地追求真理，找到了马列主义，还继续不断地深研深讨，更宝贵的是他的一股浩然正气、敢于坚持真理的作风。在"文革"动乱时期，威武不能屈，权势不能移，以身殉职。

　　当我在批斗中听到这个不幸消息时，心中立刻想起了两句话："士为知己者死""士可杀而不可辱"。我认为李琪同志的"知己"就是共产党，作为一个共产主义的知识分子，不怕杀头，可以为党而死，但不允许野心家、阴谋家以及宵小之流对他加以侮辱。我永远怀念李琪同志。

1990 年 7 月

学习李琪同志实事求是的精神

萧鹏林

我在李琪同志领导下工作时间不长，但他给我的印象很深，他平易近人，纯朴无华，热情真诚，突出的特点是实事求是。他主持中共北京市委宣传部工作期间，工作扎实，特别注重理论联系实际，他对待干部不单纯从业务、资历、学历、亲疏出发，而是平等对人对事，不吹不拍，不搞花架子，不拘泥程式，不墨守成规。不论是身居高位的领导干部还是普通工人、农民，与其相处，都感到无拘无束，平等可亲。他主持会议，与会者能够畅所欲言，气氛活跃，人心舒畅。他不搞尽人皆知的会议总结，不讲四平八稳的套话。在大家发言、讨论的过程中，他以平等的一员参与讨论或争辩，使结论产生在大家的讨论过程中，让大家感到结论是讨论或争辩的自然结果，是与会者自己作出的结论，不是领导者强加给大家的旨意。在他手下工作，用不着看他的眼色行事，也无须乎经常琢磨"领导意图"。不论什么人，只要认真工作，意见正确，他就尊重你，溜须拍马对他使不上，"马屁精"在他面前无能为力，他对上级也是仗义执言，实话实说，不阿谀奉承，不顺风转舵。在"文革"初始，他对江青据理力争，不畏权势，坚持真理。对此，江青一直怀恨在心。

李琪同志善于把科学理论和革命实践密切结合，巧妙地把理论和实践融为一体。他忠诚地执行党的政策，切实地维护公民的利益。他在北京一个县主持"社教运动"时，处理过一件普通的小事，但我至今仍记忆犹新。他在一所小学看到几个所谓"地富子女"的小学生，虽然身材矮小，却被指定坐在后排，并且不准许与其他学生坐一条板凳。他与有关同志商量后纠正了这种现象，让孩子们按身材高低排定了座位。事后，李琪同志和我谈及此事时说："地主、富农子女同样是人，应当享有平等的待遇，他们的子女也要生儿育女，不能总叫'地富子女'吧！我们的政策是把地富子女争取到人民这方面来，而不能把他们推向地富那一方面去。不让坐一条板凳并不意味着我们强大，只说明我们浅薄无力。"

　　理论联系实际，一切从实际出发，实事求是，应该是我们的行动准则。但要真正做到这一点却是很难的。之所以不容易，有时是由于人们对客观实际不甚了解、认识有误，造成行动上的偏差，产生不良的后果。这种现象是常见的，但不是问题的要害。而更严重的情况是：我们有时不敢或不愿从实际出发，不敢或不愿实事求是，这种态度乃是我们的大敌。

　　实事求是就是说老实话，办老实事，做老实人，一辈子实事求是很不容易的，这有着极其深刻、复杂的社会原因。在以往的年代里，由于说了老实话，杀头坐狱、充军发配的不乏其人，至于坐冷板凳、穿玻璃小鞋的更是司空见惯。因此，要做到实事求是，不仅要有懂道理、明事实的水平，更要有无私无畏、有胆有识的赤胆忠心。这是马克思主义的科学态度，这是极其难能可贵的品质。我认为李琪同志就是具有这样品质的老实人。

怀念李琪同志

杜　若

我和李琪同志在为数不多的几次接触中，彼此却有一种已是"老熟人"的感觉。他参加过我们西城区委常委的组织生活会，曾指导过我们学习毛主席著作，他明确反对"贴标签"方法，立场鲜明，大胆直言，对我们启发很大。

"文革"初期，他是最早受到冲击的目标之一。记得在 1966 年 5 月上旬，我听基层汇报说李琪同志出门时，大门口有小孩向李琪同志扔石头，我认为这是违法行为，因此我布置当地公安派出所在国务院宿舍门口加强巡逻，要求坚决制止这种情况发生，保护李琪同志的人身安全不受侵犯。

后来在"北京饭店会议"开始时，吴晗同志的院子里冲进了人，我也向南长街派出所作了同样的布置，北京女一中的支部曾组织一部分教职员工手拉手把吴晗同志圈在中间加以保护，因此在"四人帮"指挥下的"新市委"给我加了一条罪名，说我是"灭火队"，并扬言要开除我的党籍，接着我也陷入自身难保的境地。

李琪同志受到"四人帮"的迫害，英年早逝，听到这个不幸的消息，我欲哭不能，因为"四人帮"剥夺了我哭的权利！

我认为一个党员无论在世界上活的时间长短，只要对党对人民有所贡献，就是有价值的。李琪同志有很好的理论素养，并有著作问世，对党和人民做出了的贡献，值得我们和后人纪念。

1990 年 11 月

缅怀李琪同志

薛成业

在 1949 年 8 月我市中小学教师"暑期学习会"上，李琪同志和艾思奇、蒋学模等同志讲社会发展史，启发教师认识社会发展规律，中国向何处去，从而确定自己应站在劳动人民立场上，做推动历史前进的革命者。我是这次学习会的工作人员，也是学员，深受教育！1961 年，李琪同志到北京市任市委宣传部长，日常工作很忙，但他坚持辅导教师学习《实践论》《矛盾论》，亲自作报告。每次我就学习中的问题向他请教时，他总是亲切接待我，指示应该注意的问题。他几次鼓励我说：你做教师进修学院院长，要大胆给教师讲课，读书备课中有问题，可以向人请教。多年来，我忙于事务，没有认真读书，辜负了他的教导，现在后悔也晚了！

1965 年初，我在通县搞文教、卫生口的"四清"，当时学校"四清"工作队很积极，几乎每天晚上开会，积极分子就更忙了，运动和教学矛盾很大，我认为不妥，但又觉得既然搞运动，挤点教学也是难免的。一天，我在市委开会，在饭厅吃饭时遇见李琪，我们边吃边谈，他说解放前你们在城里搞学生运动，打倒蒋介石，罢课游行，现在我们当政了，我们搞革命就不能那么办了，一堂课不能误！教师要有足够的备课时间，工作队要帮助教师改进教学，学校搞"四清"不能影响学校的正常教学秩序，"四清"的目的就是要调动起干部教师学生的社会主义积极性，提高教育质量。农村经过"四清"要提高农作物产量。他的一席话使我头脑清醒多了！"文革"期间停课闹革命，"四人帮"妄图在乱中夺权。这些年来我多次想起李琪同志这次恳切、浅显的谈话，我认为李琪同志在那种政治环境中，能够有这样清醒的认识是很不容易的。

1966 年 6 月，我从郊区"四清"工作队中调回来参加北京饭店会议。在这次会上，李琪同志在市委领导干部中已属被批斗的对象了，我虽厕身"革命群众"中，也是朝不保夕！我们不在一个小组，在会间休息时，我见到他在楼顶平台上默默地凝视着远方。有一次，我们擦身而过，我的目光和他那深邃的目光相遇，他那正气凛然的神情，至今如在眼前。会后不久，他就在迫害中含冤去世了，他正当有为之年，大才未尽，千古恨事，令人悲愤难已！李琪同志，永远活在我们的心中！

1990 年 10 月

怀念李琪同志

吴 垣

李琪同志对革命事业忠心耿耿，刚直不阿，是在十年浩劫初期不幸早逝的同志之一，每每想起，令人极为痛惜。

我过去与李琪同志接触不多，但我常想起他同我的两次谈话，一次是最初，一次是最后。最初是在 1962 年，在北京展览馆举办的日本展览会上，陈列有李琪同志所著《〈实践论〉解释》的日译本（是否还有《〈矛盾论〉浅说》的译本，记不得了）。正好在展览馆门前遇到李琪同志也参观完走出来。我问李琪同志是否看到了他的著作的日译本，李琪同志说他已经看到了，并且向我讲述日本友人译书出版的经过。其中谈到，日本朋友在出版《〈实践论〉解释》译本时，曾经同他商量过，后来出版《〈矛盾论〉浅说》的译本，就没有再联系。这第一次的谈话，我不过是偶尔一问，李琪同志就讲得这样亲切周到，使我很敬佩。另一次是大约在"文革"之前的一两年或几个月。我因为工作上的一件什么事，来到李琪同志在市委三楼的办公室。谈完工作，就与李琪同志在这间窗明几净的办公室里闲谈起来。我见李琪同志的桌上放着《明史》，就请他讲讲《明史》的特点，李琪同志又一次详细地向我讲述了多时。对我这一后学，非常认真耐心。这次谈话，竟成为最后一次，以上两事，思之恍如眼前。

谨书："凛然正气，忠贞不渝，提挈后进，春风化雨。"以志怀念。

1990 年 9 月

忆李琪同志

刘志远

李琪同志离开我们已经 25 个年头了。他在任北京市委宣传部长时和在怀柔县调查工作期间，给我留下了深刻的印象。

我们之间虽然是工作和领导的关系，但在革命大家庭里，无论是战争年代，还是社会主义建设时期，他始终是我们的好战友、好同志、好领导。至今使人难以忘怀。

李琪同志对同志态度诚恳、和蔼可亲、谦虚郑重、平易近人，从不摆领导架子。与同志相处总是以诚相待，以理服人，并以革命理论影响和教育人。他对党忠实诚恳，对工作认真负责，积极而慎重。党性原则很强，特别是执行党的方针政策严肃认真、一丝不苟。他关心群众、联系群众，善于深层地思考问题。

我和李琪同志接触感受最深的还是他在怀柔农村调查工作期间。1961 年上半年，正值我们国家处在三年困难时期，党中央提出大兴调查研究之风。北京市委组织了几个农村工作调查组，由彭真同志亲自指导，到怀柔县进行农村工作全面调查。怀柔县委对调查组来怀柔调查非常重视。当时县委书记李晓章、副书记李育、王锡瑞，我是第二书记，召开书记会议及时认真地进行了研究。考虑当时全县工作繁重，书记进行了分工，决定由我负责协助调查组日常工作、生活安排和联系，参加对县工作有关的会议，并记录彭真同志的指示及交办的工作。调查组主要成员有：市委宣传部长李琪、副市长赵鹏飞、北京日报社社长范瑾、郝中士（中央办公厅），都为调查组的副组长。四位领导，每人又带几名市、县干部做具体工作，分别进驻四个大队（好中差）进行蹲点调查。赵鹏飞住一渡河大队，范瑾住梭草大队，郝中士住驸马庄大队，李琪同志住北房大队进行蹲点调查。他们与社员群众同吃同住同劳动，一住就是几个月。工作组只有在汇报工作（两周一次）时，才到县里集中一次，工作紧张，生活条件差，问题又很复杂。李琪同志遵照毛泽东说的"没有调查就没有发言权"，深入到户到人，进行座谈访问。经过大量的、艰苦细致的调查和综合深入分析，了解到当时阻碍农村生产力发展、影响农民生产积极性的主要问题是：农村经济核算单位过大，分配上的平均主义严重，平调、浮夸和瞎指挥"三风"，群众对吃食堂普遍有意见，但敢怒而不敢言，害怕被扣上反社会主义的帽子。

李琪同志经过调查研究，结合大队的实际情况，根据大多数社员的意见，划小了核算单位，取消了集体食堂，调整了村级领导班子，使办事公正、受到群众拥护的房壮臣、王明等人被选为大队干部。对土地实行了以产定工、三包一奖，在生产上解决了平均主义，并允许社员种自留地、搞家庭副业，以调动农民生产积极性；根据大队的包产盈亏实行奖惩，对超产超购，确定购留比例，并结合北房实际调查材料提出几个方案和具体意见，写成书面材料供上级领导制定政策时参考。

根据当时的全国形势，经过工作组的农村调查，对解决北京地区的农村大核算单位，解散农村大食堂，克服瞎指挥的官僚主义，实行以产定工、评工计分、按劳付酬，克服平均主义，对搞活农村经济、调动农民生产积极性、发展生产起到很大作用。怀柔县委当时根据工作组的调查及彭真同志的指示，结合全县实际情况划小核算单位，解决"三风"（浮夸、瞎指挥、共产风），及时退赔，实行"三包一奖"、评工计分，解散食堂，这些措施对推动怀柔县的工作起到重要作用。

这次农村工作调查，由彭真同志亲自指挥，李琪同志作为工作组的主要成员，在深入调查中起到很大作用。在调查期间，他不仅要总结本点的经验，还要负责调查组综合材料的写作，任务重，工作量大，但他仍然积极勤恳地去做。这种兢兢业业的工作态度非常可贵。

彭真同志领导、李琪等同志参加的这次农村调查非常重要，对扭转当时北京地区的不利形势，调动农民的积极性，起到了重要作用，在怀柔县已经收到显著效果。可是，"文革"时，"四人帮"在怀柔的帮凶们，为达到他们的野心，用卑劣的手段，以"黑线上黑爪牙"等罪名，诬陷彭真调查组的参加者，我们都首当其冲地受到迫害，无一幸免。就连调查点的农村干部（一渡河党支部书记就被整死）也在劫难逃，受到残酷迫害。怀柔县委书记李晓章同志在"文革"中被整死，活着的同志也被整得死去活来。

李琪同志为此也惨遭不白之冤，在"文革"中含恨去世。几句评语，以慰忠魂：

革命一生意志坚，征途何惧艰与险。

捍卫马列无私怨，留下清白在人间。

1990 年 10 月 2 日

深切悼念李琪同志

聂菊荪

1965 年冬，我因事从广州到北京，与李琪同志相会。我绝未预料这次相会，竟成永诀。每当回忆起他，总是深感哀伤！

那次会面中，李琪同志对我谈起江青盛气凌人、蛮横威胁，对北京市委宣传部不支持所谓"样板戏"搞"欲加之罪"，他对此深感为难，又极为愤慨。这位向来襟怀豁达的共产党员，竟无法表达自己对党的事业的深切的忧患。

"文革"风暴一起，李琪同志首当其冲，也在意料之中。不料，不久惊闻李琪同志去世的噩耗，而我当时也正受到风暴的冲击，对于这位才华出众的共产党员的不幸早逝，我一直深为痛惜！

在"文革"那样极其反常的历史条件下，李琪同志是以死与江青一伙恶棍的猖狂反党罪行抗争的！

1990 年 11 月

怀念李琪同志

韩 雪

李琪同志是我敬仰的党的宣传理论战线的优秀领导人之一。他品格高尚，平易近人，和蔼可亲，给我的印象尤为深刻。

我认得李琪同志是 1950 年在张家口听他关于社会发展史的理论讲学。全国解放后，党中央为了系统提高全党干部马列主义水平，决定并号召干部必读 12 本书。李琪同志就是应中共察哈尔省委邀请，从中央马列学院专程来作理论报告的。一个普普通通、朴朴实实、身着中山装的中年人，目光炯炯，温文尔雅的学者风度，他以不太浓重的山西口音，从容安详地讲述社会发展史。他首先从猴子变人讲起，对猴子变人的演化过程讲得具体、详细，从而论证了劳动创造了世界、创造了人类自身的观点。报告没有过多地引经据典，他用自己的语言，深入浅出地把社会进化论的唯物辩证观点讲得那么具体生动，全场十分活跃而安静。这是一次学习马列主义的启蒙报告，会后引起热烈的讨论，为深入学习社会发展史打下了坚实的基础。

1961 年，李琪同志任中共北京市委宣传部长，我是西城区委宣传部长。在和他工作接触中，进一步认识到他马列主义造诣很深，而且具有很好的领导作风。平易近人，不摆架子，善于联系群众。作为他的下属，我们对他敬如兄长，情同手足。在每次宣传工作会议时，在台上他是上级是师长，在会下他是同志是朋友。他总是主动和大家打招呼，利用吃饭、散步等一切机会和大家攀谈，边吃边谈，边走边谈。谈工作，谈生活，问长问短，无拘无束。有一次我和他同桌进餐，谈笑间他问我为什么叫寒雪（我当时的名字），百家姓有没有寒姓。他说名字很雅，就是太冷了，和你的性格不相称，你还是蛮热情的嘛！说得大家都笑了。

1962 年，在友谊宾馆，为贯彻党中央七千人大会精神的市委宣传工作会议上，他认真坚持"三不"，发扬民主，发动大家对党的路线、方针、政策畅所欲言，对党的宣传工作开展批评。他参加小组会，虚心听取大家发言，认真记录，从不打断任何人。这次会议开得又有集中，又有民主，生动活泼，为认真贯彻党的民主集中制树立了一个很好的范例。他还利用晚上休息时间和许多同志个别谈话。在和我的一次谈话中，曾经谈到自学的问题。他说自己没有学历，没有文凭，完全靠自学，学文化学理论，不下苦功夫不行，少小不努力，老大徒伤悲。通过交谈，我受益很深，更敬仰他。

可惜，李琪同志横遭"四人帮"迫害含冤而去，他走得太早了，是我们党的损失。

李琪同志是我最敬佩的一位领导人

赵乃光

1961年北京政治学校成立时，李琪同志兼任校长，我任教学副校长，在两年多时间里，接触比较多。有几件事给我的印象特别深刻：

一、李琪同志是北京市委有名的笔杆子，马列主义理论造诣很深，所著《〈实践论〉解释》和《〈矛盾论〉浅说》，在"文化大革命"前，累计发行在一百万册以上。当时政校全体教学人员，几乎人手一册，是学习经典著作不能离开的辅导材料。开学之初，大家都估计校长一定是什么高等学府毕业，想不到他在课堂上自我介绍说，他出身于一个农民家庭，只上过五年私塾，十四岁出外谋生，最初几年是当学徒，文化理论都是自学得来的。这次讲话对大家学习理论刻苦钻研促进很大。

二、北京政校第一期是"抗大式"培训，一批成绩比较优秀的高中毕业生在一年里学完大学政治课程，分配到基层去锻炼。第二期改为轮训干部学习经典著作。我一听说学习经典著作，立即想到理论联系实际。政校教员书本知识多，实际经验少，学员是各行各业的科处级干部，实际经验多，教员如何讲得理论联系实际，使学员满意，是个大难题。李琪同志来校布置工作时，我首先提出这个问题。李琪立即答复说，你们只要将经典著作给学员讲懂了，就算胜利完成任务。至于如何联系实际，让学员回到工作岗位后逐步解决。几句话使我豁然开朗，对工作有了信心。

三、当时有人向党委告了我一状，罪名是我给右派姐夫翻案，是右派分子的黑笔杆。党委反映到宣传部，李琪同志找我谈话，我据实说明：我姐夫郭心齐是山东菏泽人，抗战前在党领导下做地下工作，抗战开始后，搞起一支地方武装队伍，先后担任过东明、兰考县县长，菏泽专署副专员，在当地影响比较大，山东许多领导人都了解他。战争中负过重伤，子弹没取出，以后年老多病，调青岛省干部疗养院任院长兼书记。1957年，他在党代会上给市委提意见，错划右派。以后市委主要领导犯错误，跳楼自杀身亡。党组织要郭写申诉材料，准备给他平反，郭文字水平差，生怕写不清楚，拿着底稿专程来京找我，我在冶金部办公厅副主任他女婿家，把申诉材料从文字上修改了一下。1951年到1952年，我在平原省政府任干部教育处副处长兼机关党委教育部长，郭当时任交际处处长。对郭了解，如有差错我负完全责任。李琪同志当即表示信任，把这个问题压下来。

四、政校第二期，李琪同志还要求我讲课，已经开讲的哲学教研室，安排我讲《左派右稚病》中关于阶级、政党、群众、领袖等问题。这一年很快就得上课。我分管教学行政工作，不能撒手，自己理论基础薄，近几年工作调动频繁，很久没读列宁著作了。要讲好，首先得学好，其次还得根据学员的接受能力使他们人人都能看懂。这期学员，多数文化水平不高，需要一个逐段逐句加以解释的"段落大意"帮助他们阅读，然后根据他们提出的问题，有的放矢去讲解这一章，这就需要比较充裕的时间。可是党委会一周要开几次会，一次半天，研究的问题绝大多数和教学无关。我提出在备课紧张时，应允许请假，让我少参加几次和教学无关的会。党委不同意，没有一点回旋余地。我憋着一肚子气，只好不分昼夜拼搏，总算按时上课，没有给学校丢人。讲完课，我给宣传部写报告诉苦，反映政校党委不重视教学，不以教学工作为中心。因为有怨气，头脑不冷静，考虑问题不周全，我引用书记常讲的一句话"咱不是那里面的虫，钻不进去"。我想一针见血，指出不重视教学的根本原因，但从我笔下写出来，副作用很大。宣传部为此开了一次部务会，李琪同志首先指出，政校党委应以教学为中心，接着批评我不能骄傲，要注意团结，语重心长，我当即表示接受。

五、不久调整工资，上级文件规定，处级干部调整面为25%，政校处级干部十人，"四舍五入"理应提三人，报上级审批，党委会上两位书记提出调整二人或五人。根据文件规定的条件排队，前两名是行政干部，第三名是个新调来的教员，很明显，书记们是想方设法，不给这个教员提级。我不同意，提出调三人。结果被否决。接着党委召集处级干部开会。哲学教研室主任马毅也提出应提三人，书记们借此向宣传部反映，并且在学校宣扬，党委会不能开了，我泄露了党委机密给我老婆。宣传部只好为此又开一次部务会，我一进门，李琪同志就满面怒气地说，你也不是好东西！经过双方说明理由后，李琪同志当即表示，根据文件精神，当然应提三人，报上级审批。政校党委领导借此扩大事态，是打击报复压制批评，并且很快做了组织处理。惜乎，没有一竿子扎到底，对政校彻底整顿，"文革"中北京政校就被撤销了。

由于以上这些经历，我觉得李琪同志马列主义造诣很深，革命工作经验丰富，作风民主，平易近人，坚持原则，大公无私，有时批评虽然严厉，目的却是爱护同志，情况弄清后，处理问题坚决果断、是非分明，我从内心里敬佩。

李琪同志含冤逝世后，我曾几次找李莉同志谈心，表达怀念之情，这次回忆几件往事，写一首小诗，寄托哀思：

一代文革稀世才，全凭自学笔花开。
文章翻风白日动，鹰隼振翅狡兔哀。
山回水复迷无路，斗转星移春满怀。
全国哲理蒸腾日，我挥双论祭泉台。

1990 年 10 月

我的老学友、老师和好领导

安 捷

李琪同志是我的老学友、老师和好领导。他 1948 年入马列学院第一期学习，我 1950 年入第二期。他留校任教为我们作"马列主义基础"课程的辅导，深入浅出，朴实无华而有说服力。李琪同志 1961 年调任市委宣传部长后，我因在市委理论工作室、北京历史学会和北京出版社工作，这时与李琪同志接触多了，我深深地感到他是一位不可多得的好领导。

李琪同志在"左"倾思潮逐步升级的年代里，坚持实事求是的科学原则，如他针对某些人的空头政治，强调了政治挂帅要落实在搞好业务上，要把共产主义理想同当前任务结合起来。由于他深知学术研究的规律性，对于历史学会的工作，他主张认真贯彻繁荣学术的百家争鸣的方针。他常说：不能把什么问题都提到两条道路斗争上来；政治问题与学术问题要加以区别；真理愈辩愈明，学术理论问题有不同意见都可以展开争论，不同观点的文章都可以发表，等等。在这样的指导思想下，北京历史学会多次组织大、中、小型的学术讨论会，并举办专题讲座及大型报告会。与会者都能各抒己见，学术空气浓厚，非常活跃。

在京剧改革中，李琪同志的处境，正像诗人但丁所说的："在科学的入口处，好比地狱的入口处一样。"他顶邪风战恶浪，表现出坚持实事求是的大无畏精神！同上海的那个"小爬虫"形成了鲜明的对照。

1991 年 3 月

忆李琪同志

徐　群

李琪同志离开我们 25 个年头了，他那沉静稳重的气质，刚直不阿的性格，亲切和蔼的音容，每忆及就跃然在眼前。

李琪同志是我们的部长，从接触中感到他艰苦朴素，关心同志，平易近人。那时他家住在西便门，经常步行上下班。在三年困难时期，他分到的糖和黄豆，经常送给工作紧张、身体不好的同志。在盛夏炎热的季节，他有时自己掏腰包，买西瓜为同志消暑。甚至怎样处理好家庭生活，怎样教育孩子，他都关心，将同志视为家人。

他作风民主，工作认真，办事果断，是非分明。他在处理问题中，即使胸有成竹，也总是先征求别人的意见，对的他立即接受，不对的讲清道理，令人心诚悦服，从不强加于人。由他批阅的文件，从不积压，案头上总是干净利落。他学识渊博，工作深入，讲话写文章很少找人代笔拟稿。

李琪同志作风正派，他疾恶如仇，发现任何不正当的事情，都进行严肃的批评和处理，就是对文艺界的名人也如此。他在长期革命岁月中，养成一种追求真理、不畏强暴、宁折不屈的性格，这特别表现在他和江青的斗争上。

从 1963 年江青在北京京剧团搞京剧改革试验田起，李琪同志对江青那种飞扬跋扈、蛮不讲理的作风非常不满，但他从没有对我们工作人员透露出来过，我只是从他的行动中察觉出来。有一次江青给李琪同志来电话，我看到他拿着电话筒一言不发，对方讲个没完，足足有一个多小时，李琪同志表现出不耐烦的情绪，中间几次要将电话放下，可是对方还是讲个不断。最后李琪同志放下电话，他生气地说："京剧改革应抓大政方针，怎么连台步怎么走都要管，真是岂有此理。"那时江青经常干扰李琪同志的工作，他对此厌恶已极。有一次下班正要吃晚饭时，江青办公室来电话要我通知李琪同志晚上陪江青去戏院审戏，当我告诉李琪同志时，他指示我给江青办公室打电话："说市委开常委会不能去，请副部长白涛同志陪她。"我说市委没通知开常委会。李琪同志急躁地说："我不去，你就照我的意见办。"白涛同志陪江青审戏回来后情绪很紧张，她对我讲："李琪同志没去，江青很不高兴，她提出了几条指示，快告李琪同志。"第二天我速将江青的意见转告李琪同志，李琪同志不平地说："我不是文艺部长，我是宣传部长。"江青每次将剧团演员叫到中南海，都要找李琪同志去，开始他很认真对待此事，后来就借故不去了，使江青大为恼火。有一段时间李琪同志总是闷闷不乐，有一次，他神色黯然地对我们说："我从跟江青抓京剧改革那天起，就预感到不知哪天要倒霉的。"

果然时隔不久，灾难性的"文革"开始了，李琪同志立刻背上了反江青的罪名，被戴上黑帮分子的帽子进行批斗。李琪同志不能忍受对他人身的侮辱，愤然离开了人间，铮铮铁骨，宁死不屈。从李琪同志身上使人看到"横眉冷对千夫指，俯首甘为孺子牛"的风范。

1991 年 3 月

他优秀的品德仍留在我的心中

姜金海

李琪同志是我尊敬的领导，他虽然含恨而去已经25年，但他的优秀品德仍留在我的心中。

李琪同志生活俭朴，工作勤奋。他从不讲究衣着，从不谈论吃喝。一次我同他去房山农村，中午本可以到县委招待所就餐，但他不愿意麻烦县委的同志，请我和司机在沿途的小饭铺就餐。困难时期到怀柔县调查住在县委，晚上县委书记李晓章同志介绍情况，一直到深夜，次日很早他又到农民家去调查，提问题、亲自做记录，当时农民生活很苦，他不怕苦，不嫌脏，与农民同吃同住。他把精力放在工作上，经常早晨很早乘公共汽车到办公室读书、写文章或练书法。他向干部作报告的稿子、发表的文章、修改旧作，均为自己动手。有时为搞清一个问题查阅许多资料，反复进行思考，有时还请同志们帮助推敲，他写的《评吴晗同志的历史观》特请了高尚朴、柳晓明、马句等同志多次斟酌。

李琪同志关心干部和文艺界人士。他经常动员、鼓励机关的同志读马列、毛主席的书，写文章，从政治上关心大家，我深受教益。他经常和文艺界人士谈话，关心他们的生活和工作，在同袁世海谈话中得知其母因病住院，他亲自给有关部门打电话请求予以关照。有个直属单位党政领导工作之间不够和睦，影响行政领导的情绪和工作，他得知后亲自处理，并找其谈话做工作。事后多年，当事人每提及此事，都很感激李琪同志。

李琪同志坚持原则，敢于负责。1966年初，他给江青写了一封信，事先送给彭真同志修改了三次，并经市委书记处同志传阅，其中写道：经市委研究决定，北京京剧团作为你的实验团。北京实验京剧团今后以演反映社会主义革命和社会主义建设的现代戏为主，同时也适当演出一些历史剧目。当时李琪同志正在房山县黄辛庄"四清"工作点上，我把彭真同志修改的内容向他报告。当时正是江青把市属剧团作为她的样板团，样板戏盛行的形势下，面对江青这样的人物，李琪同志深知此信的分量，但他仍然以他个人的名义发出，这封信后来成为他的一大罪状。

同年春，他主持编印邓拓同志曾发表过的几篇文章，八开本的小册子，封面标题为"邓拓同志……"，发给市属单位参考，一些高等院校收此文后，打电话提出抗议。他们质问为什么还将邓拓称为同志，认为应当将"同志"二字去掉，等等，同时又要求增加一些份数。我将大家的情绪和意见报告李琪同志，他很沉着坚定地说："邓拓同志的问题还未定性，这是历史，告诉大家应当尊重历史。"我将李琪同志的意见转告有关单位，并去工厂加印发出。这些事实充分反映出他坚持真理的优秀品格。每当我回忆起这些事，都很怀念李琪同志。

1990 年 11 月

哭李琪同志

夏　觉

　　李琪同志是我最敬佩的领导人，是我的良师，也是我以及与他共过事的同志学习的榜样。

　　近几年，党中央一再号召党员和干部职工在各项工作中坚持四项基本原则。李琪同志在市委宣传部工作期间，虽然没有明确讲四项基本原则，但他在实践中带领全部同志一直是这样做的。

　　疾风知劲草。李琪同志来北京市委担任常委和宣传部长时，正处在三年困难时期。当时社会上有少数人对党中央的领导、对社会主义有所怀疑，对此，他和张大中同志一起召开全市宣传工作会议，要求各级党组织加强党的领导，在全市城乡有的放矢进行社会主义教育；他有针对性地亲自写出有关社会主义经济问题的理论文章，并组织全市党员干部认真学习马列主义，坚定对共产党的领导和社会主义必胜的信心；他亲自到基层单位向干部群众作报告，要求大家坚信党中央能够领导全国渡过暂时困难，他还组织新闻单位在报刊上、广播中进行宣传，并亲自为《北京日报》写了《加强理论学习，提高干部政策水平》《全面加强党的宣传工作》等社论，他在市委的任命下亲自兼市委党校校长和政治学校校长，积极抓好党员、干部的培训，提高队伍的政策素质。

　　李琪同志是很有领导才能和领导艺术的。他到市委宣传部后，北京市的宣传工作很快发生变化。他首先健全部的组织，大胆提拔一批知识分子和知识化了的工农干部担任处长、副处长。他不论资排辈，不分家庭出身，不拘年龄轻老，不任人唯亲。他曾为提拔年轻干部、知识分子干部与一些市领导发生分歧。李琪同志有股犟劲，他认为对的就是要干。当时看他是对的，现在党提出大胆使用知识分子，他更是对的。他为了发挥组织作用，调动全市宣传干部积极性、主动性，他每年召开一次宣传会议，安排当年的宣传工作，交流先进单位的经验，还请市里领导作报告。一个季度请中央外事部门领导作一次报告，工作有条不紊。那时全市绝大多数宣传干部一年干什么，怎么干，心里有数，大家心气很高，真是心往一块想，劲往一块使。在部里大家只想工作，早来晚走，经常开夜车，有时几天几夜连轴转，也没人叫苦。我个人认为在"文革"前的几年，是北京市宣传工作最好的时期。

李琪同志是个道德高尚的人，他没有丝毫媚骨，刚直不阿，敢顶歪风邪气，敢碰牛鬼蛇神。1964年以后，江青来到北京抓所谓"样板戏"，总要李琪同志陪着。李琪对江青的工作作风很不满意，说："我还有工作，为什么要天天陪她！"硬是不陪。江青为了给李琪同志眼色看，拍电报要李琪同志去上海谈工作，李琪同志去了，她避而不见，李琪同志就打道回京，不怕邪恶。"文革"初期，对所谓的"三家村"进行批判，并要求北京写文章批判吴晗同志。李琪同志被迫写文章，署名李东石。我不知李琪同志用东石的原意，但我认为这个笔名表现了李琪同志宁折不弯的个性。

我在市委宣传部一直在李琪同志领导下工作，由于工作关系，我和李琪同志接触较多，我受到的教益也很多。现在年纪大了，记忆也坏了，但李琪同志是我的恩师，是我要学习的榜样，永记不忘。

我最后一次见到李琪同志是他在北京饭店开会接受批判期间，一天下午三四点钟，他回办公室取材料，我从王府井那边过来（我也在受批判），在对外友好协会门口碰到他，他面色憔悴，头发蓬乱，立刻使我联想起"怒发冲冠"这个词，我心里难过极了，哽咽地问李琪同志："在那怎么样？"他以蔑视的口气说："我也没反党，怕什么。"微笑一下就走回北京饭店了。万万没想到这竟是我见到李琪同志的最后一面，听他说的最后一次话。每当回忆起李琪同志，他的高尚人品、博学与才能、感人风貌，使我感怀铭刻。

我本来想以"怀念李琪同志"为题，写着写着，情不自禁落下泪来，就改为"哭李琪同志"。

我们永远怀念李琪同志

张钦祖

李琪同志一生实事求是，联系群众，平易近人。他作为领导、理论家，非常关心一般干部的成长。我记得，他几次在市委宣传部的全体干部会上，号召大家学习马列主义、毛泽东思想，博览群书、增长知识，多写文章，多发表作品，并结合他青年时期如何自学来勉励大家。他说在抗日战争年代，当时环境艰苦，但仍是毛驴驮着书，夜晚在油灯下刻苦读书……他的这些教诲，我至今仍铭记在心。他的治学精神堪称是：学问勤中得，油灯万卷书。在宣传部，我多次陪李琪同志看画展，他每次看画展看得都很仔细，对各种形式、各种风格的画都看。一边看，一边调查研究，问作者的情况和创作的过程。他对那些反映时代、反映生活、有主题、有情节的以人物为主的美术作品，很感兴趣，非常赞赏。李琪同志在文艺上坚持"二为""双百"方针，赞赏严肃文艺，坚持社会主义旋律。他是我们的好领导，我们永远怀念李琪同志！

1990 年 12 月 15 日

难忘的一件事

赵存义

我敬爱的领导、良师李琪同志离开我们已 25 年了，他的音容笑貌仍浮现在我的眼前。有一件事使我终生难忘，那是在游泳池畔的一席谈话。

记得是一个夏天，市委在国际饭店召开北京市文化工作会议，李琪同志负责主持。我作为大会工作人员，参加了这次会议。一天午饭后去游泳，那天，天气很好，游泳的人很多，现在还能记得起来的有宣传部的卞铮、张思礼，还有中国评剧院院长胡沙。胡沙同志要我跟他学跳水，我却看着李琪同志游泳。我是第一次看李琪同志游泳，他身着深蓝色泳裤，在池中时而蛙泳，时而仰泳，时而立泳，畅游良久。上岸后，李琪同志和我攀谈起来，他带着很重的晋南口音说：游泳是全身运动，可不能轻看它。年轻时要好好锻炼身体，没有好的身体不行。锻炼身体贵在坚持，必须持之以恒。后来我得知李琪同志坚持游泳已有多年。他问我在读什么书。我说正在读毛主席著作中有关文艺的论述。我还告诉他，我在以前学辩证唯物论时，读过他在马列学院讲授《实践论》和《矛盾论》的讲义，它加深了我对原著的理解，受益匪浅。李琪同志却非常谦虚地说：在马列学院讲的辅导课，由于水平所限，还没能很好地把毛主席的哲学思想阐述清楚。他一再强调学习马列著作和毛主席著作，一定要在读原著上下工夫。马克思主义是世界观又是方法论，学习时必须遵循毛主席所说的理论联系实际，解决我们的立场观点方法问题。这就是常说的改造思想。否则，学不懂，也学不到马克思主义。

李琪同志的教诲，我一直铭记在心。它引导我在曲折坎坷的革命道路上，几经风雨，不断向前。

1991 年 3 月 26 日

忆好领导、好长者——李琪同志

章　千

李琪同志精通马列主义，在哲学上有很深的造诣。他实事求是的工作作风、高尚的道德情操，使我从心里敬仰他，爱戴他。但由于当时在工作上接触不多，尽管李琪同志非常平易近人，我在见到他时，总不免有些拘束。大概是 1964 年的夏天，他突然叫我到他的办公室。他当时正在伏案疾书，见我去了，他停笔对我说："请你帮我在《共产主义运动中的左派幼稚病》书中找出列宁关于真理加以夸大，便可以弄到荒谬绝伦的错误……那段话。"说着指指桌子上的那本《列宁选集》，看样子是立等要用。我暗忖，这下可坏了，叫我找本书还行，找一段话，对我来说可太难了。我只好硬着头皮坐在靠墙的沙发上翻书，心里很紧张，说不清是惭愧还是害怕，额头渗出汗珠。这茫茫字海那段话在哪一页啊！等着挨"批"吧。过了好一会儿，李琪同志又停笔，看了我那副窘样，微笑着说："找不着吗？别着急，慢慢找。"说着又低头去写了。我乘机溜了出来，跑到五楼，找到了当时市委书记处的一位学习秘书，帮我找着了那段话。当我把书送给李琪同志，他笑着说："我想你一定能找到的。"我说："不，这是请别人帮助找到的，因为我没有读过这本书，对不起，耽误您用了。"李琪同志又停笔非常慈祥地说："找到了就很好，找不着也没关系。你应当利用做图书馆的机会，多读些马列著作和其他书籍，将来会有很大用处……"我被李琪同志这种宽厚诚挚的精神深深地感动了。

这件事虽然平常，却是一直未曾忘怀，尤其是这些年来，风风雨雨，工作几经变动，像李琪同志这样的好领导、好长者，更使人怀念不已。

1990 年 8 月 10 日

我要学习他刚直不阿的硬骨头精神

赵文海

李琪同志离开我们 25 个年头了。他那种坚持马列主义原则、敢于实事求是的硬骨头精神，永远值得我学习和怀念。

1961 年 4 月，李琪同志率队到怀柔农村调查，当他耳闻目睹"共产风"破坏了生产力，挫伤了农民的积极性，造成市场萧条，农民吃个鸡蛋都困难时，他很激动。他坐在老乡的炕头上，语重心长地启发农民讲真话，说明讲假话一害国家二害自己的道理。吃饭时他拿着咸菜啃窝头，心里很不是滋味。他决心要纠正"左"的错误。除安排我们搞几个政策性的调查专题以外（如家庭副业、手工业、领导体制等），他亲自和村干部研究开发集体经营的工副业，农民非常高兴。后来听说他蹲点的驸马庄村生产恢复得很快。

在怀柔调查过程中，李琪同志多次和我谈心，问我学习什么、怎么坚持学习。要我努力读马列和毛主席著作，要多思多写，把感性知识上升到理论高度，才能写出有水平的材料。当我流露出文化水平低、不会写文章的自卑心理时，他将心比心，以自己的经历鼓励我不要气馁。他说他读书都是自己挤时间。他的马列经典著作学习，很多都是打游击时学的。我听了很受教育和启发，我一直遵照他的教诲挤时间自学。

1966 年"文化大革命"初期，华北局在北京饭店召开工作会，批斗以彭真、刘仁同志为首的中共北京市委的领导。作为主管宣传文化工作的常委，李琪同志挨了五十天的批斗，但他一直坚持实事求是，不怕压力，不乱检讨。特别是个别人给他上纲，批他不支持江青搞样板戏，就是反对毛主席的文艺路线时，他很生气，义正词严地反驳，有时气得他一言不发，或以"岂有此理"的冷笑作答。李琪同志就这样刚强地离开了我们！我要永远学习李琪同志的实事求是、刚直不阿的硬骨头精神。

1990 年 9 月

怀念李琪同志

陈瑞美　储传亨

　　李琪同志以一个平易近人、朴实无华的忠厚长者的形象，深深地印进我们的记忆。他有很深的理论造诣，又对实际情况非常了解，坚持马列，疾恶如仇，我们党是多么需要这样的好同志啊！

　　我记得这样一件事情，1964 年他在呼和浩特参加华北局扩大会议，他问我是不是应该买点毛线带回北京，当时我想我这个当干事的都不大管家里的事，你这么大的领导还关心家务事，真是难得。我还见到他穿着膝盖上整整齐齐地补了两大块补丁的裤子坦然上班，这些都给我留下很深的印象。

　　1965 年，李琪和王汉斌带我去天津河北省委，我们住在河北宾馆。第二天一早，我刚起床，他已从容地打完一套太极拳，然后读起书来。我说，你起得真早！他说：每天早起活动活动身体，读点书，这已经养成习惯了。音容笑貌，宛如昨天。我是一辈子也忘不掉的。

忆我的老领导——李琪同志

路　奇

李琪同志是我难以忘怀的老领导之一。1962 年，文艺处（我在文艺处工作）从原北京市文化部改由宣传部领导，我开始在李琪同志领导下工作。在当时文艺界斗争十分尖锐复杂的情况下，李琪同志坚持党的正确文艺路线和"百花齐放、百家争鸣"的方针，贯彻党的知识分子政策，对左的路线进行抵制。实事求是、坚持真理、刚直不阿、无私无畏地向邪恶势力进行斗争，给我留下深刻的印象，从中受到教益。

1964 年，江青插手文艺界，以搞京剧改革为名，进行阴谋篡党夺权的反革命活动。以北京京剧团作为她的"样板团"，唯她之命是从，到处指手画脚，以她的特殊身份凌驾于一切党组织之上。李琪同志对她飞扬跋扈、倒行逆施的恶劣作风十分反感，时有流露。针对她的所作所为和左的路线的干扰，就我所知，李琪同志对文艺工作发表过以下意见：

1964 年举办全国京剧汇演，京剧现代戏《箭杆河边》是参加汇演剧目之一。江青看后说这是"正不压邪"。李琪同志针锋相对地说："正面人物要加强，但不怕正不压邪。要把反面人物写得很足，然后正面人物再压过他，这样矛盾才尖锐，才能激动人心。毛主席看了《智取威虎山》就说反面人物写得太无能。"李琪同志说："戏剧要改，也不要一哄而起，要保证质量。""要保持剧种的特点"，"对过去的东西不能完全否定，人们需要历史"。"爱国主义的，有历史意义的都需要，不能说不是社会主义的就都打倒，那样就割断历史了。虽不是出社会主义之新，但有反封建之意的，我看也是允许的。""好像只有写社会主义才是出社会主义新，写民主革命就不是出社会主义之新。""对工农兵进行社会主义教育，但不是 1958 年的空想社会主义。""新编历史故事，外国历史故事，技术方面的书，书店都可以供应，使读者知识广泛，精神世界比较丰富。""文艺革命要两点论，一要紧，二要稳，同时要准备反复。"

1966 年 2 月间，臭名昭著的姚文元《评新编历史剧〈海瑞罢官〉》发表后，李琪同志就清官和道德继承等问题的争论在一次会上说："清官比赃官好，这点不能否认，他们比较接近群众。清官是统治阶级的理想人物，他是那个时代的优秀人物，对发展生产、促进科学、文化的发展起了作用，可以通过研究几个人物比较有说服力。""能不能对武则天、曹操等几个人物写几篇文章呢，用马列主义的观点！""我的看法道德是可以转化的，总不能割断历史，总有个历史联系。从毛主席的著作看，他没有说过没有联系。"

李琪同志坚决贯彻党的知识分子政策，爱惜人才，反对整人，在他领导下，我曾多次听他谈到这方面的问题。文艺界在当时的形势下，进行过多次"整顿""批判""文艺整风"等。随着时间的推移，"文革"的临近，报刊上的批判文章连篇累牍。李琪同志反复强调："要实事求是，自觉革命，互相帮助。""要区别对待，是一时的、偶然的错误，检查就行了。""允许人家革命，不要抓住几句话，攻击一点不计其余。可以辩论，可以批评，也可以反批评。""了解一个人主要不是看历史、看出身，主要看现实表现。""对人要一分为二，要允许人家有片面性。多数人可能是思想方法问题，还有些人是搞不清楚。""对党的政策，人的认识都有一个发展过程。""不是追究责任，而是清理思想，改进工作。""检查了，就给予肯定，有保留意见是可以的。不要乱斗人，要严加控制。"

"文革"前的"文艺整风"中，李琪同志说过："文联的同志主要是通过他们自己的检查，适可而止，不要搞得太紧张，提高认识就行了。今后该写作的，该下去的，就去搞去。""对党外不要像对党内那样要求。""文艺方针很难说都清楚了。有些问题中央还没下结论呢，很难说每个人有多大责任，当时有那么个环境。""还是少带帽子！大字报不一定搞了，开小型会，大型会少开，强调自觉革命。""不能允许利用大字报进行人身攻击！"

李琪同志在江青把持北京京剧团并反对老演员马连良、张君秋演现代戏的情况下，把他们调北京京剧二团，允许他们进行京剧现代戏的实验。针对对评剧演员小白玉霜的一些意见，李琪同志说："对小白玉霜就当作统战对象对待。"对老画家陈半丁曾进行过批判，李琪同志说："不要形成斗争。要讲道理，很诚恳地开导他，发言人不要太多。"针对人艺名导演焦菊隐的批判，他说："允许不同意见发表，允许他自己发表文章，不给他政治上做结论，不搞斗争会！"

他保护作家，也保护他们的作品，反对一棍子打死。在话剧《结婚之前》《矿山兄弟》受到批判时，李琪同志说："彭真、万里同志都看了，也说基本是好的。不能说是毒草。工作中一个指头错误是正常现象，剧本里就不允许有缺点、错误？我们心里有个底，但要好话、坏话都听！有人批判《矿山兄弟》是反现实主义的，恰恰这些人是反映现实主义的！"

李琪同志提倡踏踏实实的作风，他曾说："要提倡踏踏实实的作风，不要忽而左忽而右，不要搞投机取巧的作风。不要凭空办事！"1966年的一次创作会议以后，李琪同志说："现在有的地方刮'五风'。今后担心两种情况：一是劲头大，花钱很多，耽误时间多；有的地方学大庆、学大寨，一过头就成了平调，文化工作任何时候不能离开生产水平。"

在谈到文化系统学习毛主席著作时，他曾说："学习毛主席著作是长期的，不是突击任务，不要搞形式主义，搞形式主义长不了。每个单位真正有三分之一的人学得好就差不多了，就可以带动大家。"

以上是我在李琪同志领导下，工作几年中记载下来的一部分实际情况，现汇集如上，以资纪念，并学习他的革命精神！

1990 年 11 月 27 日

难忘的往事——忆李琪同志

王衍盈

李琪同志是我接触到的最好的领导之一，他最大的特点是，具有高度的原则性、政策性、实事求是的科学精神和热情关心爱护干部的工作作风，特别是与江青顽强斗争的坚强性格，给我留下了深刻的印象。我亲身经历的例子有下面几个：

一、1963年12月上旬，市文化局、市文联联合举办了市属剧院、剧团现代题材剧目观摩演出周，李琪同志对这次演出极为重视，责成我为《北京日报》写了一篇《让现代戏之花盛开》的社论。在送审时，李琪同志专门找我说了两点修改意见：一是"古老剧种坚持上演现代题材会成功，但不能很快成功，必须经过长期的艰苦的努力实践，不要搞一哄而起，一哄而散"；二是"下面单位目前存在演现代戏光荣，演传统戏、历史戏不光荣的思想，应针对这种思想说说。"我根据他的意见照改了，于是发表的社论中就出现这样一段话："我们不要因为提倡表现现代题材而抛弃某剧种和表现历史生活的特长。演现代戏光荣，演优秀的历史戏同样是光荣的。广大人民需要了解今天，同时也需要了解昨天，了解各族人民英勇奋斗、艰苦创业的历史。"

对古老剧种这"两个光荣"的观点，是实事求是的，完全正确的，但当时正值毛主席第一个文艺批示下来（1963年12月），而这个社论又正好发在同年同月14日，这在当时特别是在"文革"中，都被江青一伙作为北京市对抗主席批示的"罪证"，大加讨伐。

这篇社论，李琪同志很重视，他自己看后又送彭真同志审查，发表后又发通知要市剧团组织学习。从对这篇社论的修改中，我看到李琪同志是如何全面地正确地坚持党的文艺方针政策的。

二、1964 年 6 月，全国举行京剧现代戏汇演，北京实验剧团以《箭杆河边》参加演出。《北京日报》约我写一篇评论文章。汇演之前，江青已看过这个戏，并指责它把敌人写得太嚣张、"正不压邪"。我的文章的调子是肯定它。《北京日报》为了慎重起见，将我文章的校样送李琪同志审查。6 月 12 日中午，李琪同志临时把文化局、文联领导赵鼎新、田兰，北京日报社的鲁刚和我找到他办公室开紧急会议。他把校样分给大家阅看后说："今天请你们来商量一下这篇文章要不要发的问题，有人对《箭杆河边》有意见，认为阶级斗争反映不实，把敌人写得太嚣张了。我倒觉得 1962 年夏天，北京郊区的敌人就是很猖狂的……京剧现代戏是一场严重的斗争。有人口头上支持，实际上在那里反对。是真革命，还是假革命，是真支持，还是假支持，对我们每个人都是一个考验。"会上，大家心照不宣，知道李琪同志的话，是针对江青对这个戏的指责而发的，除鼎新同志谈一点文化局、剧团对新华社统一发的新闻的某些反应外，大家同意文章照发。李琪让我将戏的时代背景加强一点，于第二天（6 月 13 日）在《北京日报》以"新的题材、新的风格"的标题发表了。

李琪同志支持这篇文章的发表及他的发言，充分表现了他对江青专横跋扈作风的反抗精神。

三、1966 年 6 月全国京剧现代戏汇演后，《红旗》杂志约李琪同志写篇谈京剧革命的文章，李琪同志因工作太忙，有一天找我说："你对戏剧方面的情况比较熟悉一些，代我写个草稿，文章要谈京剧革命是一场严重斗争，既要反对'绝对分工论'的观点，也要反对那种只讲'大胆突破'不注意京剧特色的观点；既要大胆实验，又要坚持高标准。对那些吹冷风的摇头派要批评，文章的标题就用《将京剧革命进行到底》。"我匆忙拟出一个草稿后，李琪同志作了精心的修改。文中一再强调京剧演革命现代戏是一场严重的斗争，强调"我们排演现代戏的过程中，会遇到某些人的反对"，提出"不受一切反对派或摇头派吹来的冷风所动摇"。其中有些实际上是针对江青对剧《箭杆河边》泼冷水而谈的。

李琪同志对我的关心和爱护，我终生难忘。1965 年秋，我参加由李琪同志领导的房山黄辛庄"四清"工作队。同年 11 月初，我得急性肝炎，李琪同志知道后马上派车把我送回去疗养，并多次到我家和医院看望我。出院后又给我联系到潭柘寺疗养院疗养，直到"文革"风暴开始才接回。

李琪同志对我的工作也非常关心。1964 年，在"左"的文艺思想、文艺方针的影响下，市文联搞了一次文艺整风，把曾平同志和我作为重点批判对象，有一次李琪同志找我谈话，要我正确对待，不要耿耿于怀，要好好工作，并说：你的问题，属于一般问题，不作处理。还征求我的意见，问我是回文联，还是去《北京日报》或是去工厂，由我选择，充分表示他对我的信任、关心和爱护。

1991 年 2 月 5 日

李琪同志印象

汪曾祺

李琪同志的办公室像一个书斋。靠墙几橱书，茶几上放着一副围棋子，一个棋盘。简简单单，清清爽爽，让人感觉到这位部长的书生本色。

李琪同志曾在1966年初和这年的春节，两次带我们剧团的编剧到上海去见江青。第一次去之前，正值邯郸地震过后不久，他领着我们去看了地震的资料影片。他的旅行箱里装了好多本线装二十四史的灾异卷，这当然不是为了旅途消遣。我们深深感到他的忧国忧民之思，同时也觉得这位宣传部长是一位学者型的部长。

李琪同志是研究《矛盾论》《实践论》的，但是他并不把毛主席当作神看，他对毛主席的著作是有很客观、很清醒的评价的。这在60年代，个人迷信高涨的时候，是很难得的。

李琪同志对江青是决不低声下气的。江青这个人，"见官大一级"，李琪同志不承认她这种未经任命的、非法的特殊地位。我们第一次到上海，他给江青写了一个四指宽的便条："我们已到上海，何时接见？此问近祺。"稍为知道一点传统文牍习惯的人，都知道"近祺"不是个恭敬的问候。

江青对李琪同志说："对于他们的戏，我希望你了解情况，但不要过问。"这是什么话呢？北京京剧团是市委领导的剧团，一个宣传部长却不得过问剧团剧本创作！李琪同志没有表示什么。在我们到江青那里讨论剧本时，他就一个人出去散步，买了一包上海老城隍庙的五香豆，一边走，一边吃，看来好像很悠闲，心里自然是不痛快的。

江青忽然改变了注意，把原来写的剧本推翻了，要另外写一个：从军队党派一个女干部到重庆，不通过地方党，通过一个社会关系，发动兵工厂的工人护厂，迎接解放。不通过地方党，通过社会关系开展工作，这根本不符合党的地下工作原则。我们都没有这方面的生活——谁也不可能有这样的生活，只好按江青的意思瞎编。我们向李琪同志汇报了剧本提纲，李琪同志只说了一句话："看来没有生活也是可以搞创作的噢？"这句不凉不酸的话对江青的全凭主观意念，无视生活真实的"创作方法"是极其尖锐的批评。

第二次到上海，形势已经很严峻。有一天，江青叫我们到"康办"（张春桥在康平路的办公室）去见她。李琪同志不愿去，说："他找你们谈剧本，我不去了。"我说："不去不好吧。"汽车已经开到门外等着，李琪同志在室内徘徊很久，最后说："去吧！"到了那里，江青要剧团，指名调演员，要剧场……提了许多无理要求，并摆出一副上海人所谓"白相人"（流氓）架势，向北京市委摊了牌："叫老子在这儿试验（她要搞所谓试验田），老子就在这儿试验，不叫老子在这儿试验，老子到别处去试验！"李琪同志回到东湖饭店，在沙发上坐了很久，一句话不说。

李琪同志知道一场恶战迫在眉睫，情绪是很紧张的，夜里做噩梦，甚至于梦中惊呼。

李琪同志是个外貌温和儒雅，内心却非常倔强的革命者，他的这种"宁折不弯"的性格，是为"四人帮"所不能容的。当我们知道他玉碎的消息时，觉得是可以理解的。他是不能与邪恶的势力共存的！

1990 年 12 月 15 日

历史应当永远留下他的英名

杨　沫

生命，有重如泰山者，也有的轻如鸿毛。李琪同志在世的时间不长，然而，他的生命却重如泰山。

60年代，李琪同志任市委宣传部长时，我多在住院治病，与他接触不多。然而，他工作的高度负责，他学识的精深渊博，他为人的刚直不阿，却有所闻。尤其，"文革"前后，他与康生、江青、张春桥之流的斗争，如直言"三家村"的问题是人民内部矛盾，这种敢向悬崖攀绝峰的无畏精神，我敬仰，我钦佩。在那轰轰烈烈的可怕年代，有些人不是只图自保，不顾他人、后人吗？而李琪同志却宁为玉碎，不为瓦全。他以身殉了他的理想、他的事业，用他正直的历史，塑造了一个共产党员的形象。虽然他不是大名人，大名人能具有他那种铮铮傲骨者并不多。

历史应当永远留下他的英名。

1991年5月

纪念李琪同志

吴惟诚

　　李琪同志在北京市委是一位受到敬重的领导同志，大家都知道他论述《矛盾论》和《实践论》的两书，他在 1966 年"文化大革命"开始后不幸含冤遇难。李琪同志的遇难正好表明他是坚持《〈矛盾论〉解释》的马列主义立场，而不是随风倒的。所谓史无前例的"文化大革命"是一场大倒退和大灾难，是完全违背马列主义的，李琪同志就是不能容忍当时的种种荒谬做法才遇难的。从国家主席、许多受到人民拥护的领导干部、科学家和爱国主义人士，到众多的老百姓，不曾死在敌人的刀下，而是在我们自己反动，自认是伟大的运动中丧于非命。这是极其可悲而不可思议的。对此，自然应当彻底地予以否定，而绝不容许一时予以否定，一时又出于某种需要而变相地予以肯定。对此，还应当继续予以探索，弄清产生此一悲剧的诸种原因和条件，并予逐步拚除，才有可能建设高度民主、高度文明的社会主义社会。

　　在纪念李琪同志遇难 25 周年的时候，谨致以最深切的怀念和敬意。

他永远像一棵挺拔的青松

崔燕英

25 年前，李琪同志离开了我们。回忆起在他领导下的那些岁月，他那质朴沉稳的作风，坦荡的襟怀，亲切宽厚的长者风度，仍不时闪现在眼前。

当时我在李琪同志的领导下做干部工作。李琪同志始终坚持马列主义的干部政策。无论在什么样的政治气候下，他总是无私公正地坚持党的干部政策，既坚持原则又对在政治上受到不公正对待的同志寄予深切的同情和理解。他坚持看干部要重在表现，反对搞唯成分论，反对搞株连。记得，当时文艺界有位名演员，表现很好，李琪同志亲自去该院看了彩排，发现她在艺术创作上一丝不苟，生活上与普通演员一样吃住在剧场，只因其丈夫是"右派"而不能入党。李琪同志多次讲，"这样的同志应该吸收入党"。还有，原宣传部一位同志，因在反右派时有过什么言论，上边规定在节、假日不准他进市委办公大楼。李琪同志得知后，非常气愤，多次对我讲："你去告诉他们，这样做是不对的，不应该这样对待人家。"当时，尽管他的意见不被重视，也不可能被采纳，但是他那种为政治上受歧视的同志愤愤不平、敢于直言的精神，实在难能可贵，给我这种年轻晚辈以深刻的教育和影响。在以后多年的干部工作中，我常忆起李琪同志是如何用人，如何看待同志的。对于犯有错误的同志，包括宣传、文艺单位的某些领导干部，他毫不姑息，但也从不简单地指责，他总是严肃认真地、入情入理地给予批评帮助，使之心悦诚服。对于准备提拔重用的领导干部，他注意多方面培养，他所采用的办法多是叫他们到工厂、农村去锻炼，或亲自带他们深入基层了解情况，同时尽可能地亲自接触。李琪同志用他自己的实际行动，显示出他深厚的理论造诣，为我们树立了理论联系实际、实事求是的典范。

李琪同志在乌云遮日、不甘忍受屈辱的严酷时刻"宁为玉碎，不为瓦全"，离开了我们。但李琪同志在我的心目中永远像一棵挺拔的青松，他的光辉形象，永远活在我的心里。

回忆李琪

管　桦

回忆总是给人带来欢愉和神往，有时也使人感到悲凉。

李琪同志生前常邀请北京市作家协会的作家们座谈。他轻快而沉着的步态，走进会议室的时候，以平静的问候的目光环顾着我们，他的语调也是平静的、深沉的。细高身材，穿一身深色制服，微露衬衣的领边，手拿一叠文件。严肃的坦然安详的姿态，像一个教授。

他坐在我们中间，一面翻阅文件，一面倾听我们的意见。在研究深入生活和创作的时候，他宁静的低语中，知识的深处，让人感到那高于一切的真理，感到这个人不对任何人卑躬屈节，感到在他身中蕴藏着他所有的属性：忠诚的马克思列宁主义者、哲学家、教授、一个宣传部门的领导人。对于我们，包括在时间和空间里的计划和信心，他都给予支持。他从没有权威式的命令，从不叫喊、匆忙、压服、许诺。似乎是因他心胸中有着深远的思虑，使我感到过分的严肃。但他并不因此就不体谅，不友爱。当我提出在下面要参加地委、县委、公社、大队的各种会议，没时间写作，请求给我创作假的时候，他走到我的身边，却向所有的人说："生活和创作由作家自己安排。"

1964年秋天，我正在乡下。由我的爱人李婉送到北京友谊医院的孩子二跳患大脑炎，生命垂危。医院提出四位名医中请任何一位会诊，可能有活的希望，而这四位大夫，都是给中南海领导人看病的名医，怎么请得来？李婉深夜从医院给市委宣传部值班室打电话，请领导帮助。值班同志立即给李琪同志打电话，李琪同志立即给崔月犁同志打电话。第二天上午，祁振华大夫便到了医院诊治，我的孩子因而得救。

　　但李琪同志生命之舟，却在"文化大革命"无情的波涛中，突然地倾覆了。他把人世看得过分的善良，过分的纯洁，过分的诚实，于是他离开了人世……

1990 年 12 月 18 日

不尽的怀念——忆李琪同志

肖　甲

1964 年冬，北京京剧团的《芦荡火种》正演得红火，社会和剧团内，一片兴高采烈。这时"四人帮"的头面人物江青把我们找去，提出了要改戏的主意，其中要把一场戏——我们俗称"三茶馆"的去掉，这是一场讨俏的戏，不费力可以叫观众看着醒脾。向剧组的同志宣布江青的修改"意见"（她总是说，这是她的"意见"，但这个"意见"比什么都霸道）后，很多同志想不通，我们也想不通，因此改戏进展得很不顺。这时，江青先把我们几个剧团领导人找去，叫我们进行"小整风"，要求发动群众给我们提意见，其实，就是整人。但这种形势下，也整不出什么气候来。以后便是排戏，在排练场，有些演员还表示不同意删掉"三茶馆"。这时我说，大家不要再争论了。我掏出随身带来的笔记本，那本子上记载着江青的"意见"，拿着这个本子，我把江青的话又学说了一遍，其实，这也不是第一次转达了。学说以后我说："这就是我们这个戏的生死簿。"意思是，要叫这出戏"生"，就得按着江青的意见改，当时是说俏皮话，惹得大家哄笑了一番。

后来，有人把我说的那个俏皮话揭发了，揭发材料中还有我说过"江青损寿"的话。经过是：有人对我说："江青同志说，她每看《红灯记》都落泪。"我说："那也不好，损寿。"这个揭发反映到李琪同志处，李琪同志派人和我谈话，来人告诉我：李琪同志叫你写个检讨，然后把检讨放在市委宣传部，将来如果江青问起来，就说市委已经处理过了，若不问，也就算了。

我写检讨，怎么写？这时我才觉得俏皮话说得太没思虑了。倘是上纲上线，那么，执掌生死簿的阎王是谁？岂不骂到江青头上？而那时我对江青没有那么大的恨，也没有那么高的认识。这些话不过是油然而生的、出格的俏皮话而已。所以，我的检讨还是不能上这个纲，我还是检讨它是"俏皮话"。

"文革"烽火正盛时，江青接见北京京剧团的革命群众时说："你们中，有的人不是盼我早死吗……"这大概是针对"损寿"的话发出的切齿之言。在《沙家浜》排完之后，李琪同志对另一个同志说："肖甲不容易，怪难为他的。"那时，江青总是横挑鼻子竖挑眼，使我们在第一线的人一肚子牢骚，直到"文革"风起，我们才回味出这是风暴前的信号。

李琪同志是一位有长者风度的领导者，对同志，很民主，极和善，倍关心。我们都知道他戎马半生，好学不倦，是我党的英才，我们永远记得他亲切的容颜。一次，记得是看完戏，我一个人送他出剧场，他忽然对我说："你说，一个干部，是从下边锻炼上来的好，还是先在上边工作的好？"我虽然说了"应从下边往上提拔"，但李琪同志提问的用意和他的深深思路，以及触发这问题的因素，却使我至今仍在谜中。

我深深地感到，一个人，能遇上一位好心的、能深入理解人的、有胆识魄力、能扛起闸门放别人到光明的地方去的这么一位领导，那可真是三生有幸了。

李琪同志是大好人！我怀念他。

1991 年 4 月 11 日

优良风范音容如生

刘景毅

1961年，李琪同志担任北京市委宣传部长时，我正在北京京剧团工作。由于工作原因和李琪同志有不少接触。他的音容笑貌我至今记忆犹新。

李琪同志留给我们的深刻印象是：他待人亲切和蔼，总是和颜悦色地对人，没有一点架子，彬彬有礼，很有学者风度。他约人谈话，总是等人把话说完，他再发表自己的意见，即便发表意见，也是和人商量的口气，对待问题也是从实际出发，善于多侧面地剖析问题，深入浅出，具有说服力，听后让人心服口服。由于他的风范，使人无拘无束地发表见解，可以把心里的实话说出来，能在思想上见面。

1965年间，大家学习"九评"。知识分子经过学习，都不愿做"精神贵族"，提高了认识，不少京剧界著名人士上书领导主动要求取消保留工资。当时，北京市属的各表演团体领导人，正在国际饭店参加市委召开的工作会议，李琪同志为保留工资问题专门开了一次会，并分别邀约各剧团负责人谈话，作深入了解。他还是从实际出发，实事求是地来处理这个问题。他认为不少著名演员提高了防修的认识，不愿做"精神贵族"，表达了自己的政治热情，提出取消保留工资，这是可以理解的。他希望对待这个问题，也要从实际出发，不能一哄而起。一律把保留工资取消，使一些有保留工资的演员降低了生活水平，这样做不利于文艺事业的发展，要慎重考虑此事。在他处理这个问题的精神指导下，使北京京剧二团有不少提出取消保留工资的演员，当时都未变动。

再一次给我留下深刻印象是：1965年间，李琪同志看二团的现代戏《洪湖赤卫队》。由于我是这个戏的导演，由我陪他看完这出戏，从中作些介绍。他看戏看得很仔细，"不耻下问"，他向我发问，唱腔板式是什么，和歌剧原作有哪些改变和不同处理。他甚至连表演者的艺术经历和家庭生活待遇情况也要了解。当时使我感到他有一种强烈的求知精神和他对党的文艺事业的责任心。

李琪同志在这次看戏过程中，也发表了一些对艺术的见解。他认为现代戏固然要写，要排，要演，但传统戏也不能丢，还是要两条腿走路，传统是基础，传统基础打不好，现代戏也演不好。当时的形势下，李琪同志敢于发表这样的见解，着实使我敬佩。

还记得在看完"洪"剧后，请他到台上和大家见面并合照留影时，李琪同志微笑着说："谢谢你们，市委做过决定，看完戏可不能上台，不能讲话，不能留影啊！"

"文革"一开始，李琪同志以"旧市委"的成员，受到了不白之冤，但他作为一位共产主义战士的可敬可爱的形象，却印在我脑际。现在回想起来还栩栩如生。

1976 年 6 月 8 日，为李琪同志举行平反追悼会后，我曾写过一首挽词，以表对他的悼念：

> 忠贞于党，冤屈加身，其志坚不动移。
> 赤诚献身，坚持原则，是马列一尖兵。
> 满腹经纶，不耻下问，树优良好风范。
> 亲切和蔼，平易近人，其音容如再生。

怀念李琪同志

李元春

1965 年 7 月，由李琪同志带领北京代表团赴山西太原参加华北局京剧团革命现代戏观摩演出合演。参加的剧团有：北京京剧团、北京京剧二团、北京实验京剧团。参加的剧目有：《南方来信》《红头巾》《越海插旗》《海堂峪》。在这次活动中，又以北京代表团为主要成员组成了京剧界著名演员顾问团，有马连良、张君秋、裘盛戎、马富禄、贾盛习、侯永奎、奚啸伯七位。当时李琪同志负责这项工作，他非常积极、认真、负责、热情地对待顾问团。不仅对这些同志关心备至，还认真地组织观摩、座谈活动，使此项现代京剧革命汇演工作起到推动发展作用。

另外京剧二团在创作《越海插旗》的过程中，也得到李琪同志的大力支持和无微不至的关怀，他多次指出剧团领导要注意提高演职员的政治觉悟，到下边去深入生活，演解放军，一定要学习解放军，他说："咱们演解放军，很缺乏这方面的生活，要到部队体验生活去，一定要去！"他还说："《奇袭白虎团》剧组很有生活，在表演上有很多新的创作，你们要好好地学习他们的创作精神，希望你们在'插旗'中定要创新，要有新的东西，有自己独特的创作，在艺术上面要超过'白虎团'，比如铁丝网，你们不能过两层吗？这是我的意思，仅供参考。"在李琪同志的启发下，我们剧组的全体同志开动脑筋，进行认真研究，重新创作，所以在《越海插旗》中舞蹈、武打设计都有很大突破。这些成绩的取得是我们按李琪同志的要求所做的结果。首先深入生活到广州部队体验生活，学习了解放军战士的爱国主义思想及战士的操练情况等。有了生活再创作就大不一样了。《越海插旗》在演出中获得了很大成功，受到内外行的好评。大会组织华北局各团学习《越海插旗》，同年 10 月 1 日，"插旗"戏的彩车在天安门前受毛主席检阅。此成绩的取得与李琪同志的支持和关怀是分不开的。

　　李琪同志！我们文艺工作者永远怀念你！

怀念李琪部长

马长礼

我和李琪部长见面的次数虽然不多，但接触也不少，我对他的印象很深。我记得他瘦瘦的，高高的，说话有点口音，见人先笑后说话。下面就我所接触的二三事，悼念我们的老部长。

五十年代末，由市委文化局调来一位曾在延安工作的老干部，任北京京剧团领导。他来剧团后，有一次通知马连良、谭富英、裘盛戎、赵燕侠、谭元寿、马长礼、小玉蓉、李芳等，到广和剧场看电影《四进士》，是周信芳主演的。我们大家都很奇怪。当时有这么一句话："南麒北马关外唐。"各是各的流派。看了电影以后，这位领导说，大家都要像周信芳先生这样唱。马先生没讲话，后来就病了。当时北京京剧团由彭真同志抓，具体由李琪同志抓。此事发生后，由市委统战部和中央统战部联合作了调查，后来把这位老干部调走了，马先生这才唱戏。大家都说：这样的领导确实不错，知道了这件事，不但批评，连工作也给调动了。

另一件事是 1963 年我们去香港演出，回国后拍电影《铡美案》，当时正在实行薪金制，北京京剧团的人一部分留在北京讨论级别，一部分人到长春电影制片厂拍电影，同时也评薪。几位团长当然评为一级，陈少霖、李慕良、谭元寿三人评为三级，我评为四级。评完后，剧团的老书记栗金池坐飞机到长春，说："你们的级别定高了，尤其是长礼和元寿，一个是马团长的徒弟，一个是谭团长的儿子。你们应该降下两级来。"就是说谭元寿降到五级，我降到六级。问我们有没有意见。我们当时是要求进步的，想争取入党的。我说没有意见，给多少钱都行，只要是干革命。回到北京后，有一次彭真同志由李琪同志陪同来看我们演的《草原烽火》。彭真同志向有关同志问起我和谭元寿定多少级？当听说是五级和六级时，就说是不是定得太低了？我知道他们不是定的五级和四级吗？剧团同志说，因为他们离团长太近了。彭真同志说这样不合理。这些我是从李琪部长那儿听来的，后来剧团政工组组长就宣布给我和谭元寿恢复一级。我恢复到五级，他恢复到四级。等到"文革"开始后，我们这次定级的事就让江青点出来了。她说，彭真和李琪给你们长了两级，你们是他的人。江青不管在大会上小会上都说这句话。

　　第三件事，有一次我们正在走道上休息，碰到李琪部长。他说："长礼，你进来，我跟你谈谈。"我说："你有什么事？"他说："你很年轻，嗓子也很好，扮相也挺好，要努力呀！要争取赛过前人。"我说："李琪部长，谢谢你！"当时他总是笑眯眯的，说话声音不大。他鼓励我的话一直响在我的耳边。

1990 年 10 月 2 日

缅怀李琪同志

张本荣

1965 年 3 月，当时的北京市委常委、宣传部长李琪同志来良乡公社的黄辛庄蹲点。那时，我任良乡公社党委书记，闻讯后很高兴。李琪同志是位很有威望的领导，他来良乡蹲点，是对我们工作的最大支持和帮助，我积极做了安排。

黄辛庄那时有 300 多户人家，1100 多人，1200 亩粮田，是良乡公社的一个大村，多年来，生产一直搞不上去。

李琪同志一进村，水还没喝上一口，就派人到地里把大队书记郭月找来，要郭月介绍情况。紧接着就去一户社员的破屋里召集生产队长开座谈会，详细了解村里的情况。随后，他又深入到各生产队进行调查研究工作。

一天，他把我叫了去，问："黄辛庄生产为什么搞不上去？"因为当时是以阶级斗争为纲，正批唯生产力论，批生产第一的观点，基层党委普遍受到冲击，黄辛庄的工作自然也不例外。所以，对他的问话，我很难正面回答，便支吾道："黄辛庄是个贫水区，打不出水来，搞生产有困难。"

李琪同志说："要千方百计找水源嘛！"李琪同志还说："共产党历来关心人民群众的疾苦，注意改善人民群众的生活，无论如何，还是要搞生产。"

在当时的社会背景下，李琪同志仍鲜明地坚持这样的观点，让人感到了一个共产党人无私的胸襟和超人的胆魄。我觉得遇到了一位良师益友，所以遇事愿意找李琪同志商量。

在深入的调查研究之后，李琪同志亲手制定了黄辛庄的发展规划：一是兴修水利，抓粮食生产；二是搞农林牧副全面发展，实行富民政策，改善提高全村社员的生活水平。规划制定后，李琪便组织大队一班人，一步一步抓紧实施。

　　首先搞了牡牛河截流工程，然后由李琪同志亲自出面，找县里的供电部门，在黄辛庄北架了一条高压线，建了两级扬水站，从而解决了全村三分之二粮田的灌溉问题。

　　农业生产的难关攻克以后，李琪同志就把着眼点放到综合发展、改变面貌、改善群众生活上来。

　　"要想富，先栽树。"李琪同志深知造林对农村长远发展的重要，就托在农场工作的同志给黄辛庄弄来三万多株树苗，发动全体社员在房前屋后、田间路畔栽满了树。为了使社员尽早收到经济效益，他号召社员在自留地和庭院里栽植花椒树，他当时有个明确的要求，就是家家要栽够五棵花椒树。

　　李琪同志认为，要想改变提高群众的生活水平，发展家庭养殖业是极其重要的。他带领黄辛庄大队的干部到惠南庄参观学习养猪能手杜宝珍的养猪经验，然后又到北郊猪场给大队弄来优良种猪，在大队办起了种猪场。这个种猪场面向全村社员，为社员发展家庭养猪服务。与此同时，李琪同志又发动社员养兔，养优种獭兔。养兔业在村里很快便发展起来，成为社员群众的日用财源。

　　全村的养殖业发展起来之后，李琪同志又跟大队书记郭月商量，在村里办一个面粉厂。他开导郭月说，办面粉厂，既可以发展集体经济，又可以为社员群众生活服务，粉下来的麸子还可以用于养殖业，是一举多得的好事，不要犹豫，要大胆地搞起来。

　　于是，在李琪同志的指导下，黄辛庄办起了面粉厂，从此，该村历史上有了第一个企业。

　　这时的黄辛庄开始走上了在抓粮食生产的同时，走农林牧副综合发展的广阔道路，社员的生活水平开始得到改善。社员群众的精神面貌一天比一天好，展现在黄辛庄人民面前的是一幅美好灿烂的前景。

　　可是，就在这时，"文化大革命"的序幕揭开了。李琪同志被召回北京。

　　临走那天，李琪同志围着黄辛庄的麦地转了一圈，他看到小麦长势很好，栽下的树也长得很苗壮，很高兴，反复叮嘱："要给树浇一点水。"在场的干部群众都掉下了眼泪。李琪同志走后，就再也没有回来。

　　"文化大革命"开始后，造反派冲进黄辛庄，要干部群众肃清李琪的"流毒"。大队部里有李琪同志亲手栽的两株槐柏，造反派说，这是李琪的两棵黑苗子，一棵是郭月，一棵是韩才（郭月、韩才当时是黄辛庄村的两位主要干部），必须拔掉。两株无辜的小树便被连根铲除了。但已茁壮生长在黄辛庄土地上的那三万棵白杨，是造反派再也拔不掉的了。

所以到后来，黄辛庄人无论到田间还是村路，只要看到那一排一排已长成栋梁之材的杨树，便会情不自禁地说："这是李琪栽的！"

党的十一届三中全会以后，党中央抓了农村改革，实行了富民政策，农村经济得到大幅度的发展，农民的生活水平也有了很大提高。黄辛庄的老人们把酒喝到酣处，会说："要是没有这 10 年的折腾（指'文化大革命'），按李琪的路子走下去，咱现在的日子，兴许早就过上了！"

李琪同志领导黄辛庄人民栽下的三万多棵树，给黄辛庄人民带来不少福分。20 多年来，黄辛庄发展了十来个企业，盖房子，搞装修，以及群众建公房做家具，都是用的这些树。树要换代更新，卖出的木材，直接收益就达七八万元。现在的树已更新两茬，更新的树长得更加郁郁葱葱，生长不息！

李琪同志已逝世 25 周年了，他关心群众疾苦，时刻以人民的事业为重，他全心全意为人民服务的精神，也永远留在黄辛庄人民的心中。

1991 年 1 月

忆李琪

王金秋

李琪同志生前曾担任中共北京市委常委、宣传部长的重要职务。因为工作上和他接触不多，因此对他并不了解。

在他在"文化大革命"中遭到迫害，含冤辞世十九年以后，我有幸读到他的文集时，才有所了解。他是一位学识渊博，对马克思主义的研究造诣很深的学者，是一位正直的人。

他的文章有一篇是一九六二年参加全国宣教会议以后，寄给彭真同志的一封信。信上说，会上对划分知识分子的阶级成分有两种意见。一种是有些人主张按"世界观"划分。另一种主张"应根据马克思主义原则，划分成分，确定一个人的阶级属性，主要看他在生产关系中的地位、作用和政治态度，即为谁服务，而不是根据意识形态"。（见文集的 654 页）他对理论问题是很严肃的。经过思考和研究，他是主张按后一种划定知识分子的阶级成分的。我认为他的意见是正确的，是符合马克思唯物主义的。

但是在当时那种"极左"的政治气氛笼罩下，敢于无所畏惧地坚持真理，是要有非常的勇气的。他的这种敢讲实话的精神，令人敬佩。虽然他离开我们一天天远去了，但是他的求实精神，仍永远留在我们心中。

深深的教诲和启迪

——李琪同志给青年人的一次讲话

李光晨

1965 年 4 月的一天，天气晴朗，风和日丽。中共北京市委常委、宣传部长李琪同志到南大荒苗圃，同工人以及正在此劳动实习的大学毕业生（1964 届，新参加北京市属林业单位和一些区县等单位工作的）一起劳动，平整准备扦插杨树苗的土地。那时苗圃的工人，绝大多数是 1962、1963 年初、高中毕业的知识青年，20 岁上下；少数所谓老工人，也只 30 岁上下。实习的大学毕业生也都是年轻人。李琪同志和他们在一起，像个长者，又像是老朋友，一面挥锹铲土，一面谈笑风生，亲亲热热。他很关心这些青年的工作、学习和生活，特别询问他们每天工余后有没有学习文化的时间、政治学习学些什么等。

中午，他和工人、大学毕业生们一起从食堂打饭，两个馒头一碗菜，说干了活吃的比什么时候都香。大家都知道李琪同志是政治理论家，写了不少学习毛主席著作的辅导材料。所以饭后有人提出要李琪同志就大家的学习和工作进步讲话，他不顾劳累，放下碗筷就和大家谈起来。

他说："你们都是青年，今后学习、工作的路很长，前途光明远大，要重视学习。学什么？怎么学？两个环节：一是理论，包括革命理论，即政治理论，马克思列宁主义、毛泽东思想，社会主义建设的理论；也包括自然科学和生产技术的理论，你们造林、育苗、果树管理，也有很多理论。学过去书本上写了的，也学正在发展着的，发展很快，变化很快，不学跟不上。二是实践，革命理论是革命领袖们和无数革命先辈经过实践总结发展的，我们每个人要真正明白理解这些理论，有的是很深奥的理论，一定要在实践中学，在实践中去领会理论，就容易得多。所以实践不是光干活，还要明白道理，还要发展理论。政治理论是这样，生产技术也是这样。你们说是不是这样？"

"两个环节"，李琪同志 29 年前深入浅出的讲话，至今仍给那时正年轻、现在都 50 岁上下的人们留下极深的印象。当年的青年工人、大学毕业生，现在很多是市、县级林业战线的领导骨干，在后来风风雨雨年代里，他们脑海里"两个环节"的启示并没有淡薄，而是更加亲切和深刻。对李琪同志，我是早就慕名的，但当面请教仅此一次。我那时参加工作刚两年多，担任苗圃主任，工作担子很重，由于缺乏经验，工作盲目性大，一天从早到晚很忙，热情高而成绩不大。那时听李琪同志的讲话，就觉得是给自己作的具体指示一样。多少年来，我当生产第一线的技术员、管理干部，当大学教师、系主任，现在也算得上老教授了，一直是坎坎坷坷，没有风顺过，李琪同志的"两个环节"的教诲一直积淀在我心里很久很久，一直在潜移默化地起着巨大的作用。是啊，无论什么工作，一个理论、一个实践，紧紧抓住这两个环节，用正确的理论指导实践，又用实践不断深化理论和发展理论，是多么重要啊！我们年纪大了，也还是重要。

李琪同志去世已 28 年，他作为党的理论工作者，用"两个环节"这么简明扼要的言词概括学习和进步的要领，概括做人的哲理，启迪青年人，足见他作为学者对年轻人的关心。我们将永远地纪念他、怀念他。

1994 年 5 月 20 日

忆李琪同志

刘明义

在我的记忆内，李琪同志纯朴的形象，稳重而沉静的神态，给我留下了很深的印象。在我和他接触当中，感到他对人热情亲切，平易近人。那是在 60 年代初，由于我国遭受到三年自然灾害，北京林业建设跌入低谷，乱砍滥伐林木、放牧毁林的情节十分严重。在八字方针的指引下，北京市委为了尽快恢复和发展林业，动员组织了应届毕业的高中和初中的学生上山下乡，一大批知识青年分配到郊区各个林场安家落户，绿化首都，加强林业的建设工作。当时对安置好这批知识青年并稳定住他们的情绪，市领导十分重视。为做好这项工作，李琪同志曾几次到林场了解知青的安置情况。1963 年秋季的一天，李琪同志和当时任市农林局副局长的李莉同志来到林场，由我陪同到魏家村造林队察看知青的食堂、宿舍，又到山上工地看望正在劳动的知青，热情地向大家问候，问寒问暖，并勉励大家要好好学习毛主席著作，艰苦奋斗，锻炼自己，为绿化首都作出贡献。临走时，他和每位知青握手告别。回林场在座谈会上，他对林场几位领导提出要求说，知青是林业上的一批生力军，一定要做好人的工作，给大家讲林业的重要性，讲林业的现状和发展远景，讲作为首都一名林业工作者的责任，以提高大家的责任感，坚定林业工作的信念。最后他特别强调对待知青要像对待自己孩子那样，关心、照顾，要充分兼顾青年人的思想工作、学习和娱乐活动。市领导对知青安置工作的重视，使我们林场的几位领导深感肩负担子的分量。为了做好知青工作，林场党、政、工、团协调一致，在青年中进行生动活泼的政治思想工作，开展学先进、赶先进，以解放军为榜样，以五好教育为中心的比、学、赶、帮、超评比竞赛，进一步激发了大家热爱林业、热爱劳动的积极性，同志们之间形成了互相帮助、互相学习、助人为乐的好风尚，涌现出一批学先进、赶先进的积极分子。这批林业战线上的生力军，使北京郊区林业建设出现了欣欣向荣、稳步前进的情景。

1963年冬市林业局为了进一步加强知青的思想教育工作，李莉同志提议要集中知青，进行专业培训，这一建议得到市领导的大力支持。当时兼任市委党校校长的李琪同志对这一工作不但支持而且给予充分的学习条件，他通知由党校负责给培训的知青腾出教室、宿舍以及食堂，包括炊事员在内的后勤服务工作。在学习班开学典礼上，林业部的罗玉川部长、北京市副市长王纯、赵凡以及汪家和李琪等领导同志都参加了会议并讲了话。结业典礼时由知青成立的文艺宣传队演出自编自演宣传毛泽东思想的文艺节目，演出结束后，市领导赵鼎新、李琪同志接见了参加演出的同志，李琪同志很欣赏大家的精彩表演，他鼓励大家回去以后要进一步办好文艺宣传队。学习班分期分批先后培训了6000多名知青，这对刚参加工作步入社会的青年人来说，无疑是很大的激励。训练班结束时，大家都纷纷写保证书表决心，愿在林业上干一辈子，为绿化首都作出贡献。岁月流逝已30年了，每当大家回想起这段历史，虽然又苦又累，但回味起来总是觉得津津有味，确实是我们步入社会的黄金时期。正是这样，60年代前半期，北京郊区林业也是一个飞跃发展的时期。

李琪同志离开我们已30年，他生活俭朴、克己奉公、严于律己、宽以待人，给人留下深刻的印象。他几次到林场来，都没在林场用过一次餐。一次他有病，组织上派我给他送去鸡蛋补养身体，他严肃地批评了我，随后他照价付了款，又耐心给我做了解释，使我深受教育。他纯朴、热情、亲切、平易近人的形象，每当我回忆起来时，总难以忘怀。

1996年2月

忆李琪同志认真细致的工作作风

董靖知

建国后，北京市场上销售的果品，主要是由外地运京供应市场，为了逐步解决自给问题，1958 年前后，北京相继发展了以苹果、梨、桃、葡萄四大鲜果为主的基地果园，到 60 年代初期相继结出了丰硕果实。1962 年，原市农林局在市府大楼西五楼会议室举办了一个优质果品展评会，目的是向首都各界有关领导和单位汇报京郊果品生产发展成就，广泛听取各界对今后果品生产和市场供应等方面提出的建议和要求。原北京市各部委办的领导同志在百忙中陆续前来参观，与技术干部座谈，其中宣传部长李琪同志先后来了两次。他身穿洁净合体的中山装，仪表端庄，态度和蔼，给大家留下了深刻印象。他详细了解了果品生产，又细致观看展品，对工作一丝不苟的精神受到了大家的敬佩。尤其使我们感动的是，他发现展牌上出现的错别字，如菜写成芽、苹写成平、葡萄写成葡等，均一一做了纠正，教我们注意不要写错别字，自造字，我们也立即改正了。但是过了两天，李琪同志又来了，他发现还有漏下没改的展牌，立即和蔼地告诉大家，要细查一遍，对漏改的一定要全改正，工作要细致。现在事情已经过去 30 多年了，这期间我组织和参加举办过无数次有关果品方面的展览，每当办展览写展牌时，就情不自禁地回想起当年李琪同志的教诲，注意不出错别字，展牌上台前都逐个查一遍。李琪同志当时对我们那代青年人的帮助和希望，对我以后努力做好工作起到了一定的作用。

介绍两本哲学通俗读物

——重印李琪同志的两本哲学著述

范若愚

有许许多多同志，当他们在世时，始终全心全意地为党工作，为人民服务；而在逝世后，留下的遗物还能够继续起这种作用。十七年前去世的前中共北京市委常委、宣传部部长李琪同志留下的这样的遗物，主要是为了宣传毛泽东哲学思想的两本通俗读物：一本是《〈实践论〉解释》，另一本是《〈矛盾论〉浅说》。现在重印这两本为今天的许多青年所不大知道的书，并不仅仅是为了怀念李琪同志，主要是因为这两本书曾对人们特别是对广大青年学习《实践论》和《矛盾论》起过有益的辅导作用，而在今天还需要这两本经过考验的书继续起它曾经起过的作用。

毛泽东同志的哲学著作——《实践论》，写于 1937 年，曾在延安"抗大"讲演过。1951 年，根据中央的决定，公开发表了毛泽东同志的这部哲学著作，从而推动了建国以后第一次全国范围的学习马克思主义哲学、毛泽东思想的热潮。

为了适应学习《实践论》的需要，李琪同志写了《〈实践论〉解释》（以下简称《解释》）。这本书结合当时学习中需要解释的问题，比较系统地论述了《实践论》中所阐发的辩证唯物主义认识论的基本原理及其应用，解答了人们在学习中提出的许多疑难问题，并且批判了某些对马克思主义哲学的不正确的观点和认识，从而成为 50 年代的辅导学习《实践论》效果较好的通俗读物之一。

李琪同志由于读过马克思主义许多的哲学著作，特别是对《实践论》作了比较深入的研究，所以在《解释》中比较熟练地运用马克思主义哲学原理，运用大量的实际斗争的行动事例，特别是在阐述每一基本论点时，总是把唯心主义与唯物主义的观点鲜明地对照起来，加以比较，就使读者易于认识为什么马克思主义的辩证唯物论是正确的。《解释》中许多地方强调了对党内的主观主义特别是教条主义的批判，这为读者加深了解《实践论》的主旨，也起了一定的启发作用。

1955年，又公开发表了毛泽东同志的另一部哲学著作——《矛盾论》。《矛盾论》也曾在延安"抗大"讲演过，也是一篇关于唯物辩证法的光辉著作。《矛盾论》的公开发表，在全国范围内又一次掀起了学习毛泽东哲学思想的热潮。李琪同志在这种形势下，又写了《〈矛盾论〉浅说》（以下简称《浅说》）一书。

李琪同志认为，学习、研究《实践论》，必须和学习、研究《矛盾论》结合起来，因为这两篇哲学著作的内容，是有机地联系在一起的，它们都是毛泽东思想的理论基础。懂得了《矛盾论》和《实践论》的关系，就可以知道唯物辩证法在马克思主义哲学中的重要地位。《浅说》列举了马克思主义经典作家对唯物辩证法的评价，历数中国教条主义者由于不懂得用唯物辩证法来分析和解决中国革命的实际问题而给革命事业带来严重的危害之后，强调指出只有真正懂得唯物辩证法，并且在实际斗争中运用它，才能避免犯教条主义和经验主义的错误。我们学习《矛盾论》的目的，正是为了掌握唯物辩证法，避免犯思想方法上的错误，即主观主义的错误，为完成我国社会主义改造和建设事业的胜利奠定思想基础。

《浅说》结合我国革命的事例，以两种宇宙观、矛盾的普遍性和特殊性、矛盾诸方面的同一性和斗争性作了简明扼要、通俗易懂的阐述。接着，高度评价了毛泽东同志对马克思主义哲学的伟大贡献，说他根据中国革命的丰富经验，对唯物辩证法的核心和精髓——事物的矛盾法则，从各个方面作了深刻的说明和发挥，彻底批判了主观主义、教条主义的错误，从而丰富和发展了马列主义唯物辩证法的科学。

李琪同志说得对："万里长征无坦途"。在十年动乱中，李琪同志的这两本曾经为研究和宣传毛泽东哲学思想起过积极作用的通俗读物，却遭到林彪、江青的打手们极其粗野、蛮横的歪曲和攻击。列宁说过："骂人是没有道理的人的

'道理'。"对于没有道理的"道理"，根本就不值一驳，也无须我们多费笔墨了。而我们所希望的是：重印李琪同志这两本学习毛泽东哲学思想的入门书，对于继续恢复毛泽东思想的本来面目，能起一定作用。

（本文摘自范若愚同志为山西人民出版社重印李琪同志两本哲学著述所写的序言。）

一段回忆

刘　冰

1966年北京饭店会议，我准备讲对批判不实之事，未想到下午的会议，出乎我的意料，在召集人的引导下，斗争的锋芒转向了别的同志，其中有李莉同志。她是市农林局党的负责人。那些围攻她的发言，据我看都是些鸡毛蒜皮的事，没有一条在原则上能站得住的。为什么要围攻李莉同志呢？与会者都知道她是北京市委宣传部长李琪的爱人。李琪同志已经被打成"黑帮"，隔离起来了，现在又向她夫人开刀了。这不是搞株连吗？哪还有真理！李琪同志是山西人，自幼家境贫寒，早年参加革命，酷爱读书，凭着勤奋，自学成才。建国以后，他在党的最高学府马列学院从教，并给北京大学哲学系授课。他担任过彭真同志的政治秘书、政务院政法委员会研究室负责人、全国人大法律室主任，对我国的社会主义法制建设作出过贡献。他调到北京市委后，因工作关系，我们相识了，但接触不多。1965年深秋，郑天翔同志主持的根据中央通知征求各省、市对中央一个重要文件意见的小型会议，我被叫去参加了，同时参加的几个人中有李琪同志。在两天的讨论中，李琪同志多次发言，有理有据，注重实际，很有见地，给我留下了深刻的印象。休息时我们常聊天，我感到他热情、谦逊、朴实。这样的好同志，被剥夺了一切权利，隔离起来，现在又批斗他的夫人了！他们何罪之有！一个月后，7月10日，李琪同志含冤离开人世。他恐怕不会知道他被隔离的时候，他的夫人也在挨斗！

（此文摘自刘冰的《风雨岁月——1964—1976年的清华》，当代中国出版社2008年出版。）

彭真得力助手李琪不惜一死冒犯江青　终含恨而死

王燕玲

"文革"前，李琪曾是北京市委常委、市委宣传部部长，是彭真的得力助手。

彭真很器重李琪。当年请毛泽东在北京看沪剧《芦荡火种》时，彭真特意安排李琪坐在毛泽东身旁，对他说："今天陪主席，你演主角。"

然而，历史的风云变幻难以预料。"文革"中，李琪在与江青抗争时，屡屡被碰得头破血流，直到满含悲愤，告别人间。

拒绝江青

1963年，江青提出要在北京搞京剧改革，彭真决定由李琪负责同江青联系。其实，搞京剧改革，不是江青的真正目的。对这个安排，江青并不满意，她认为李琪官小，彭真小看她了。

后来，江青在文艺上专横跋扈的作风遇到了彭真的抵制，站在第一线与江青抗争的就是李琪。

江青以其特殊的身份凌驾于所有人之上，到处称王称霸，耀武扬威。她不许演京剧传统戏，对戏的修改颐指气使，说一不二，把京剧搞得不伦不类；她不让演话剧，把话剧说成是"死了的"剧种；下令撤销北方昆曲剧院等剧团；不许马连良、张君秋、裘盛戎等著名演员再登台演出，等等。

彭真、李琪不同意江青的做法，坚持现代戏、传统戏都要演，还让有关部门开了100出京剧历史剧剧目清单，准备让北京市的剧团上演这批优秀的传统剧目，还要北京电台广播。

这些自然引起江青的不满，她公开说："你们眼里没有我！""李琪只听彭真的，不听我的！""北京市委是'大北京主义'，不听党的话！"

她一面斥责李琪，一面又多次暗地对李琪说"北京市委是错的"，企图拉李琪跟她走。

李琪对江青的行为感到不满和厌恶。一次，江青来电话，约李琪一起去看戏，他回答说："市委要开会。"避而不见。另一次，江青又来电话，李琪对秘书说："说我下去搞'四清'了。"拒不接触。平时，在周围人面前，他并不掩饰自己对江青的憎恶。

1965年春节前，江青把李琪叫到上海，却不与李琪见面。李琪很是着急，于是写了张"我们已到，何时接见，请通知"的纸条给江青，但江青就是不见李琪，她每天只让张春桥和李琪谈。李琪让张春桥转告江青，家里有事，是不是抓紧接见。

终于，江青披着一个绿斗篷来了，对李琪说，你以后不要管京剧改革了。

"包庇"吴晗

1965年年底，在江青的精心策划下，姚文元终于抛出保密了七八个月、九易其稿、臭名昭著的《评新编历史剧〈海瑞罢官〉》。时任北京市副市长的吴晗，同彭德怀并没有过多交往，但姚文元却说《海瑞罢官》的要害是"罢官"，给吴晗戴上了"反党反社会主义"的大帽子。

姚文元把海瑞的刚直不阿的精神，说成是"从地主阶级利益出发"，为了"恢复地主阶级"的罪恶统治；捕风捉影地把《海瑞罢官》中所写的"退田"，说成是要"人民公社退田"；还硬把"平冤狱"同1962年的所谓"单干风""翻案风"联系起来；胡说"退田""平冤狱"就是当时"资产阶级反对无产阶级专政和社会主义革命的斗争焦点"。

吴晗读后十分不服气，说写《海瑞罢官》是胡乔木和他谈的。胡乔木说毛主席称他是研究明史的专家，海瑞骂皇帝的精神值得提倡，他才接受写的，剧本中的政治术语都是胡乔木加的。吴晗还说，毛主席曾请过主演海瑞的马连良在家里吃饭，并说："海瑞是好人。《海瑞罢官》的戏好，文字写得也不错。吴晗头一回写京戏，就写成功了！"现在却叫我吴晗检查，我实在想不通！

李琪认为，吴晗即使有错误，也是历史观点的错误，也是学术讨论范围的问题。

李琪署名李东石，在《北京日报》显著位置发表了《评吴晗同志的历史观》的文章。他想通过这篇文章，把问题引到学术讨论方面，公开反对"对吴晗的诬陷"。

1966年5月16日和17日，《红旗》杂志、《人民日报》先后发表了中央"文革"小组成员戚本禹的文章，公开点名批判李琪———给他的文章扣上种种罪名，还说他写的《评吴晗同志的历史观》是包庇吴晗，是给吴晗抛出的第二个救生圈。

一封信招来杀身之祸

"文革"中，李琪的人格一再遭到强行摧残和无情嘲弄。

1966年2月，江青又一次叫李琪去上海见她，仍然是她自己不出面，让张春桥做说客。李琪听后，深知其意，冷冷地对张春桥说："不知道还有别的事没有，如果没有，我就回北京了。"

对于江青，李琪是一忍再忍，他原想惹不起就设法躲开，但躲也躲不开，他的内心极其痛苦。

经过反复考虑，他决定给彭真写一封信。在信中，他如实反映了自己对江青的看法。始料不及的是，这封信，给他招来了杀身之祸。

他在信中说，在和江青两年多的接触中，江青给他的感受是：盛气凌人，独断专行，无事生非，仗势欺人。

他还说，江青把别人当奴隶，像奴隶主对待奴隶一样对待他，使自己无法工作，无法忍受。他的感受太深了，自己有责任反映这一切。

信送出后，他的心情久久不能平静下来。回家后，他便悄悄地将此信的内容告诉了夫人李莉。

据李莉回忆，她曾问李琪："你是不是说得太重了？"

李琪正色道："不，我说得还不够，江青人品太差！"

　　夫人听了他这番话，心里很害怕，小声说道："你的胆子也太大了，竟敢在太岁头上动土。万一失落，江青能饶你吗？"

　　李琪表示，他应该写这封信。他说，已经到反映情况的时候了，他觉得这是一个党员的责任。

　　后来，有人揭发李琪反对江青，将此信作为李琪反对江青的最重要的证据，李琪为此被整得死去活来，还不到 52 岁就自尽离开了人间。

《党史博览》

难忘的会见

周　崧

　　记得是在 1965 年的秋季，一天上午，我正在试验室制作玻璃零件，有人在门外叫我："老周！有市委领导看你来了。"我吃了一惊，赶快迎了出去，看到院子南面的大屋里站着两个人。我眼力很差，走到近前才看出其中一位女同志是我在文艺界的老同事路奇同志；我们已阔别十多年了，见面非常高兴！路奇说："在市委宣传部，就在李琪同志的办公室。李琪同志早就说想来看你了，可是他太忙，又凑不上机会。"我这才明白，那位和路奇同来的"市委领导"就是李琪同志，他紧握着我的手，笑呵呵地说："是早想来了，有很多事想和你谈谈，就是没有时间。"大屋里空荡荡的，中间放着一个乒乓球桌，靠墙有几个木凳。我们各自搬了一个凳子挨着乒乓球桌坐下来。我满怀歉意地说："我们这些人成天在外头跑，所里没人张罗，冷清清的，来了客人都没处坐！"（岂止没处坐！我记得连水都没给喝。）李琪同志说："事先没有和你联系，今天有事上西山这边来，看时间还充裕，就进了你们林业所的门，碰碰运气看你在不在所里，没想还真碰对了！"这时我明白了他们真是专程来看我的，我不用向他们汇报什么工作，开始时有点紧张的心情也松弛了下来。才是第一次见到我的李琪同志和我说话时就像见了老熟人，我感觉不到彼此之间有丝毫的隔阂。李琪同志问我："听说你在文艺界干得很好，为什么一定要改行呢？你就那么喜欢养蜂吗？"路奇同志也说："要不是听李琪同志说起你，我还不知道你改行的事呢。我也真想不通，这是怎么回事呀？"我说："我其实不是很想干养蜂这一行。我只是对蜜蜂、蚂蚁这类社会性小动物群体的社会结构、管理能力，特别是遗传生育方面的很多特点非常重视，我一直认为其中一定包含着十分深刻也可以说十分重要的科学道理。"李琪同志说："有这样重要吗？"他在问我是否值得为此付出这样大的代价（改行）。我看着他，觉得他等待我回答的时候，眼光中充满了真诚和期望。我说："确实很重要，但是没有人真正理解我的想法；现在只能自己一个人慢慢地去研究，是理想，是猜测，在下不了结论的时候还是少说为好。我很怕卷进那种学派之争里去。其实我对养蜂业只是个爱好者，算不得专家。"李琪同志说："我听很多人说你是养蜂专家，我看不假，是专家，而且不保守，很有水平！我还知道你是上海音乐学院出来参加工作的。那不是科班出身的音乐家吗？我还要谢谢你费心教我家海文小提琴呢。"我这才想起来，李琪同志和李莉同志就是一家人，海文当然就是李琪同志的女儿了。我们几乎一点没有谈论生产上的情况和问题；谈的都是些关于蜂群内部和组织结构、群体生活等等，谈得兴致勃勃，十分投入；李琪同志问我在所里有没有蜂群，我说只有研究蜂病用的实验群，蜂群的群势很弱，没有正常蜂群的那种威势，很不像样！他说："没有关系，看一下吧。以后一定要专抽一天时间到你郊区的大蜂场去。"我带他们走到屋后找到一箱有病的蜂群，那箱蜂的群势很弱，打开箱盖，只看到有几千只蜜蜂在乱爬；我讲解说："蜂群里有三种蜜蜂。"可我找来找去只有两种（蜂王和工蜂）。多半是因为已经到了深秋，过了交配季节，连一只雄蜂都没有找见。看了一会，我只好盖上箱盖草草收场，心里感到非常抱歉！李琪同志却说："很有意思，很有意思呀！我还没看够呢。可惜时间不多了，中午还要赶回去，以后再说吧。反正我一定找时间到你的蜂场去的。"一路说笑着，我送他们走到大门内侧，上了气车。在挥手告别的时候，我相信彼此一定都期待着最迟在明年初夏可以再见面；然而谁能想到，这第一次见面后的第一次分别是永别！

　　又已经"三十八年过去"，还是那"弹指一挥间"，我已届耄耋之年；对很多久别或已逝去的亲友、同志的容貌甚至连姓名都已淡忘。但李琪同志的音容笑貌却常能清晰地呈现在我的记忆中；一面之缘，却留下了太多的遗憾！我余年已不多，这种抱憾的心情将终身难以释怀了。

读《忆李琪最后的日子和我的遭遇》后

——悼念棋友李琪同志

宋汝棼

读了李莉同志写的《忆李琪最后的日子和我的遭遇》，十分感伤。

这是一篇感人至深的文章。它用十分朴素的文字刻画了李琪同志这个中国共产党人的高风亮节，也勾勒出了她自己这个坚强的革命者。

一

李琪同志是个真正的中国共产党人，他对马克思主义非常虔诚，时时处处坚持党的原则。

正如他自己所说的，他"看问题太简单、太单纯、太幼稚"。一个自幼就投身革命，经过斗争考验的共产党人，对日本帝国主义，对国民党反动派，是有高度警惕的；但是在党内，却总是既简单、幼稚，又毫无戒备。李琪同志偏偏又处在"文化大革命"刚开始的风口浪尖上，岂能幸免？他对李莉同志说是他得罪了江青，连累了市委，其实这恰恰说明，他直到此时，仍然把问题看得太简单了。

李琪同志说，做事过于认真，不灵活。像李琪同志这样坚持党的原则的革命者，是决不肯对权贵阿谀奉承的，是决不会迫于形势，只图自保，向恶习势力低头的。李琪同志对"四人帮"横眉冷对的斗争，说明他是一个真正的共产党人。

在黑云压城的危难时刻，李莉同志虽然自己也已经沦为"黑帮"，正在遭受批判斗争，却时时刻刻挂念着李琪同志，她是他的知己，是他的安慰者，是他的保护神，然而她万万没有料到，她竟然没有保护得了他。这场风暴太大了，在那忽喇喇似大厦倾的日子里，他义不受辱，以身殉了自己的理想。1966年6月，在北京市委工作的后期，我在北京饭店大门口遇到了李琪同志，他向我打招呼时仍然是那么热情，笑容可掬，想不到不久竟听到了他的噩耗，回想起来，他当时如此从容镇静，说明他早已下了决心。

一个坚持为真理而斗争的革命者对自己的同志总是关心、爱护、厚道的。凡是同他一起的同志都对此留下深刻的印象，至今十分怀念。我是搞经济工作的，同李琪同志在工作上接触比较少，但因为我们是下围棋的棋友，有一个时期星期日他常到我家里和我手谈，收秤之后，有时也谈谈心。有一天他忽然对我说：最好多和领导同志接触接触，免得有的领导同志有意见。我因为年幼丧父，孤儿寡母，备受欺凌，养成了一种孤傲的心理，从来不愿意找领导同志，有不同意见，也不肯解释。李琪同志对我如此关心，好意规劝，至今使我难忘。

二

李莉同志的文章里对她自己虽然着墨不多，但是十分生动地写出了她自己。李莉同志说，1966年，她有三个万万想不到。

第一个想不到的是北京市委被定为"针插不进，水泼不进"的"独立王国"，市委的主要干部都被打成"反革命分子"。这不仅李莉同志没有想到，也是我们大家没想到的。当时的北京市委一向是受党中央器重的，北京市委的工作是党中央肯定的，怎么可能一下子变成反党集团？退一万步说，如果说北京市委真的犯了错误，何至于非要它顷刻瓦解，一朝覆亡？怎么可以株连到北京市成千上万的干部（岂止是主要干部，包括小副食店的领导人），株连到成千上万的文艺工作者？

第二个万万没想到是李琪同志被批判。实际上，被批判斗争的岂止是李琪同志？多少在革命战争中出生入死、功勋卓著的老革命横遭诬陷，多少在祖国建设中任劳任怨、鞠躬尽瘁的同志被残酷迫害？没有这些同志，怎么可能取得革命战争的伟大胜利，怎么可能取得建国以来的非凡成绩？为什么竟要革这些革过命的人的命？这一切，至今仍然令人百思不得其解。

第三个万万没想到的是李琪同志满腔悲愤，撒手人寰。实际上在这场突如其来的"文革"风暴中义不受辱的人何止千千万万。许多同志在对敌斗争中能够坚忍不拔，顽强斗争，但是被自己的革命队伍扣上反党、反革命的帽子，无情打击，诬蔑构陷，就实在难以容忍了。李琪同志这种宁为玉碎的抉择，实际上是对"四人帮"的严正抗议。

李琪同志逝世后，李莉同志面临的压力是常人难以承受的。她既要忍受失去李琪同志的锥心疾首的痛苦（这种痛苦是永世不能磨灭的），又要面对没完没了的关押批斗，还要打起精神来拉扯五个年幼的孩子。李莉同志终于坚强地挺过来了，终于迎来了为李琪同志平反的日子，终于迎来了拨乱反正的春天。这些都说明，李莉同志是一个党培养多年的好革命战士，是李琪同志的好妻子，是他的知己，是孩子们的好母亲，是引导她们前进的楷模。

我在"文化大革命"中也受到突如其来的无情打击、残酷斗争，经历了长期的关押、流放，深知家破人亡的况味，读了李莉同志的文章后，既十分感动，又深受感动，更敬佩李莉同志的坚强、勇敢。

2004 年 1 月

二、晋绥老同志的回忆

怀念李琪

池必卿

你含冤去世已有 25 年。时间虽久，却抹不掉我的记忆。追述一下我们之间同志式的友谊，也许对儿女们有点纪念意义。

我们相识于 1948 年夏季，一块儿在晋中区党委宣传部工作。为时虽然不长，却结下了深厚的友谊。

开始组成的宣传部，好像只有我们三人。即部长、科长、干事各一人。人少事多，既有动员人民支前参战和参加新区土改的任务，又有新闻、出版、文艺等项业务。其中，你挑的是重担。

在新区土改问题的争议中，你站在马克思、列宁主义和毛泽东思想的立场上，表明了一定要坚持走群众路线的正确态度。

当毛泽东思想的提法传到前方不久，你就大讲、特讲从实际出发、理论联系实际、实事求是这一毛泽东思想的精髓。

我们除工作关系之外，相互间的交谈很快形成了习惯。

你对我国历史上许多重大的事件都有深刻的看法。向我多次讲过王充哲学，并且作过很高的评价，从此我才发现你早已从事历史特别是哲学的研究了。你不仅是一名优秀的共产党员，还是一名理论和历史修养颇高的学者。

在谈到家庭情况时，你还以太行区革命根据地为背景，为我的孩子们起了名字：太峰、太崴、太岩、太岚。这四个名字后来全都派上了用场。

当晋中区常委奉命撤销时，你提出了从事理论工作和去马列学院学习的要求。这完全符合党的需要和你个人的特长，很快就得到组织的批准。行前特为你给献珍同志写了封推荐信。从此，你就走向理论上深造的新阶段。

《〈实践论〉解释》和《〈矛盾论〉浅说》两本书凝聚了你的心血，是你的代表作，也是你对普及毛泽东哲学思想作出的一大贡献。兴奋之余，你用这两本书的微薄收入，请我们吃了一次烤鸭。

你曾经提出过回山西工作的要求，我当然欢迎。出乎意料的是，山西省还在安排研究的过程中，突然发现你已被调去北京了。

在一次华北地区领导干部集中学习期间，你遇到一个难题：正在批判帝王将相、才子佳人，特别是江青亲自抓京剧"革命"时期，出现了要北京演员演出古装剧问题。你在深思熟虑后，提出了用清唱代替古装演出的意见。经过我们共同努力，你的意见终被采纳。我想，这可能预防了一次风波的出现。

十年"文革"开始，你首当其冲。先有报刊点名批判，后有小组追逼围攻。对此，你坚持党的原则立场，敢于亮明自己的观点，表现出共产党人的高贵品德。即使如此，我们对你的处境仍有担心，因而才向你和有关人员打了招呼。但是，在"四人帮"的强大压力下，并未起任何作用，你竟遽然逝去，离开了我们。在那个时代，我们除了按压住内心的悲痛外，还有什么办法呢！

在我被关押四年后分配工作不久，首次来京开会。恰巧碰上为你举行悼念活动。李莉同志设法通知了我和程子华同志，我们一块儿前去参加了。这是十年来同你的遗像和李莉、海渊、海文等第一次见面。虽然是一次半官方性的悼念活动，我心中也得到一点安慰。

光阴荏苒，转眼就是建党 70 周年。把加强党的建设作为今年纪念活动的基本内容，应该说是名正言顺的吧！通过纪念活动，使多数党的领导干部，懂得社会历史发展的必然规律，懂得人活着究竟是为了什么的道理，这才可以算作实实在在纪念活动。

1991 年 3 月 21 日

忆初识李琪同志

李立功

　　我党的好干部、优秀的理论工作者李琪同志，离开我们已经 25 年了。但他的音容笑貌至今还留在所有和他共同战斗过的同志们的心中。

　　我和李琪同志是 1940 年相识的，当时抗日战争已进入相持阶段。他担任晋绥第八专员公署文联主任，组织上派他到徐沟县开展抗日斗争。那一年秋天，由于叛徒出卖，他被日本鬼子抓住了。敌人对他软硬兼施，也没有使他屈服，最后把他关在徐沟城里的监狱中。

　　在狱中，李琪同志继续坚持斗争。监狱里负责看管他的一名年轻伪军，具有一定的爱国意识。李琪同志抓住这个机会，积极向他宣传抗日道理，讲中国人民一定能够胜利，日本侵略者一定要灭亡，只有共产党领导的抗日武装才是中国人民的救星的道理，并教育他只有调转枪口，参加抗日斗争，才会有光明的前途。在李琪同志的说服下，这一名伪军翻然悔悟，决心跟随李琪同志一起参加抗日武装。于是，他们秘密地察看了地形，定好了越狱的时间和路线。一天夜里，这一名看守打开牢门，放出李琪同志，他们一起带着两条枪以及长绳、毛巾等物从监狱里逃了出来。这时城门早已关了，城门口还有鬼子兵严加把守，根本出不去。他们摸黑爬上城墙，把绳子的一端系在城墙的垛口上，另一端垂到城下，攀着绳子往下溜。不料，他们的行动被敌人发觉了，李琪同志一双赤手抓紧绳子，顺着两丈多高的城墙溜下来。当时他觉得双手一阵钻心的剧痛，但也顾不了许多，便飞快地朝野外跑去，刹那间就消失在茫茫的夜幕中了。城头上的敌人胡乱朝黑暗处放了一阵枪，只得垂头丧气地收了兵。李琪同志在夜幕的掩护下，拂晓前到了汾河东岸的南安村，找到掩护的群众家住了下来。李琪同志才发现双手鲜血直流，右手的四个指头被绳子勒得露出了骨头。经过简单包扎，他忍受着剧痛，次日夜渡过汾河，横穿太汾公路的敌人封锁线，进入解放区。组织上把他安排到交城县科头村治病养伤。

那时我正担任科头村所在的交城三区的区委书记，在一位老乡家里我见到了李琪同志。在这以前我们虽然都在一个分区工作，彼此的名字都很熟悉，但没有见过面，这是我第一次见到他。进老乡的门，只见土坑上坐着一位身材中等偏高，圆脸大眼，面目清秀的青年，这就是李琪同志。他的下身围着老乡的一条破棉被，炕上铺满了边区的《解放日报》和其他书刊、报纸，他正在聚精会神地阅读。他见到我非常高兴，操着一口浓重的晋南土话，热情地给我讲这讲那。他越狱前前后后的经过，就是在那时讲给我的。他说，从鬼子的监狱里跑出来到了根据地，真像是回到家里一样，处处都感到亲切，感到温暖。我劝他好好休息，好好养伤。他笑了笑说，在敌人的牢里关了近一个月，最难受的就是看不到咱们的报纸，现在见到这么多书报，怎能不如饥似渴地学习呢？我们谈得非常热火，但是，当我们告别分手时，我却无法和他握手，因为他的伤势比较重。

李琪同志伤愈后，1941年春节回到徐沟坚持工作。他以利索敏捷的作风，迅速捕获并处决了叛徒、汉奸董狗娃，鼓舞了群众，发展了抗日的两面村政权。

后来，我和李琪同志逐渐熟识了，才知道热爱学习是他的一大优点。他没有上过什么学，只是在村里念过几年小学，年纪不大就参加了革命工作，按说他的文化底子并不厚，但是他特别注重在工作中学习，可以说是自学成才的。后来，组织上派他担任"永田中学"校长，到吕梁区党委党校主持教学工作，后来又担负了其他工作，但不管到哪里，不论搞什么工作，他都十分注重认真学习马列主义理论和文化历史知识，所以他的文化理论水平提高得很快。1949年，他担任晋中区党委宣传部科长时，中央马列主义学院招收第一批学员，招生考试的考题中有什么是马列主义的三个来源和三个组成部分的内容。当时，许多同志都答不上来，只有他答得最完整，最正确。进校以后不久，他和范若愚、孙定国等同志一起成为全校著名的高才生。毕业以后，他陆续写了《〈实践论〉解释》等政治理论著作。他理论上进步这样快，和他坚定的马列主义信念、孜孜不倦的学习精神是分不开的。

那次越狱后，同志们谈起这件事，都交口称赞他坚强的革命意志和勇于斗争、善于斗争的精神。被敌人抓住后，在那种九死一生的恶劣环境下，他没有低头，也没有灰心，而是寻找一切机会开展积极的斗争。同时，他还十分讲究斗争艺术，就连敌人的看守都争取过来了，成为他逃出监狱的助手，这两个看守后来都参加了革命队伍，成了我们的同志，从这里也足见李琪同志的宣传鼓动能力是相当强的。

在史无前例的"文化大革命"中，林彪、"四人帮"一伙把一大批坚持原则、刚直正派的好干部视为他们篡党夺权的眼中钉，急欲除之而后快。李琪同志也未能幸免，"文革"一开始，他就被打成北京市委的"黑帮"成员，遭到轮番批斗，身心受到极大的摧残，终于迫使他含冤去世。十一届三中全会以后，党对包括李琪同志在内的千千万万个被"四人帮"迫害的好干部作出了公正的评价，李琪同志终于可以含笑九泉了。我们今天怀念李琪同志，就是要学习和发扬李琪同志坚持真理、勤奋学习、勇于斗争、善于斗争的精神，并用这种精神教育年青一代，把我们的社会主义事业搞得更加蓬勃兴旺。

缅怀李琪同志

张永青

李琪同志是党培养起来的共产主义的战士，人民的好儿子，北京市宣传理论战线和文艺战线上的优秀领导人。

我和李琪同志在一起工作，前后将近七年。我们在1940年秋季相逢，在吕梁山区的交城山和清太平川（现在山西清徐县和太原南部）度过了艰苦的相持阶段，迎接了抗日战争的胜利。在解放战争中，又在吕梁区党委宣传部工作。以后，他到中央马列学院学习，留在北京工作。我到北京开会，有机会总是互相看望，而更多的是他到宾馆来看我。最后一次则是1965年1月，我到教育部开半工半读会时，我爱人李兰恰巧也在北京开会，他约我们看了一场《阿诗玛》的电影。谁知这竟成为今生的永别！在那场史无前例的浩劫中，彼此都遇了难，他则又先我离开了人间。但和他一起战斗过的人们，想起他时，又觉得他还在我们身边。李琪同志的精神不死。

我印象最深的是李琪同志的好学精神。他是一个农民的儿子，因家境贫寒，连高等小学也念不起，就出外谋生。但他敏而好学，充分利用空闲时间，读书看报，识字练字，从不间断。好学，帮助他开阔视野，促使他寻找人生的真谛，路漫漫兮……在他的奔波求索中，终于找到一条通往真理的道路。从此，他更加发奋读书，钻研理论，手不释卷，夜以继日地学习、钻研。当1940年秋季，我由晋西区党委派往八地委任宣传部长时，李琪同志在永田中学任教导主任，他已经是一位谦虚谨慎、艰苦朴素的实干家了。在抗日战争和解放战争中，他总是经常地顽强地阅读马列主义书籍、中外小说和文史等方面的读物，不断充实自己，提高自己的政治思想和文化方面的素质。在和我的交谈中，也常常希望能到延安深造。

1948 年年底，党组织帮助他这位长期从事党的宣传教育工作的人，进入了党的最高学府——马列学院学习，成为该校第一期的学员。对于李琪同志的一生来讲，进入马列学院深造，是他自身发展的一个很重要的阶段。他特别钻研了马克思主义哲学，高度评价毛泽东同志对马克思主义哲学的伟大贡献。1953 年和 1956 年先后著作和出版了《〈实践论〉解释》和《〈矛盾论〉浅说》，通俗地解答了当时青年读者在学习毛泽东著作过程中提出的许多疑难问题，并且批判了一些人对于马克思主义哲学的不正确的认识。我记得，有一次和他会面时，我已到西南师院工作了。我说高校的青年学生很喜欢学哲学，研究自然界和社会发展规律，但规定的教材则是从苏联教材抄袭来的，与中国革命的实际不挂钩，又写得枯燥无味，引不起同学们的兴趣。李琪同志讲，这是目前学哲学的通病，理论不联系实际。有人研究哲学是书中来书中去，或者是逐章逐句的注释文字，而不指出它的精神实质，这都是一种认识论和方法论上的错误。至于各取所需的风气，那就是更有害和更可怕的恶劣作风了。他接着说，我写这两本书就是针对这些错误而写的。只有批判这些错误，党的理论联系实际的作风才能真正倡导起来。李琪同志是有丰富的革命实践和社会阅历的，但他深知理论指导实践的重要意义，随着革命斗争的需要，不断地向理论深度和广度进军，把马克思主义的理论和中国革命、建设密切结合起来，做出了应有的贡献。

李琪同志的工作是很出色的。既有大的气魄，又能实事求是。他自己主持工作时做得好，给别的同志做助手时也很得力，把他安排在任何工作岗位上也从没有听到有什么怨言。1940 年夏季，八地委派他去创办永田中学时，他从无到有，把这所学校创办起来。艰苦创业，勤俭办学，关心与爱护青年学生，取得了优良的成绩。其中的一些学生现已成为党的中层干部，年逾花甲了。

1940 年年底到 1941 年 1 月，日寇集中优势兵力对八分区进行了极为残酷的"扫荡"，实行"三光"（杀光、烧光、抢光）政策，八分区军民进行了反"扫荡"战役，打退了敌人的进攻。但是，在那次战役以后，八分区即进入了极端困难的相持阶段，我们处于四面皆敌的环境中。抗日根据地日益缩小。李琪同志调到八地委宣传部任科长不久，即被派到清源、徐沟平川敌占区开展知识分子工作。他把一些人吸引住了，工作很有进展。这里是敌占区，敌人的统治是很严密的。我们住宿的地方离敌伪据点最远的也不过二三十华里。

同年夏季，党中央指示开展敌占大中城市和交通要道的工作。晋西区党委决定，由我负责主持七地委工作，我任地委书记，除公开工作的系统外，还有一个地下工作的系统。原来也打算派李琪同志通过清徐平川到天津等地做地下工作的，因他在平川做知识分子工作很有成效，争取了一批知识分子秘密支持抗日战争。这时，敌人正推行第三次"强化治安"，平川环境也由于叛徒出现增加了它的复杂性。平川环境顿时恶化了，敌人经常到各村大肆搜捕，李琪同志不幸落入魔掌。敌人没有认出他来，但他也准备了牺牲，李琪同志与敌人周旋了十来天，经组织营救释放。

谁知出狱以后刚走到城门口，恰巧又遇到伪独立队，其中有个叛徒认识李琪，把他又捉回去邀功，说他是"八路军"。他抱定了必死之心，正如他写的诗上所说的："刚脱虎狼口，又入蛟龙穴。我已时穷矣，愿流最后血！"表现了一个共产党员视死如归的浩然之气。敌人对他施尽百般诡计，他也决不屈服。虽然组织上仍在继续设法营救，但他觉得从那个狱门出去是很不容易的。

一个偶然的机会，他发现看守他的伪军中有一个曾在永田中学念过书。那个伪军也认出了他，乘别人不在的时候关照他。李琪同志和那人的搭话中得知，那个伪军是贫苦人家出身，在家中被抓去当了伪军。李琪同志便向那个伪军进行策反工作，晓以大义，让他弃暗投明，大家一起逃跑，终于，那个人下决心起义。在一个晚上，先把两条大绳悄悄放在城墙上，看了地形和路线，到深夜他上班的时候，把另一个伪军给支走，便和李琪同志一人背了一杆枪上了城墙。李琪同志先顺着绳子溜下城去，因手上没垫东西把手勒破，接着那个起义的伪军用衣襟垫了手，也下来了。当敌人发觉追捕时，他们已下了城墙。他们怕拂晓到群众家打门狗叫，惊动了群众，招来敌人，便到村里一个墓穴中住了一天，晚上才来到群众家。这里的群众是我们的铜墙铁壁，迅即给李琪同志用淡盐水洗去血迹，用白布包扎起来，让他们吃了晚饭，连夜过河上山，到了七地委的所在地。他的机智勇敢受到了七地委和边山军民的高度赞扬。以后，他在晋绥分局参加了著名的整风运动。

1942 年是八分区最困难的一年。日寇依靠其优势兵力向我腹心地区蚕食，抗日根据地日益缩小，山区处在一个四面皆敌的环境。我们的干部伤亡也很大。晋绥分局决定，撤销七地委和平原办事处。罗贵波同志代替饶斌担任书记，我系地方干部，留做副书记。其他同志也作了相应的调整。大家同心协力地贯彻执行晋绥分局和军区的对敌斗争指示。经过艰苦的发动群众的工作，集中优势兵力围困敌人的据点，终于在 1943 年打开了局面。

这时，李琪同志又回到地委机关，先后任地委秘书、地委干训队指导员，负责整风审干工作。在晋绥分局这一段的学习中，李琪同志的马克思主义的理论水平提高很快，回到地委机关后，在协助我组织机关的整风中，我向他学了不少东西。他写了一些文章，如《对四·三决定的再认识》等都给我看过。我觉得他的认识增强了，内容也不错，文字也很流畅，阅后很受启发，深感系统学习和零敲碎打就是不同。我们还研究了每个人都要找自己的整风目标，不是在那里泛泛谈什么整顿作风，而要针对每个人的不同情况找出自己的不同整风目标来进行剖析，敢于对症下药才能够有所进步。由于有了李琪同志的参加，大家都越谈越有劲，批评虽尖锐，而被批评者则感到心悦诚服。大家更团结了。

他在地委机关的工作也很出色。他敢于创新，敢于提出自己的不同意见，也能接受别人对他的反驳。因为他一不为名，二不图利，只有共产党员的奉献精神，他赢得领导和群众的爱戴。1944 年冬季，他帮我整理一篇报告时，很快就把资料搜集起来，有理有据地说明问题。我就喜欢这样的人，我觉得文章总是大家做为好。有的人以为你改我们的文章或者不按我们的意见改什么东西，岂不有损我们的尊严。其实，李琪同志所改的文章和起草的东西，都是他研究过的东西，并不是什么别出心裁的作品，经过他的润色使文章更有感染力罢了。他确实是做一行学一行，做一行爱一行。党把他安排在哪里，就在哪里发光。他是一位真正谦虚的人。

李琪同志的生活作风就和他这个人一样，是那样的朴素。有一次，我到他家里看他，除海渊在上学外，其余几个年龄还都小，李莉同志也才从市农业局上班回来。小屋中除了书外，几乎什么摆设也没有，家中倒是挺清静的。当时，我来往的人也大都这样。他当时已调到彭真处工作了，以后调到全国人大常委会和北京市委，也是住着那样的房子。正因为如此，我党才能在群众中有崇高的威信。

1991 年 3 月 30 日

纪念李琪同志　学习李琪同志

华国锋

　　像李琪同志那样锲而不舍，终生不倦地学习和宣传马列主义毛泽东思想。

　　像李琪同志那样忠诚于党的事业，勤勤恳恳兢兢业业尽心尽力地为党工作，甘当人民的老黄牛。

　　像李琪同志那样正直无私，坚持真理实事求是，富贵不能淫贫贱不能屈。

　　像李琪同志那样做一个真正的共产党人。

　　为李琪同志诞辰 76 周年而书。

辛未年初夏于北京

深深怀念

张 雨

我以极为沉痛的心情，深深怀念在十年动乱中含冤逝世的李琪同志！

他的优良品德，给我留下深刻的印象。从幼年时代起，他就不畏艰难，勇于进取，促使他走向革命，经过革命烘炉的陶冶和锻炼，使他成为一个具有坚强的革命意志和艰苦奋斗精神的革命者。他在不幸被捕，身处逆境时，动员看守他的士兵一起，勇敢地携枪越狱，逃出虎口。这一英勇行动，受到党组织的表扬，在晋绥八分区军政干部和群众中，传为佳话。

他勤于学习，又善于学习，在战争年代动荡环境中，他每天迟睡早起，一定要挤出时间读书。他又善于深入浅出地阐述理论，实事求是地应用革命理论。在40年代相处的日子里，他曾多次给晋绥八地委干训队作过学习理论的报告，每次都受到听讲者的称赞，那时已显出他在理论方面的造诣。经过马列学院深造，写出许多有影响的著作，当时相识的战友，都对此感到很欣慰。

他在生活上非常俭朴，对自己要求严格，对同志又是那样的热情、耐心，在战争年代是这样，解放以后我们多次相会，他仍然保持当年的作风。就在他身居要职的时候，仍保持着朴素的生活作风，热情、谦虚地对待同志。

正当他在理论上有许多成就，具有丰富工作经验，且精力充沛之年，可为党的事业做更多贡献时，竟不幸含冤逝世，实令人悲痛不已！

1990 年 11 月

忠诚勇敢不畏艰险的优秀党员

张　矛

　　李琪同志是忠诚于共产主义事业的好同志，他离开我们已经25年了。李琪同志生前给老战友们总的印象是：忠诚于党的事业，对工作认真负责，能以实事求是、坚忍不拔、大无畏的精神，顽强执著地刻苦钻研，不断地在实践中取得新的发现和新的成绩。只要他认为应该去做的事，就能克服各种艰难险阻，披荆斩棘，奋勇向前。在"文革"初期，他决心用他的生命维护共产党员的尊严，使他在52岁，人生的鼎盛期离开了人间，使我们这些老战友们想起来就感到十分悲痛，他死得太早了。

　　我认识李琪同志是在1940年初。当时我在晋西南工作，在国民党第一次反共高潮的部署下，山西的国民党统治者是封建军阀阎锡山，他是一个联共不忘反共、拥蒋不忘拒蒋联日的阴险反动分子。阎锡山"畏民如畏虎"，惧怕抗日进步势力的发展，怕失掉山西这块他统治了20多年的地盘，就在和日寇谈判妥协的情况下悍然发动了"十二月事变"。他手下的旧军以陈长捷为首，组织了"讨逆指挥部"，向新军和抗日进步势力猛扑过来。我们这些以牺盟会名义进行活动的女干部和病弱男同志，在严酷的形势下，脱下了民运干部制服，换上了群众服装，装扮成老乡，隐蔽在进步群众和党员的家里。后来又转移到有煤井的地方，藏在见不着阳光的矿井中，每天由群众送一次窝头和水。

　　后来，党组织命令汾孝游击大队寻找隐蔽在国民党军队活动地区的干部，把他们送到安全地带。在这种情况下，革命群众为我们引路，使我们在1939年12月31日下午找到了汾孝大队，见到了大队政委甘一飞同志（原汾孝县委书记）。因为是阳历除夕，部队炖了一锅白菜猪肉和一锅小米饭。饭菜的香味刺激着我们的饥肠。突然，凄厉的紧急集合号吹响了，说明有了敌情。我们随队伍跑步集合后，立刻开始了急行军，乘夜过了封锁线（一条公路），天亮时到了汾阳二区的一个村子。当时李琪同志在二区当区长。汾孝游击大队把我们这批干部送到汾阳二区后，第二天就走了，继续寻找其他隐蔽在国民党占领区的干部，把他们转移到安全地带。

　　汾阳二区为什么是安全地带呢？因为它名义上是敌占区，但国民党不敢来，另一方面日寇尚未停止正面进攻，军事力量只能摆在县城和大镇，对广大农村"占领区"无暇顾及，只能在偶尔发现什么情况时，让敌伪军出来骚扰一下。敌人出来时，我们躲避开来，或者就隐蔽在群众中。有一次一个敌伪军小分队到了我们所在的村里，老大娘让我同她出去推碾子。碾子就在村里的道路旁，看见敌人走来走去，并没有对我们盘问一声。同时，二区的工作也比较好，特别是发动群众工作较深入，参军的不少，一般群众都参加了各种救国会组织，还动员了不少青年男女知识分子参加工作，到延安学习。李琪的工作受到了汾阳县委书记柳林的赞扬。

　　我们到汾阳二区时，正赶上过元旦，接着过春节，有些人家大门上的对联就是李琪同志写的。李琪同志当时很年轻，闪烁着一双睿智的大眼睛，总是洋溢着谦虚、热情的笑容，给人们以很好的印象。由于他有五经四书的底子，又写得一手好字，很受当地士绅的崇敬，他们情愿把儿女交给他，让他们参加抗日救国的工作，有的士绅的女儿参加了工作，他们暗暗希望李琪成为他们的"乘龙快婿"。但是李琪同志本人根本无暇顾及他的婚姻问题，而在为抗日救国的各项工作不断忙碌奔波。2月份，晋西行署布置四次动员工作（兵、鞋、钱、粮），这里的人民热情响应，任务完成得很好。记得一个在照相馆干过的老工人，把口中镶的金牙也捐献出来，充当抗日经费，有的刚结婚的新媳妇，献出部分陪嫁的首饰……我参加了动员会，会场上群众热烈响应政府号召的场面，令人激动不已。过去我曾在隰县、孝义两县的山区工作过，对比起来，这里的人民群众抗日救国的觉悟似乎要高些。我想可能是由于敌人近在眼前，人民群众抗日救亡的热情自然高，平川人的文化水平比山区高，接受革命道理的能力也就强些，特别是李琪同志能随时随地深入细致地进行工作，打下了良好的工作基础。

1940 年 8 月，由于我与八地委书记饶斌发生了恋爱关系，我被派往八地委，1941 年春，李琪同志也从永田中学调任地委宣传部宣传科长，我们同在一个部门工作了半年多。宣传部具体工作由我们两人分别落实。我记得 1941 年春我曾去清太徐搞了两个月的调查，宣传部的工作就靠他一人承担。

李琪同志调到地委机关工作时，正值敌人空前残酷的大扫荡刚刚结束。这次扫荡是敌人对在百团大战受到严重损失的疯狂报复，集中兵力最多，扫荡时间最长，在根据地实行"三光"政策，破坏性最大。人民沉浸在悲哀之中。这时最需要鼓舞群众的情绪，振奋群众的精神，宣传工作极为重要。在这次反扫荡中，第八军分区的决死二纵队、工人保卫旅等部队避敌锋芒，游击运动到平川去打击敌人，取得了不少的胜利。地方游击队，在保卫人民、袭击敌人方面也起了重大作用。在地区党政军民的主持下，军区政治部和李琪同志，组织布置了祝捷大会，鼓舞群众斗志，并搜集与宣扬群众中英勇斗争可歌可泣的事例，加以宣扬。如交城山区一个牧羊人，被日本人抓住后，宁死不屈，自称是江西老红军，高喊革命口号，悲壮地死去。这些故事使人民听了激奋不已，克服了消极恐惧情绪。

3 月 18 日，在八地委成立了太原区文化界救国联合会，李琪同志被选为理事。这个会的宗旨是想通过开展敌占区的文化工作，以争取知识分子。李琪同志为《晋西文艺》征求稿件。抗联妇女救国会干部鲍枫，根据她在敌占区的妇女工作中了解到的情况，写了《无刺的花》，被选为《晋西文艺》的获奖作品。我也根据我在清太徐调查的材料，写了一篇短篇小说《区长的客人》，登在《晋西文艺》创刊号上。这两篇作品都是反映妇女在敌占区被蹂躏，动员人们奋起反抗。李琪同志当时那种认真学习的精神，令人记忆犹新。当时，书籍极端缺乏，他不知从哪里找了四五本文艺创作的书，他对同志们说，他一定要学习文艺创作，但在进城后，他竟然写出了《〈实践论〉解释》《〈矛盾论〉浅说》，这当然是他那种认真执著勤奋努力的精神所产生的结果。

到了 1941 年下半年，晋西区党委为了加强敌占区的工作，把八地委一分为二，分出一个七地委来。八地委管汾阳、文水、高乐、交西四个县，七地委管清（源）太（原）徐（沟）以及同蒲铁路西段榆（次）太（谷）祁县地区。李琪同志分配到了七地委工作，地委书记是张永青。行政机构不设专署，设专署办事处，李晓村同志任办事处主任。由于设立七地委的决策不谨慎，没考虑到一个地区的建立光是清一色的敌占区，没有可靠的后方是不行的。所以刚刚建立的地委和专署办事处在交西县的小娄峰开会时，突然被敌人包围，由清太徐游击大队掩护撤退，在战斗中游击大队损失很大，武装部长肖靖、大队政委马真、地委书记张永青、办事处主任李晓村等都受了伤。由于当时七分区处于日寇强化治安下，日寇要全部占领平川，对边山地区进行严密经济封锁和军事上的反复扫荡，环境不断恶化，不少干部被捕被杀害。李琪同志亦于当年 10 月被捕，他在敌人的威胁利诱面前，坚定沉着，毫不动摇。在他第二次被捕关押的四天内，做通了一个看守人员的工作，伺机乘夜逃出来，还带出两杆长枪。他们出逃时用长麻绳从城墙上滑下来，手掌上的皮肉都磨掉了许多。敌人发觉后四处追捕，他们藏在坟墓的洞穴里得以躲过。以后找到七地委，又回到了交城，我见到了他，听他亲口向同志们叙述死里逃生的经过。他还讲述从八地委调到七地委的李文秀同志，因为背上背了一床从家里带出的红色棉被，在游击活动中被敌击中牺牲。我记得我曾列席七、八地委分家时一次人事安排会议。李文秀拟调七地委任县委书记，李琪拟任县长……不料事情发展得特别快，区党委于年末决定撤销七地委，上述任命自然也没有必要批了。但李琪同志机智勇敢地从敌人手中逃脱的故事却流传很广。这次分别后，再没有机会和李琪同志见面。

1960 年我调到中央财贸部，1961 年财贸部撤销，我又调商业部工作。当时听说李琪任北京市委宣传部长，后来还看到他在报纸上被批判，真为他捏一把汗。后来听到他含恨而逝，深感惋惜。当时因为我自己也处在"文革"的大浪潮中"学游泳"，无暇他顾。值此李琪同志逝世 25 周年，我对这位年青时代的战友，表示深切的怀念。特别是他那种刻苦钻研、不畏艰险的精神，那种为真理勇于献身的精神，将永远留在我们的心里。

1991 年 3 月 8 日

深切怀念李琪同志

李 兰

    今年 7 月 10 日，我们的老战友、老朋友李琪同志，离开我们整整 25 个年头了。值此之际，仅以这篇短文来表达我对他的敬重之情和深切的怀念。

    十年动乱一开始，大学就首当其冲，我被打成"走资派"，关进牛棚，基本上处于与世隔绝状态。后来听说李琪同志去世的消息，我简直不敢相信他会突然地离去。他年仅 52 岁，正是工作之年，还可以为党做工作。

    "文革"初期，李琪同志被迫害致死。粉碎"四人帮"后，天日重明。他的追悼会在北京隆重举行，党中央对李琪同志作了公正的评论，至此李琪同志数年沉冤得到昭雪，恢复了历史的本来面目。

    我与李琪同志相识是在 1941 年的春天，那时我在晋绥七分区。不久李琪同志也被派往清徐做知识分子工作。我们第一次见面，是在清源县雨谷村一户群众家里。在敌占区工作，必须化装穿便衣。李琪同志当时穿一件黑色长衫，眼睛炯炯有神，显得格外潇洒、沉着，给我留下很深的印象。在秋季，由于敌人的"强化治安运动"，大肆搜捕革命干部、抗日分子，李琪同志不幸被捕。出狱后，刚走出徐沟县的城门，恰遇返城的敌特务队，其中有叛徒认识李琪同志，旋即再度被捕。他在狱中表现了一个共产党人视死如归的浩然正气和机智勇敢的斗争策略。他认为与其坐以待毙，不如设法逃脱，他在狱中动员一名看守兵，越狱逃出。由于是在敌占区，白天不敢行走，只好躲在墓穴里，等到晚上才上了清太边山区，找到地委机关。这是我们第二次见面了，当时我看到他那受伤的双手，一问才知道是逃出来时从城墙上抓着绳子滑下来，被绳子划的。李琪同志奇迹般地回来了，大家都很高兴。他讲述了在狱中的情况和争取敌伪兵投诚一道逃出的经过。大家听了后为他的机智勇敢和胆略所感动，当时他的这一段经历在清太边山干部群众中广为传颂，传为佳话。

李琪同志出狱后，马上投入了新的工作，与地委机关干部一道，在清太边山发动群众，反对敌人的"强化治安运动"。清太边山是游击区，那时我们和部队一起，每天都要行军转移，有时驻地还遭敌人袭击、包围。在生活上也是异常艰苦的，有时要挨饿，有时要在寒风凛冽的山上过夜。在这样一种紧张、艰苦的战争环境中，李琪同志表现得却是那么坚强、乐观。由于他刚出狱，身体较虚弱，而且两手的伤还未痊愈，领导与同志们都关心他，工作上尽量少给任务，吃饭也想给点照顾，然而这些都被李琪同志谢绝了，并幽默地说："大家能做的事情我都能做，行军爬山，你们走多快，我就能走多快。不信，咱们就比一比。"记得有一次，我们冲出敌人包围，爬上了一个山头，王瑞生、洛风、我和他坐在一块大石头上，这时他指着太原市的方向说：不久的将来我们把敌人打走后，人民群众也就从水深火热中解救出来，到那时我们这些人就不在这里打游击了，要进城做城市工作，学习我们不懂的东西了。

1942年初，我离开了清徐，到晋绥分区党校工作后，就与李琪同志分手了。1944年夏天，我二次调回八地委，又和李琪同志一起工作了一年。他当时任地委秘书，我在地委宣传部任干事。由于整风、抢救运动刚结束，地委干训队急需干部，这样，我和李琪同志都被调到干训队做审干的甄别工作。1946年吕梁区党委成立后，李琪同志在吕梁区党委任宣传科长主持干训班工作，我去吕梁后也分配到干训班工作。在李琪同志领导下工作了一年，直至1946年他调七地委任宣传部长分手。

李琪同志在八地委干训队，负责整风审干的甄别工作时，坚持一切从实际出发，实事求是地给干部作出结论。在吕梁区党委干训班组织学习、贯彻中央"五四"指示时，他向学员讲授了"五四"指示的精神，并且结合实际情况提出如何贯彻、执行的意见，他的讲课，深受学员的欢迎，对贯彻中央"五四"指示大有帮助。

李琪同志对工作极端负责，对同志一片赤诚，无微不至地关怀。他任八地委秘书时（当时地委只设秘书，不设秘书长和办公室主任），地委的文书档案，机关的一切行政事务等，都是他直接去管。记得 1944 年在交城关头村，地委机关为了解决住房问题，便决定打几口窑洞，这件工作具体由李琪同志负责。他每天都蹲在打窑洞的现场，在窑洞要打好时，忽然发现一孔窑洞顶上出现了一道垂直的裂缝，他马上组织人员检查，并及时向领导报告，采取必要措施。平时对炊事员、马夫、通讯员，不仅是使用他们，而且对他们也教育和培养。他亲自给工勤人员讲政治课，教他们学文化。在他的教育、帮助下，许多工勤人员进步很快。1944 年冬季，敌人要进山"扫荡"，当时我怀孕了，不能跟随部队、机关行军，便由他负责，把我和几个生病的同志安置到一个偏僻的小山庄，还派了一个老炊事员给做饭。他不断派人来看我们，并送来书报和粮食，使在那里休养的同志，能够安心度过寂寞的日子。这种对同志无微不至的关怀和对工作极端负责的精神，至今令我难忘。

特别是李琪同志那种自强不息、好学不倦、刻苦钻研的精神，永远深深地留在我的记忆中。从认识他的那一天起，我经常看到他手里总是捧着书在阅读，行军走路休息的空隙都在看书，宿营后等待开饭的时间他也在看书。他那种争分夺秒、孜孜不倦的好学精神，在当时干部中是少有的。他读书兴趣广泛，无论是政治、哲学方面，还是历史、文艺方面无不涉猎。在吕梁区党委干训班工作期间，他更是手不释卷；我每次去他住处找李莉同志，总是见到他坐在那里专心致志地看书，孩子的戏耍、哭闹和我们的谈话，都不会影响他读书的注意力。他记忆力特别强，能把读过的书介绍给大家，有时也提出一些问题进行探讨。如在清太边山打游击时，他给我们讲过《史记》《汉书》，并把他读《论衡》的看法提出来和大家讨论，他认为王充的哲学思想在历史上有进步意义。当时同志们都认为李琪同志是一位博学多才、实干苦干、很有前途的好干部。

1948 年，李琪同志考入马列学院学习，我们于 1949 年南下入川，从此就中断了联系。直到 1965 年 1 月，我们去北京开会，住在民族饭店，他和李莉一道去看我们才又相会。但万万没想到这次的分别竟成了永诀。他那严肃、谦虚、和蔼的面容，不时在我脑海里出现，他那亲切的谈吐，经常在我耳际回旋。我清楚地记得在北京分别时，他最后说的一句话：下次来北京再见。可是我 1973

年去北京时，他已被"四人帮"迫害致死，再也见不到他了。但他那胸怀坦率，对同志一片赤诚，工作中充满活力干劲和刚直不阿、平易近人、不懈学习的进取精神，永远留在我的记忆里，使我终生难忘。

1991 年 3 月 22 日于重庆

信中的怀念

闫志远

李莉同志：

你好，好久未见，想你比以前精神好些了吧！身体也比以前好些吧！希望保重身体。你的痛苦我体会得深，虽然彻底解决了问题，有时内心还会苦恼，我愿替你分担苦恼，切记要想得宽，要为孩子们着想。8月19日收到你的来信和李琪同志追悼会的一本小书，看到了好指导员李琪同志的相片，我不由得按不住内心激动热泪满面，遗憾的是去年6月我没有亲自到场悼念，原因是通知未能及时转到我手，接到信时已过时，气得我连字都写错了。

看到李琪同志的相片，回忆起当年在我区工作的情况，他真是我们的好区长。1938年，李琪同志在我区任区长，秋天区公所在我们村里，李琪同志住在我家办公。我给他烧开水，我母亲给他送开水，他的生活一直是艰苦朴素，穿一身青布便衣，一双粗布鞋，给人们的印象很深。当时二区坏人当头，杀人放火，无恶不作，社会秩序很乱，白天就有人拦路截夺，晚上偷盗成风，老百姓不敢出门，妇女们更是如此。李琪同志到任后，狠狠地打击了敌伪活动，为民除害，社会秩序很快就安定下来。人人称他是八路军的好区长。接着开展武装斗争，破坏铁路割电线等斗争。1939年春，我参加二区妇女训练班。李琪同志给我们讲课，持久战讲得深刻又易懂。1940年1月县政府开扩大干部会，我们同李琪同志一块儿上山去开会。我们这些新参加工作的女同志，爬山走不动，一爬就气喘，特别是我从小未见过山，土山也未爬过，高高的石头山就更不用说了。掉队的也是我，李琪同志等着我们，他说爬山不能像走平路那样，步子要踩实再走，气就换过来了。在县政府扩大会议上讨论当前的任务，学习会上李琪同志与司法科长展开辩论，当前的任务是反帝反封建，大多数同志站在他的一边发言。

　　李琪同志一生刚直不阿，战斗到最后一息，我写这一些是要让孩子们知道他们的父亲在我们二区的战斗历程，在汾阳县，提起李琪连敌人都害怕。直到全国解放后，老乡们碰着我，还打听李琪同志到了何处工作。可惜李琪同志已经离开我们。挥笔写这段文字，纪念我们的好领导李琪同志。

1990 年 9 月

北小堡乡亲的回忆

鲍 枫

借这次晋绥八分区妇运史座谈会的机会，我和姜克回到汾阳县二区北小堡村访问了抗战时期的乡亲们。他们回忆了当时的一些生动事例。

李玉槐同志今年 79 岁了，他回忆说：

"当时我家是抗日区政府所在地，我母亲叫那三星，她积极拥护共产党八路军抗日。妈妈机智勇敢地掩护了许多抗日干部和游击队的战士。她老人家当时已经 50 多岁了，任村妇救会的秘书（即主任）。区政府住在咱家院，妈妈警惕性特别高，一旦发现敌情，立即协助同志们转移，并帮助坚壁文件等。

"1940 年四、五月间，敌人在汾阳平川进行大围捕，二区几个重要村子都驻扎了敌伪军，一住就是三四天。北小堡是抗日区政府所在地，又是抗日的模范村之一，敌人当然不会放过。区长李琪同志已来不及转移，况且周围村庄大部分住上敌人。妈妈机智地帮助他们转移到离我家不远的李培根家的地窖里，地窖上面堆上麦秸掩盖。与李琪同时被困的有侯连生（又名九孩）、李常荣等同志。在地窖附近，敌伪军哨兵和便衣昼夜来往巡逻。妈妈和其他同志白天轮流监视敌人，深夜二三更时分在布置好对敌人的监视网后，才给李琪等同志送饭、送水、送情报。当时给他们送饭的除妈妈、李培根的父亲李全贵，还有李福等人。

"这次敌人围捕时间之长、驻扎的村子之多是过去所没有的。我们都没有这个思想准备。敌人围捕办法也很毒辣，他们利用汉奸搞诱捕。这次二区捕杀我党政干部、党员积极分子共二十多人，区委老侯同志就是这次英勇牺牲的，但李琪同志在我们村却安然无恙。"

　　李玉槐同志还深情地说：“那时人心齐，北小堡这么大一个村子就是没有坏人。领导和群众、军和民、上上下下人心齐。他们作风好，至今我们还很想念你们那些打天下的同志。李琪、李云同志他们死了，好人呀！可惜……”他的嘴唇和手都在颤抖，眼里噙着泪水，老人的心也在颤抖。大家都静默下来，默默地悼念着死去的战友们。

　　为了打破这一沉默的局面，当时的村妇救会委员，现已 60 岁的李玉娥同志作了发言。这个四十多年前仅十五六岁的小姑娘现在已满头白发。但她那胖胖圆圆的脸上和一双发亮的大眼睛仍流露着热情和对她光荣往事回忆时的欣慰和骄傲。她是富有家庭出身，排行第二，我们当时都叫她“二妹子”。她的家庭深明大义，支持她参加抗日活动。她说：

　　“1940 年参加四大运动时，我还小，我毫不犹豫地捐献了一枚戒指、两副金手镯和一条银绳。我除了积极参加和发动妇女做军鞋，还掩护咱们的干部和游击队员。一次游击队住在我家，敌人进村了，一个新队员不慎枪走了火，正好从我头顶上擦过去，我也不知道害怕，还是沉着地掩护他们安全转移了。当时我年轻热情，为了做好抗日工作，我也不怕得罪人。有一次动员救国公粮，一个叫张守钱的说他家没有粮，可我明明知道他有粮，后来我硬是亲自搜出他的两缸麦子，这对他也是个教育。我们还坚持举办妇女识字班，结合识字讲抗日救国、妇女解放的道理。记得当时参加识字班的妇女经常能保持在四五十人。每个人都能识几百字，唱抗日革命歌曲。我们村各方面工作都做得不错，与妇女工作发展得好也有关系。1947 年，我担任了一年副村长，组织上看我年轻，积极肯干，又愿意学习，曾准备调我去东北搞土地改革，我因有孩子没有走得了。”她感到有点遗憾，但却紧紧地握着我们的手微笑着，沉浸在幸福的回忆里。四十多年前一个天真、美丽、热情的小姑娘的形象似乎又重现在我们眼前。

　　就是这样一些质朴、机智、勇敢、热爱祖国的普普通通的像那三星、李玉娥和李全贵等各阶层的男女老少，在党的领导下，用生命和他们所能拿出的一切支援我们的革命夺取了一个又一个的胜利。

　　因为时间安排有限，我们要告别乡亲们了。他们有些不悦地说：“四十多年才来一次，至少住上三两天的，也好拉拉家常，吃点家乡饭呀！我们这些年生活过得好了，粮食不愁了。四人帮时学大寨割尾巴，把人糟践苦了，这二年活泛了，盖了不少新房。"眼看着男女老少一再挽留，我们何尝不想再住上三两天，听听乡亲们叙述当年的鱼水深情和对今后新生活的展望。但终究我们还是上车走了。辞别了这些艰难岁月里和我们生死与共、血肉相连的亲人们，我俩都久久陷入遥远的回忆中。是呀！论对党、对国家、对革命的贡献，他们不少于我们，但是她们不仍是一个老百姓吗？而我们呢？人民所给予我们的远远超过了他们。

人民，多么伟大的人民啊！比起他们来，我们自己却显得多么渺小啊！

1983 年 10 月 7 日

怀念李琪同志

王增谦　肖　平

十年动乱开始不久，李琪同志就被"四人帮"迫害致死了。每当我们想到硝烟弥漫战火纷飞年代的战友时，李琪同志的音容笑貌就在脑际中萦回，并激起了对他深切的怀念之情。

我们同李琪同志是1939年在敌后汾阳平川认识的，在一起共事的时间虽然短暂，但他那勤奋好学、坚持原则、实事求是、艰苦奋斗的高贵品质和革命精神，却使我们终生难忘。

1939年秋天，汾阳五区的一位小有名气的知识分子用文言文写了一封信给区政府，大意是询问抗日战争能否取得胜利。他在信中引经据典，咬文嚼字。当时区里的工作同志看不大懂，特别是他还要求回他一封信，这就更难住了大家。因为同志们认为，如果不能以文言文回敬他，并晓之以抗战必胜的道理，一来显得我方水平低，二来也不易团结争取这类知识分子。正在大家为难之际，李琪同志自告奋勇，用文言文写了一封回信讲述党的"持久战"主张。当那位旧知识分子和他的朋友们读了这封信后，佩服得五体投地，连称八路军大有人才，了不起。从这件事中，同志们感到李琪同志不仅勤奋好学，而且文化水平、理论水平也相当高，很值得大家学习。

1940年初，在汾阳平川敌占区，我方与日伪阎的斗争愈来愈尖锐。我党政群团的工作人员不带武器，是难以存在的。不过当时日寇还没有实行"强化治安"，我抗日工作人员还可以半公开地活动。反顽斗争开始后，日伪多方向我攻击，如果再不发展地方武装，在敌后就很难坚持斗争。这时，上级党委要求建立汾阳游击队。汾阳区委派出干部，依靠基层党组织，发动群众，收集武器，从汾阳二区田屯镇等村动员秘密游击队小组成员和一些农民参军，集中起二十余人，武器仅有一条半枪（为便于携带割去半截枪身）和几口大刀。正在困难时，李琪同志坚决执行县委指示，将他在五区五工等集到的十名武装区警和武器全部交给县游击队。队员中就有后来成为英雄的蒋专同志（电影《扑不灭的火焰》中主人翁）。为了尽快壮大这支队伍，李琪同志还和当时负责指挥这支武装的同志共同策划，消灭了军户堡驻扎的顽固势力的17名武装人员，把缴获的枪支补充到了县游击队。从此这支游击队迅速发展起来，成为有百余人的武装力量，被晋绥八分区授予八路军120师七支队基干二连番号。1940年底，在此基础上又成立了汾阳县游击大队。李琪同志在那个时候，就体会到我党武装斗争这一法宝的重要意义，而且能顾全大局积极支持建立县游击队，实在是难能可贵。

"晋西事变"后，以阎锡山为代表的顽固势力，同日伪勾结，活动更加猖獗。阎顽在汾阳平川的反动势力蠢蠢欲动，妄图把我党领导的进步势力赶出汾阳敌占区。在这种形势面前，李琪同志立场坚定，旗帜鲜明地予以反击。他同地方武装密切配合，依靠革命群众，对能够争取的敌伪人员，尽可能争取，对死心塌地反共的顽固分子和汉奸敌特坚决予以镇压，毫不手软。施展了革命的威慑力量。在汾阳平川二、五区五十多个村庄中，大部建立了抗日两面派政府，使我们的政令能够达到当时平汾铁路沿线的各个村庄。这就为完成晋绥根据地进行兵、粮、款、鞋四项动员工作，创造了良好的条件。汾阳县二、五区是平川地区，人口较密，物资丰富，是当时动员粮食、款项、棉花、布匹、军鞋、参军人员建立根据地，支援抗日反顽斗争的重要地区之一。1940年四、五月间，大约每周一次，把李琪同志负责筹集到的物资和款项，由基干二连掩护，通过太汾路封锁线，运送到我后方根据地。每次运输，仅大车、手推车就有二百余辆。这支由许多人员、车辆组成的队伍，要从相距仅有二十一公里的仁岩、罗两据点间通过，就必须进行周密的组织、深入细致的动员、严密的布置才能完成。在近两个多月的时间里，二、五区"四项动员"的物资人员圆满地送到了根据地，没出过一次事故。这些都和李琪同志的强有力的领导分不开。李琪同志为巩固晋绥根据地作出的贡献，是永远不能磨灭的。

　　1940 年下半年，李琪同志调离汾阳。1944 年冬至 1945 年夏，我俩分别在晋绥地委又先后见到了李琪同志。当时他任晋绥一分区第二期干训队政治指导员，领导干部整风学习。在忠诚坦白交代问题的学习阶段，有些学员受"抢救运动"的极左思想的影响，怀疑一切，抓住一些同志政治历史、社会关系、家庭出身上的个别问题，纠缠不休，在同志间造成气氛紧张，情绪不安。有的同志为了便于在敌占区活动，曾领过日伪制的"身份证"，就被怀疑为抗日意志动摇；有的同志社会关系中有旧社会的上层人士，就被怀疑为有政治背景；有的同志被日寇俘房入狱，与其他被捕同志住在一起，而后系自己越狱出来，其他同志被敌杀害，便被怀疑为出卖过同志，等等。凡被怀疑的同志，在小组中不断地被批判，名为开导，实是逼供，十多天也过不了关，闹得当事人苦闷忧郁、寝食不安。李琪同志发现了这情况后，一方面组织学习较好的同志去大会上发言，典型示范，以提高大家的觉悟；一方面积极纠正一些同志疑神疑鬼、无理纠缠的行为，把"逼供"克服在萌芽之中。李琪同志能够实事求是，坚持真理，正确执行党的整风审干方针，赢得了广大同志的称赞。

　　李琪同志虽然过早地离开了人世，但他的高尚品德和革命精神，会永远活在人们心中。

1990 年 12 月 20 日

对李琪同志的两点回忆

纪 昌

我和李琪同志的认识，是从 1940 年 8 月在山西交城里永田中学开始的。1940 年 8 月，我被分配到永田中学做教学领导工作。当时，永田中学的校长是康世恩专员兼任，而李琪同志以学校的政治主任名义负责学校的实际领导工作。大约是 1941 年下半年，李琪同志被调到八分区地委工作，从此，我和李琪同志就分开了。在我和李琪同志一年来的接触中，他给我的印象有两点是很为突出的：

一、好学不倦，博文强识。在当时，由于物质条件的限制，学生的教科书，都由教师自己搜集材料编写讲义发给学生。当时，我承担了中国近代史这门课程，李琪同志承担了马列主义的政治课。如何编写中国近代史讲义呢？我毫无经验。我把李琪同志编写的政治讲义拿过来作为参考借鉴。关于政治课本，过去我是读过不少的，但都没有李琪同志编写的这本讲义吸引人，我一看，立即把我吸引住了，我一气把它读完。这本讲义给我的印象特别深，它的内容简明扼要，它的文字通俗易懂、生动流畅，是一本很好的党员课本。我心想，李琪同志在抗战前一定是什么大学毕业的，不然怎么能有这么高的政治认识，这么高的文化知识，这么高的文字能力呢？我迫不及待地问李琪同志在什么大学读过书。李琪同志笑着对我说："你看我是什么大学毕业的？"我当然猜不着。李琪同志说："我是'商店大学'毕业的。"接着，他向我介绍了他青年时只念过几年私塾，在商店里当过几年店员，他对杂七杂八的小说唱本很感兴趣，都喜欢看，一有闲工夫就看，增加了不少社会人情的知识。抗日战争爆发后，他正在西安当店员，经过人介绍，他到了陕北公学学习一年多，读了不少马列主义的书，以后就被分配到晋西北工作。李琪同志的学问，基本上是从自学方面得来的。我开始留心李琪同志的日常生活，他确实勤奋学习，手不释卷，一有工夫就看书。他的记忆力特别强，每读过一本书，基本内容几乎都能记住，而且理解得准确而深刻，把它融会贯通，变成自己的东西。正由于如此，他编写的这本政治讲义，才能简明扼要，深入浅出，通俗易懂，毫不带有教条味，也没有冗长不当的赞词，使人读起来津津有味。这是他给我的第一个比较突出的印象。

二、善于做人的政治思想工作。我是有比较多的自由主义思想的。入党后感觉党的纪律太严，把一个共产党员束缚得死死的，如关于调转工作问题，不愿意在这里工作，或者不愿意做这个工作等，都不能自由选择，表面上看，似乎也征求过个人意见，实际上是强迫你服从，这一点，我觉得一个党员，实在不如一个普通老百姓来得自由一些。我的这个错误意见，在一次党的小组会上谈出来了。李琪同志当时并没有对我进行批评，他笑着对大家说："你们看，纪昌这个党员要向普通的老百姓看齐了。"说得大家都笑了，我也笑了。李琪同志只是这么一句话，就把问题的本质抓住了，因为党员是领导群众干革命的，在遵守党的纪律方面，是不能与普通的老百姓画等号的，这是不言而喻的问题。李琪同志语言不多，但很有说服力，使我的思想豁达开朗起来，完全搞通了，认识上有了提高，心情也很愉快，我认为这是李琪同志的真正学问。

李琪同志于 1966 年 7 月 10 日在"四人帮"迫害之下，含冤去世了，终年只有 51 岁。这个年龄，正是精力充沛，有学识，有经验，为党为人民可以充分发挥力量的大好时期，这个损失太大了。李琪同志的死，不得其时，不得其所，是为亲者痛而仇者快的。

李琪同志，确实是我们学习的好榜样。

1990 年 9 月 9 日

刻苦学习努力改造思想的好学风

彭　华

　　1942 到 1943 年 7 月，李琪同志在中共晋绥分局宣传部工作时，参加了我党历史上著名的整风运动。对我印象很深的是他在这次伟大的马克思主义思想教育运动中，学习很刻苦，认真学习中央规定的整风文件，领会文件的精神实质——立场、观点、方法，一字一句地精读，边读边写笔记，特别是能联系工作实际、思想实际，严格检查自己的思想，写思想反省。在写思想反省笔记和学习讨论会上，能勇敢地举起自我批评的武器，敢于"亮丑"，毫不容情地批判自己思想上存在着的豪侠义气、个人英雄主义的思想意识和主观、片面、唯心的思想方法，受到了一次很深刻很实际的思想的教育，是他思想改造上的一个飞跃。他在《晋绥学讯》上所写的文章，就是他在整风中所得收获的反映。在晋绥分局机关整风学习中，有些同志提出"工作影响进步"（意思是他所做的工作影响了他个人的"进步"）的问题。在晋绥分局机关分党委的领导下，我们便在学习会上和墙报上展开了"什么才是进步"的大讨论，绝大多数同志认为：职务的高低不是衡量思想进步的标志。李琪同志也参加了这场大讨论，他也在墙报上写了自己的看法，对于计较名誉地位的个人主义思想，无情地展开了批判，这也是他在整风学习中思想改造成果的表现，通过这一大讨论，使我们的整风学习进一步深入了。后来，《晋绥学讯》上转载了这次大讨论中的几篇文章，引起了强烈的反响。从那次整风以后，我与李琪同志因未能在一处工作，相见机会也很少，但他那种刻苦好学、勇于自我批评、理论联系实际的好学风，却一直深深地留在我的记忆中。李琪同志在"文革"中含冤去世，开始听到这个不幸消息时，我很震惊、悲恸。以后，每每想及至此，惋惜怀念之情，久久不能平静，昔日相处参加整风运动的情景，浮现眼前，历历在目。今日我写这篇简短回忆，就作为我对李琪同志的纪念。

1991 年 6 月 7 日于成都

绵绵哀思系英魂

石敬野

我们同李琪同志接触中，深感他既有革命者的胸怀，又有学者风度。他思想境界高，有远大的共产主义理想和求实的作风。李琪同志逝世25年了，历历往事，绵绵哀思，令人难忘！

1945年，李琪同志在晋绥八地委工作时，开始同我们所在的八专署大众剧社有所接触。那一年端午节前夕，剧社知道李琪同志博学多才，要求他给大家讲讲端午节，他欣然应允。李琪同志当时刚过30岁，他温文尔雅，舒缓从容，不用提纲，只凭记忆，就滔滔不绝地给剧社讲了一个多小时。他从介绍屈原本人讲起，讲到屈原遭张仪、南后嫉陷，直至楚国覆灭，屈原投江，讲得清清楚楚。一个震撼人心戏剧性很强的历史故事，把剧社的人们吸引住了。随之，剧社就酝酿排演"屈原"话剧，并分配角色。后来由于日本投降，剧社员另有任务，中断了排演计划。但李琪同志的博学给大家留下深刻的印象。

1945年日本投降后，八地委不失时机地在山西交城山区麻会村开办了干训队，李琪同志任队长兼政委。第七队学生都是从晋中平川招收的知识青年，当时我任教员，李琪同志讲课。在那艰苦的战争年代，他在工作中自学，就可以系统地讲解马列主义的基本知识。他善于联系历史和现状来说明问题，所以他授课效果最好。在干训队的毕业生，成为山西干部队伍中的一批骨干力量。

1947年，晋绥吕梁区党委机关也开展了查思想、查立场、查成分的"三查"运动，有些同志受到错误的批判。晋绥地区，一度发生了乱打乱杀的"左"的现象。党中央及时发现了这个问题，任弼时同志发表了文章，对土改与"三查"运动中实行"贫雇农路线"等错误倾向予以纠正。但当时机关许多同志包括一些负责同志，思想上还转不过弯来。李琪同志虽然也是被整的一个，但他态度鲜明地宣传任弼时同志文章的精神，他明确指出，区党委机关由贫雇农主席团来领导运动是错误的；他对受"左"倾思想影响的人，耐心说服，帮助他们提高认识。同时对被错批错斗的同志、一时仍然不能被人理解的同志做解释工作。李琪同志作为区党委宣传科长，对一些受过打击的同志，大胆使用，鼓励他们积极工作。凡此种种，都对纠偏起了极好的作用。

李琪同志平时多学多思，孜孜以求，马列主义水平不断提高。1948年，他经组织批准，满怀信心去报考马列学院时，恰巧与我同乘一列火车。我见他边吃馒头边学习，他这种刻苦好学的精神很感人。李琪同志到了马列学院后，刻苦学习，潜心钻研，写出了颇有社会影响的《〈实践论〉解释》和《〈矛盾论〉浅说》，并翻译流传到日本。

1959年，我在高级党校学理论，当时人们对党校学习五年时间有争议。李琪同志曾去党校看我，他谈到系统地学习马列主义理论的必要性。我在理论班坚持学习近六年，事实说明，系统学习理论的意见是正确的。学业结束后，我分配到中国戏剧家协会工作。我同李琪同志曾一起在首都剧场看京剧传统戏，看完后在后台交谈时，李琪同志主张要演京剧现代戏，也要演京剧传统戏；要改革京剧，又要尊重京剧的特点；他还谈到文艺要反映时代精神，文艺工作者要深入生活。他的这些意见，至今都有指导意义。

"文革"前夕，李琪同志用李东石的笔名发表文章，驳斥姚文元《评新编历史剧〈海瑞罢官〉》，在社会上特别在文艺界引起强烈的反响。文章发表后，遭到江青一伙的批判、残酷迫害。李琪同志坚强不屈。最后他满含悲愤地匆匆离开了我们！离开了他热爱的共产主义事业！

李琪同志辞世多年，但许多同志记着他，念着他，他永远活在人们的心中！下面写下一首诗寄托我们的哀思：

绵绵哀思系英魂，攀登正当凌绝顶。

冷对邪恶见精神，英才遭嫉去匆匆。

坎坷求索为正义，万里长江东流去。

注释两论传东瀛，一代风范育后人。

1991 年 2 月

忆李琪同志

马行健

　　1966 年，北京市委的干部第二次来校，向我调查李琪同志的历史，从他们那里得知了李琪同志不幸逝世的噩耗，对此感到非常悲痛和深深的感慨，长期以来，郁结在我的记忆中，难以消失。

　　我与李琪同志认识是在 1940 年，晋西事变反顽固斗争胜利以后，李琪同志以晋绥边区第八专区文联主任的职务，前来清徐县开展文教工作。当时我在本村学校担任教师，这样多次在会议上和个别来往的谈话中，彼此开始熟悉。每次同李琪同志交谈，都受到很大启发。记得他说：解决农民贫困、落后的问题，根本在于"土地改革"，在保留封建地主私有剥削制的基础上，搞新农村的建设，那是"乌托邦"。而且现在是全国人民起来展开抗日战争，清徐县又处于敌占区，仍然抱着这样的理想，更是不现实的。关于工作方面，他说，目前人民政权已然建立，学校教育是要接受共产党领导的，工作中是要贯彻执行党的路线、方针、政策的。当前在人民政权领导下的全体教师，最迫切的任务是提高认识水平，改变那些传统封建的和资产阶级的旧思想。李琪同志对我直截了当地提出的这些批评意见，既明确又扼要，经过自己反复思考，确实打中要害。从此以后，李琪同志协同地方宣传部门的负责干部，解决了教师阅读《抗战报》和学习资料的问题，我则陆续通过李琪同志借到了许多大本书，如毛主席的《论持久战》和新发表的《新民主主义论》，还有《共产党宣言》《联共党史》等经典著作，这一段学习使我的思想从封闭状态跃进到一个新的领域，使我对抗日战争的胜利增强了信心，并且看到了祖国发展的前景。现在回想起来，这是我思想上转变的起步，与李琪同志对我的帮助是分不开的。

　　从 1940 年到 1941 年，敌伪在敌占区已开始了所谓"强化治安运动"，不仅增加了据点，而且频频出击，环境较前是明显恶化了。李琪同志这时仍然配合地方干部坚持工作，经常是白天在野外隐蔽，夜间开展工作，生活是十分紧张艰苦的，这使李琪同志就显得越来越瘦了。清徐县的文教工作，经过一年来的努力，大部农村学校能做到接受人民政府的领导，对伪政权仅仅是表面应付，甚至敌人直接统治下的城内学校也建立起和一部分进步教师的联系。1941 年，大约在冬季，李琪同志和县领导鉴于县的文教工作已取得一定基础，因之决定成立县的文联组织。在一个夜晚，在距离敌据点不到十华里的东罗村，召开了全县文教系统具有历史意义的代表大会，除代表外，尚有县区负责文教工作的干部、李琪同志，晋绥边区文联主任亚马同志也参加了这次会议。会议产生了清徐县文联的领导机构，听取了亚马、李琪、县领导同志的讲话，布置了下一段的工作任务，并提出开展一次师生文艺创作的活动，内容包括写作、绘画、歌曲等。会后不久，各学校丰富多彩充满爱国主义、反映敌占区人民对敌斗争的作品源源而来，城内学校也参加了，他们的作品也秘密地转送出来，其中还有一个伪政府职员自我写照的文章，题目是《我是汉奸》，这是李琪同志配合地方干部不怕危险，不怕艰苦，坚持工作，因而取得的丰硕成果。

　　就在会议以后不久，一天下午，李琪同志在小武村一家粮店的后院隐蔽时，被徐沟城内伪"特务队"一个投敌叛徒发现，当场被捕了。问题发生后，由清徐县委书记张云同志主持，召开了部分干部接头会，我也参加了这次研究营救李琪同志的具体行动。会后，当即与城内关系取得联系，这样对于捕后的情况，很快就能得到了解。第一次李琪同志被捕，他是以商人身份应付敌人的。当时他的衣冠打扮、身影体态也真像一个商人，因此当敌人询问他的个人情况时，李琪同志就谎称自己是在粮店做生意的，主要是这时其他伪军没有提出更多的疑问，就顺利地取得了敌人的许可，最后同意释放了。李琪同志得以离开伪军驻所，在归途中，不幸与另一部分伪军相遇，而这部分伪军同样有投敌叛变的，因之又被发现。这样就第二次被捕，当即带回城内该部，敌人队长深知李琪同志的身份，就使其劝降的手段，要李琪同志和他们同流合污。此时李琪同志自知不能隐瞒真实身份，就正面予以拒绝，这样当然使敌人的恼羞成怒，其结果将恶毒地置李琪同志于死地是可以预料的。就在李琪同志被看管期间，他发现一个家在根据地而被裹挟投敌的青年伪军，这时李琪同志就机智地做这个伪军的说服工作，这样取得了对方的同意，就决定在晚上，这个伪军看管李琪同志的时候，二人携械闯出了敌人的营地，取得了胜利越狱的战果，这对于敌人当然是一次惨重的打击。

1942 年，我被人民政府指定为敌占区参议员，前往根据地参加边区临时参议会，之后我被分配去晋西师范学校担任教师。此时李琪同志已调来晋绥分局宣传部工作，不期而遇，又开始了来往。1943 年，根据地开始整风学习，李琪同志来校检查工作。在学习过程中，我曾写了一篇学习心得笔记，李琪同志看过后，他对我笔记中提到"四三决定对整风学习使得其门而入"的体会表示赞赏，加以修改后寄《抗战报社》予以转载。

不久李琪同志调往外地，以后就再没有相见的机会。不过这一期间，我得知他出版了的《〈实践论〉解释》和《〈矛盾论〉浅说》两本著作，这对我以后一直到现在爱好哲学的学习，是有影响的。李琪同志没有上过中学，但是他的记忆力、理解力是很强的，最令人钦佩的是他坚持勤奋自学，从不松懈。和他在一起工作的时候，他经常是白天工作，晚上挑灯读书到深夜，从不间断。他特别对毛主席的著作下工夫钻研，因此能理解得深，经常在给干部作报告时，许多精辟的引证和解释，发人深省。我和他在干训队一起工作，他既是战友，同时也是我的良师益友，他给我留下了深刻的印象，是不能因远离而淡忘了的。

1981 年，党中央在第十一届六中全会已作出了历史性决议，李琪同志的问题也得到彻底昭雪。十多年来，在以邓小平同志为首的党中央领导下，我国社会主义建设已取得新的伟大的胜利，这使我们可以告慰于李琪同志和在十年浩劫中牺牲了的同志们！

1990 年 12 月

难忘的四十天

尹尚志

光阴易逝，李琪同志离开我们已 25 年了。一个忠诚的共产主义战士，刚进入知命之年，正是大展雄才的大好时光，却不幸含冤辞世，令人悲痛。他一生勤奋好学，刻苦上进，光明磊落，无私无畏。带走的是对人民的无限忠心和一身不惧强暴的铮铮铁骨；留下的是一个优秀共产党员的一身正气、两袖清风。

我和李琪同志在半个世纪前相逢，那是 1941 年的 6 月下旬。我从交城县委驻地水峪贯来到八地委所在地中西川的会立村时，他已从清源边山先期抵达。那时他任清源县委宣传部长，我任交城县委宣传部长。大概是 6 月 23、24 日，由地委宣传部长张永青同志带队，我们一行四人动身前往兴县参加晋西北区党委召开的宣传工作会议。第二天，走到静乐县的康家沟，就听说岚县日寇扫荡方山，去路被阻。我们不得不停下来，观察情况，筹谋对策，争取在月底前赶到区党委报到。为了便于同敌人周旋，商定张矛同志返回交城，其余三人继续边侦察边前进，走走停停，终于通过马牙川，按期进入兴县。倒霉的是我因数月不知油味，营养不良，患了夜盲症。一到黄昏，就视线模糊。一脚高一脚低，前俯后仰，左趔右趄，步履艰难，一不小心，就来个马趴。这可苦了李琪同志，他找到一根木棍，拖着我吃力地前进，还小心翼翼地不时提醒我注意路面上的石头和坑洼。到了住地，我跌撞得满身泥土，他也被拖累得汗湿衣衫。患难相助，充满了阶级友爱。

会议开了三个多礼拜，断断续续，日程并不怎么紧。听了几次大报告，开了一些大、小组会议，自由支配的时间比较充裕。我和李琪同志同住一屋，除对笔记和琢磨会议精神外，就待在屋里读书、聊天。有时也到河边漫步，谈古论今，海阔天空。经过一段相处，我感觉到李琪同志胸怀坦荡，知识广博，多才多艺，是一个很有抱负的有为青年。他酷爱读书，一有空就手不释卷，忘寝废食。他喜欢文学，古今中外名著读了不少，尤其喜爱鲁迅和高尔基的作品。他也爱诗词，对岳飞的《满江红》和文天祥的《正气歌》领悟颇深。言谈中常流露对有气节、有操守的英雄人物的敬慕之情。他的书法很有造诣，兴趣来了，就笔走龙蛇，潇洒流畅，刚柔相兼，酷似其人。其实他不仅在练字，主要的还是借以抒发他的壮志豪情。在不大的麻纸上，重复写下许多诸如"横眉冷对千夫指，俯首甘为孺子牛"等名言。他还爱唱歌，多次听到他用低沉的声音，哼着《工人歌》和《囚徒歌》，"生活像泥河一样流，机器吃我们的肉……"偶然他也来两句皮黄，"八月桂花香……"真没有想到，一个"老西"竟唱得如此有板有眼，饶有韵味。

年龄比我稍大几岁，有如此丰富的阅历和知识，我猜想他一定受过良好的教育。憋了几天，我终于开口，问他参加革命前在哪里上大学，这一下可把他问乐了。他说："我连小学都没有念完，哪儿来的大学！"我惊奇地注视着他。稍稍停顿，他用深沉的语调，讲述了他坎坷的经历。这一下我明白了，他是自习成才，真不简单！我又感到，他唱"工人歌"时声音那么沉重，不仅表达他对工人阶级的爱和对党的热爱，而且在倾诉自己的苦。在我的恳切要求下，他给我写出了《工人歌》和《囚徒歌》的歌词，并教会我唱这两首歌。此后几十年，每当我哼哼这两首歌时，李琪同志的音容就浮现在脑中。

用脑过度，加上营养不良，李琪同志多次在睡眠时惊叫，声音凄厉吓人。我劝他找医生看一下。他说："用不着看，这是老毛病。工作紧张或看书时间过长，就睡不稳。再遇到这种情况时，不要怕，轻轻推一下我的头就好了。"后来又有几次出现这种情况，我就按他的嘱咐去做。他醒来以后，虽然还是那样谈笑如常，但我总觉得这是一种病态，同他的艰苦经历有关。

会议结束后，我们在返回途中，又遇上日寇秋季扫荡。到了静乐县独石河村时，老乡说前面有情况。好在已接近交城县境，李琪同志和我（夜盲症已好）去探路，摸到情况后，借着月光，翻过大塔背后的大山，找到了转移到那里的地委机关，这是 8 月 3 日。

50 年过去了。回忆往事，此情此景，历历在目。在漫长的战争年代，我同李琪同志一家，经常保持着联系，我每次去地委机关，总要登门拜访，共叙友情。但最值得怀念的是这难忘的 40 天。亲切相处，同志情谊，阶级友爱，他对我的启迪和帮助，我永远铭刻在心。

1991 年 2 月 15 日

怀念李琪同志

唐范宇

李琪同志在"文革"中受江青迫害，辞世 25 年了。追念老友触及往事，心潮很难平静。学写七言两首，深致哀悼。

一

> 关头整风忆犹新，侃侃宏论四座惊。
> 我遭谣诬"红旗党"，义濡涸鲋笑语亲。

二

> "文革"横流浊浪翻，一身正气护俊贤。
> 魂归何处天应老，留得高节在人间。

老李之为人，道德、长处优点甚多，令我赞佩，特别是他有胆有识，仗义执言，不畏强权，"安能摧眉折腰事权贵"的高尚品格，深深刻印在我的脑子里，小诗就想表达这点心情。我对写诗词是个外行，离休后，在机关上老年大学，才开始有兴趣。拼凑几句，确实是拙作，但心情却是很沉重的。

诗中提到的"红旗党"，是在 1943 年，我随军转战到晋中，奉调参加八地委、八分区组织的整风队学习，后转入"抢救失足者"运动时，追查我在贵州参加中共地下党及 1938 年赴延安的一段经历，因贵州地下党被诬为国民党打着红旗反红旗的"红旗党"，我挨批斗、遭白眼，同班有同学白某在开坦白大会时硬要推我上"坦白台"，理所当然地被我训斥，但日子很不好过。困境之时，老李不是随风倒的墙头草，见面仍对我亲切友好，还相互开玩笑，我印象特深。

1967 年初，我从驻印度使馆调回国参加运动，我亦在劫难逃，后听李立功等同志讲起李琪同志在"文革"中的正义行动和遭魑魅所害，在雄才正有为之年去世，我是很惋惜悲痛的。记得我去高级党校学习，一次听他作报告，休息时，我上台去和他简短地亲切交谈，相互道好，谁知竟是最后的永别。天地不公复何道哉？！

1991 年 3 月

深深的怀念

——忆李琪同志二三事

张献奎　景　路

　　"文革"动乱开始不久，风闻李琪同志因坚持真理被逼含冤去世，骤闻之下，心情极为悲愤。但因我们知道他生性豁达，怀疑此消息的真实性，后得知确实，深为沉痛。

　　我们同他相识工作的日子虽不长，但对他却有几点极为深刻的印象，写出来作为对他的悼念。

　　我们同他相识分别是 1944 年和 1945 年，地点都在晋绥第八地委整风审干队。1944 年，八地委集中全地区党政军区以上干部数百人成立整风审干队，调张献奎去当队长，负责生活管理与行动指挥之责。其时李琪是地委秘书，编在地委机关干部组，是该组的骨干分子。当年秋，因对日秋季攻势需要，献奎被调回指挥部队，整风队长由肖劲接替，李琪担任了该队指导员。1945 年春，景路由晋绥党校调八地委整风队任干事，和他一起工作了近两个月，我们在一起工作时间虽短暂，但他留给我们的印象却是深刻难忘的。

　　李琪虽学历不高，但好学不倦，记忆力极强。他每天总要挤时间阅读马列理论，形成他理论基础深厚的特点。当整风队学习整风文件讨论时，他常在大会上作系统中肯的发言，如讨论到大革命时期国共合作和分裂的历史时，他对当时我党的方针政策、国民党的态度和历史演变能作系统的分析，使许多人口服心服。当时李琪虽无著述，但已显示出他的理论功底。

　　从相貌上看，他身材高大，面皮白细，额部略突，眼窝有点凹陷，目光炯炯，象征他是聪明有干才的人，但他从不显示自己，不声势人，相反谨言慎行平易近人。在劳动上以身作则，吃苦耐劳，拣最苦最难的活干。当时正是大生产运动时期，他常扛上镢头上山开荒，为把驻地一座破庙改造成开会和学习的地方，他劳动时的吃苦精神，使一些老农和老工匠出身的人感到吃惊。在审干时，他力排由抢救运动带来的逼供行为，使不少同志未受到整风扩大化的影响，在整风甄别阶段，对遗留案件的处理能做到实事求是。记得在一次吵翻天的支委扩大会上，多数同志主张把某同志的历史问题挂起来，他则坚持不能挂，认为这样会给同志背上大包袱，并自告奋勇，克服困难，带上几个同志深入调查，终于找到了新的材料，作出正确结论。这些事情虽然已经过去几十年了，但我们记忆犹新。

　　他同群众关系深切，能急人之所急。记得有一天吃过晚饭后，他急切地对我说："景路，你会不会接生？"原来是邻居的男人去支前送公粮了，只有妻子一人在家，面临分娩，急需人去接生。这对我是天大的难题，我从未见过生孩子，更不知如何接生，但一看到李琪焦急的样子，被他的情绪和行动感动了，就答应了他。我和另一个女同志马上到了老乡家，一人生火烧开水，一人准备剪刀等用具。我暗自下决心给自己做思想工作，只要掌握严格消毒这一关，不是难产问题就不大。经过一番满身大汗的艰苦努力，母子安全，完成了任务。李琪知道后笑得那样舒心，他和群众的鱼水之情是那样深。在他对我赶着鸭子上架的情况下，对接生问题我胆大起来了。当时农村群众生活很苦，缺医少药，迫切需要帮助。只要有人要求我接生，我就答应，同时也向有技术的人学习接生技术。这要感谢李琪同志要我处处关心群众，并要我掌握为群众服务的本领和技术。

　　李琪的为人，令人难忘。

1991 年 5 月 1 日

怀念李琪同志

庞 真

一想起李琪同志来，就不禁令人有一种景仰的心情。他的音容笑貌至今深深地印在我的脑海中。

1940 年 10 月，我从晋中平川文水县上了交城山，到中共晋西北八地委机关工作。那年，我才 15 岁，是一个刚刚入党的新党员。上山不久，就碰上日寇对我八分区根据地进行疯狂的冬季扫荡。八地委机关的干部由地委社会部长陈郁发同志率领战斗在交城山的东西葫芦一带。一天，我们在东葫芦村一个小山沟里，同李琪同志率领的永田中学师生相遇，认识了李琪同志。永田中学是为纪念以身殉国的八专署专员顾永田同志而设立的，校长由新任专员康世恩同志担任，学校的日常工作由李琪同志负责。李琪同志当时是该校的支部书记、教育主任，领着一批和我一样大小的男女孩子战斗在交城山上，边战斗，边学习，同甘苦，共患难。

1941 年，李琪同志调到中共八地委宣传部任科长，后又到七地委，都是从事徐沟、清源等地的知识分子工作。是年十月被日寇捕去，关押在徐沟城内。李琪同志在狱中英勇不屈，并对看守他的一个伪军进行工作，用抗日救国的道理，开导其弃暗投明，终于说服了这个伪军，和这个伪军各背一支枪，用绳子从城墙上吊下来，跑回根据地。李琪同志这种英勇机智的行为，受到了党组织和同志们的赞扬，我从内心里对他钦佩不已。

1942 年，李琪同志在中共中央晋绥分局做宣传工作期间，参加了反对主观主义、反对宗派主义、反对党八股的整顿三风运动。这次在全党范围内进行的深刻的马克思主义教育运动，进一步提高了他的理论水平。1943 年，他从晋绥分局回到八地委任秘书不久，八地委也在交城县关头镇集中了大批区县干部，组成干训队，进行整顿三风的学习。领导这次整风学习的是地委书记罗贵波同志和副书记张永青同志，李琪同志成为他们的得力助手，在整风后期担任了干训队的指导员。这次整风学习，李琪同志还是地委机关整风学习的领导之一，我担任一个学习小组的负责人，在他的直接指导下学习。我记得整风初期在关头镇的戏台上开展过几次大讨论。一次是讨论国共两党在抗战中的领导作用问题。讨论中，明显分成两种不同的意见，双方争论得十分激烈。李琪同志在会上作过几次重点发言，他针对双方争论的焦点，以雄辩的口才，讲了他的见解，讲得有理有据，生动感人，不少同志为他的发言所折服，从而弄清了不少糊涂观念，破除了对国民党的正统观念。他的发言得到同志们的好评，被誉为"八分区的理论家"。在整风期间，李琪同志还认真研究具体情况，进行深入浅出的具体帮助。他给我提的意见是，天真活泼，思想纯洁，但在政治上开展还不够快。在他的启发下，我进一步认识到一个刚刚参加革命的青年学生，在入党后应该树立革命的人生观、世界观，站稳无产阶级的立场，用马列主义的观点和阶级分析的方法观察分析问题，使我由一个仅仅懂得抗日救国的道理的孩子真正转变为一个为共产主义奋斗的先锋战士。在这一转变中，李琪同志成为我的启蒙老师，使我获益匪浅。整风后，我被八地委机关的同志们选为学习模范，出席了晋绥边区1944年召开的第四届群英会。

1945年8月，日寇投降后，晋中平川被我八路军解放不久，阎锡山的部队从晋西南卷土重来，妄图重占晋中，欺压劳动群众。晋中地区的军民和全国军民一样，被迫进行人民解放战争。为了适应解放战争形势的要求，中共晋绥八地委又组织了八分区干训队，任务是轮训从晋中平川抽调上山学习的乡村干部、小学教师和培养上山来的高中、初中学生。李琪同志担任干训队的队长兼政委，我和李莉同志（李琪同志的爱人）为组织干事。干训队内设立党的支委会，由李琪同志任支部书记。这个时候，我又在李琪同志的直接领导下工作了。在干训队期间，李琪同志给我印象最深的是他那渊博知识和惊人的讲课才能。当时在干训队讲课的有王水、石敬野、崔雄昆等同志，可是一些主要的课是李琪同志亲自来讲。每逢他讲课的时候，我都去听课。那些文化程度参差不齐的学员们都在那里聚精会神地听着，有时还发出一阵阵的掌声。那时候，条件很艰苦，学员们连个坐的凳子也没有，有的拿块石头坐在那里，有的就站在那里，但每次课一直到他讲完，都是场场满座，鸦雀无声。有一次，当他讲到国民党反动派于1941年1月，背信弃义，以重兵袭击新四军，发动骇人听闻的"皖南事变"，使我新四军蒙受重大损失时，课堂上的人悲愤无比，有的人竟然失声痛哭起来。经过干训队培训的学员，大部分回到晋中平川，坚持同阎锡山开展斗争，有的则成为区乡领导骨干，都在不同的岗位上对解放战争作出了重要贡献。八分区干训队一连办了好几期，人数最多时，办到七个队，学员数百人。虽然工作很紧张，但我们之间合作得很好，心情是非常愉快的。当李琪同志离开干训队时，我一直依依不舍。

全国解放后，我们先后到了北京工作。他在任政务院政法委员会研究室副主任、全国人大常委法律室主任和中共北京市委宣传部长期间，我有时在节假日还到他家里看望和叙旧，我们一直保持着真挚的友谊。

万万没有想到，在我心目中占有重要地位的这样一位具有马列主义理论修养的优秀的共产党员，在他积极为党工作的时候，竟然在十年浩劫中被"四人帮"一伙的迫害中含冤而去，令人痛心。

为怀念李琪同志，特赋诗三首，以慰英灵。

其一

昔日欢欣聚一堂，蒙君教诲情意长。

而今君已先我去，哀思绵绵泪沾裳。

其二

少年聪敏家境寒，刻苦学习成栋梁。

捍卫马列求真理，英勇搏斗"四人帮"。

其三

喜看今日国泰昌，妖魔不敢再猖狂。
但愿晚辈承遗志，长江后浪赶前浪。

1990 年 9 月 30 日

回忆李琪同志

王瑞生　邓　渝

李琪同志是在十年动乱中被逼含冤去世的，他虽然离开人世已近 25 个年头了，但是他为党为人民的革命精神永照人间，它必将给后代们以某种教益和启示。我们和李琪是老战友、老同事，现在写出这篇回忆文章作为对他的最好怀念之情意。

李琪同志在他革命的一生中，不论是在炮火连天的战斗岁月里，还是在工作繁忙的社会主义建设时期，他不仅写出了大量具有战斗性和感染力的文章，宣传和捍卫马列主义毛泽东思想，而且不畏权贵敢于坚持党的实事求是原则，为维护马克思主义真理而战斗到底。

我们记得在 1944 年，在晋绥八地委机关整风学习运动中，特别是当运动进入审查干部阶段时，在地委机关小组有个别的人，自以为是审干运动中的骨干，他们认为特务如麻，怀疑一切，以极"左"的面貌出现大搞"抢救"逼供，使受审查的干部深受伤害。李琪同志发现这个错误倾向后，在机关学习会上大讲党的实事求是原则，他引证毛主席的话说：必须善于识别干部，不但要看干部的一时一事，而且要看干部的全部历史和全部工作，这是识别干部的主要方法。他的讲话当即受到领导和大多数干部的赞同和拥护。以后，李琪同志在领导干训队整风学习中，始终未发生过任何逼供的错误，参加整风学习的同志都称赞李琪同志领导得好。

在 1959 年反"右倾"运动中，有人竟说"唱低调是错误的，而唱高调是正确的"。李琪同志在一次讲话中明确地说：其实，唱高调也不一定对，唱低调也不一定错，问题是要实事求是。正如不能说，只有前进正确，后退就不正确一样，因为这种说法是片面的。1961 的 8 月，他在北京大学礼堂作《调查研究，按客观规律办事》的长篇报告中批判了"共产风"，他指出所谓"只有想不到，没有做不到""人有多大胆，地有多大产"等说法是唯心主义，是违背客观规律的。后于 1965 年 8 月间，李琪同志到北京房山县黄辛庄"四清"点检查工作时，他在群众大会上公开地批判了空头政治论调，指出政治要和经济相结合才能促进生产。李琪同志十分厌恶林彪的所谓"突出政治""立竿见影""政治可以冲击一切"的极"左"口号。

李琪同志出身贫寒家庭，从小就在艰苦困难的环境中生活，培养锻炼了不怕吃苦奋斗的精神。他参加革命后又在炮火连天的战争年代，无论是在打游击战、机关工作和下乡战斗中，李琪同志都是同战友们一样过着艰苦的生活，他和同志们一块儿站岗放哨、打游击反扫荡，一块儿上山打柴和开荒种菜种粮，一块儿辛勤地夜以继日地工作，有时连续几天几夜工作不休息。为什么这样呢？李琪同志认为作为一个革命者，为了中国人民的革命事业，在任何困难条件下是不怕艰苦的，这是一种高尚的共产主义精神，这种共产主义革命精神应永远坚持发扬光大。

李琪同志一生中永葆艰苦奋斗为人民的作风，不愧为党培养多年的一位好党员、好干部。在战争年代，他曾担任过区、县、地三级重要领导职务，新中国成立后他在全国人大常委会和北京市委担任重要领导，他更加平易近人，密切联系群众，生活俭朴，克己奉公，严于律己，宽以待人。

历史尽管是那样曲折坎坷，但是，他终归得到了公正的评价。愿李琪同志在九泉之下微微含笑！

1990 年 12 月 25 日

忆李琪同志

邓　焰

李琪同志平易近人，对家乡戏，对老同志，非常关心，也很热爱家乡戏。我随蒲剧团进京三次，每次李琪同志都亲自到剧团住地看望演员，并再三说，如有困难，不要客气，向他提出来。因为北京市对蒲剧团的接待非常热情，我们未向李琪同志提出任何要求。

我和李琪同志是在 1946 年吕梁区党委认识的，当时我在吕梁剧社，他在区党委宣传部。对我较为印象深刻的一件事情，就是李琪同志主持建立了"吕梁图书馆"。当时正值土地改革时期，有不少古籍书等物，是从当时的斗争对象家中清理出来的。当时县里有一个老国民党员王占绪，是有资格的一个先武后文的官员。土改时在他家里清理出大批的古籍图书、名人字画，还有不少有价值的文物等，以此为基础，集中了各方面的东西建立了在当时来说具有相当规模的"吕梁图书馆"，这个图书馆后来随着区党委转移了。

有一件小事约在 1947 年底或 1948 年初，李琪同志到我住的临时宿舍来看我时，发现我有几本随身背了几年的书，大约是《社会科学概论》《大众哲学》《大众经济学》及中国现代革命运动史等，李琪同志说："今后不要背了，可以捐赠给吕梁图书馆。"临走便随身带走了。这个图书馆当时在陕县展览过一段，颇受人们的重视，也给不少工农出身的同志增长了见识。这样的图书馆在战争时期是少有的，因此给我印象很深。我们从吕梁区党委分手后，直到 1957 年才在北京相见，李琪同志还是那样热情相待。没想到李琪同志在"文革"中含冤去世了。我写出上述一点情况，以怀念李琪同志。

1991 年 1 月 12 日

点滴回忆

曹 凯

李琪同志含冤逝世 25 年了。每每想起，悲恸的心情久久难以平静！一个忠于党，忠于人民，勤奋工作，政治理论修养很高的共产党员，竟遭"四人帮"摧残致死，这怎能不使人义愤而痛心呢？

我是 1945 年冬至 1946 年夏在晋中干训队与李琪同志相识的。当时他是政委队长，我是军事教员。由于我长期在部队基层工作，环境关系，加上自己也不自觉，政治理论水平差得可怜，到干训队后觉得一切都很新鲜。尤其是李琪同志刻苦学习的精神和很高的理论水平深深地感染了我，我也每天自觉地学习起来。他每次作报告或讲课，我都要去听。我很想在李琪身边多待一段时间，但本期结业，李琪同志调回地委宣传部，我也另行分配了工作。相处时间虽短，影响很深，获益匪浅。我是以留恋的心情离开李琪同志的。

在干训队，七百多学员有的来自农村，有的来自机关，有的是新区学校刚毕业的学生，政治素质、文化差异很大，给教学带来很大困难。但由于李琪同志很高的政治理论素质，具体情况分别对待的实事求是的作风，加上因人施教的科学方法和丰富的教学经验，激发了各队学员浓厚的学习兴趣，圆满地完成了训练任务。

李琪同志在工作之余，经常手不释卷地钻研政治理论。在我和他一块儿的几个月中从不见到间断过，他在八分区有理论家的称号。对我印象最深的是：当时干训队七队的学员都是新区来的学生，有初中、高中生，也有少数大学生，都是慕名来到干训队的。他们来看到的是粗布旧衣的教员，听说号称理论家的队长小学尚未毕业，他们泄气了，觉得没有什么学头，大多不安心。针对这一情况，李琪同志并不采取说教的方法，而是出了一个题，要他们只要是政治方面的问题，无论是国际国内随便提出，一并解答。这些同志高兴了，提了不少问题，想把人难倒，结果李琪同志一一作了圆满解答，见解很精辟，听得那些学员目瞪口呆。事后他们纷纷议论李琪同志并非小学程度，而是留洋生，一下打消了不安心的念头。接着李琪同志又作了几次报告，这些同志更口服心服了，觉得干训队不是没有学头，而是有学不完的知识。大家都努力地学习，结业时都获得了优异的成绩。

李琪同志对于干部经常是生活上体贴，政治上关心。对一些有思想问题，有缺点或工作上发生差错的同志总是耐心说服，指出问题的根源、解决的办法。对同志的结论总是实事求是，一分为二，使人口服心服。在我和他相处期间，从未见到过他对人斥责或发过脾气，干训队几十个教职员工团结得像一个人一样，工作热情很高，李琪同志在我们心目中是最受崇敬的。

李琪同志处处以身作则，对自己的要求很严。当时虽是过的供给制生活，大家都一样，但各机关都在搞生产，多少不等都有些额外收入，单位领导可适当优待一些，干训队也有些收入。但李琪同志从未额外享受过一点，吃的是大锅饭，穿的是粗布衣，和大家一样。对妻子、儿女要求很严，不能有半点特殊。由于李琪同志模范带头，虽然当时生活还较艰苦，大家仍觉得生活的愉快，没有任何怨言。

李琪同志坚持真理，坚持原则，从不随波逐流。仅举一例，1960年我因事去北京，为了解决思想上的疑团，找到了李琪同志。当我提出1959年反"右倾"，1960年"拔白旗"，弄得人人自危，尤其农村，生产下降，生活十分困难，为什么会造成这种局面时，李琪同志说：主要是左的错误造成的。并说我党历史上曾犯过几次左的错误，特别是王明左倾路线给中国革命造成巨大的损失。为什么现在又会发生左的错误？主要原因有二：一是党内多数同志马列主义水平不高。二是反对过王明路线的人现在不足万人，多数干部对王明路线体会不深。如不从根本上解决问题，今后还会重复。我听后头脑清醒了不少，这是我几年来第一次听到的新鲜论断。在当时的具体形势下，敢于说真话的人，为数不多。李琪同志不但政治上敏锐，且敢实事求是，坚持真理，真是难能可贵。

1992年2月15日

忆李琪同志二三事

李　峰

正当李琪同志风华正茂、为党的事业发挥才能作出重大的贡献的时候，竟遭"四人帮"残酷迫害，不幸早逝。每每想起，深感痛惜！

我和李琪同志是 1941 年在山西清太边山工作时相识的。李琪同志艰苦朴素、平易近人，特别是他那勤奋好学的精神和毅力，给我留下难忘的印象。清太边山是接敌区，环境十分艰苦，日寇"扫荡"频繁，我们无固定住址，有时一天要转移好几个村庄。但李琪同志在工作之余，从不放过每一刻可利用的时间，每到一地他总是找个地方，或在门槛上或在台阶上坐下来，从挎包里拿出马列和毛主席著作认真研读。甚至当敌人"扫荡"，我们行军途中，在山头上短暂休息时，他也要抓紧这个空隙认真读书。他是当时大家公认的学习模范。李琪同志原来只念过小学，但他一生勤奋好学，长期坚持刻苦自学，文化素质、思想理论造诣很深，并为党的思想理论工作作出了重大贡献，成为我党思想理论战线上的一名坚强战士。

1951 年李琪同志在马列学院学习，我在中央团校学习。有一次我和几位同志去看望他。那时还实行供给制，国家给部分干部发了呢子制服。李琪同志摸着呢制服说，我们进城了，穿上了呢衣，可不能忘记家乡父老和老区群众，他们的生活还很贫困，我们一定要为改善和提高广大人民群众的生活而努力工作。李琪同志心里总是装着人民，时刻不忘与人民共冷暖。

1990 年 10 月

怀念李琪同志

李友莲　苗前明

时间过得真快，李琪同志去世已经 25 年了。我们在怀念李琪同志时，回顾了"文革"中四人帮横行霸道，疯狂迫害革命干部，致使我们党许多经过长期革命锻炼的好党员、好干部受尽折磨而含冤逝世，李琪同志也是其中之一。这种惨痛的教训，我们和我们的后代子孙要永远牢记。

在李琪同志逝世 25 周年之际，我们重新阅读了《李琪文集》和回顾了他的生前，他是忠于党、忠于人民的优秀党员干部，尤其突出的是他那种勤奋刻苦的学习精神，在战争年代极其艰苦的条件下，都坚持不懈地学习，并能根据情况的不同，运用到实际工作中去。他在学习上的顽强精神，实在令人钦佩，就在战斗和打游击的间隙中，只要有机会，他都是手不释卷地在学习。

李琪同志原来只读过五年私塾，文化基础不深，但由于他勤奋好学，刻苦读书，读了很多文化、政治、历史、哲学、法律的书籍，因而在文化、政治、理论上提高很快，写了不少有关哲学、经济学、法学等富有思想性和较高学术价值的文章。这些成果的取得，都是从他的刻苦学习中得来的。他那种勇于向自己不熟悉的领域去学习、去探讨、去攀登的坚强意志，自学成才的精神，是极其宝贵的，是值得学习和发扬的。

我们纪念李琪同志，要用他那种勤奋好学、自强不息的精神和热爱党、忠于党的思想，教育子孙后代，使其成为无产阶级革命事业的接班人，为建设具有中国特色的社会主义作出应有的贡献。

1990 年 12 月 10 日

忆李琪

李 毅

坚强、勇敢、可敬可佩的李大姐：

您好！孩子们好！甚念。

您和恒芳、常峰、智仁都是八旬开外的老年人了。咱们分别64年之久，在这漫长的日子里有的联系不上，有的联系很少，但在你们心目中还记着我的名，惦挂着我人相约！远道而来看我，使我十分高兴和感激。在战火纷飞的年代里，我们结下的那种真诚、朴实的阶级情，同志的革命友谊，是永存难忘的。

我衷心感谢四位大姐来看我，我更感谢您送给我最珍贵最有价值的礼物——忆李琪同志一书。

我怀着极为沉痛的心情，先一页页、一行行、一句句看着您和儿子、女儿写的回忆李琪同志，多次眼泪遮住了视线，悲痛难忍。一周后续读了郑天翔等高级领导干部以及曾和李琪同志在一起工作、学习、生活过的同志们写的怀念李琪同志的文章，使我详细、全面了解了李部长的艰难经历、人品、学识、才华、不畏艰险的革命一生后，再次激起我对恶婆江青为首的四人帮的愤恨，对这场"文化大革命"错误路线给党和国家人民带来的沉重灾难，造成无法估量的损失而万分痛心。

我很痛惜一些高级领导同志，老一辈革命家、功臣，刘少奇同志、朱老总、彭德怀、陈毅、贺龙等同志们在十年动乱中惨遭迫害而死。

我很痛惜我们的好总理——周恩来同志在十年浩劫中，为了挽救国家命运，保护更多的同志免遭迫害，委曲求全，照顾大局，呕心沥血耗尽了全力。

我很痛惜一身正气，勇于追求真理，敢于捍卫马列主义的理论家、实干家，一生忠于党和人民杰出的优秀共产党员，人民的好儿子，我的好领导李琪同志，在敌后险恶环境中与鬼子英勇作战，在我的故乡山西徐沟县不幸被捕，敌人用三万元的高价都没有买下他的头，仍不顾个人的安危坚持宣传抗日救国，唤起看守的悟醒，带枪与李琪同志一起越狱和组织接上关系继续战斗。这样忠于人民、忠于革命的好同志，没牺牲在日寇的铁蹄下，却受迫害含冤殉职，成为十年动乱中北京市委最早惨遭迫害含冤殉职的领导人之一。真使我悲痛万分。

详细全面了解了李部长的出生、经历、人品、才华及殉职原因后，使我悲痛得撕心裂肺，放声大哭一场。深感李部长走得太惨、太冤、太早，实在太可惜了。他仅51岁，正是干大事业的时候，才华未尽的时候被迫含冤走了，实在是党和国家、人民的又一大损失，我很痛心，我深深怀念李部长。

我在永田中学时间不长，加之年小不大懂事，故对李部长了解不多，忆李琪部长几件事，使我难忘。

第一，初见李琪同志时，给我的感觉。

到了永田中学的第二天，李琪、纪昌同志来到宿舍看望我们，纪昌同志介绍了李琪同志任我们的指导员兼政治课老师和他自己的职务，我望着李指导那高高的个子、浓浓的眉、严肃的神态，认为是位学问深能力强，共产党的大官儿。黄毛丫头没见过世面的我，心里感到有些害怕紧张。

一天午后，同学们在院子里聊天，李指导慢步来到我们中间，面带微笑问大家吃得饱吗，想不想家……。男生刘玉喜抢先回答：吃饱了，大家生活学习在一起，学文化，学革命道理……很痛快高兴不想家。大家你一言我一语说个不停。李指导走到我身边，轻轻拍着我的肩说："小鬼，你想不想家，生活过得惯吗？"这时我不知道哪里来的胆量和勇气高声回答：毛主席是穷人的大救星，参加八路军打鬼子，不怕苦，不想家……大家看着我初生牛犊不怕虎的劲头哈哈大笑起来。李指导伸出大拇指夸大家是好样的，说得好讲得对。毛主席是人民的大救星，他领导的共产党、八路军是为广大劳苦大众穷人们翻身得解放，消灭日本鬼子的，好党、好队伍。人民的政党、人民的队伍就要为人民，爱人民，全心全意为人民服务，严格遵守三大纪律八项注意，不拿群众的一针一线，只有得到老百姓的信任，他们才能拥护、支持我们，和我们团结起来一致抗日，把鬼子完全彻底消灭光，大家边学习边宣传，积极热情组织发动群众支援前线，要即时准确掌握鬼子的行动，根据敌我力量的对比，能胜就打，否则就退，退是为了保存力量多打胜仗……李指导与我们的聊天变成了不是课堂胜过课堂的第一讲政治理论军事课。在他自然无题的聊天中，使我们懂得了党的性质，任务，要坚定不移跟着毛主席、共产党干革命。革命就要吃苦，不怕牺牲流血，做坚强勇敢的革命人，全心全意为人民服务，做人民的老黄牛，公仆……使我们学了政治，学了军事，学了要做一个坚强的革命者。大家听得入神，受益匪浅，更坚定了革命意志。通过这次的接触，改变了我初次见到李指导紧张害怕的心理。

第二，在永田中学受训的爱国青少年，来自四面八方，不仅文化程度高低不齐，水平最高的小学毕业，或刚上初中，最低的文盲一字不识。年龄差距也很大，最大的 24、25 岁左右，最小的我未满 15 岁，老师给我们授课难度很大。针对这种情况，李指导多次深入学员中调研了解情况，从实际出发自编教材。记得最清楚的是，我们女生集体深夜上厕所时，多次看见李指导披着衣服，全神贯注在煤油灯下备课，他的敬业精神深深地激励着我们要努力学习。

第三，一天课间休息，我和常杰同学在院子里晒太阳，李指导又一次深入到我们中间问我们被子薄不薄，衣服带的够不够，还说晒晒太阳好，既暖身，太阳还能杀死细菌，一举两得嘛！边谈边向我走来，亲切地叫了一声"小鬼"便说：我检查一下你头发里有虱子没有。不嫌脏，紧接两手拨开我的头发，帮我寻找虱子。一连找了两个后说，在可能条件下要勤洗头发，最后嘱咐大家，在有时间的情况下大家要相互找找，对待虱子也要像对待鬼子一样，全部消灭一个不留。他的幽默逗得大家发出愉快的笑声。李指导又问：你们谁长了芥胞？还让大家回答，他已看见常杰擦满硫黄红肿的手，心痛地轻声问：疥疮长多久？很痛吗？要坚持上药，快点好，少受痛苦……从他的神态语气中，看出他是发自肺腑关爱着大家，使我们流下了感激的热泪。

李指导毫无架子，经常深入学员中了解情况，问长问短，不怕脏，和大家打成一片，无微不至地关爱大家。他既是大家的好领导、好老师，又是大家的知心朋友、好兄长，学员都很敬佩爱戴他。

第四，在战斗中，鬼子一个接一个打着败仗，气急败坏的日寇对我游击区施行了残酷的"三光政策"。面对严峻形势，组织决定让部分年老体弱岁数小的教职员及学生，暂时回家，等形势好转再出来。一天纪昌主任找我谈话，要我暂时回家，顿时我哭成泪人，表示坚决不回家。接着去找李指导说了自己家庭贫穷，父亲早逝，小脚寡妇的母亲带着四个儿女谋生十分艰难。在地下工作者王恒芳同志宣传组织、发动热血青年积极参加到抗日救亡运动中去的启蒙教育下，我懂得了毛主席是为广大劳苦大众翻身求解放的大救星，共产党八路军是打鬼子为人民服务的好队伍后，我一心想出来跟着共产党，参加八路军，消灭鬼子兵，打倒土豪劣绅，让天下人民都过上好日子。母亲怕我年小，不能自理，再三阻拦，把我锁在家里，不准出门，死活不让我参加八路军，看管得很紧。我是打破窗户，爬上房顶，偷跑出来的。边谈边哭，揪住李指导的衣角不放，求得他答应我不回家。我又不停地说着，既出来就不回去，抗日救国打鬼子，什么苦累牺牲流血都不怕，生死要和大家在一起，我决不回家……李指导耐心听完我讲的一切后略思索一下后说："小鬼"，你人小志气可不小，李毅这个名字是谁给你起的？有毅力，别哭了，先回宿舍去，我和纪主任商量后再谈。听完李指导的话，我心里略微平静地离开了办公室。

当天吃罢晚饭，纪昌主任对我说："小鬼"，决定送你到敌后抗战学院学习，还哭吗？准备一下，明天出发。听后高兴得我一夜未眠。第二天组织派一位男同志牵着头小灰毛驴把我和高个子吕雪梅送到兴县抗院。

李部长善解人意，根据具体情况从实际出发，既有原则性，又有灵活性，果断处理问题的工作作风使我十分佩服，永远难忘。

第五，和李部长分别25年之后，短短的一面，竟成永别。1940年底还是1941年初（准确的时间记不清了），与李指导分别，1949年我随军南下四川成都，以军代表身份接管了成都女子中学，1956年调来北京教育行政学院工作，从此一个接一个的政治运动，每天晚十点后才能到家，节假日更忙，哪有时间和精力打听了解战争年代时的战友都在何方呢！

1965 年的一天，在上班的公共汽车上听见我旁边的两男一女低声谈论着北京市委领导人的名字，吃惊地听到宣传部长是李琪。我马上反应：李琪？难道这位李琪是我当年的李指导员吗？因不认识这三位同志，不便直言打听，只好到站下车走人。

听到市委宣传部长叫李琪之后，按捺不住一种亲切感，不时地猜想。一阵想，我都由成都调来北京，李指导怎么就不可能从别处调来北京？认为三位陌生人讲到的李琪就是自己当年的指导员。忽而又否定，世上重名重姓的大有人在，电视报刊等不就常常看到李毅的名吗？其中有男也有女，可都不是我本人。肯定、否定，反反复复想个不停，总想看个明白。

约 1965 年初的一日，我到市委找到宣传部部长办公室，轻轻敲门，听到一声：请进。进门一眼认出真是我当年的李指导，高兴极了。李部长轻轻地站起来和蔼地问："同志！你是那个单位的，有什么事？"边示意让我坐下，热情给我倒水。见李部长办公室对面坐着两位男同志，等着工作，我简要地自我介绍：李部长说，想起来了，你就是……为了不影响李部长的工作，我说了一声以后再来看您，起身就走，李部长把我送出办公室，相互挥手示意再见，他目送我看不见为止。分别这么多年，职位高了，官儿大了，但他那诚恳待人毫无架子的本色丝毫没变。万万没想到，不到十分钟的见面竟成了永别。

李大姐，在十年浩劫中您以坚强的信念，经受住了种种考验，渡过了种种难关，全家把悲痛化为力量，在那有理无处讲，有冤无地申的特殊情况下，您坚信乌云会过去，勇敢大胆率领孩子们顽强地努力，争取早日还李部长清白，得到了高级领导同志、许多名人和人们的热情积极帮助，终于中央对李部长的冤案平反昭雪，讨回公道，还了清白，您和孩子们胜利了，凡是了解李部长的战友同志都为您和孩子们高兴。真的若地下有灵，李部长定会说您和孩子们受苦尽力了，谢谢你们，而含笑九泉的。

我水平不高，记忆力差，只能将难忘的几件事流水账似地写出，一不精辟，二无逻辑，更没上升理论高度概括。字写得更乱而潦草，请谅解。

天冷了多保重，健康情况好转，我去看您和孩子们。代问孩子们好。

再见！

祝您长寿！合家安康！

挂念你们！

2004 年 11 月 30 日

我党宣传理论战线上的忠贞战士
——原北京市委常委、宣传部长李琪同志

冯耀璞

    "文革"期间，原北京市委常委、宣传部长、市委党校校长李琪同志，在林彪、"四人帮"及其一伙的恶毒诬陷和迫害下，于1966年7月10日含冤逝世，终年51岁。

    李琪同志，原名沈乃挺，是山西临猗县城关镇人。出生于1914年10月30日，只念过五年私塾，14岁到天津当学徒、店员，18岁到潼关去谋事。1936年西安事变后，他毅然来到西安纱厂当职员，在这里读到了一些新书，接触到了共产主义启蒙教育。以后在党的教育下，不断提高了民族、阶级觉悟。1937年抗日战争爆发后，经林伯渠同志介绍奔赴延安，先后在青训班和"陕北公学"学习，在这里，他系统学习了马克思主义理论。由于他刻苦努力，进步很快，1938年4月，光荣加入了中国共产党。当时罗贵波同志到延安选调干部，李琪随到晋西北，分配在五寨、河曲等县工作，曾任清源县区区委书记，汾阳县二区区长。这个地区敌我斗争十分残酷，在平川和敌人周旋角逐，几乎每天都是出生入死，李琪多次被敌人围困，日寇曾以三万元重赏捉拿他，但都因群众巧妙掩护和他的机智勇敢而化险为夷。在山西汾阳、平遥等县的老民兵、贫下中农中长期流传着李琪同志的神奇故事，传颂着他带领当地人民武装力量，消灭敌伪的英勇事迹。1941年李琪在敌占区开展工作时，在徐沟县被日伪逮捕，因没有暴露身份，经组织营救，很快被释放；但在出城门时，被叛徒识出，再次关进了监牢。李琪同志在敌伪监狱，英勇无畏，高声背诵文天祥的《正气歌》，写出了"才出蛇洞，又入虎穴，愿为民族，流尽鲜血"的誓言。他以坚定的信

念和满腔热情宣传革命道理，做伪看守人员的思想工作，策动看守各背一支长枪，冒着生命的危险，一起逃出虎穴，返回解放区。当时山西清太区党政军召开了群众大会，他受到党组织的表彰和军民的高度赞扬。

研马列　精求哲理

1945 年日本投降后，李琪创建晋中干训队，任政委兼队长。次年，吕梁区党委成立，任宣传科长，继任七地委宣传部长、土改工作团团长，孝义县宣传部部长等职。李琪对这一段历史是十分珍惜的，他说：由于亲自参加领导减租减息和土改斗争，经过抗战和解放战争的考验，特别是党内斗争的锻炼，使自己对马列主义和党的政策的认识，及自己思想意识和思想方法的修养，都比以前进了一大步，为人民服务的观点也深刻和牢固多了。1949 年 1 月，李琪同志根据党的事业的需要，来到河北平山李家沟，成为党的最高学府马列学院第一班学员。李琪的历史，从这里进入了一个新的阶段。

在中央马列学院学习和工作四年多的时间里，李琪曾任研究员和党史教研室副主任，在这期间，他更加热爱党的理论事业和宣传教育工作，特别是写作水平和能力有了长足的进步，并且开始著述和讲学活动。他积极从事理论研究，到北京、天津、张家口和通县讲社会发展史，到北京大学讲授哲学课。他撰写了《王充的哲学著作及其他》《学习马克思列宁主义的应有认识》《列宁斯大林民族政策的伟大成就》《毛泽东同志早期的哲学思想》等十多篇论文，其中大都发表在当年的报纸杂志上。而他研究写作的重点主要是宣传毛泽东哲学思想。1953 年 8 月，他的第一本著作《〈实践论〉解释》由中国青年出版社出版，接着他又进行《〈矛盾论〉浅说》的写作，这本书 1956 年出版。他用流畅的笔调，深入浅出地解答了读者在学习毛主席两本哲学著作过程中提出的许多疑难问题；批判了某些人对于马克思列宁主义哲学的不正确认识；指出了《矛盾论》和《实践论》的有机联系。因而受到毛泽东同志的赞许，对广大干部青年起到了指导作用。这两本书凝聚着李琪同志辛勤的劳动和心血，在短短几年中，国内十多次再版，印数达 50 余万册，并被译成日文，受到国际马列主义者的欢迎。

究法典　倾注心血

1953 年 9 月，李琪调彭真同志办公室政治秘书。他谦虚地说："自己没有上过多少学，而今能在大学讲课，著书立说，完全是党之赐予。没有党的培养教育，何来今天！？"李琪无条件服从革命的需要，立即把主要精力和研究重点转移到法制工作上来。当时，我国的法制建设正在初创，他认为：我国是一个半封建半殖民地国家，封建残余思想浓厚，发扬社会主义民主，建立和健全社会主义法制是很重要的。他孜孜不倦地研究马列主义理论，贯彻执行党的方针和政策，先后参加过组织法、检察院组织法的起草工作。曾担任政务院政法委员会研究室副主任，为建立和健全社会主义法制付出了巨大艰辛。特别是他负责起草《中华人民共和国刑法（草案）》，夜以继日，专心致志，系统地研究了国内外各种类型的法典形成的原因及其基本内容。他力主反对照搬苏联的刑法，坚持调查研究，走群众路线，坚持法制法律的阶级性，制订出具有中国特点的刑法。同时他写了《法制法律科学的阶级性和继承性》《为健全我国民主法制而斗争》《有关草拟刑法草案的若干问题》等许多文章，并到政法学院授课，为我国社会主义的科研工作作出了重要贡献。由于他从事法制成绩卓著，1958 年 8 月被中国科学院聘任为法学研究所研究员，被评选为中国政治法律学会第三届理事会理事。

为人民　耿耿丹心

1961 年，李琪调任北京市常委、宣传部长、党校校长。他以自己扎实的理论基础和丰富的阅历，为党的宣传工作和培养理论教育工作者竭尽全力。由于他善于调查研究，见解独到，多有建树，曾为北京大学作了《调查研究，按客观规律办事》的长篇报告。他说：我们几年来出现的"共产风"是违背马列主义毛泽东思想不能剥夺农民原则的。说明我们的理论水平并不高，共产主义的两个阶段的界线还划不清。所谓"只有想不到，没有做不到""人有多大胆，地有多大产"等说法是唯心主义的，是背离客观规律的。他以大量的事实说明调查研究的重要性和必要性，强调按经济规律办事，并提出许多调查研究的方法问题。他在市委举办的干部轮训班上，作了关于党内生活的报告，讲到党内这几年存在的问题，妨碍着广大党员的积极性和创造性，主要原因是由于党内机械过火斗争造成的，结果使我们有的同志不敢讲心里话，影响了党内的正常民主生活。他严格区分和正确处理两类不同性质的矛盾，对犯了错误的同志坚持执行"惩前毖后，治病救人"和批判、教育从严，组织处理从宽的方针，本着对党负责、对同志负责的精神，按照党的政策处理问题。《北京日报》的一位副总编辑，被人检举是"漏网右派"，他坚持到原工作单位深入调查，使该问题得到正确处理。他特别强调在广大农村搞反右是不妥的，农民没有什么右倾问题。在谈到阶级斗争问题时，他说我们的国家还很穷，还很落后，应当把富裕中农，看作劳动人民，是工农联盟的一部分。在农村不能人为地划成分，人为地制造紧张空气。对农民是说服教育问题，不是斗争问题。李琪根据北京市委召开的宣传工作会议讨论中提出的关于知识分子问题，给彭真同志写信汇报情况，明确表示不能用世界观作为划分知识分子阶级成分的标准，要正确对待知识分子。北京市委党校一个年轻教员，由于在理论问题上坚持不同看法，有人认为这违背了毛泽东思想，要进行批判。他坚持要区分学术问题和政治问题，保护了这个同志。

润艺坛　春风化雨

1963 年 9 月，李琪参加北京市文艺界下乡经验交流会，作了长篇讲话，强调文艺要面向现实，要在现实中吸取营养，既要深入生活，又要加强理论学习，这样才会写出好作品。他出于对京剧事业的热忱，亲自领导北京市京剧团排练现代戏《芦荡火种》，热情支持《箭杆河边》的排演，并对排演人员说：我已经相当满意了，大家下不少工夫，剧本中已经把正面人物加强了，不要怕正不压邪，要把反面人物写足，然后正面人物再压过他，这样矛盾才尖锐，才能激动人心。他和邓拓同志一起召开京、昆、梆等剧本创造座谈会，提出这几个剧种整理改编传统戏、新编历史戏和现代戏三者不可偏废，不要赶浪头，要按剧种特点搞，不要急躁。对待困难要采取战略上藐视，战术上重视的态度，在传统的基础上推陈出新。他具体指导写的《北京日报》社论《让现代戏之花盛开》

中说："演现代戏光荣，演优秀的历史戏同样光荣……过去的艺术实践证明，凡是经过认真推陈出新的传统剧目，或用新的观点来编出的优秀历史剧目，同样地能很好为今天广大人民服务。"

然而，1964年，江青到北京，在搞京剧改革的名义下，以特殊的身份，凌驾于各级党委之上，称王称霸，破坏党的文艺路线。李琪在北京市委彭真等领导同志的支持下，对江青的一系列错误进行了面对面的斗争。江青不许京剧演传统戏，让京剧现代戏加进许多洋乐器，把京剧搞得不伦不类；江青只许京剧一花独放，把话剧说成是"死了的"剧种，下令撤销北方昆曲剧院等剧团；江青不让一些名演员登台演出，并对他们进行人身折磨。李琪根据邓小平和彭真同志的指示，坚持现代戏、传统戏都要演，他让有关部门开了一批优秀的传统剧目单，叫北京剧团上演，叫北京电台广播。他根据彭真同志"京剧要姓京"的意见指出，京剧改革要保留京剧特点；戏曲要百花齐放，不能一花独放；不应剥夺老艺人的艺术生命和非人地折磨他们。江青从此对北京市委更加不满和仇恨。她叫嚷："北京市委是大北京主义，不听党的话"，"反对毛主席的革命文艺路线"。她一面骂李琪"骄傲自大，眼里没有我"，"只听彭真的，不听我的"；一面又软硬兼施，拉拢李琪跟她走。而李琪在这种形势下，愤然写信给彭真和市委领导同志，控诉江青"像皇太后一样对待我"……他不愧是一名真正的共产党员，毫不动摇，旗帜鲜明，坚定勇敢地进行了针锋相对的斗争。

捍真理　不畏权贵

李琪同志是思想理论战线上的一名坚强战士，为了捍卫马列主义、毛泽东思想的纯洁性，坚持同各种不正确的思潮进行坚决的斗争。早在1958年10月，张春桥在《人民日报》抛出了《彻底破除资产阶级法权思想》一文，全盘否定了社会主义历史阶段存在资产阶级权力的客观必然性和必要性，对社会主义的"各尽所能，按劳分配"原则进行恶毒攻击和诬蔑，在全国范围内挑起一场大争论，给人们思想造成了极大混乱，从理论上为当时的"共产风"推波助澜。这株反映极左思想的大毒草，立即遭到思想理论界支持马列主义立场的同志们的反击，李琪认为它"完全混淆了社会主义和资本主义的界限"，"是攻其一点，不及其余的形而上学的典型"。他针锋相对在12月的《前线》上发表《怎样正确认识社会主义按劳分配制度》《关于资产阶级法权的几个问题》等文章，对张春桥的荒谬、反动观点进行了批驳。他这种抓住真理、所向披靡的革命战斗精神，表现了共产党人的凛然正气和高尚情操。

当林彪、"四人帮"及其一伙横行猖獗时，李琪同志在北京市委领导下，同他们倒行逆施、篡党夺权的阴谋活动进行了坚决的斗争。1960年林彪窃取了军委领导大权之后，在"突出政治""政治可以冲击一切""立竿见影"等极左口号的掩盖下，不准学习马恩列斯著作，对毛泽东同志的著作也只许学些零零碎碎的语录，不许完整系统学习毛泽东思想。李琪对此进行了坚决的抵制和斗争。他一直强调广大干部，特别是宣传、理论干部要完整地、系统地阅读马列著作和毛泽东思想的立场、观点、方法，要发扬理论联系实际的学风。他经常对宣传干部说：马列主义的书，毛主席的书，一定要系统地学习，不能只是干什么，学什么，不能只学毛主席语录，不能现学现卖，更不能把毛主席的话当作整人的工具。他坚决反对学习中的简单化、庸俗化和形式主义。他特别在市委党校强调指出："不学马列老祖宗的书，还叫什么共产党？共产党的党校要永远读马列的书。"他反对所谓"顶峰"论，说："理论是随着实践发展的，真理永远没有什么顶峰。"他对林彪"突出政治是一个规律"，说："这是什么规律？这同经济决定政治、政治反作用于经济的辩证规律怎么统一起来？"并指出："突出政治变成了空喊和大话，不以虚带实，促进社会主义建设，还叫什么突出政治？"为此，他亲自指导和支持《北京日报》专门编发了一篇社论，强调突出政治要落实到具体工作上。这篇社论是向林彪不可一世淫威的宣战，受到了广大群众的欢迎，也曾得到罗瑞卿等领导同志的称赞。

战恶浪　忠贞遭厄

1965年底，姚文元抛出了臭名昭著的《评新编历史剧〈海瑞罢官〉》，诬陷吴晗同志反毛泽东思想、反党、反社会主义。李琪同志于1966年1月在《北京日报》发表了《评吴晗同志的历史观》一文，公开反对他们对吴晗同志的诬陷。当林彪、"四人帮"一伙诬陷《三家村》是反毛泽东思想、反党、反社会主义的大毒草时，李琪同志顶住逆流，积极保护邓拓、吴晗、廖沫沙同志。林彪、江青之流，处心积虑选择打倒北京市委的突破口，遭到李琪的抵制和反对。尔后，林彪、"四人帮"一伙变本加厉，于1966年5月初便公开向北京市委开刀，强加给北京市委十大罪状，诬陷彭真、刘仁同志为"反革命修正主义集团""独立王国的头子"，北京市委被改组。不久，市委领导和市委干部一律靠边站，有些被关进监狱，有些被隔离反省，有些被撤职，大多数中层干部被批斗。当时被他们视为眼中钉的李琪同志不由分说，被批斗得最厉害，"四人帮"的恶棍戚本禹在《红旗》杂志1966年第七期点名批判李琪，给他那篇保护吴晗同志的文章加上种种莫须有的罪名。李琪当时天天受批斗，还遭受殴打和辱骂，爱人也被隔离和批斗，子女受株连。他曾对妻子李莉说："江青如此胡来，我总有坐牢、杀头的一天，你们要有思想准备。"在残酷的折磨下，他仍然坚贞不屈，大义凛然，理直气壮地说："我没有做过任何对不起党、对不起人民、对不起毛主席的事"，"历史将证明我是无罪的"！他在遗书中写道："坚信共产主义必定在全中国和全世界取得胜利！""我希望我的五个子女都能长大成人，做一个真正的革命者！"最后，他宁为玉碎，不为瓦全，饱含愤恨，宁折不弯，离开了他热爱的党和崇高的革命事业。

得昭雪　光照春秋

十一届三中全会后，我党恢复了实事求是的思想路线，为李琪同志彻底平反昭雪，推倒了强加给李琪同志的不实之词，1979年6月8日由北京市委组织的李琪同志追悼会在北京八宝山革命公墓礼堂举行。追悼会期间，中央领导和北京市委以及李琪同志的生前好友和首都宣传文艺单位和负责人送了花圈，中共山西省委、中共临猗县委、临猗县革委、临猗县里寺大队支部也送了花圈。参加追悼会有1800余人。悼词说：李琪同志是中国共产党的优秀党员，坚强的无产阶级战士，北京市宣传理论和文艺战线上的优秀领导人。我们沉痛悼念李琪同志，要学习他热爱马克思列宁主义、毛泽东思想，热爱党的事业，热爱人民的革命精神；学习他光明磊落，襟怀坦白，刚直不阿，爱憎分明的共产党人的崇高品质；学习他工作认真，坚持实事求是，理论联系实际，密切联系群众，勇于自我批评，生活艰苦朴素，克己奉公的优良作风；学习他始终保持旺盛的革命斗志，勤奋学习，坚持真理，威武不屈的硬骨头精神。李琪同志虽然过早逝世，但他光辉的一生，战斗的一生却永远激励着我们。

　　李琪同志，永垂不朽！

（根据《李琪传略》《悼念李琪同志》资料整理）

李 琪

李中才

　　李琪，1914 年 10 月出生于山西省猗氏县（今临猗县）西里寺村一个破产的富农家庭。由于家境的贫寒，只念过五年私塾。14 岁时到城市当学徒、店员。1936 年"西安事变"时，他正在西安一个纺织厂的筹备处当职员，在党的教育下，提高了民族、阶级觉悟。1937 年抗日战争爆发后，经林伯渠同志介绍奔赴延安，先后在青训班和陕北公学学习。1938 年 4 月加入中国共产党。

　　抗日战争和解放战争时期，李琪在极其艰苦的条件下，组织人民武装，英勇打击敌伪。1939 年 9 月，上级派李琪到汾阳县工作，任抗日政府二区区长、县佐（即副县长）。根据党的指示，汾阳县区级政府实行了减租减息、合理负担等一系列抗日政策，并严加镇压汉奸、敌特活动。李琪同县府内部的国民党顽固派冯左泉、樊鲁哉等进行了针锋相对的斗争，挫败了他们的罪恶阴谋，打开了东南平川抗日反顽斗争的新局面。李琪嗜好读书，在汾阳工作期间，虽然环境险恶，公务繁忙，仍是手不释卷，勤奋异常。四十多年前，李琪向汾阳干部群众宣讲《论持久战》的生动情景，至今一些老同志还记忆犹新。1941 年，李琪在深入敌占区开展工作时，在徐沟县被日伪逮捕，他没有暴露身份，经组织营救，很快被释放，但在出城门的时候，为叛徒识出，又被关进了监牢。李琪在敌人软硬兼施面前坚贞不屈，背诵文天祥的《正气歌》，写了"才出蛇洞，又入虎穴，愿为民族，流尽鲜血"的誓言，决心为革命捐躯。经李琪对看守监狱的伪军进行爱国教育，使他觉悟提高，在第四天深夜，找到了一条粗绳，背了两条步枪，帮助李琪越狱，从城墙上缒绳而下，回到了解放区。当时山西清太区党政军召开了群众大会，表彰了李琪的坚定勇敢，并且安排他到交城县治病养伤。之后，中共晋绥分局分配他到分局宣传部，八地委、七地委宣传部工作。李琪在战争年代，在对敌斗争、扩大和建设根据地、土地改革等斗争中，特别是在党的宣传工作和干部培训方面，付出了自己的心力。

1948 年至 1953 年，李琪在中央马克思列宁主义学院学习和工作，任研究员和党史教研室主任。在此期间，他刻苦钻研马克思列宁主义，善于独立思考。在学习的基础上写作和出版了《〈实践论〉解释》《〈矛盾论〉浅说》，对毛泽东同志这两本哲学著作作了深入浅出的解释，受到毛泽东同志的赞许。这两本书曾被日本朋友译成日文，在国外发行，受到国际友人的欢迎。他还不辞辛劳到北大、清华、人民大学以及人民解放军部队等单位讲学，为报纸杂志撰写文章，为宣传马克思列宁主义、毛泽东思想日夜操劳、辛勤工作。1954 年至 1961 年，李琪任政务院政法委员会研究室和人大常委会法律室副主任、主任等职，参加起草《中华人民共和国刑法（草案）》，为建立、健全我国社会主义法制做了大量工作。

1961 年，李琪担任中共北京市委常委、市委宣传部长、市委党校校长，领导北京市的宣传理论和文艺工作。当林彪打着极"左"旗号，在学习毛泽东思想方面鼓吹一系列谬论时，李琪进行了不调和的斗争，反复强调系统地学习马克思列宁主义、毛泽东思想的重要性，引导干部注意掌握马克思列宁主义、毛泽东思想的立场、观点、方法，发扬理论联系实际的革命学风，反对学习中的简单化、庸俗化和形式主义。1964 年，江青到北京，在搞京剧改革的名义下，以特殊身份，凌驾于各级干部之上，称王称霸，破坏党的文艺路线、方针、政策。李琪在北京市委彭真等领导同志的支持下，对江青的一系列错误进行了面对面的斗争。当林彪、江青一伙抛出臭名昭著的《评新编历史剧〈海瑞罢官〉》，诬陷吴晗同志是反毛泽东思想、反党、反社会主义时，李琪撰写了《评吴晗同志的历史观》一文，公开反对他们对吴晗同志的诬陷。当林彪、江青一伙诬蔑《三家村札记》是反毛泽东思想的大毒草时，李琪顶住逆流，积极保护邓拓、吴晗、廖沫沙同志。因此，李琪遭受林彪、江青反革命集团的残酷打击、诬陷和迫害。在北京市委被改组、李琪被勒令停职检查的情况下，他仍然坚贞不屈，表现了不屈不挠为真理奋斗终生的精神。1966 年 7 月，他饱含愤恨离开了他所热爱的党和革命事业，终年 51 岁。在生命的最后的日子里，李琪写信给市委的主要负责同志，说江青像"皇太后"，"比西太后还坏"，"像奴隶主对待奴隶一样对待我"，"使我无法工作"……这是血泪的控诉，是李琪以自己的亲身体会，对当时已经开始了篡党夺权活动的野心家江青所作的深刻揭露。

李琪逝世后，党组织于 1975 年为他举行骨灰安放仪式，把他的骨灰安放于八宝山革命烈士公墓。党的十一届三中全会后，1979 年举行了隆重的追悼大会，为他彻底平反，推倒了强加于他的一切诬蔑不实之词。

（李中才根据中共北京组织部和李琪遗孀李莉同志提供的资料，并采访部分情况整理，于 1983 年 6 月发表在汾阳党史资料第三辑上。）

三、亲属的回忆

回忆我的父亲

李海渊

我父亲有五个孩子，一男四女，我是老大，下面四个妹妹。按说作为长子，家中唯一的男孩，受父亲的关爱和教育最多，在父亲去世之后，写些回忆父亲的文字应该是责无旁贷的。然而，事实是我在此之前一直没有写过任何文字。1978 年中央给我父亲平反，《光明日报》发表的回忆文章是我的大妹妹海文写的。父亲去世多年，我一直不能认真地回忆。妈妈大概已有三次让我写些回忆父亲的文章，每次我答应了，但都没有交卷。这么多年过去了，我只要略微认真地回忆过去，就忍不住心中的悲伤，禁不住泪如雨下，甚至泣不成声，无法想下去，更无法写下去。为什么会这样？是因为爸爸死得冤枉。我知道他对共产主义一片忠心，然而却被打成反党分子而逼上死路，还因为父亲无法承受巨大的压力，一死了之，把痛苦和困难留给了妈妈和他的孩子们，心里也在埋怨他。我说不清是为什么，总之，我心里在逃避，不愿意回忆过去。

最近，妈妈又一次提起让我写一点回忆爸爸的文字，我父亲去世已经 33 年了，现在我自己都快 60 岁，已经退休了。这一次我觉得不能再推托了。

父亲是 1937 年参加革命工作，先到延安学习，后来在晋绥根据地工作。1948 年北京解放，他随中央机关到了北京，之后我们全家也进了北京。那时我七岁，进了中直育英小学读书。爸爸在马列学院工作，我是住校生，放了假就回马列学院，住在爸爸的宿舍里。我只知道爸爸是做学问的，研究马列主义理论。每天只见他看书、写东西。有一天，听爸爸很高兴地说他的书出版了，书名是《〈实践论〉解释》，他还让我送一本给我的班主任曹老师。后来他又写了一本《〈矛盾论〉浅说》。有一个时期，他还经常到北京大学、人民大学讲课。

李海渊和父亲的合影。

　　那时我还小，并不真正了解父亲的工作性质，我只觉得父亲是一个有学问的人，知识渊博。我有什么不懂的，总爱问他，每次总能得到满意的答案，特别是在社会科学方面。我上了初中之后，爸爸经常把我和大妹妹海文叫到他的书房，给我们讲马列主义的基本知识，什么商品、剩余价值、剥削，还有辩证法、矛盾、否定之否定等等，经常是一讲就是一两个小时。其实，我当时也不太听得明白。但是，看到爸爸那么认真热心地给我们讲解，我逐渐地也感兴趣了。

　　爸爸曾多次讲到他小时候学习的经历。父亲出生在山西晋南一个富农家庭，到他念书的年龄时家境已每况愈下，念不起书了，只在村子里读过四年私塾。十几岁时就到西安、天津，跟了一个经商的亲戚在店铺里当伙计。但是他非常好学，酷爱读书，很少的一些工资主要都用来买书，他认字主要是靠一本小字典学的。参加革命工作后，每到了一个地方总是抽时间找书来读。他的知识不是在学校学习的，都是从书上从实践中学来的。抗日战争时，在游击区工作，经常要转移，很多日用品都丢了，但是他喜欢读的书都一直带着。爸爸是靠自学成才的，虽然只念过几年私塾，靠着自己勤奋好学，他成了马列学院的研究生，马列主义理论工作者，在马克思主义、毛泽东思想理论研究、宣传、普及方面做出了相当的成绩。

爸爸还写得一手好字，不论是钢笔字还是毛笔字都有相当的功力，这也都是勤学苦练得来的。我记得他有一个时期每天坚持写毛笔字，他也让我练习，可惜我没有耐心，练了一段就丢了。

在爸爸潜移默化、谆谆教导下，我也养成了喜欢看书、喜欢思考的习惯。这些习惯让我后来受益不浅。

一个人从小到大，性格、思想的形成受家庭的影响很大，特别是在青少年时期。当我退休之后回顾自己过去的一生时，特别庆幸我出生在一个革命的、有教养的、和睦的家庭里。我的父母以他们模范的以身作则的表率作用，培养、教育、影响了我们，让我们成为有理想、有责任心、诚实、善良、对社会有用的人。这是他们给我们的无价遗产。

我 1942 年出生的时候，正是抗日战争最艰苦的时候，环境非常恶劣。一生下来，妈妈就把我送到一个农民家里喂养，一直到四岁，环境改善了，才接回父母身边。刚回来时，我不认识我的父母，也许是因为这个原因，我从小就有点害怕父母，总觉得他们很严厉。我不大爱讲话，性格内向，不像我的大妹妹海文，一直在父母身边，性格开朗，有说有笑。直到上了初中，人长大了，开始懂事了，我才越来越感到在父母严肃的外表下，其实是饱含着慈祥、仁爱之心。

爸爸平时是个严肃的人，不太爱说笑，很少见他开玩笑，喜欢讨论严肃的学问。在我的眼里他是个博学多才的人，高不可及，在他面前我自然规规矩矩，不敢随便说话，不像现在的小孩和父母这么平等。他对我们要求很严格，有一件事至今我记得很清楚。初中二年级时，学校组织暑假到四季青公社菜园去劳动，自愿报名，我报了名。要出发的前一天，我忽然感到身体不舒服，头痛流鼻涕，我就有点不想去了，想打退堂鼓。第二天我提出我不去了，谁知爸爸一听就生气了，说我太娇气，这么点小病就不想参加学校的活动，他严厉地要求我一定要去。我当时心里真委屈，含着眼泪背上行李就去了。其实，我当时真是感冒了，身体确实不舒服。既然去了，就坚持和同学们下地劳动，心里虽然不痛快，但坚持下来了。劳动中出了一身大汗，两天之后病也过去了。在田间和同学们劳动了十天，脸也晒黑了，身体更健壮了，回家后父母还让阿姨包了饺子欢迎我。爸爸对我说："一个人对自己要求严格点好，要养成不怕苦、不怕困难的习惯。"看到父母慈爱的样子，我的委屈也没有了，觉得父母都是为了我好。我当时并没有料到，如果不是父母平时就对我们严格要求，训练我们的身心，在后来"文化大革命"的逆境中我们又如何经受考验呢。

"文革"中，我们的处境一落千丈。政治上受歧视，组织上不信任，长期不给分配工作。我后来分到黑龙江的小城里，生活条件相当差。但是，面对这一切外界加给我们的恶劣条件，我们没有怨天尤人，不抱怨，不气馁，满怀自信，乐观地面对人生，在平凡的工作岗位上，不断进取。之所以能如此，是与父母从小对我们的严格教育分不开的。

我小学的六年是住校，每个周末和父母在一起。中学六年住在家里，天天可以见到父母。上大学，我被保送到中国人民解放军军事工程学院学习，等于参军了。学校在哈尔滨，只有寒暑假才能回北京看看父母。记得第一个学期，大概是因为初次离家，又不太适应军队的生活，非常想家。好不容易熬到寒假，学校又规定没有特殊情况不许回家。有的同学让家里找些借口，拍个电报，也准许回去了。看到同学们一个个地走了，我实在忍不住了，也给父母拍了个电报，让他们找点理由"救"我回去。拍过电报回来，心里又很不安，因为父母一向对我们要求很严，不知道父亲会不会批评我一顿，说我刚离家几个月就想家，没有出息。可是，过了两天我收到北京来的电报，电报称"母亲有病，速归"。我高兴极了，赶紧拿了电报找学员队领导请假，领导可能也知道这里有假，但并不追究，当即批准我回家探亲。我坐了一天一夜的火车回到北京，见到父母、妹妹，大家都非常高兴，爸爸也没有批评我。十几天的假期很快就过去了，我愉快地告别家人返校了，这以后我再也没有那种想家的感觉了。经过这件事我好像一下子长大了，似乎以前我还是父母身边的孩子，而现在我成人了，可以独立地生活了。这件事也让我深深地体会到爸爸那严肃的外表下的慈爱之心。他既严格地要求我们，同时也能谅解我们成长过程中的小小弱点。他为了让儿子能更快地渡过想家这一关，宁愿办一次违心的事。我想爸爸经常给我们讲原则性和灵活性的结合，这就是一个实例了。

我 1960 年到哈军工，1965 年毕业。因为学院指定我留校当研究生，所以没有分配工作，继续在学校学习。1966 年 2 月寒假我回到北京，爸爸很忙，我们交谈不多。记得他有一次提到他写了一篇文章，登在《北京日报》上。这篇文章是批判吴晗同志的《评吴晗同志的历史观》，以李东石的笔名发表的。他说他花了很大精力，自认为文章写得很好，有理有据，对同志也是善意的批评，让我有时间看看。当时我并不知道党中央已在进行着重大的斗争，也没有认真地去看这篇文章。没想到几个月以后，爸爸正是从这篇文章开始出问题的，而这个假期也成了我最后一次见到爸爸了。

就在这个假期，我和秦吉玛谈恋爱了，我们两人是哈军工同学，两家又住在一个院里。我后来知道，为了促成我们，父母在背后也做了不少工作。假期结束返回学院，吉玛毕业了，她离开学院前我们确定了关系，订婚了。她分到海军装备部，3 月份到北京报到，我写信告诉父母，并说这次吉玛一个人到北京报到，请他们好好招待他们未来的儿媳妇。爸爸妈妈很高兴，对待吉玛就像自己的女儿一样，每天请她到家里，让阿姨为她做好吃的。她在北京只待了十天，就到大连红旗造船厂军代表室去报到了。吉玛在大连给我父母写信，父亲曾给她回过三封信，每封信都是用毛笔写的，毛笔小楷写得非常漂亮，鼓励她好好工作。吉玛给我写信说，你的爸爸妈妈真好。她从小就没见过自己的亲生父母，没有得到过父母的爱，现在她又有了爸爸妈妈了。那个时候我们都觉得我们是最幸福的家庭了。

返回学校不久，"文化大革命"就开始了。先是北京市委被点名，然后是批判"三家村"。我父亲是北京市委宣传部长，我就觉得情况不妙。到了五月，《人民日报》戚本禹的文章就点了爸爸的名。我着急地给父母写信，问他们究竟出什么事了。我决不相信爸爸是反党反毛泽东思想的，一定是搞错了，信的末尾我还写上永远爱他们。过了几天妈妈来了信，没有多说什么，只说情况比我想得严重，并说今后写信千万不要再写"亲爱的爸爸妈妈"，让我和他们划清界限，不要影响我们的前途。

这以后好几个月没有音信了，只能从报纸上看到很多批判爸爸的文章。说他反党、反毛泽东思想，连他写的为了普及马克思主义哲学的小册子《〈矛盾论〉浅说》《〈实践论〉解释》也被批为打着红旗反红旗的黑书。

8 月份我收到秦吉玛（当时我们还没结婚）的一封信，说爸爸已于 7 月 10 日去世了，是服安眠药死的，妈妈怕我受不了，不让别人告诉我。这个消息真像晴天霹雳，我已记不清楚我看到这一消息时是什么反应了，是震惊，是悲痛，还是木呆了？我只记得我并没有哭，没有眼泪。在我知道这个悲痛消息时，我身边没有一个亲人，周围是同学们冷漠的眼光，我是哪一个"革命造反派"组织都不要的黑帮子弟，这种环境下不是多愁善感的时候。爸爸多年对我的教育，在严酷的斗争面前要保持冷静，现在起作用了。我想我该有些表示才对，自从爸爸被点名批判以来，我一直没有表态，也未向党组织汇报，这在像哈军工这种政治要求严格的单位是不允许的。而现在爸爸自杀了，问题更严重了，形势迫使我必须有个表态了。我考虑了两天，决定向组织汇报（爸爸去世的消息是保密的，连他的骨灰都是化名王琦放在老山公墓的），而且我还决定把我保存的爸爸给我的四十多封信上交组织，以表示对他的揭发批判。

我上大学后，每个学期都给父母写三四封信，汇报自己的生活、学习、思想情况，经常也提一些自己遇到的问题，向爸爸请教。信中涉及很多问题，比如三年自然灾害，农村政策，共产风，对苏关系，和平过渡，和平演变，真理有没有阶级性，古代的清官是好还是坏等等。总之，在生活和学习过程中遇到的政治、经济、哲学各方面的问题，我们都讨论过。我提出问题，也谈自己的看法，每一封信爸爸都认真地给我回信。有时我只写了一两页，而他的回信最长达十几页，大多数用钢笔写，有几次是用毛笔写的，字里行间充满父亲对儿子的关心。每封信我都要读两三遍，很多东西是我从课堂和书本上学不到的。回想起来，这是我一生中看到的最结合实际的、生动的学习马克思主义立场、观点、方法的文章。然而，现在报纸上却批判他反党、反毛泽东思想。造反派诬蔑我们，说我们受的尽是反党老子的反动教育，我之所以想到要把爸爸的这些信交给组织，一方面表示我和他"划清界限"，一方面我也想让他们看看爸爸平时是怎么教育我们的。

我找到系党委张书记，向他汇报我父亲已去世并交上爸爸写给我的信，并且老实说明，现在爸爸究竟是什么问题，我还不太了解，我作为一个党员，相信党中央会给我父亲一个公正的结论。张书记很通情达理，他说他们也不知道情况，不好说什么，这些信他们一定尽快转交党中央。后来听妈妈说，有人在北京市委专案组看到过这些信。"文革"后，我们曾经想要回这些信，但已丢失不知去向了。

整个"文革"中，关于我父亲的问题，我就向组织作过这么一次交代。交了这些信也等于和父亲告别了，这以后我极力避免回忆父亲。我把对父亲的一切记忆都深深地埋在了心里，我不愿去触动它。严酷的斗争环境，为生存而挣扎，容不得儿女情长。后来爸爸平反了，两次安放骨灰，恢复名誉。环境好了，我更为爸过早地去世而可惜，他太冤枉了，想起他就难过，因而也不愿意去回忆。我后悔当时竟没有留下几封信留个纪念，结果，现在我能找到的爸爸的手迹也很少了。我只保存着一本艾思奇主编的《辩证唯物主义和历史唯物主义》，书的扉页上爸爸用钢笔草书"海渊，阅读"，时间是 1961 年。

父亲去世已经 33 年了，他去世时才 51 岁，正是年富力强可以为国家作更多贡献的时候。是江青、"四人帮"害死了他。这样的悲剧不希望在共产党内重演，好在这一切痛苦和悲伤都过去了。我们现在无论在物质生活上，还是宽松的政治环境，都比父亲在世时好得多了。我和吉玛在国家机关工作了 30 多年后退休。这几十年里我们没有辜负父母的教育和期望，在平凡的岗位上尽了我们作为共产党员的责任。现在我们的孩子也都长大成人了，儿子办公司经商，业务开展不错，他也有了儿子，已经四岁，天真活泼、聪明可爱，女儿获得美国密西根大学 MBA 学位，已在美国安家，生活工作得很好。我的四个妹妹都是大学毕业，都找到称心的丈夫，家庭和睦幸福。这一切可以告慰父亲，他可以放心了。不论是在严酷的"文化大革命"中，还是在改革开放、向市场经济转变的重大社会变革中，我们都能适应环境，顽强生存，这是父母教育的结果，是他们的爱心和高尚的人格在保佑我们。我衷心地希望我的父亲在天之灵永远安息。

一个真正的共产党员

——忆爸爸李琪同志

李海文

〔光明日报编者按〕李琪同志是我党坚强的党员，也是我党优秀的理论战士，在林彪、"四人帮"肆虐的时期，他和叛徒江青以及那个"顾问"进行了威武不屈的斗争，并且早在 1958 年就对张春桥的一篇煽动极左思潮鼓吹平均主义的坏文章进行了尖锐深刻的批判。李琪同志写的《〈实践论〉解释》《〈矛盾论〉浅论》，热情地宣传了毛泽东思想，得到了毛泽东同志的赞许。但是，1966 年 6 月，《光明日报》在林彪、"四人帮"的指使下却点名批判李琪同志，诬蔑李琪

同志写的这两本书是"猖狂反对毛泽东思想的大毒草"，在全国产生了极其恶劣的影响。我们今天特发表李琪同志的女儿李海文同志的这篇文章，对李琪同志表示深切的敬意和怀念。

鲁迅先生说：长歌当哭，必在痛定之后。我的爸爸李琪同志衔冤含恨离开我们已 13 年了。一想起严肃而慈祥的爸爸，我的眼泪就夺眶而出。

爸爸从 1960 年起担任北京市常委、宣传部长，在以彭真同志为首的市委领导下具体负责理论宣传工作。1963 年，党中央、毛主席发出京剧改革的号召，爸爸满

腔热情积极响应，愉快地接受了这个任务。

　　然而，江青为了捞取政治资本，以搞京剧改革为名，到北京市"蹲点"。由于工作关系，爸爸多次同江青打交道。起初爸爸对她是尊重的，但是她那种横行霸道、不可一世的作风，毫无道理的指责，不伦不类的指示，是任何一个正直的共产党员都不能接受的。这样就引起爸爸的不满和抵制。江青自己看旧戏，却不准公演受人欢迎的传统戏，她要把张君秋、马连良等老艺术家赶出舞台，让赵燕侠等演员带着手铐脚镣"体验生活"。她只许京戏一花独放，不许别的剧种共存，它宣布话剧是"死了的"，昆曲、曲艺必须停止演出。为了树立自己的样板团，不计工本，挥霍浪费，抽调演员，不惜把别的剧团拆散。在这些问题上，爸爸同江青作了面对面的斗争。叛徒江青气得破口大骂："这个宣传部长怎么这么厉害，不准我讲话。"爸爸曾经对妈妈说过："江青如此胡来，我总有坐牢杀头的一天。"妈妈同爸爸是患难夫妻，劝他谨慎小心，不要过于认真固执。爸爸严肃地说，江青这个人身上一点共产党员的气味都没有。这是革命工作，是党的事业，不是儿戏。1965 年底，姚文元抛出《评新编历史剧〈海瑞罢官〉》，矛头直指北京市委和广大的知识分子。爸爸于 1966 年 1 月在《北京日报》发表《评吴晗同志的历史观》，不同意用政治大帽子压人，不同意把吴晗同志一棍子打死，认为学术问题应坚持百花齐放、百家争鸣的方针。

　　江青对爸爸又打又拉，妄想让爸爸给她提供炮弹，打开北京市的缺口。但是，无论江青怎样提醒、暗示和训斥，给他多少次所谓"机会"，爸爸从不向她谈北京市有什么问题。1966 年 2 月，江青把爸爸叫到上海，故意不约定见面时间，想让爸爸主动求见，对她顶礼膜拜。爸爸耿直不阿，疾恶如仇，偏偏不肯主动上门。江青派张春桥做说客，爸爸听完后冷冷地说："不知道江青还有别的事没有，如果没有我就回北京了。"爸爸坚持原则、不卑不亢的态度使江青大为恼火，江青一见到爸爸就指责漫骂大闹一场。爸爸气得忍无可忍，给领导写信反映"江青比西太后还坏"，希望我们党警惕她。

　　"我坚信共产主义社会一定会到来的，世界革命一定会成功的。世界是属于共产党，是属于劳动人民，是属于伟大的毛泽东思想。"这是爸爸的最后遗言。爸爸用毕生的精力宣传毛泽东思想。他从小当学徒，端茶提水倒夜壶，受尽打骂和侮辱。阶级压迫造就了爸爸刚正不阿、宁折勿弯的性格。他没有念过多少书，但为了革命事业的需要，他刻苦地学习文化、学习理论。1948 年，党组织选送他到马列学院深造，爸爸边学习边写作，怀着对毛泽东同志崇敬的心情，开始写《〈实践论〉解释》《〈矛盾论〉浅说》。不管冬天还是盛夏，爸爸总是伏案疾书，节假日从不休息。妈妈以床为桌，坐在小板凳上帮他誊写。这两本书终于在 1953 年、1956 年分别出版，多次翻印，日本友人还翻译成日文，并发表文章论述介绍，引起日本友人对研究、学习毛泽东思想的兴趣。

但是，谁也没有想到宣传毛泽东思想竟成了打倒他的根据，这两本书竟成了爸爸被迫害致死的"罪证"。爸爸在实际工作中坚持原则，坚持党性，从不趋炎附势，见风使舵。1958 年，有些人头脑发热，刮起浮夸风，爸爸当时就认为"人有多大胆，地有多少产"是主观唯心主义的口号。在日常生活中他不准我们用"最""特"这类绝对化的词语。1958 年 10 月，张春桥在《人民日报》发表《彻底破除资产阶级法权思想》的文章，全盘否定按劳分配，把军事共产主义的供给制说成是共产主义的分配原则。爸爸针锋相对在 12 月的《前线》上发表了《怎样正确认识社会主义按劳分配制度》一文，开宗明义指出："按劳分配制度，从它的本质上讲，不能说是资产阶级法权，资本主义的分配制度，不是按劳分配，而是在等价交换形式下实行不等价交换的残酷剥削工人的制度。"他明确指出不顾生产力发展水平，全凭人们的愿望搞供给制，"其结果只能出现农民的'粗鄙'的平均主义，只能阻碍生产力的发展"。爸爸的文章打中了张春桥的要害，事过 18 年，1975 年张春桥重新印发他 1958

1953 年在北京。

年的文章时，还把爸爸的文章作为反面材料公布，再次批判他。

爸爸最反对特权思想，他从不允许我们享有任何特权。记得有一次，我不小心把公家的玻璃打碎了。后来爸爸知道了，非常严肃地对我说："我参加革命就是要打倒高高在上的老爷太太少爷小姐，我不愿看见我的孩子成为少爷小姐被别人打倒。"字字千钧的话给我以巨大的震动，促使我觉醒成长，今天仍然回响在耳边，鞭策我不断前进。这就是一个共产党员对后代的要求，表现了爸爸对劳动人民的忠诚。可是这样的人，竟被诬为"走资派"，要加以打倒，试问，世界上竟有这样的"走资派"吗？！历史的颠倒竟到了如此荒唐的地步！

报上点了爸爸的名后，他受到巨大的冲击，1966年5月我最后一次见他，爸爸嘱咐我：在任何情况下要相信党，相信群众。现在是社会主义，我们是共产党，不会搞封建社会的株连九族，满门抄斩。我们党的政策是惩前毖后，治病救人。鼓励我参加运动，接受考验。7月，爸爸跟妈妈最后一次通电话，爸爸说：我对不起你，对不起孩子，你们跟着我受苦了。不过，无论怎么样都应当相信党。

爸爸，一个忠诚、正直的共产党员，他以党性原则和善良的愿望来看待当时发生的一切，他甚至以为只要离开我们，就不再牵连我们。他哪里想到他死后，我们全家处境更加悲惨。我们失去生活的主要来源，缺吃少穿，东躲西藏。我们的妈妈在挨斗中求得生存，爸爸的死给她的打击是很大的，悲愤和忧愁使她几乎丧命，但她坚信真理终会胜利，顽强地活下来。

爸爸离开我们13年了，但是爸爸那种威武不屈的革命精神没有死，他那艰苦朴素的生活作风，对党对社会主义忠心耿耿的精神，至今一直鼓舞我们在实现四个现代化的征途上奋勇前进。

原载 1979 年 6 月 13 日《光明日报》

我的爸爸妈妈——李琪、李莉

李海文

　　我一直跟着妈妈长大的，20多年从未看过爸爸妈妈之间红过脸，吵过架，他们是模范夫妻。

　　"跟着妈妈长大的"，有什么了不起，还用单说？可是在战争年代"跟着妈妈长大的"孩子是少数，多数的孩子一生下来就寄养在老乡家里。哥哥海渊就是这样，他生在战争残酷的1942年初，刚过满月，连名字都没有起，妈妈将他放在老乡家，穿过封锁线，到后方山西兴县。后方，日本侵略者每年至少也要扫荡两次。我出生前，爸爸从前线给妈妈写信说：咱们一家三口1948年冬全家在山西太谷，在三个地方，革命还不知哪天成功。这个孩子生下来，无论如何要自己带。就这样，妈妈把我留在身边。她谢绝组织的关照，回到五区，背着我下乡，深入群众。《晋绥日报》表扬她，号召女同志向她学习。她常说：这两年的实际工作使她有很大提高。

　　抗战胜利了，妈妈带着我回到前方，回到爸爸的身边，把哥哥接回来，一家人团聚了。仍是聚少离多，爸爸很少回家，回来也是行色匆匆。妈妈总是忙，还经常不在机关。我和哥哥和村里

1948年冬在山西太谷。

的孩子一起玩，夏天下河捞石子，秋冬上山拾地耳（一种野菜），在场院看《白毛女》，逢年过节看宰猪杀羊。跌破了按一把黄土，黄土高原天是蓝的，土是干净的。黄昏时看见狼来了，狂奔回家。饿了就在机关的灶上吃饭（当时都是供给制）。困了随便找个地方就能睡，草堆、办公室、老乡家。想妈妈了走上十几里去找她，找不见再回来。虽是战争年代，但我从没有碰到过坏人。

我们经常搬家，在一个地方很少能待上几个月。从山里搬到平川，从乡下搬到城里。那时没有幼儿园，哥哥刚能上学，妈妈也给我缝了个书包，让我跟哥哥一起上学。我生性愚笨、好动，老念一年级。

1948年底，爸爸考上马列学院（现中央党校的前身），到了平山。1949年春，他随中央机关进了北京，夏天把我们接到北京，生活才安定。我们住在城里妈妈机关（北京市郊委）的宿舍，爸爸住在西郊，一两个星期回来一次，从此才常常见到爸爸。暑期哥哥和我到马列学院住，他带我们去游泳、爬山。陆续有了三个妹妹，家里更加热闹，生活虽然清贫，但是愉快。1954年，他调到人大常委会起草刑法，机关给了宿舍，我们才有了家。1956年，我小学毕业，由住校变为走读，我们和爸爸才能天天见面。

爸爸有时间就看书、写字，他小时候只读过四年私塾，十几岁就到天津当学徒，全凭自学，能看报写信，当上了职员。1937年，到延安陕北公学，参加共产党。毕业时主动要求到山西前线，从干事、区长到地委的宣传部长。到马列学院学习后，组织派他和范若愚到北京大学讲哲学。第一节课，他自我介绍："我连小学也没有上过，今天给大学生讲课。"后来著书立学，他的著作《〈矛盾论〉浅说》、《〈实践论〉解释》成为五十年代的畅销书。他改行搞法律，潜心研究刑法，发表文章，成为研究员，干一行，爱一行，钻一行。1979年，有一位外地同志看到爸爸平反昭雪的消息，写了一首悼念的诗，说曾经读过他的书。前年，我到河南碰到一个同志，向我打听理论家李琪的下落。我又惊又喜，真没有想到爸爸去世30多年了还有人记得他。我告诉他说："李琪是我的父亲。他只是理论工作者，不是理论家。"

爸爸常说："现在你们有学习的机会来之不易，一定要好好学习。"他给妹妹写下"少小不努力，老大徒悲伤"的条幅贴在墙上。经常从书架拿出书，给我和哥哥讲，讲马克思主义基本理论，讲哲学，讲历史，讲古文，讲司马迁、项羽、李斯，讲历史兴衰，讲做人的道理。

他夸奖李斯的《谏逐客令》写得好，但是不要学他为了保住自己的宰相位，支持宦官赵高篡改秦始皇令，杀扶苏，立胡亥为太子，助纣为虐。最后李斯还是被赵高所杀，临死前他对儿子说："吾欲与若复牵黄犬俱出上蔡东门逐狡兔，岂可得乎？"爸爸说：人要有原则，不能为五斗米折腰，更不能为了自己的私利损害国家的根本。人做了选择不要后悔，李斯临死说这个话，没有出息！"文革"骤起，因为对京剧改革有不同意见爸爸得罪了江青，1966年5月中旬，中央"文革"小组成员戚本禹在《人民日报》写文章点批判他，他受到围攻，有家不能回。但是他没有屈服，以死抗争。他绝不后悔自己参加革命的选择，留卜的遗书让我们好好读毛主席的书。十年浩劫，鬼蜮伎俩，原形毕现，我常常想爸爸给我们讲《李斯列传》的神态。爸爸宁折勿弯的精神支撑我们奋进、向上。

爸爸带我们逛书店，给我们买书《中华活页文选》、吴晗主编的《历史小丛书》。我们穿的衣服打着补丁，衣服是大的穿了给小的，小妹妹经常穿旧衣服。吃的是粗茶淡饭。家具是旧的，只有书架是新的，是爸爸妈妈买的。爸爸生活简朴，爱下围棋，不抽烟，很少喝酒，每月工资留下二三十块钱的零花钱，其余都给妈妈。他珍惜东西，他的用品永远都收拾得整整齐齐，他说："物贵有用，人贵自知。物品就是让人用，不要损坏。"他鼓励我们读他书架上的书。哥哥更胆大，经常能找到一些内部书，他看完了自然给我看。爸爸有钱就买书，买字画，他和妈妈都喜爱书，他给妈妈买人物传记，五四时期、三十年代作家的小说和历

1951年在颐和园。

史书籍，有时间他们在一起交谈书的内容和心得体会。耳濡目染，我们也养成爱读书、买书的习惯。我将零花钱买书，次数多了，妈妈说："你再买书，我就不给你钱了。"但是到下一次碰上好书，她还是会给我块八毛。钱不够，我就站在书店看，到图书馆借。哥哥和我上高中后，爸爸经常和我们谈论形势，为了培养我们独立思考的能力，常常让我们先说，他再评论。言传身教，潜移默化影响着我们兄妹五人，"文革"时最小的妹妹海春才上小学五年级，三个妹妹都下乡插队，大家一直坚持自学。粉碎"四人帮"后，海浪、海春考上研究生，海萍考上大学。我能坚持研究党史二十多年不动摇，就是受爸爸妈妈的影响。

爸爸从不计较钱。他出的两本书那时以版税计算稿费。出版社没有想到他的书会印那么多，打电话征求意见，要大幅度降低版税，爸爸欣然同意。他常说："钱就是让人花的，但是不要胡花。"他说这话时，保留着国难当头时毁家纾难、仗义疏财的豪气。

我们在政治上、理论上有了难题找爸爸；我们做了错事，他批评严厉，但是讲道理，从来没有骂过我们，更别说打了。他不苟言笑，对我们要求严格，孩子们都敬畏他。

爸爸是做理论、宣传工作，妈妈是做实际工作，风格完全不一样。1960年暑假，我一个人到四川看友莲姨姨，16岁第一次出远门有些胆怯。正好爸爸出差，我搭他的车去火车站。妈妈送我们下了楼，不停地叮嘱我，一连说了十几个要注意。等她说完了，爸爸淡淡地说："行了，是要注意，不过，也不要过于紧张。"一句话，我紧张的心情放松了。他们配合默契，齐心协力教育我们。

1936年，妈妈在高小读书，参加牺牲救国同盟会（牺盟会）。1939年，她和堂姐李友莲一起参加革命，1940年初入党，做过县委妇救会主任、区委副书记、县委妇委书记，1949年到北京，一开始在郊委做人事工作，后来从事林业工作，"文革"前她是北京市农林局副局长，"文革"后任北京市林业局局长，林业工作经常下乡上山，五六十年代汽车少，她经常骑自行车。四十几岁一天能走几十里的山路，爬上北京2千多米的最高峰。她永远不服老，要和我、哥哥比赛自行车，看谁骑得快。

她回家总给我们讲，哪个山上种上了树，变绿了，哪个工人当了劳模，又有多少新来的高中生上了业余大学。郊游带我们上山看林子，那时西山的树还没有我高哩！她一出城就给我们讲，这片林子是什么时候栽的，发生过什么事，如数家珍。三个妹妹上学了，她和爸爸带她们到永定河畔种树，自带干粮和水，不给林场添麻烦。她心地善良，热心助人，就是在家也闲不住，常有同志、老战友找她排难解忧。"文革"期间她只有十几元的生活费，还接济其他同志。她常常说："有饭给饥人吃，有衣给寒人穿。"近年来，她资助失学儿童和造林近万元，哥哥妹妹给她钱，她不要，动员我们也捐献。她热爱生活、热爱人民、热爱事业、热爱劳动，深深感染着我们，激励我们积极向上，品味生活，投身社会，投身集体。

"文革"前，妈妈一直忙于工作，又将家里管理得井井有条。虽然有阿姨，她一到星期天，带领我们一起打扫卫生、洗衣服、做家务活、做饭，教我们织毛活、做针线。这点本领使我们受益无穷，爸爸去世后，五个孩子就靠妈妈100多元的工资，还被造反派扣下一部分。我们自己做棉衣，妈妈指挥，姐妹

1951年奶奶，姑姑，叔叔在北京。

四个流水作业，各司其职，家里就如同一个小作坊，其乐融融。

　　我们都很喜欢妈妈，孩子们在她面前没有一点拘束，只要她在家里，妹妹们总是围着她说个不停。她说：一个妇女一面锣，三个妇女一台戏。我们姐妹四个再加上嫂子吉玛，家里经常是笑声朗朗。一次她到我们的房间躺在床上休息，三个妹妹围着她谈天说地。当她要离开时，三个妹妹喊："一、二、三！"硬是把她抬到她和爸爸的房间，这个玩笑虽然开得有点过火，但妈妈一点也没有生气。爸爸不解地问她："为什么孩子在你面前有说有笑，见了我就躲着？"妈妈说："严父慈母，自古如此。"妈妈是家里的灵魂，决定家里的气氛，在这样的氛围中长大的孩子个个性格开朗，利群敬业，敢说敢笑，充满理想。

　　她疼我们，爱我们，但从不溺爱。50年代，家搬到西便门国务院宿舍，我在北京小学住校，一条小路20分钟就可以到。妈妈带我走了一回。可我自己回家时找不到路了，只好从长椿街进宣武门，到西单，出复兴门，再到西便门，足足走了两个多小时，又渴又累。见到妈妈，我十分委屈，直想哭。我以为她一定会安慰我一番，没想到却批评我："哭什么，走路不看方向，找不到家还哭?!"从此我再走路一定先认准方向。高中时我当团支书，因为一点不愉快的事情在妈妈面前倾诉，说着说着哭起来。妈妈批评我："哭有什么用! 现在我们国家这么困难，我们都哭吧，能解决吗?! 共产党员干什么的? 就是解决问题，克服困难，做工作的! 没有问题，没有困难，没有工作，还要共产党员干什么?!"那时，我还不是共产党员，但是这句话，我永远记在心里。爸爸死后，我们没有眼泪，只有努力，埋头苦干，做出成绩，让事实说话才是最有力的。

爸爸、妈妈在各自的家庭都是老大，都有继母，他们的弟弟妹妹有的和哥哥、我一样大，有的比我们还小。供给制时没有钱，爸爸到北京大学讲课后有了一点收入，虽然家里孩子多，但是每月按期给两边老人寄钱，十几年如一日，赡养老人，供弟妹读书，关心他们的成长、工作、婚事，帮助他们解决困难。真是名副其实的大哥大嫂、姐姐姐夫，是家里的顶梁柱。妈妈和友莲姨姨虽不是亲姐妹，但是比亲姐妹还亲。妈妈对我们五个孩子一样疼爱，平等相待。浓浓的亲情温暖着每一个人，家庭和睦，兄妹融洽，互相帮助，互相谦让，没有猜忌，更没有争吵。"文革"期间，爸爸被迫害而死，妈妈不让回家，哥哥和我自然承担起家庭的责任。妈妈"文革"中挨批斗一百多次，但她从不在我们面前叫苦，她说得最多的两句话是："相信党，相信群众，事情总会搞清楚的。""出了问题，不要把责任推给别人，不然以后你怎么和人家共事。"在风雨飘摇的日子里，我们经常得到一些好心同志的帮助，妈妈说："人家来看我们是情分，不来看我们是本分。"让我们永远记住别人的好处，从不苛求任何人，在任何情况下都保持平和的心态。永远自立、自强。

因为有妈妈，我们兄妹五人同舟共济度过了一生中最艰难的十年，现在每个人都是事业有成，家庭幸福，我们这个大家庭已经是四世同堂。

十年的"文革"对妈妈打击最大，特别是爸爸的突然离世，使她身心受到极大创伤。粉碎"四人帮"后，她恢复了工作，全身心投入工作。被选为党的十二大代表，当了市政协常委，积极提案受到表扬。离休后主持编写《北京林业志》《北京林业画册》，是编写林业志的积极分子。倡导、组织建设百望山绿色文化碑林，收集李大钊、瞿秋白等先烈的手迹刻碑，造纪念林。将毛泽东、周恩来、刘少奇、朱德的纪念树植在园的中心，表达她对老一代革命家的崇敬。百望山成为宣传造林绿化、宣传老一代革命家的爱国主义基地，成为人们游玩、陶冶性情的好去处。

　　妈妈和爸爸共同生活了 25 年，在妈妈的坚持下，1975 年为爸爸举行了骨灰安放仪式，1979 年为爸爸举行了追悼会，彻底平反。在妈妈努力下，1985 年出版了《李琪文集》。在爸爸去世 35 年之际，又出版回忆爸爸的文集。她写了一篇文章，回忆他们在一起最后几个月的情景，情深意切，催人泪下。我不仅更加了解我父母的为人，而且通过他们了解经历过战争岁月那代人的情怀。中国人需要这种情怀。

2002《红岩春秋》第 3 期

哥哥啊！我永远怀念你

沈齐正口述
李俊民整理

我的哥哥李琪，原名沈乃庭，今天是他逝世25周年的日子，在"文化大革命"乌云笼罩的岁月里，由于他坚持真理，刚正不阿，敢于斗争，无辜被那"四人帮"迫害致死。我怀着无比愤慨而又十分悲痛的心情，回忆起哥哥在童年和生前的往事，深深地刻印在我的心中。

哥哥和我一母同胞，他比我大五岁，妈妈生下我才10个月，就离开了人世，我们兄妹从未能多享受母亲之情。我是他唯一的小妹子，在他幼小的心灵里，就非常爱我，我也热爱我的哥哥。常听奶奶说："你小时你哥哥最疼爱你，喜欢抱着你在一起玩；你一哭闹，他总要想法把你逗笑，活像一个小褓姆。"

年复一年，我慢慢长大了，在我的记忆里，哥哥从小天资聪敏，热爱读书，热爱看戏，更热爱听人说古道今；记得本姓里有个名叫沈乃庚的老哥，经常爱讲《水浒》《三国》和《七侠五义》等通俗小说，哥哥常常听得入迷，连饭也顾不得吃。有时夜晚还把这位老哥请到家里给他讲，讲得口渴了，他就给倒水，想吸烟，他就忙给点火，一直到三更半夜，他还不让人家走呢。有一次，这位老哥骑上小红马，要到远离我村15公里的牛杜镇去看戏，哥哥也想去，就扯住马尾，一路跟上听他讲《三国》。这位老哥每次讲到关键处，总是说："要知后事如何，且听下回分解。"便停住不讲了，哥哥恳求再三，无济于事，气得哥哥暗下决心，用外婆和舅父给他的压岁钱，买了一部《三国演义》自己看。

随着年龄的增长，哥哥的求知欲，越来越强烈；但由于家境贫寒，没有钱再买更多的书。记得有一次，奶奶让他到县城集市上去卖石榴，准许他买两个饼子吃，可他宁可饿着肚子，也舍不得花，暗暗地把钱积攒起来。另有一次，哥哥那年刚 12 岁，那年夏收时，他不怕热，不怕累，跟上本家叔父沈百管去到外村赶麦场，返回家，小手上一连打了好几个血泡，奶奶看见后，心痛得落下了眼泪。他就是这样顽强拼搏，把挣下的钱买成书，以满足读书的渴望。哥哥刻苦好学，自强不息，经常以岳飞"莫等闲白了少年头"的词句自勉。每当夜晚，我已睡醒一觉，瞧见他还在暗淡的灯光下，边读边写，孜孜不倦。记得他在私塾小学里，只读了五年书，就读完了四书、《诗经》《左传》，还阅读了不少历史小说、诗词和名人传记；尤其爱好古典文学，所以在短短几年的时间，他的写作能力进步很快。曾听爸爸说："他习作的文章，常常博得学校师生的好评。"

　　他不仅爱读书，而且也非常爱惜书籍，凡是他读过的书本，都保存得完整无缺。我记得哥哥不满 14 岁，就辍了学，离家远走，被迫谋生，跟上阎家二舅父到天津去当学徒。据我所知，先后买下的书，不下一百余册，在临走前，他怕这些书被鼠咬坏，又在房内半墙上钉了个木板，把书整整齐齐地放在上面。只可惜父亲病逝后，家境日益贫寒，生活艰难，奶奶无奈，把这些书都给变卖了。哥哥还热爱写字练字，他和书法结下了不解之缘。买纸没有钱，买笔买墨没有钱，怎么办？他却想了一个绝妙的办法，到村外盆窑捡回些胶泥土，又在砖瓦窑里拾回几块大方砖，每日放学回来，夜以继日，用马尾做成笔，蘸上胶泥水，在方砖上练，持之以恒，从不间断。爸爸见他喜好练字，买了纸墨和笔砚，把他送到城内崇文小学去读书，在当时书法家雷时哲教师的教导指点下，他的毛笔字进步很快，写得笔力有神，楚楚可观。当时村里人都称赞说："看不出乃庭小小年纪，毛笔字写得挺不错。"过新年，有些人买上红纸拿来请他给写春联，从而促进他在书法上有了很大的进步。

　　我哥哥从小热爱劳动，经常帮爸爸到地里下种、除草、收割庄稼，回来时，不是割捆青草，就是在沟底拾些干柴背回家。为了维持家庭生活，农闲时，爸爸没白天没黑夜地贩草还债，哥哥白天上学，晚上帮爸爸铡草、垫圈；他看爸爸拖着疲倦的步伐，劳累的身影，总想让爸爸能够多得到休息，晚上他守在槽旁，边读书，边喂牲口，一直到半夜；天微亮，他又起床，帮爸爸把车套好，等爸爸赶着车出了村，他才向学校走去。

我的哥哥一直很关怀我，小时他经常教我认字、写字，解放后，农村扫盲，我在识字班时，每次考试，常常名列前茅。这些成绩的取得，也有哥哥的一份功劳。当我 17 岁出嫁时，哥哥从天津赶回来，特地给我买了一对银镯子，是他赠给我唯一的新婚礼物。此后，随着时代的变迁，孩子们的拖累，不管我家境如何，生活怎样难，我都没有舍得把那对银镯子卖掉，一直把它当作兄妹之情，珍藏了数十年；可惜在十年动乱中丢了，叫我伤心掉泪，悲痛不已。

当我婚后不久，哥哥西下潼关，再谋生计，时过三年，哥哥回家看望爸爸和奶奶，同时也来到我家看望了我。从这次见面后，兄妹分手，时达 17 年之久，不得相见，使我日夜思念，望眼欲穿，我是多么想念我的哥哥啊！

哥哥胸怀大志，抱负不凡。1936 年西安事变后，他毅然从潼关去西安，找到一家纱厂当会计，在那里接触到一些新的书刊，思想深受启发；记得他在来信中给爸爸说，他要追求一条新的人生道路。当时我懵懂不解，以后听说他又去陕北，到延安去，我才知道哥哥参加了革命，同时也理解了哥哥要走向新的人生道路的含义。从此哥哥踏上了革命的征途，在炮火连天，出生入死，漫长的战斗岁月中，爸爸和奶奶不时地想念着哥哥。记得奶奶在病危之中，还断断续续地给我说："我是不能再见到你的哥哥了。"面对此景此情，不由我泪水夺眶而出，心情久久不能平静。回想可怜的爸爸和奶奶不能享受哥哥的孝敬，就这样先后含悲去世了。

解放后，哥哥随军进了北京。1951 年春，他来信叫我到北京去，当时我心情激动，去心似箭，渴望尽快能见到久别的亲人。到京后，兄妹相见，悲喜交集，热泪盈眶，我哭，哥哥也流泪；正如李莉大嫂说："你们兄妹哭的滴滴都是热泪。"是的，的确就这样。一起在北京住了 50 多天，哥哥还不想让我走呢。记得临走时，他还叮咛我说："在我们有生之年，今后可以多来几次，畅谈心怀。"后经一段时间，1958 年，在农村刮起共产风，公社在大扬村兴建新农村，将我们马营村许多好房子拆掉，同时我家房子也难幸免。哥哥知道后，写来信让我们迁到里寺居住，并将他家三间房子让给我们，我没有要。尽管他生活还不够宽裕，还给我寄来 500 元，帮助建房安家；同时也给里寺大队捐助了 300

元。他这种宁可自己生活俭朴，乐于助人的精神，我是永远不会忘掉的。

1961 年，哥哥又来信，再次让我和俊民带上孩子一同到京去玩玩。记得那次我们刚到站，哥哥早已步行前来迎接我们；在那里我们看到了哥哥的工作十分繁忙，每夜回家总在下一点才能休息。尽管如此，他在百忙之中，挤出一个星期天，租了一辆小轿车，陪我们一同到颐和园去玩。我曾这样想，哥哥当时已是北京市委宣传部长，本来用车接送一下亲妹子，也不算过分，但是哥哥不这样做。他一生为政清廉，克己奉公，生活俭朴，严以律己，使我深受感动，从他身上我看到了一个真正共产党员的高尚品质，也体现了 50 年代党的优良传统和老八路作风。

1966 年 7 月 10 日，哥哥不幸含冤而死，噩耗传来，我满含悲愤，痛苦欲绝，怀念他，想着他。由于思念过度，可能感动了哥哥在天之灵；一天夜晚，我正似睡似醒，迷迷糊糊，望见哥哥掀帘而入，站在我的面前，当我喊了一声哥哥，正向他倾诉苦衷，眨眼却不见了。我呆呆地思忖着，这不是迷信，也不是梦，而是我们兄妹之间一种灵感反应。数十年来，我一直怀念着哥哥，忆起他和蔼的面容，时时映入我的眼帘，亲切的语言，久久萦回在我的耳畔。林彪、江青反革命集团垮台了，在党的十一届三中全会以后，我哥哥数年的沉冤，终于得到了昭雪。1979 年 6 月 8 日，接到李莉大嫂的来信，我和俊民一同赴京，参加了在京为哥哥隆重举行的追悼会。缅怀着哥哥的遗像，我禁不住鼻腔一酸，打转的泪水落下地来……

哥哥啊！我永远怀念您！

1991 年 7 月 10 日

忆大哥李琪

沈乃龙

　　亲爱的大哥，您离开我们已整整25年了。在这二十几年中，我无时无刻不想念着您！因为首先您不仅是我的长兄，而且是我的启蒙老师，是指引我如何走向人生，如何走向革命的领路人。记得在我幼小的时候，您每次回家都给我讲很多故事，有时直讲到深夜，可以说，从古至今，从国内到国外，讲了不少名人轶事，这些人的伟大业绩，对人类作出了怎样不朽贡献，以及他们怎样勤奋学习，敢于进取而获得成功的。当时对我影响最深的有孙子、诸葛亮、李白、杜甫、苏轼、康有为、孙中山以及国外的牛顿、爱迪生、达尔文等。这些人的故事不但动听，感人，而且也使我暗暗下定决心，要向他们学习，要立志做一个有用的人。

　　1935年秋，您回家，专程到我寄读的私塾来看我。当您看到我整天在死读"四书五经"时就坚决反对这种学习方法和所学的内容。主张我进现代学校并说服了父亲，于是第二年春，我便进入运城师范附小上学，开始全面学习新的课程。由于老师的水平普遍较高，使我的学习成绩迅速得到提高，我内心很高兴。我感谢老师，同时更感谢我亲爱的大哥！因为有了您的爱，有了您无微不至的关心，我才会踏入现代学校，才能在学习上不断取得进步！

　　亲爱的大哥，您是一位孜孜不倦、勤奋好学、自我学习成才的典范。小时由于家境贫寒，您只在私塾读过几年书，但您在学徒和后来工作的日子里，由于坚持刻苦自学，您读了很多很多的书，使自己的学识不断渊博起来，使您后来能成为一位理论家、作家。您的书法也很好，这是您几十年苦练的结果。小时看到您每次回家都带回大量的书籍和成捆书法稿纸，我们小兄弟看到这些书都高兴极了，抢着阅读《三国演义》《红楼梦》《西游记》《水浒传》等小说名著和一些其他书籍。您勤学苦练的顽强精神，使我们对您十分敬仰，同时我们的求知欲也得到鼓励和启迪。记得母亲就经常这样说："你大哥没有上过几年学，但由于自己的努力，不是也能成才吗？"母亲的话一点不错，这是她对您的肯定，也是对我们的希望！

亲爱的大哥，您是一位刚直不阿、谦虚谨慎、严于律己、以身作则的好党员好干部。全国解放初期，我年轻气盛，往往会流露出骄傲自满情绪，您发现了，不断来长信批评我，教育我，并从报纸上剪下一些好文章，加以圈点，寄给我，要我认真学习。记得当时费孝通有一篇自我改造的文章，写得很好，对我很有启发。您曾告诉我有关周总理谦虚谨慎、党性强的一则事例，就是有一段时期主席和刘少奇同志都不在北京，党中央工作由周总理主持，但周总理还主动送彭真同志审阅，使彭非常感动。您讲这个例子说明您崇敬的是什么，希望我们学习的又是什么！您的工作担子很重，但您能以高度负责、严格要求自己的精神，一丝不苟地来完成。您在报纸上发表的文章，作报告的讲演稿，都是自己亲手起草的，从不让秘书代笔。1965年3月我到北京看您时，您可以说忙得不可开交，每天一大早起床，练上一会儿字，早饭后就忙着去上班，一直到夜里一两点钟才回来，使得我只能在早饭桌上和您谈上几句话，因为那时您正在忙着研究和审查现代戏的改革。虽然很忙，但您仍说要争取时间为党为人民多做点事情。您就是这样忠心耿耿、勤勤恳恳为党为人民工作着。但由于您刚正不阿，却遭受江青一伙的迫害，使您含恨死去，这对您是太不公平了，我们为您悲痛，为您哭泣！

亲爱的大哥，您是一位生活严谨、勤俭朴实、注意身心修养、对金钱地位和吃穿从不讲究的高尚的人。您严格要求自己，从不搞特殊化，上下班乘公共汽车，很少要车。您不吸烟，不喝酒，没有任何不良嗜好；您生活规律，注意锻炼身体，因此您的身体一直很好，精神非常饱满，虽然已过知天命之年，但仍和年轻人一般无二。您的精力如此充沛，如此有活力，还能忠心耿耿长期为党为人民作更多更大的贡献；我们从心眼里喜爱您，崇敬您！您是我们学习的楷模，做人的榜样！可是就在这全国灾难性"文革"开始之际，"四人帮"一伙用阴险毒辣的手段夺走了您宝贵的生命。您的不幸去世，不但使全家和亲戚们陷入了万分悲痛之中，就是和您一起工作过的人，或认识您的人，无不为您惋惜、悲痛，为您鸣不平。"文革"是中国人民遭受的一场大浩劫，使社会主义经济建设倒退数十年，丧失了大批优秀干部和群众，并且严重影响了几代人的精神道德风貌，这种损失是无法估量的！好在党中央清除了"四人帮"，进行了拨乱反正，使颠倒的历史重新扭转过来。亲爱的大哥，您若有灵，相信在九泉之下也会感到欣慰吧！

1991 年 5 月 22 日于北京

大哥李琪——尊敬的兄长

沈乃兴

今年，2004年，是我们敬爱的兄长李琪大哥诞辰90周年，他已含冤辞世39年。这些年来，常常想起他，特别是退休以后，许多往事不但没有随着岁月逐年淡漠，而越来越清晰，是那样贴近，好似不久前才发生的，有时夜里梦见他醒来后，久久不能入睡，更加思念他。这迫使我不得不坐下来写点什么，正如鲁迅先生所说的'为了忘却的纪念'吧。

（一）

辛亥革命，满清政府被推翻，全国许多地区动荡不安，甚至战火连天，不过在我们的家乡——山西晋西南地区，倒还平静，而且连续几年没有自然灾害，农业有收成，农家的日子过得都不差。当时，我们家里只有4口人——祖母、叔祖父和结婚不久的父亲夫妇，种着40来亩地，在不足50户人家的小村庄，也是富裕户之一。父亲娶的是城里东古县（在贵戚坊）李家的小姐，乳名叫伏儿，后来祖母让我们称她为佗嬷（大妈）。据说她中等身材，皮肤较白，两只脚缠得很小，真可谓三寸金莲，可见她的家庭比较传统，对子女管教很严，是有门有脸之家。

1914年10月30日（农历甲寅年九月十二日）佗嬷生下一男孩，这就是大哥。他的降生是一件大事，给全家带来无穷的喜悦，特别是祖母。这不仅因为大哥生得浓眉大眼、身体健康，更主要的是个男孩，祖母说沈家男孩少，几代都是单传，所以按乃字辈起名叫乃庭。

1919年（民国八年）晋南大旱，据老人讲，旱情与历史上光绪十八年的大旱差不多，庄稼全旱死，颗粒未收，饥荒四起，时有饿死人的事发生。各家各户都陷入困境，我们家也不例外。真是祸不单行，就在这一年的 8 月（农历七月二十五日）佗嬷生下姐姐（齐正）后，患下月子病，由于生活条件变坏，加上劳累，致使痨病复发、加重，于 1920 年 5 月病故。这时姐姐刚 9 个月。可以想象生活多么艰难！次年的春天，父亲又娶城里庙巷闫正辂的大妹（闫中看）为妻，这便是我的母亲。经历这一丧一娶，庄稼又无收成，家中生活到了无法正常维持的地步，不得不典卖了所有的耕地，只剩下祖父生前选定的 2 亩多坟地和曾祖父修建的房院。

当大哥到学龄该上学时，正是家境最糟的时期，所以他只读了四年半小学（私塾）就无力继续学习，便辍学回家。大哥在学校聪明好学，学习用功，虽短短几年的学习，却为他后来不断自学、阅读进步书籍走向革命打下扎实的文化基础。大哥的勤奋好学，深得老师的喜爱，他的老师叫雷仲明（字世哲），写得一手好字，对大哥的退学非常惋惜，分别时，他写了一组长达 6 张的屏条，送给大哥作纪念。这组屏条一直挂在我们家客房的西墙上。可能就是受这位雷老师的影响，大哥喜欢书法，1949 年进居北京后，一直练习书法，从未间断。

大哥聪明好学，爱动脑子，善思考问题，这是当时在村里有口皆碑的。有一位本家哥哥叫乃庚，在我小时候出了一个游戏题：一个五角形上面共有 10 个交点，要把 9 个子摆到其中 9 个交点上，摆的规则是：每个子在一条直线上走 3 步（3 个点）摆在第 3 个交点上，但起点（第一个点）必须是空位（没有摆子）。我试着摆了好几天，始终没有成功。他说，当年你大哥用一天就摆出来了。这位比大哥年长几岁的老兄常常爱论谈大哥，一说起来总是表现出一种赞叹、想念的神态。

在我家大门洞的阁楼上有一个木箱，装着满满一箱书，全是大哥在天津学徒和在陕西潼关工作时省吃俭用买的，书里面常常有阅读的记号和释语。我小时总想从中找一些能看懂有趣的书，所以隔段时间就爬上阁楼翻箱找书，要是祖母碰见了，总是说"你小心点别把书弄坏了"。我还记得有《资治通鉴》《曾文正公家书》《饮冰室合集》《阅微草堂笔记》等，还有《英国史》《美国史》等等。这些书我看不懂，后来总算找到一本能看的书《冯玉祥先生题诗 赵望云农村写生集》，有画有诗，类似小儿书，不过没有故事性。翻阅时，发现中间夹着一张白纸，上面有毛笔写的一首七言诗，我就念给祖母听，前三句现已忘了，只记得最后一句是"不爱小脚爱大脚"，祖母听后笑了笑说"像是你大哥写的"。

祖母后来给我讲，大意是：民国二十四年，家里给你大哥订下一门亲，第二年娶过门，这就是你东巷（东里寺村）大嫂。婚后两人不和。那年冬天一个早上，你大哥一起床就跑来问我："奶奶你吃肉不？"我还没明白怎么一回事，你大哥接着说："我身上的肉都烤熟啦。"原来，祖母解释道，前些日子东巷烧的炕不暖和，你大哥叫她烧暖和些，她就赌气烧得发烫没法睡，所以你大哥才这样讲。不久你大哥去了西安，再也没有回来。后来听说大哥多次给父亲来信让东巷改嫁，直到寄回海渊的相片后，祖母出面劝说，她才于1946年祖母过世后改嫁到坡上，听说没过几年就病故了，是痨病。她一生未生育。

记得，那时家里仅有两张照片，一张是祖母的半身相，很大，挂在北房供桌旁的墙上，另一张约八寸，挂在祖母房间的南墙上，正对着炕，是大哥领着三哥的全身照。三哥头上还留着小马鬃，大约才八九岁，那么大哥应是20岁，他身穿长袍，神态祥和，双目有神。祖母常爱端详这张照片，不只一次给我讲：你大哥是双眼皮，眼睛大，长得像你爸。祖母想姐姐时，有时还没到回娘家的日子，就急不可待地派人去接，想念大哥时怎么办？大概就是她常常看照片的原因。

从小只知道大哥在外做生意，可是1942年在本村上学时，沈快乐说大哥是八路军，吓我一跳，当时虽不知八路军是干什么的，但知道日本鬼子是要杀八路的，放学回家就问，当时姐姐也在场，她生气地说："他再这么讲，你就说你大哥大乐也是八路军。"姐姐向来嘴快，马上教我怎么讲，但没有正面回答我的问题，我也没有敢再问。后来我注意到，大哥的信从不走邮局，是一位老者送的，家里写的信也等老者来取，可是三哥那时也在外面，但是送信的却是另外一个人。日本投降后，三哥的信通过县邮局，而大哥的通信却没有变，那时我就全清楚了。大哥来信，起初署名乃庭，后来用乃挺，再后来是沈琪，到1947年家乡解放后才用李琪。

1949年底小学毕业，我想继续学习，可全县没有一所中学，为此，1950年

1月，母亲约大哥到西安商量。从西安回来，母亲给我说："你大哥让你去北京上学，可北京是杂粮区，要吃窝窝头，你嘴馋，所以老大问你愿不愿去？"我一听，可高兴啦，马上表示愿意去。这样，坐了两天两夜行驶不正常的火车，1950 年 3 月 6 日清晨，我来到了大哥的身边——北京。

（二）

当时，大哥在马列学院（颐和园对面）学习，到星期六即 3 月 11 号傍晚才能回来。那几天我心里有点焦急，感觉时间过得慢，想早点见到大哥。这一天终于等到了，大约五点钟，天已暗下来，一个人影从窗前走过，大嫂说"你大哥回来啦"，我忙站起身向房门口迎去，心有点咚咚跳。在房门口大哥看到我，马上面带笑容拉住我的手说："长这么高啦！"吃晚饭时说了些家常话，饭后大哥问我："听说你在学校还演戏，你们都演过什么戏？"我说："咱县三个小学分别演过《虎孩翻身》《白毛女》《赤叶河》《刘巧儿》《刘胡兰》等，我参加过《虎孩翻身》和《刘巧儿》的演出。"大哥说刘胡兰是文水人，就在我们工作的地方。后来知道那是晋绥边区八分区。大哥又问我看过什么课外书，我说都是小说。"哪些小说？"大哥又问。我回答："咱家有的小说差不多都看了，《薛仁贵征东》《罗通扫北》《西游记》《施公案》《封神演义》等等。"大哥又说："记得咱家有一套《三国演义》你没有看过？""没有，"我解释说，"听说当年父亲都看不懂那书，我就没敢看，不过三国的故事倒听二哥讲了不少。咱家还有一部《西厢记》，看过一点，不爱看。"大哥笑了笑，又说：《施公案》这部书从历史发展的角度看是反动的，它是维护满清统治的。读小说不能光看热闹，要了解作品的内涵思想。"在后来多次谈到明清时，我领会到他的一个重要观点——清兵进关统治中国是中国历史发展的倒退，所以当时他才那么讲。

那天谈话结束时，他说："小说可以读，还要读一些其他的书。"第二个星期，大哥就给我买了七八本"开明少年课外丛书"，其中有一本是讲述哥伦布发现新大陆的，大哥还给我讲了哥伦布为反对众多非议而让鸡蛋立起来的故事。之后，我上学住校，一到星期天回家，只要大哥有时间，他总要给我讲一些古文故事，如"刻舟求剑"啦，"晏子使楚"啦，或者讲一些哲学知识，什么是唯物、唯心，什么是辩证法，马克思主义的三个组成部分和三个来源，等等。通过不断地耐心启发和谆谆诱导，我的知识范围扩大了，阅读广泛了，对历史特别是中国的历史更加感兴趣了。也许那时埋下了根，使我后来对中国的戏曲进而对中国的文化，有着浓厚的兴趣，并以此影响和教育我的子女。

上学时的作业、学校的鉴定评语，特别是作文，大哥都要认真地看过，但很少说什么。有一次，1952 年放暑假前，学校组织到颐和园玩，回来后让我们以此写篇作文。对于作文我向来有点怵，又快放假，而且玩时也没有想到会有作文，没有仔细观察记忆，便马马虎虎写了不长一篇了事。结果，老师用红笔批了一大通儿，眉批、尾批，加上中间的改正词，红字比蓝字还多。事后不好意思给大哥看，有意放到抽屉下面。不久大哥还是发现了。他看后没有批评我，也没有责怪我为什么不及时拿给他看，而是心平气和地对我讲："老师批的是对的，你看，颐字的左边你写成臣字，长廊写成长廊亭，这都是不该出的错。"他又说："写游园不能光写景写静物，还要写人、人的活动，有静有动才比较好。"大哥又语重心长地说："以前我也不会写文章，只能写一些工作总结、调查报告。进城前后我仔细阅读了《鲁迅全集》，向鲁迅的文章学习，才学会了写理论性文章。你要写好文章，就要多阅读，并揣摩人家如何组织段落安排文章，如何修辞用句来表达自己的思想。"当时大哥经常在《学习》杂志上发表文章，并开始写《〈实践论〉解释》。他还说，阅读要挤时间，每天读半个小时，一年下来就能读许多书。他这样讲，也是这样做的，凡是到过大哥家的亲戚朋友无不赞叹大哥的学习精神。

1952 年春节我们一起在听广播里的山东快书，我突然想起一个问题，就问大哥："什么叫打油诗？"他说："古时有一个人叫张打油，他写了一首描写下雪情景的诗'江上一笼统，井上黑窟窿，黄狗身上白，白狗身上肿'，后来就把这种诙谐诗叫打油诗。"说完，他可能怕有误，立即拿出《辞源》看，结果，一字不差，只把古时明确为唐代。当时我心里真有点吃惊，惊讶大哥的记忆力，也感慨他学而求甚解的精神，使我想起一件事：刚到北京时大哥问我知不知道曹植有一首七步诗，我说知道，并把诗背了一遍，大哥又问我知不知道它的意思，我挺有信心地说："知道，煮豆时下面燃烧着豆子蔓，豆子在水中哭泣……"

大哥马上纠正说："这里的釜不是水，是大锅。"老家土话将水发"富"音，我根本没有注意釜字的含义，想当然理解成水。从那以后，我逐渐注意克服学习中不求甚解、浮躁求快的毛病，使学习更扎实。

我的日常生活一般都是大嫂照顾，大哥很少管，不过有一件事，使我终生难忘：1954 年春，由于自己吃喝不当得了肠胃炎，后来转成胃溃疡，大哥叫我到北大医院积极治疗，过了一个来月，不见明显好转，心里有点急，大哥回来问到情况时，自己尽报的忧，说得似乎过严重了，使大哥听后面带愁容，两眼发愣地凝视着地板，坐在那里半晌不动。那个情景就像一张照片，永远印在我的脑海里，一翻想起来就内疚、懊悔，真不应该给大哥增加那么大压力！因为在我的记忆里，从来没有看见过大哥发愁，顶多是繁忙工作之后的疲劳神态。这是唯一的一次。他留在我记忆中总是那嘴角挂着的微笑，平和，亲切。

1953 年春，初中即将毕业，我们几个同学在一起议论，不想升高中，想去考北京机械制造学校，它是当时刚成立不久的专科学校，而且完全是公费。回到家我将自己的想法告诉了大哥，当时他没有表态。第二个星期天我再见到大哥时，他对我说："你说的机械学校，我去二机部找了杨新，他是我们在晋绥边区时一位同志，这个学校正好归他们管，我问他从这个学校毕业后还能不能上大学，他说不能再考大学，只能分配参加工作。所以你就不要去考了，还是上高中吧！"从这件事可以体会到，大哥对我的学业、对我的前途是何等的重视。

1956 年 8 月去苏联学习前，我回到家向大哥告别，想听他有什么嘱咐。那天大哥没有说更多话，只提到苏联的哲学受斯大林影响多年没有怎么发展，不过人家的自然科学还是很先进的，让我们好好学苏联的科学技术，他还讲："我不懂俄文，不过我知道俄文是世界上最复杂、表现力最强的语言之一，你们到了俄文之乡，要把俄文学好。"

到苏联后和大哥通信很勤，基本上是一月一封，差不多是信来去在路上的时间，因刚到苏联，完全生疏的生活学习环境，再加上语言不过关，常有想家的情绪，大哥则来信多介绍家中和北京的生活情况，以示安慰和鼓励。5 年中大哥写过许多信，其中有一封得特别说一说：1960 年春天，国内"反右倾"高潮过后，在留学生中搞了一次交心运动，我们学校有一个来自东北的赵同学

（当时是我们的党支部书记）很会鼓动和煽动，说他刚解放时如何如何不懂事，如何如何糊涂，还骂过共产党等等。在他诱导下，同学们纷纷交心献丑，挖思想找根源，并写成"交心材料"。当时我也没例外。写完后，我马上寄给大哥一份，他看后立即回信说，应当看到自己的进步，看到在党的教育下特别是入党后的进步和对共产主义事业的认识，应该对自己作全面评价才对。读完来信，我把思想整理了一遍，重新写了一份"交心材料"。事情过后，我深深感到自己思想的不成熟，认识到自己性格中的一个弱点——易激动，不稳重！到"文革"时，更感到大哥提醒的重要，否则，那份"交心材料"必成为"造反派"批我的"子弹"。

　　1961年冬，我参加工作后有一次回到家里，大哥问及我到工作单位的情况，从学校走向社会的感受等等，后来话题谈到了如何与周围同志相处时，他说："与人相处我主张要'夹着尾巴做人'！孔子讲三人行必有我师，对人要谦虚，要学习人家的长处，要平等待人，不可趾高气扬、目空一切。这样，你相交的人会越来越多，你的路会越走越宽。"那天大哥谈话时语气郑重，语重心长，使我感到他对我的深切期望之情。还在我上中学时，不记得哪年开始，每学期的鉴定都有一条缺点——个人英雄主义，其他缺点每次都有变化，只有这一条是"永恒的"，一直到1955年入党时都没有变。那时我以为大哥看了会生气，会狠狠批我一通，但出乎意料，他从没说过什么，好像从没看见似的，这倒使我心里有点不安。有一次三哥给我说："大哥看过你的鉴定后说，'杨献珍同志讲过，英雄主义是好的，个人主义不好，两者加在一起，是个矛盾的东西'。"可能大哥当时不想批评我，是怕伤了他弟弟积极上进的精神。现在我已长大成人走向社会，大哥特意讲了那一番话，可见大哥的用心良苦。这是大哥跟我最后一次长谈，也是最重要的一次谈话。在后来的工作中，我经常提醒自己要谦虚谨慎，不可翘尾巴，即使当自己负责一方面工作，手中有一定权力的时候，也没有忘记要求自己和手下的同志要平等待人，对各地来京办事的人，要热情服务，协商办事，不可高高在上，以权压人。正是这样的优良作风，使我们获得全国经贸先进单位的光荣称号；正是这种为人品质，使我在全国各地有了许多朋友，当我1989年身患癌症动手术后，是他们不断打电话来问候和鼓励，利用出差的机会来看望我，这些友谊和激励，帮助我战胜疾病，恢复健康。

大哥不止一次地告诉我，一个人不可讲过头话，不可做过头事，即使是好事正确的事，也不要过头。"列宁说过，真理过了头就是谬误。周总理说，'有的话我能讲，有的话我不能讲，只能（毛）主席来讲'。"对大哥的告诫我始终记在心上，对自己的言行注意掌握分寸，不可过分情绪化。仔细想一想大哥的话，在社会实践中多体验多观察，就会知道，世间凡事都有一个"度"，过了度，轻则会美中不足，重则会犯大错误。至于每个度是多大多小，什么样分寸最好，那就要看个人的文化修养、社会经验和审时度势的能力了。

（三）

在回忆大哥时很自然地想到母亲。她不是大哥的生母，是继母，在过去（现在也是）这种关系几乎百分之百处不好，但大哥跟母亲的关系却非常的好，简直比亲生的还好。远的先不说，提到小时候的大哥，母亲能讲他一箩筐的好处，就说解放以后到我结婚时的 10 年间，大哥叫母亲来过北京 5 次，每次来后又看眼病（她有沙眼）又治牙，周末经常陪她看京戏评剧，或者游公园看展览，母亲只要开口需要什么，大哥总是想方设法满足，即使在 50 年代初还是供给制时期也是这样。1963 年我们有了小孩，母亲在北京帮我们照料，大哥经常于周末接母亲过去住一天，聊一聊家常。1964 年 10 月 17 日，虽是星期六，但上周刚去过大哥家，估计不会来接，母亲就睡了。晚上 10 点过后大哥突然来叫门，母亲重新穿好衣服跟着大哥去了。第二天晚上母亲返回后我们才明白怎么一回事：原来，那天大哥下班晚，回到家看到姐姐来信，说母亲的生日也是 9 月 12 日（阴历），和大哥是同一天，那天正好就是农历 9 月 12 日，所以大哥急切赶来接走母亲给她过生日。"文革"后，母亲非常难过，非常想念大哥，有一次她语气沉痛地说："你们兄弟几个谁都比不上你大哥。"母亲指的什么，我心里明白，这是赞扬大哥，也是对我们——她亲生儿子的批评。

作为长兄，大哥在我们家中对妹妹对几个弟弟都很尽心。他几次接姐姐和姐夫来北京玩；为给残疾的二哥治病，他不仅准备了昂贵的手术费用，还亲自回到老家料理家事；除接我到北京上学外，还供弟弟上学；至于对三哥，由于历史原因大哥费的心更多了——接他来北京上大学，1957年划成右派后到西安去看他以及工作调动等等。大哥还还清了父亲在世时因租赁土地而欠西安许家的债。那时我们还小，不可能理解这一切给身处繁忙工作中的大哥带来多大的负担和压力！

不仅是家里人，凡是有过一点交往的人来找，大哥都是有求必应。1953年二姨的公公许海仙想来北京游览，大哥接待了他们，一行三个人住在家里，又吃又玩，一住就是七八天；本村沈象贤的儿子被县里错抓了，跑到北京找大哥帮忙，大哥让他住在家里，看看北京，走时带了一封信，回去问题解决了；就连沈大乐——比大哥大两岁、作风不怎么样、一直在西安做小买卖的人，也跑来北京找到大哥说要个官儿做，大哥当然不能答应，不过还是以礼相待后劝他返回。1951年秋大哥收到三哥来信讲，他一个朋友的女儿叫陈国为，考入北京戏曲学校，北京没有什么亲戚，希望大哥能多加照顾。星期天大哥让我把国为接来家，饭后大哥带我们一起陪她到故宫游览。当时我想，一个十多岁的毛丫头，什么都不懂，大哥何必那么认真呢。可他对别人求他的事却总是那么非常认真。后来三哥来北京，我提说起此事，他也觉得当时写那封信有欠考虑，因为与那个朋友交往并不深。

1961年我回老家探亲前，大哥让我带了些糕点抽时间去看看他的老师雷老先生，并邀请他来北京看看。到家第二天我找到牛杜镇（堡子）雷老师家，雷老师、他儿子雷逢温等都在家，聊了一会儿家常后，我说明了来意，老先生说："你大哥人真好，他那年回来时就来看过我，要我到北京去游玩，我年龄大了，行动不便，不去了。你回去谢谢他的好意。"那天我观察，雷老师的身体很好，并不显得衰老，他是客气，不愿打扰别人，不想给人家添麻烦；他是一位让人感到真诚温和的老人。在返还的路上我忽然意识到他和大哥有什么相像之处，如果他能身临北京与大哥相聚，他们俩一定会促膝谈心、谈古论今而快哉！

还是在1950年我刚到北京和大哥聊家常时，当时谈到二舅闫正辙（当年他带大哥去的天津）在1947年解放县城时受重伤而死亡的情况时，我说：

"1946 年他从天津回来时还带着在天津的小老婆，一开始大家看不惯她，后来相处得还不错，她人倒和气。1947 年过了新年她先回天津去了，后来再无音信。"大哥说："那个人不错，天津解放后我还托人找过她，没有找到，可能在解放天津战争中死了。"我当时心里一惊，因为听大姈讲二舅的小老婆是从妓园包出来的（也许不是，不过当时我的概念是这样），大哥是共产党员，对那样的人还敢托人去找！同时也感慨他的为人，凡是对他有过哪怕是一点点好处的人，他始终不会忘记。

1953 年大舅闫正辂来到北京找儿子闫遐，当时闫遐在京出差后已返回海南了，大哥接待了他。一个星期天大哥带我陪大舅到故宫参观，看到朱元璋的画像，就谈起闫家的祖先是崇祯的第三个儿子等等，后又说起沈家的祖先，大哥先问我关于家庙和家谱的情况，后来问我知不知道家庙的对联，我说只知道上联，大哥让我说说看，我说："世系在江南，任留蒲阪家升就。"大哥马上接着说："分派由河东 迁徙郓阳人物新。"当时我心头一热：经过那么多年，而且是战争年代，他还记得那么清楚，这不仅表现出他惊人的记忆力，也表达了他内心的一种情怀。

1963 年春，北京曲剧团在西单剧场上演曲剧《啼笑姻缘》，大哥看过后有一次对我们讲："这个剧真残酷，我看时都掉了眼泪。"接着他又解释道："残酷不是说那种鞭子打呀，上刑具呀，我说的残酷是指剧情，是指命运的悲惨。"大哥讲他观剧能掉眼泪，要不是他亲口告诉的，我是决不会相信的。

就在那一年，京剧著名演员李万春从内蒙来北京汇报演出，大哥有票，让我和他去看，我当然高兴了。在去的路上，大哥说："李万春在 1957 年被划成右派后下放到内蒙，这是第一次回北京演出。我很爱看他的戏，他把关公演活了。"很快我们来到前门外庆乐剧场，这是一个不大的老式剧场，我们进去时差不多都满座了，找到座位入座后不久就开演了。在整个演出过程中，大哥没有再说话，始终在聚精会神地欣赏演唱，就连在剧场休息和回来的路上，他也没有说什么，有时是沉思，有时是闭目养神或者闭目思考，他想什么呢，我没有敢问。当时我联想起一件事，就是 1961 年 7 月我们从苏联学成回国后，让我们先集中学习了两个多月，是学习政治，学习当前形势。自然会有一些领导人到场给我们作几个辅导报告——要认清当前大好形势，正确看待目前的困难时期，等等。在学习讨论中，同学们分歧很大，同意的和不同意的两种观点针锋相对，争论不休。周末回到家大哥问及我们的学习，我简要介绍了学习情况，说到同学们意见对立争论激烈时，大哥说："说现在的形势大好，实际上是大不好，工农业生产下降，人民吃不饱，群众情绪低落；不过从另一方面看，党中央已认识到目前的形势和困难，正在制定政策，采取措施，情况会一天天好起来，从这个角度讲形势大好，也是对的。"大哥一贯实事求是，看问题始终运用唯物辩证法进行分析，不人云亦云、牵强附会。他不只一次提到在我们党的历史上对革命事业造成几次重大损害的是左倾机会主义，左的口号有极大的欺骗性和煽动性，即使在反右倾机会主义之后，他仍然持这样的看法。

　　大约是 1962 年一个周末，大哥和大嫂带我们去西山樱桃沟看北京绿化造林的成果，行至半山坡时，迎面碰见两个人，大哥同其中一人点了点头，打了个招呼就各奔东西了。当时我问那人是谁，大哥说是周扬。当时我有点纳闷儿——周是中宣部副部长，大哥是北京市委宣传部长，那也是大哥的上司，看见自己的上司也不多问候两句，就淡然而过，和有些人不一样。当时我想起另外一件事，那是 1951 年的国庆节，10 月 2 日我们去中山公园游玩，走到公园西门口正巧碰见我们第八中学校长朱学，大哥跟他认识，互相点头致意后没有讲一句话便走开了。当时我想，自己的弟弟在他的学校上学，这种情况下，一些人会热情地凑上去拉近乎，大哥却不然。他不俗气，他性格中不乏清高，他骨子里有一种傲气，正是这些，使他在后来的京剧改革和"文革"前夕，不理会"四人帮"的拉拢和利诱，断然采取了道不同不相与谋的做法。当"四人帮"极左势力变本加厉迫害他，在全国范围对他进行"批判"时，他决然采取了以自己的生命来反抗这股历史逆流的做法，表示对当时社会环境的抗议，对正义的呼唤。大哥熟知中国历史，文人志士的传统士气，对他影响较多，再加上他的人品个性，对他的选择也就能理解了。不过，他离开我们的时候才 53 岁，正是知天命而得心应手、知识经验丰富而如日中天，能为社会作贡献的年代，他却被迫离去，这不仅是我们的悲痛，也是国家的悲哀。

　　人的一生会认识很多人，但真正交往密切的，不外乎一是血缘，二是投缘。我们与大哥同时具有这两种缘，这就使我们永久不能忘怀他。

　　大哥，真的很想您！

2004 年末

【注】此文为纪念大哥而写。

点点滴滴都是情

沈乃学

  光阴荏苒，时空轮转，不知不觉就跨入了公元 2014 年。这一年的 10 月 30 日是李琪大哥诞生 100 周年的纪念日。思来想去，我不知道该用什么方式才能把我对大哥的思念之情淋漓尽致地表达出来，也不知道应该准备些什么祭品来感谢大哥对我慈父般的呵护和关爱。凡是和大哥有过交往的人，无不夸赞大哥是一个多么多么好的人啊。可惜在这 100 年内，竟有近半个世纪大哥是在冥冥天国独自一人悄无声息度过的。对于大哥这样一位深爱着他的国家、他的党、他的事业、他的妻小儿女、他的仅仅只比他大九岁的继母和六个亲如手足的弟妹以及数以万计的战友、同志、父老乡亲的人，一个走到哪里就把爱的光环抛洒到哪里的这么一个好人，为什么这个世界就容不下他呢？村里的人都公认我家祖坟的风水好，这么好的风水为什么都不能庇佑大哥跟我们能尽量多地朝夕相处些时日呢？每想到此，我就咬牙切齿地痛恨那场"史无前例"的"文化大革命"。唉！再恨又有何用啊！只能给自己平添几分烦恼和忧愤而已，而大哥是不会再重返阳间，回到我们大家中间来了。

  说来也怪，有好几次我都梦见大哥。梦见他一边放着留声机里边的京剧，一边和蔼可亲地对我——一个不满十岁的孩子说："你听，京戏就是比咱们家乡的蒲剧好听，所以京戏才称得上是国粹。"还梦见他坐在我的床前，拉着我的手鼓励我说："昨天滑冰摔了不少跤，浑身疼痛是正常的，只要你今天继续去滑，明天就不会再疼了。"我还梦见大哥手拉着我去看京戏《芦荡火种》的彩排，并把我介绍给他的那些的同事们："这是我最小的弟弟，叫乃学。"……出现在梦中的这一幅幅穿越时空的五彩画面，这一句句铭心刻骨的谆谆话语，这一组组饱含深情值得终生怀念的宝贵镜头，在我的心目中幻化成一部值得永远回味无穷的情感电视剧。

现实生活中的大哥虽然早就在 48 年前离开了我们，但我觉得他还活着，他的音容笑貌仍然历历在目。他那伟大的胸襟、高尚的品德、儒雅的气质、干练的作风都是我们一代又一代的后辈子孙们学习的楷模。我要把大哥这个光辉形象尽自己所能，哪怕是挂一漏万地展现出来，让我们的孩子孙子们辈辈世世都能沐浴到大哥优秀品质的温暖阳光，学到做人的真谛，把大哥的美德作为传家宝永远传承下去。我想以此作为对大哥诞辰 100 周年纪念的礼品，确实称得上是一件意义深远的事情。可惜，我只能把我尽我所知的大哥生活中留给我的点点滴滴令我经常感动不已的美好回忆，抽丝剥茧地罗织成文，来表达我对大哥的无限思念之情。"百善孝为先"，那就先说说大哥和母亲之间的——母子情。

一、母子情

大哥与母亲在一起相处的时日，是非常短暂的。母亲嫁到我们家时，从时间上推算，大哥已经 7 岁了。母亲也不大呀！只不过还是一个 16 岁的小姑娘。他们在一起相处了仅仅六七年之久，大哥就离家出走，到天津熬相公谋生去了。后来大哥结婚才回过一次家，在家也只不过待了一半年便再也没有回来。按理说大哥和母亲的关系用淡薄二字来形容一点也不为过。可后来无数事实证明大哥对母亲的孝敬却出人意料的让人感叹，把"孝"的内容和涵义诠释得那么全面那么切贴。

1949 年中华人民共和国宣告成立，大哥为之奋斗的事业迈出了可喜的一步。大哥也随着中央迁移到北京，可以想象当时的工作真可谓是千头万绪，即使日理万机也难以应对。就在这当口，大哥接到母亲从西安发来的一封信，叫他有空到西安二姨家一叙。当时正值 1950 年的隆冬季节，天气非常寒冷，我跟母亲一起住在西安二姨家。一天，母亲告诉我："你大哥快来了。"我惊呆了，大哥是个什么样子？会打我吗？好多问号刹时出现在脑海中。我为什么会害怕呢？原来在家时四哥沈乃慧得了肺结核（当时称痨病），经常大口大口地吐血。他的脾气本来就暴躁，加上病魔肆虐，所以常常毫无缘由地拿我撒气。有一次，我给他端了盆洗脸水，刚放好，他却一巴掌把我打得滚在地上。母亲听到我哭喊，急忙跑过来，看到如此的景象，眼泪刷地流了下来。看到病入膏肓不久人世的四哥，母亲只能唉声叹气，又能说什么呢！我从小就离开父亲，虽然没有感受到父爱是何滋味，但也未挨过父亲的责打，所以心目中最惧怕的人就是哥哥了。难怪一听母亲说大哥要来，便条件反射地紧张起来。

大哥风尘仆仆地来了。和母亲二姨他们寒暄一阵后，母亲从她身后把我拉出来给大哥介绍说："这是你的最小弟弟，叫学。"大哥赶紧拉着我的手，摸着我的脸，亲切地问这问那。那慈父般的面容与四哥那凶神恶煞般的脸孔形成了无法比拟的反差。慢慢地大哥的温暖和亲昵融化了积压在我胸中的胆怯和惧怕，我终于敢抬眼去看这位从未谋面只是在家时常听母亲念叨的大哥了。在我的衬托下，大哥好高好高呀！方正的大脸上，一双浓眉下闪烁着两只炯炯有神的大眼，一顶有脸的灰色棉帽，配上一身灰色的还带着一股战场上特有的硝烟气味的土八路军大衣，俨然一位刚从征程上下来的大将军，真是既英俊又威武。

可惜大哥实在太忙了，来也匆匆，去也匆匆。在西安拜别母亲和二姨一家后，第二天就登上了当时原始的木板硬座火车，颠颠簸簸地直奔千里之外的北京去了。后来才知道，母亲把大哥约到西安是给大哥告难的：让大哥想法把在家辍学的五哥沈乃兴带到北京去读书。当时大哥一家刚进北京，大嫂刚生下二女李海浪，还有儿子海渊，大女海文，都需要人看管照料，可想而知如果再加上五哥的负担，无论在经济上、精力上都是大哥难以承受的。可就是在大哥既无工资（当时干部是供给制），又拖家带口这种困难状况下，大哥竟然毫不犹虑地一口答应了母亲的要求。很快五哥就进了北京上了中学。

1951 年大哥又把母亲和我接到北京去，同行的还有大哥的亲妹妹齐正大姐和她领养的小女儿菊芳。我真不敢不想象，这么多人在大哥家一住就是几十天，大哥大嫂是如何招待的！试想，现在住在高楼大厦里的那么多居民又有哪一家能容纳这么多人，而且生活了那么长一段时间！可我却没有记得大哥大嫂有过一丁点的烦躁和发愁，总是那么满面春意谈笑风生，家里气氛总是那么笑声不断其乐融融。

1955 年大哥又把母亲第二次接到北京，当然也少不了我。大哥实在太忙了，那时又没有现在的双休日，只能在餐后和睡前陪母亲聊聊天，天南海北地跟母亲说话解闷。他给母亲说古论今地讲了许多历史故事，别看母亲一个字都不识，但看过不少的戏，总能接上大哥的话茬，逗得大哥哈哈大笑。母亲非常聪慧，他深深理解大哥的一片心意，也把大哥想知道的家乡的亲朋好友家的趣人轶事讲给大哥听。一个津津乐道，一个洗耳恭听，夹带着不时的笑声，屋子里洋溢着无与伦比的欢乐气氛。

母亲告诉大哥，解放前，父亲去世后，家里生活实在难以为继，曾到姐姐家借过一些钱。并给大哥说你什么时候方便了，替咱家还上这笔债。后来，大哥在生活十分拮据的情况下给姐夫寄了 500 元。大哥就是这样，总不能让母亲的一句话落了地。既使自己再有困难，也要完成母亲的心愿。多么孝顺的大哥呀。

可能是 1953 年吧，大哥大嫂带着海渊海文回到阔别近二十年的故乡看望母亲和家乡父老，这可把全村人都震动了："沈家的庭娃回来了！"母亲高兴极了，尽自己最大的努力招待自己的儿孙们。最高兴的数我们这些孩子们，海渊和海文我们三个整天玩得废寝忘食，不亦乐乎。一会儿蹿上槐树，往树洞里扔砖块；一会儿又钻入地窖玩捉迷藏。一天到晚都是土头土脑面目全非，把欢乐和笑声带给了全家甚至于全村。现在回想起来那才叫作幸福的童年。1957 年 7 月，二哥沈乃明因病久治无效不幸去世，大哥闻讯匆匆赶回家，一来是安抚悲痛欲绝的母亲，二来是想把母亲和我的户口搬到北京去。大哥在家待了几天，看到家里尚存的三十多间房子，深深感到故土难离，加上母亲在农村已经生活习惯，觉得城市不如农村自由自在，大哥只好顺从了母亲的意愿，搬户口的事就这样暂时搁浅了。

1959 年我陪同母亲又一次去了北京，对我来说印象最深的是大哥陪同母亲一起逛定陵。那天大哥破例地叫了一辆公车，他知道母亲有晕车的习惯，就让母亲坐在副驾驶座上。到了定陵，他又叫管理员派了一名解说员，扶着母亲一同下到地下宫殿，沿途大哥不断地给母亲讲明朝的皇陵建造过程。顺便我们还畅游了十三陵水库，欣赏了大自然神工鬼斧的奇迹和波光粼粼的秀山水色。回到家里后怕母亲累了，就让母亲躺在床上好好休息休息。就是在这种充满欢乐融洽的气氛中我和母亲在大哥家里度过了一个终生难忘的暑假。

1964 年，母亲只身一人又去了一次北京，因为我已工作无法随母进京，所以对母亲的情况就不得而知了。

1967 年的一天，北京来了一位外调人员到我家调查。从此人嘴里得知大哥已经在一年前就被万劫不复的"文化大革命"迫害致死了。这可真是晴天霹雳，我们全家人哭成一团还不敢高声。过后几天母亲总是一个人呆呆坐在没人的地方双目落泪，嘴里还伴随着"庭娃呀庭娃呀……"不绝口地哭喊声，看到她的人无不为之动容落泪。母亲太痛苦了，她用承担着全家重量的一双三寸金莲送走了老二和老四两个亲生儿子，今天又要送走她的不是亲生胜似亲生她一直依傍一直引以为荣的大儿子，这是何等残酷的一幕人间悲剧啊！我现在最大的悔恨和遗憾就是没有把大哥对母亲的孝敬全部传承下来。在母亲的有生之年多为她买些可口的食品，多为她买件合身的衣服，多喂她吃一口香甜的饭菜，多陪她聊天说一些开心的话语，多做一些让母亲高兴满意的事情。想到此，我不由得发自内心地向世人疾呼：做人就要向大哥一样，无论何时何地都要全心全意地孝敬父母。只有这样到你老无所为的时候才能获得丰厚的回报，你也才能在将要离开这个世界时理直气壮地说一声我这辈子做到了无怨无悔，不枉此生矣！

二、夫妻情

据《家谱》所载，大哥曾在 1935 年结过一次婚。众所周知，那时的婚姻都是由媒妁之言父母之命来决定的。大哥也不例外，在奶奶、父亲和母亲的撮合下与邻村东里寺一位李姓姑娘拜了堂。可是大哥对女方并不满意，但又出于对长辈的尊重不能明言，所以没过多久大哥便重返天津以致后来投身革命，再也未回家门。那位只有夫妻之名而无夫妻之实的李家姑娘只能可怜地独守空闺了。几年过去了，当我还没有来得及尊她一声"大嫂"时，她却匆匆离开了我们家，后嫁到坡上去了。听别人讲不久她就郁郁寡欢撒手人寰了，做了封建婚姻制度的殉葬品。这也着实地令人同情怜悯。

心地善良的大哥对此事一直耿耿于怀，对虽无夫妻情分但一直为他守了七八年活寡的前妻总有一种深深的负疚感。1953 年大哥携大嫂及孩子回家看望母亲时，都有过多次去东里寺李家看望前妻的两位老人的冲动，但又考虑到大嫂的感受只好作罢。后来回到北京他把自己的这个想法原原本本地讲给大嫂听，大嫂却笑着告诉大哥："你也太小看我的肚量了，如果你早点告诉我，说不定我还会陪你一起去呢。"大哥事事处处想着大嫂的感受，而大嫂对大哥的每一个想法都能充分地信任和理解，这种夫妻之间的默契是何等的珍贵何等的甜蜜又是何等的值得效仿。

想不到大哥这种遗憾竟深深烙在大嫂的心上，我每次去看望大嫂，她总要问起她的前任娘家的具体情况：现在有几口人？家里生活怎么样？言语之间充满了深深的关切之情。在大哥已经离开我们四十多年后的今天，大嫂突然给李家寄来了一万元，用以了却大哥生前一定要补偿李家的遗愿。大嫂也明知李家姑娘早已谢世，而且也未留下半点子嗣，无法享受自己的这份深情厚谊，但是她还是毫不吝啬地用自己的退休金完成了大哥生前一直藏在心底的意愿。她知道只有这样才能慰藉远在天庭的大哥的英灵。

可见只要是大哥心想的事，大嫂都要在力所能及的范围内义无反顾地去完成，这是多么巨大的爱的力量，多么宝贵的爱的奉献，也是多么坚实的爱的基石啊！常用来夸赞爱情的什么"心心相印"、什么"珠联璧合"用来形容大哥和大嫂的无产阶级革命者的真挚爱情，都显得那么苍白、那么片面、那么缺斤少两。

客观地说，大哥不应该抛下大嫂和孩子们而独自脱离凡尘得到彻底解脱。他应该和大嫂心贴心肩并肩地去搏击风浪共渡难关，可惜大哥缺乏邓小平三上三下的韧性，也缺少周恩来在严酷的政治斗争中灵活多变游刃有余的斗争艺术。一生只能在顺境中乘风破浪，却不敢在逆水中激流勇进。他的身上富含"柔"的元素，却缺少"钢"的成分，所以在那场阴风掀起的巨浪中只能沉沙折戟求得解脱了。

而大嫂则恰恰相反，她具有文水交城人所特有的那种强悍豪气，更具有宁折不弯的帼国风范。在那场残害老干部的腥风血雨中，在造反派一个月对她批斗二十八天的骇人听闻的残酷折磨中，她始终昂起那不屈的头去直面以对。在足足由尺厚的大字报织成的门缝中，她敢于出出进进视若无物。她说的多好："为了我的孩子，为了真理，只要他们把我折磨不死，我就要活下去。"这些豪言壮语是我在 1967 年得知大哥去世后去北京看望大嫂和孩子们时，大嫂眼喷怒火一字一顿地讲给我听的，让人听得心潮澎湃，热血沸腾，不得不由衷地赞佩这位伟大的母亲。据老人传言，狼吃小孩时最怕孩子的妈妈，因为只有妈妈才敢与狼殊死一搏。大嫂不正是这么一位敢于斗争、敢于拼搏、敢于胜利的杰出女性吗？

大哥和大嫂之间的情义我知道得太少，和他们的几次相处的时间加起来也没有超过一年。就在这短暂的接触中，我没有听到过大哥和大嫂一句高声的争执，没有看到过两人谁红过一次脸。我不知道用"相敬如宾"来形容他们之间的言谈举止是否合适，但我却知道用"美满和谐"来表达他们的家庭生活却是最贴切不过的了！

大哥走了，走得是那么匆匆那么突然，可以想象大嫂悲痛到什么程度。刚毅的大嫂精神没有崩溃，意志更没有消沉，她一边擦着眼泪，一边昂着头去完成大哥未竟的事业。她为大哥赢得了彻底平反，并隆重举行追悼会的最高规格的礼遇。她还搜集整理了大哥的所有著作，并在她执著努力下出版了《李琪文集》。她还把社会各界对大哥的溢美之词经细心筛选，巧妙编排，又请华国锋题名出版了一本数十万字的纪念文集《忆李琪》。去年，我去北京看望大嫂时，她已经是年逾九十的老人了，但她仍然在著书立传，写了一部四十多万字的有关"文化大革命"的书籍准备出版……这就是我最尊敬的大嫂，这就是大哥一生最忠爱的妻子。大哥，当你听到，不，应该是看到小弟给你介绍的这些情况后，你一定非常欣慰，非常开心。我还要告诉你，今年我又一次去北京看望大嫂，她依然是那么硬朗，依然是那么谈笑风生神采飞扬。她笑嘻嘻地告诉我："这辈子能嫁给你大哥，没错。"大哥你真有福，能与这么一位一辈子爱你、一辈子为你而活的大嫂结为伴侣，你一定在天上会笑出眼泪吧！

三、手足情

大哥对妹妹和弟弟好得真是没得说。无论是一奶同胞的妹妹，还是同父异母的五个弟弟，大哥都倾注了慈父般的爱。姐姐解放前就已经结婚嫁人，而且她家的经济条件也比较优越（是个有作坊的小土财主），因为我小，所以对大哥和姐姐之间的往来关系知之甚少。在我的心里，姐姐非常爱我，要不是姐姐和奶奶用眼泪泡软了父亲那颗无奈的石心，我一出生就会被爸爸的朋友抱走而成为别人的养子。1951 年大哥刚进北京，就把姐姐和她领养的小女儿接到北京去玩以尽兄长之情，1958 年"大跃进""人民公社化"的政治风暴，又彻底把姐姐住的家庙刮走了（姐姐家是地主成分，土改时被赶出家门住在庙里）。我和姐姐很亲，看到姐姐居无定所以及所受到的如此不公正的待遇，就想方设法把她们一家的户口搬到我们里寺村，并给姐姐腾出一个院子让她们一家居住。后来，大哥提议把偏院的三间北房（其实也是一个院子）送给姐姐，我们也完全同意。姐夫是个很要面子的人，他怕落下一个占娘家光的名声，一定要给我们一千元，这样才算名正言顺。可见姐姐在大哥的心里分量有多重，他无时无刻不在牵挂着这个妹妹。

可是我觉得大哥对我们这几个弟弟操的心付出的爱远比对姐姐要多。因为那时家里的情况是：二哥是个残废人，一辈子靠拐杖走路；三哥是在国民党军队里工作，走的不是一条光明大道；五哥和我都还小，需要不断地求学上进健康成长。我们兄弟几个人人都需要大哥的呵护，个个都需要大哥的扶持。在大哥的心里，我们是他的弟弟，有的甚至是他的孩子，他必须用兄长加慈父双重的爱去疼我们、爱我们，大哥是这样想的更是这样做的。大哥就像领着一群鸡仔的老母鸡，一有风吹草动就把他的孩子们庇护在他那暖绒绒的翅膀下面；更像一棵参天大树，总是在特殊时期为我们遮风挡雨避暑纳凉，用他那博大宽阔的胸怀真诚无私地为我们撑起了适合每个人生存的空间。按照由大到小的顺序，先从二哥说起吧！

二哥有先天性的残疾，不能下地干活，靠一双拐杖支撑勉强才能在巷里走动。他一生也没有闲过，干得最多的活是纺棉花。也没有上过一天学，可是他保存阅读的书籍可以堆成一个书库。远在北京的大哥多么希望这么一位善良、勤劳、刻苦、好学的弟弟能扔掉拐杖过上正常人的生活呀！他想给二哥换一副假肢，可考虑到自己独力难支，就和表哥闫遐商量，两人联手凑足了费用，并于 1957 年春暖花开之际把二哥送进了西安最好的医院。二哥从小没出过门，连城里也没有去过，更没有进过医院，在医院住了几天，假肢没换成，反被别的换假肢病人的哀号声吓得精神失常而成了疯子。加上他的旧病恶化没过半年就去世了，终年仅有 35 岁。

三哥走的是一条弯路。小学毕业后因为家里生活困难便辍学在家。三哥非常好胜不甘寂寞，一心要求学上进，便踏出家门去找免费的学校以实现自己的理想抱负，谁知却误打误撞地走进了国民党办的空军学校。解放后他在上海虹桥机场的工作被解雇，大哥得知后把他叫到北京并力挺他考进了大学。大学毕业后又帮他分配到西安南郊的石油学校任教。1957 年反右斗争中他被错划成右派，爱人也和他离了婚。一直在关心他的大哥感到，此时的三哥在西安已失去了生活的环境和条件，就通过当时的石油部长把三哥调到南京炼油厂去工作。环境变了，工作换了，三哥的心情也多云转晴了。他努力工作后被提拔成炼油学校的副校长，并摘掉了右派帽子入了党，还和他的一位故知结了婚并生了个女儿。每到一个岔口是大哥给他指明前进的方向；每到一处险滩又是大哥为他掌舵划桨把他送达彼岸。后来母亲去世三年满，三哥回到家来，言谈话语中总是念念不忘大哥的恩泽，感激之情溢于言表。

五哥比三哥受到的大哥的恩惠要多得多。五哥的求学阶段除小学外都是在大哥的直接关怀和教导下度过的。他从 1950 年随大哥进京读书到 1961 年留苏学成回国工作，每一步都是在大哥的扶持下走过来的。现在五哥也老了，身体也不是太好，正在医院治疗，去年 10 月份我专程到北京看望他，今年又带上老伴到他所住的医院看了他两次，多么希望他能早点康复。兄弟六个就剩下这么一个挨尖的哥哥了，我又怎能不牵挂，怎能不想念呢！

我是大哥最小的弟弟了。大哥从没把我当兄弟而是当儿子一样地呵护关爱，他的大儿子比我还大几个月呢！老哥比父，老嫂比母，何况我两岁就失去了父亲，是个缺少父爱的孩子，大哥大嫂这样重情重义的人，又怎会因为我离他们太远就把我丢在被爱遗忘的荒漠中呢！生活可以作证，大哥大嫂对我比他的儿女更亲，管教也比他的儿女更严，操的心也比他们更多。1951 年我随母亲第一次到北京，那时我还不到十岁，大哥就给我放留声机里的京戏，留下了前面所叙述的梦里那宝贵的一个镜头。大哥知道男孩子好玩，就把给他儿子买的新冰鞋送给我，让我到北海公园的湖里去学滑冰，当我摔得浑身疼痛时，又留下了前面所述的终生难忘的宝贵的历史画面。1959年我再次去北京时，大哥为了满足我的好奇心，当然也是为了开拓我的视野，手拉手把我带到北京京剧院的二楼排练厅去观赏京剧改革初期所创作的革命现代京剧《芦荡火种》的彩排演出。那个场景现在回想起来还历历在目，宛如昨日刚发生过的一样。大哥见我喜欢看书，临回家前特意给我买了两本（上下集）《东周列国故事新编》，并且千叮咛万嘱咐回去一定要好好读书，将来一定要有所作为。

1956年我考上运城中学初中部，大哥知道家里困难，除学费外每月给我寄来9元伙食费。1969年毕业后我又考入运城康杰中学，大哥怕9元不够，每月伙食费又增加到15元，月月准时由大嫂寄来。高中毕业正在备战高考之际，我却得了"痢疾后脑炎"，在医院住了40多天，也是大哥给我寄的住院费。回家后全国高考业已结束，我因未参加考试但却报了名，所以成绩单上全是零分。事后我去看望大哥的好友、当时的山西省教育厅厅长解玉田时，他告诉我大哥还曾给他写过一封信，让他关照一下我的高考情况。听他一说，我心里一股暖流刹时涌上眼眶，流下了激动幸福的眼泪，连说话的声音也都变形走调了。

出院时我的眼睛几乎失明，等到眼睛恢复到可以看清物件时，我决心去康中复读准备参加1963年的高考。正在这时，山西省委下了文件，要从高中毕业生中选拔优秀人才1000名，毕业后当小学教员，我想这是一个抓住饭碗的好机会，过了这个村会不会再有这个店还真难说。我想这样也可以减轻大哥一点负担。于是我就报名参考，不料还真的考上了。我把这个消息告诉大哥，大哥高兴地告诉我："教师是个不错的职业，每月还有几十元的工资，好好干。"没想到这一干就是47年。现在真可以骄傲地说，我的学生遍布全球，真乃桃李满天下矣！大哥，你说得真对，教师这个工作真是个不错的职业呀！

大哥如此疼我、爱我、呵护我、关心我，我竟然对大哥耍过一次小孩子脾气，惹得大哥真生了气。每想起此事，我就恨不得找个地缝钻进去。虽然大哥早就原谅了我，但我却永远原谅不了我自己。事情的始末是这样的：

1958年深秋，我所在的运城中学也和全国各地一样进山去大炼钢铁。全校数千名师生刚刚开进安泽县深山老林中还未安营扎寨，老天竟然骤不及防地下了一场大雪，刹时满山遍野都被皑皑的白雪封闭得严严实实。多好的雪景啊，但没有一个人去欣赏，因为我们都还穿着秋装，个个都冻得浑身瑟瑟发抖，谁还有那种闲情逸致呀！我急忙写信向大哥求援，很快大哥给我寄来一件旧风衣和一封信，信的大意是年轻人就应该在艰苦环境中去磨炼，不应该叫苦叫累……我当时真的冻昏了头，埋怨大哥真是饱汉不知饿汉子饥，还把大哥的风衣原物不动地退了回去。这下可真的把大哥惹恼了，给我回了一封信，洋洋洒洒地用毛笔写了七八页，狠狠地批评了我一顿，我这才知道我犯了一个无法弥补的错误，把天戳了个窟窿。1959 年暑假我去北京时，心里还像揣了只小兔，只怕大哥旧事重提。岂不知大哥早就原谅了我。大哥是个干大事的，岂能把这么点小事还能放在心上，仍然一如既往地给我讲这讲那，还领我去看京剧《芦荡火中》的彩排演出。大哥，我们现在虽然是阴阳两隔，但我还要再一次向你认错，这不仅是向你表明我的改错决心，更重要的是要告诫世人做事一定要三思而后行，千万别冲动，因为冲动是魔鬼，会给你带来终生悔恨的恶果。

大哥为了他的妹妹和弟弟们操碎了心，目的只有一个，希望我们每个人都能像他一样堂堂正正地做人，踏踏实实地干事，幸幸福福地生活。大哥，你的愿望我们都已变成了现实，你可以放心地安息了吧！

四、桑梓情

大哥虽然从小外出，但他始终没有忘记这块生他养他的热土。新中国刚成立不久，他就迫不及待地领着他的全家回到家乡看望父老乡亲。他做的第一件事就是在全体村民大会上看望全村的父老并向他们致谢，感谢他们多年来对我们家的照料和关心。然后又拜访了村里几位德望重的长辈，同他们一起叙旧谈心。还看望了他的启蒙恩师和一些亲朋好友。几年后，大哥回来省亲，他把全村都仔仔细细看了一遍，回家后他和母亲商议要捐一些钱帮助村里修缮学校。回到北京后，他果然给村里寄来 500 元。五十年代的几百元可不是一个小数目啊，那可能是大哥的半年工资，足可以抵上现在的几万几十万元。

大哥不但关心全村的集体利益，谁家有困难他也会鼎力相助。我们沈家有一个十七代的老辈（我们是沈家二十代）名叫沈象贤，我们都恭敬地称他为老爷，老人无子，领养了另一个沈家的儿子为继孙，改名沈宗绪，后来长成了一个诚实的小伙子，并在印刷厂工作。1960 年夏季的一天中午，他去坡上东里村看望其岳父，行至半道，有一个妇女带着一个小孩挡住了他，上气不接下气地求他把孩子送到她家（跟他岳父同村）。宗绪是个非常实在的小伙子，他把孩子送到家后还去看望这个女人是否回来。不料没过多久公安局却把他逮捕了，罪名是强奸致人死命而被丢进了大牢。实际情况是这个女人可能得了心脏病，胸口憋得难受，双手把胸前的衣服和肉皮都撕破了，在地上挣扎翻滚没一会儿就死了，公安局找不到其他的旁证材料就凭现场的痕迹和死者身上的伤痕，武断地判定人就是被害死的。这下可把老辈急坏了，对一个老百姓而言真是上天无路入地无门，向何处求助呢！突然老辈想起了在北京工作的庭娃（大哥原名叫沈乃庭，乡亲们都亲昵地叫他庭娃），"死马当成活马医"，老伯抱着一丝希望凑了些盘费到北京找大哥去了。大哥一见老家来人便热情地接待了老人，住了几天后，老人心急如焚地一定要回去，大哥问明情况后专程给老人买了火车票并送上火车。然后给当时的晋南地区的书记写了一封信，请他帮助把此案彻查一下。后来这桩冤案终于真相大白，老人的孙子在蹲了一年大狱后，终于得到了彻底平反，出狱后还恢复了工作。喜得老人见人就夸大哥是如何如何地救了他孙子一命。老人临终前我去看望他时，他不住地夸赞："你大哥真是世上最好最好的人啊！"

大哥热恋桑梓，心系群众，处处想群众所想，事事为群众所为，这不正是抗日战争时期、解放战争时期军民、党群之间的鱼水关系的一个缩影吗？

掩卷思忖，大哥看到我为他写的纪念文章是否满意我不得而知，但我能把心中积压多年的对大哥的思念之情酣畅淋漓地加以渲泄，我感到无比的亲情和惬意。我是多么希望我的四个儿女、五个孙子都能认真地读读此文，把他大伯、大爷的高贵品质转化成每个人的精神财富和行为准则啊！今后无论何时何地，也不论何年何月，在我们一代又一代的子孙身上都能看到大哥的影子。这不正是天庭里的大哥所希望的，也是地上的我殷切期盼的吗？

大哥，安息吧！我们永远怀念你！

小弟沈乃学叩首顿拜

四、生平及传记

李琪传略

叶佐英

　　李琪，原名沈乃庭，1914年10月30日生于山西省猗氏县西里寺村（今临猗县西里寺村）。父亲少年丧父，母子孤苦伶仃，常受强者欺凌。李琪六岁那年，其母去世，欠账颇多，父亲只好变卖田产房舍还债，最后仅剩下祖茔薄田数亩，住院一所。家庭的不幸，在李琪童年的心灵上刻下了伤痕。

　　李琪少聪敏，喜欢听村人讲古论今，常常听得入神，饭也顾不得吃。因家境贫寒，至八岁才勉强进初级小学。时遇晋南奇旱，粮价飞涨，书再也无法念下去了。15岁上，他被迫背井离乡，跟着一个亲戚下天津谋事。他初到天津，在估衣街隆盛银号学徒，每天扫地、招待客人、擦地板、提夜壶，月薪仅得一元。1930年蒋冯阎大战，祸及天津，隆盛倒闭，他转入集义银号；不料7个月又倒闭，不得不又到了洛诚银号做伙计。生活虽如此艰难，但他一刻也没有放过学习。他充分利用空闲时间，读书看报，识字练字，常到夜深人静，从不间断。

　　第三次失业后，李琪开始寻求新的出路。九一八事变的次年，他打算去东北参加义勇军。为了去从军，他买了一本《孙子兵法》，读得很用心，以为熟读兵法，就可以领兵打仗。他痛恨日寇，花钱买了《大公报》出版的《六十年来的中国和日本》，还看了《苏俄视察记》，从而对苏联引起向往之情。由于没有人引荐和亲戚的极力阻拦，从军的愿望未得实现。

　　1932年，李琪离开天津，沿陇海路西行到潼关。在那里，他很快找到一个禁烟局会计的差事。干了三个月，便转到营业税局当文牍。3年后，又换到税所做职员。李琪在乌烟瘴气的环境中，日子过得很清苦。他所得的薪金，除一部分寄家和周济友人外，就是用来买书读。他虽清贫，对钱却不吝惜，喜欢仗义疏财，很受石达开"黄金若粪土，肝胆硬如铁"的影响。这里有不少知识分子，李琪经常虚心请教他们，"敏而好学，不耻下问"。他读书范围很广泛，小说、经史子集、奇记野史，他都读，求知欲甚盛。他最爱读的是历史，二十四史竟在数年中读了一半。这里的环境很闭塞，消息很不灵通，也很难读到进步的书刊。他追求进步，却不得其门而入，因而心情益加苦闷。这时，他对练字很感兴趣，从颜体到赵子昂而北魏郑文公碑，每天写，从不间歇，单在潼关，他就写了两千多张麻纸。不管六月炎暑，拂汗挥毫，苦写不辍，旁观者均为之赞叹。

1935 年，李琪在报纸上偶然看到中华书局大减价的广告，他托人买到一部《饮冰室合集》，读之大悦。过去，他泛读《史记》，对那些有气节、有操守的人物油然产生景仰之情，并暗下决心向他们学习。他对诸葛亮的前后《出师表》，文天祥的《正气歌》、陈白沙的《崖山吊古诗》是很喜欢的。烈士英雄的思想，曾经是鼓舞他前进的动力。现在读了梁启超的书，视野顿开，方知世界上还有那么多学问。这部书成为奠定李琪决意参加革命的强烈志向。他随后又专攻外国史，《英史》《美史》《德史纲》《日本小史》等他都读了。

抗战前夕，李琪回老家看望亲人。父亲希望他留在家里振兴家业，并给他说好了一门亲事。正在追求新的人生道路的李琪，无意过安闲日子，他婉辞父望，遂离家重下潼关。

1936 年西安事变后，他毅然来到翻动着政治风云的西安古城，目的是投奔红军。几经周折，他先在裕秦纱厂当会计以暂时栖息。有幸的是，他在这里读到了一些新书，受到了共产主义的启蒙教育。七七事变发生后，他满腔义愤，决定到八路军驻西安办事处要求参军。时逢日寇轰炸西安，炸弹震落的砖头砸得他头破血流，顷刻昏倒。这件事对他刺激很大。"宁可死在战场，不愿亡于后方"，他托人给林伯渠同志写信，恳切要求去陕北。1937 年 11 月 17 日，他光荣获准到云阳青训班学习。李琪在漫漫长夜中艰难求索，终于踏上一条通向真理的光明大道。为了抒发此时此地的心情，他兴致勃勃赋诗一首："华夏男儿志气豪，胸中猛气贯云高。读书惟爱英雄史，壮志常怀烈士操。家贫难增堂上喜，时穷长使仰天号。愿为定远投军去，杀尽日倭添海涛。"

李琪在云阳青训班学习了两个多月，并以优异的成绩考入陕北公学。1938年1月21日，考取的三百多人浩浩荡荡步行到延安。他被编在十二大队，任组长。在这里，他系统地学习了马克思主义理论，刻苦努力，进步很快，4月，他光荣加入中国共产党。月底，晋绥省委罗贵波同志到延安选调干部，李琪遂到晋西北苛岚县，参加省委的党训班，学习了一个月，便到五寨、河曲巡视党的支部工作。随后，他被留在省委宣传部当干事。

1938年9月，李琪奉命到岚县一二〇师，分配在清太王邦秀领导的敌区工作团第三队任队长，负责扩兵动员和发展党员的工作，同时兼任清源县三区区委书记。一二〇师调河北后，他留下做地方党的工作，不久任汾阳二区区长和汾阳县佐，分管二、三区的工作。这个地区敌我斗争十分残酷，在平川和敌人周旋，每天几乎都是出生入死。李琪曾多次被敌人围困，反动派甚至以三万元重金悬赏捉拿他，但都因群众巧妙掩护和他的机智勇敢而化险为夷。

1940年5月，山西八地委调李琪去创办永田中学，校长是康世恩同志，他任教导主任。在这里，他认识了李莉同志，共同的志向，使他们成为夫妻。次年，他到八地区委宣传部任科长，后又到七地委，专门从事徐沟、清源等地的知识分子工作。是年10月20日，因敌人大肆搜捕，李琪不幸落入魔掌，关押了十五天，经组织联络上层分子斡旋营救始得释放。他在狱中赋诗："阴房黑暗，不见阳光。冷气袭人，手冻足僵。谁使为这，受此凄惶。求仁得仁，我无怨伤。"出狱后，刚走到城门口，不料又遇到伪独立队特务，为叛徒识出，旋即再度被捕。李琪坦然自若，抱定必死无疑为国捐躯之心写道："刚脱虎狼口，又入蛟龙穴；我已时穷矣，愿流最后血！"表现了一个共产党员视死如归的轩然正气。敌人百般威胁利诱，软硬兼施，他均未有丝毫动摇。李琪认定与其生以待毙，不如乘机逃脱生还。他在狱中开始筹谋一个策反计划。他看准了一个穷苦人出身的伪兵看守，开导其弃暗投明。第四天，他和这个狱卒各背一支长枪，越墙而出。敌人发觉后，四出追捕，二人只好在坟穴中躲过白天，等天黑才安全地返回七分区。他的机智勇敢，受到党组织和军民的高度赞扬，一时传为佳话。

　　1942 年至 1943 年 7 月，李琪在晋绥分局参加著名的整风运动，并负责《抗战日报》和师范学校的整风工作。这次学习，极大地提高了李琪的马克思主义理论水平和无产阶级觉悟，特别是他思想中残存的豪侠义气得到了彻底的清算。他为此写了一篇自传体的思想通讯刊登在《晋绥学习》第六期上。尔后，他又回到八地委机关工作了几年，先后任秘书、地委干训班指导员，负责整风审干。

　　1945 年秋，日本投降后，为更多地吸收平川青年参加革命，李琪奉命创建晋中干训队，任政委兼队长。1946 年，晋西南局面打开，吕梁区党委宣告成立，李琪任宣传科长；年底，吕梁七地委成立，他任宣传部长，并任土改工作团副团长。1947 年，七、八地委合并，李琪调孝义，任宣传部长，继续参加那里的土改工作。1948 年，晋中区党委成立，李琪回平遥一带做支前工作。李琪对这一段历史是十分珍惜的。他说："由于亲身参加和领导减租减息以及土改斗争，经过抗战和解放战争的考验，特别是党内斗争的锻炼，使自己对马列主义和党的政策的认识，及自己思想意识和思想方法的修养，都比以前进了一大步，为人民服务的观点也深刻和牢固多了。"

　　1948 年年底，党决定晋中干部大举南下，支援全国的解放战争。长期从事党的宣传教育工作的李琪，深受革命即将胜利的大好形势的鼓舞，此时深感到革命需要掌握更多更丰富的马克思主义理论。因此，他要求组织允许他到马列学院学习。1949 年 1 月 16 日，他获准来到河北平山李家沟，成为党的最高学府马列学院第一班学员。李琪的历史，从这里进入了一个新的阶段。

　　李琪通过自学，已经具有较深厚的文化知识，革命队伍的多年锻炼和各种训练班学习，他的马列主义理论水平也得到相应的提高。在马列学院学习工作四年，使他更加热爱党的理论事业和宣传教育工作，特别是写作水平和能力有了长足的进步，并且开始进行著述、讲学活动。他在完成学院课程之外，积极从事理论研究，到北京、天津、张家口和通县作关于社会发展史的讲演。1952年在北京大学哲学系讲授过一年的哲学，自拟提纲和讲课稿，颇受欢迎。在这期间，李琪撰写了《王充的哲学思想》《学习马列主义的应有认识》《列宁斯大林民族政策的伟大成就》《毛泽东同志早期的哲学思想》等十多篇论文，其中大都发表在当年的报纸杂志上。

　　从这些文章中，可以看出李琪的知识面是比较广的。但是，他的研究和写作的兴趣及重点主要是宣传毛泽东哲学思想。1953 年 8 月，他的第一本专著《〈实践论〉解释》由中国青年出版社出版。这本书用流畅的笔调，通俗地解答了读者在学习《实践论》过程中提出的许多疑难问题，并且批判了某些对于马克思主义哲学的不正确的认识，因而受到广大读者的欢迎。在《〈实践论〉解释》完成后，他又接着进行《〈矛盾论〉浅说》的写作。这本书于 1956 年出版。作者指出了《矛盾论》和《实践论》的有机联系，说《实践论》着重揭露和批判了教条主义与经验主义在认识论上的错误，《矛盾论》则着重揭露和批判了教条主义与经验主义在方法论上的错误。因此，学习、研究《实践论》和《矛盾论》必须结合起来，因为它们都是毛泽东思想的理论基础。懂得了"两论"的关系，就可以知道唯物辩证法在马克思主义哲学中的重要地位。李琪高度评价了毛泽东同志对马克思主义哲学的伟大贡献，说他根据中国革命的丰富经验，对唯物辩证法的核心和精髓——事物的矛盾法则，从各个方面作了深刻的说明和发挥，彻底批判了主观主义、教条主义的错误，从而丰富和发展了马克思主义唯物辩证法的科学。而《矛盾论》则是从哲学上对近百年来中国人民丰富的斗争经验的科学概括，是近代中国革命历史发展的辩证法运动在理论上的确切反映。

　　《浅说》和《解释》凝聚着李琪辛勤的劳动和心血，是他研究和宣传毛泽东哲学思想的代表作。这两本书出版后，在短短的几年中，单中国青年出版社就重印了十次，如果把地方出版社的印数累计在内，则达到一百余万册。这个数字的本身，就足以说明李琪的这两书在五十年代学习毛泽东哲学著作活动中所起的作用。后来，日本朋友还相继把这两本书译成日文，分别由两家出版社出版。作者热情地为两本日译本作了序言。

　　在马列学院期间，李琪专门对民族问题作了研究，1953 年，中国青年出版社出版了他的《斯大林关于民族殖民地问题的理论》一书，系统地介绍斯大林关于民族、殖民地问题的基本思想和政策，扼要地说明斯大林在发展马列主义民族理论上的贡献和历史功绩，及时地解答了读者提出的一些问题。

　　学习结束后，李琪一度留院担任研究员和党史研究室秘书、副主任工作。

　　1953 年 9 月，李琪因工作需要，离开马列学院，被调到彭真同志办公室做政治秘书工作。他是一位真正谦虚的人。他说，自己没有上过多少年学，而今能在大学的讲台上为学生们讲课、著书立论，完全是党和革命之赋予。没有革命，没有党的培养教育，何来今天！？李琪无条件服从革命事业的需要，立即把自己的主要精力和研究的重点转移到法制工作上来。当时，我国的法制正在初创，李琪对这个工作虽很生疏，但他表示："创立社会主义法制很重要，我国是一个半封建半殖民地国家，封建残余思想浓厚，发掘社会主义民主，建立和健全社会主义法制有许多工作要做。共产党员是党的螺丝钉，党安排在哪里，就应当在哪里生光发热、尽自己的一份力量。"他先后参加过法院组织法、检察院组织法法律的起草工作，担任过政务院政法委员会研究室副主任，全国人大常委机关成立后，他是法律室副主任、主任。为建立和健全我国的社会主义法制，李琪做了许多工作，特别对起草《中华人民共和国刑法（草案）》作出了积极的贡献。

　　1954 年 10 月，李琪的《新中国五年来政治法律工作的成就》一书由人民出版社出版。书中扼要地回顾了建国五年来政法战线上新取得的显著成就，同时指出当时法律不可能完备的历史原因。但是，随着宪法的颁布，为保障社会主义建设和改造的顺利进行，进一步加强政法工作，加强人民民主法制，应当是当前的重要任务之一。

　　1955 年，根据彭真同志关于要完善法律的指示，李琪受委托专职协助武新宇同志负责起草刑法草案的工作。他日以继夜，专心致志，系统地研究了国内外各种类型的法典形成的原因及其基本内容。在起草刑法草案的几年间，他利用写文章、作报告、开座谈会的形式，深刻地阐述自己关于法制法律的阶级性和继承问题的研究心得，阐述自己关于制定刑法的理论和见解。他关于这方面的文章，主要有《法制、法律科学的阶级性和继承性》《为健全我国人民民主法制而斗争》《有关草拟刑法草案的若干问题》等多篇。此外，他还利用工作之余，到政法学院授课。

　　李琪在从事法制工作期间成绩卓著。1958 年 8 月 2 日，被中国科学院聘任为法学研究研究员；8 月 21 日，又被选举为中国政治法律学会第三届理事会理事。

李琪对理论界的一些争论是很关心的，并且积极撰文陈述自己的观点。1955 年写成《关于真理有没有阶级性》的专文，论证真理问题的阶级属性。

1958 年 10 月，张春桥在《人民日报》抛出《破除资产阶级法权思想》，在全国范围挑起一场大争论，结果把"按劳分配"问题搅得混乱不堪。李琪在这场争论中，撰写了《怎样正确认识社会主义按劳分配》《关于资产阶级法权的几个问题》等文。李琪尖锐地批驳张春桥的荒谬论调，指出"按劳分配"原则在社会主义制度下的必然性和必要性，只讲按劳分配平等原则和资产阶级平等原则的同一性，而不研究它们的差异性是错误的。那种把进入共产主义看作很简单容易，硬要过早取消按劳分配，只能妨害人们的劳动积极性，势必会出现"粗鄙的平均主义"。因此，片面强调物质利益原则，忽视艰苦奋斗，忽视集体利益，否定政治因素，是不对的；反过来，只强调政治挂帅，否认物质利益原则，否定按劳分配原则，也是不对的。只有正确认识和把握按劳分配的社会主义实质，才不致在思想上引起混乱。

1959 年 7 月 7 日，上海《文汇报》发表署名文章，批评李琪在《〈矛盾论〉浅说》中的一个观点。编辑部热情约请李琪为此写点文章，以期进行讨论。李琪怀着很大的理论兴趣，欣然和读者争鸣，撰写了《事物发展的根本原因在于事物内部的矛盾性》等一批文章，他详细地查阅了经典作家关于事物运动动力问题的论述，编写出《马克思主义经典作家论内部矛盾是事物发展的主要根源》的研究性资料，对于两种发展观问题，作了系统的说明。

在庆祝建国十周年前夕，李琪在《政法研究》杂志发表专文《中国人民民主专政的道路》，作者对一些重点的理论和实践问题，如现阶段阶级斗争状况等作了论述。

1959 年反右倾运动中，李琪的思想倾向当时被一些人认为是偏"右"的，说他对"三面红旗"唱低调时，发言就积极，说他怀疑全民办工业是过分夸大群众运动的缺点。李琪对此漠然置之。他平静地说：有人讲唱低调本身是错误的，唱高低是正确的，其实，唱高调也不一定对，唱低调也不一定就错。问题是要"实事求是"。正如不能说，只有前进正确，后退就不正确一样。因为这种说法是片面的。

1961 年 1 月，李琪奉命调任中共北京市委宣传部长，后来又相继担任市委常委、党校校长。从此，他没有更多的时间去进行理论研究和写作。但是，他从另一个角度，凭借自己扎实的理论基础和丰富的阅历，为党的宣传和干部培养教育工作竭尽全力。他经常深入基层和各文艺团体，善于做调查研究，见解独到，多有建树。

这年 8 月，他在北京大学礼堂作了《调查研究，按客观规律办事》的长篇报告。他说，我们几年来新出现的共产风，是违背马列主义不剥夺农民和毛泽东同志多次指示的原则的。这说明我们的理论水平并不高，共产主义的两个阶段的界线还划不清楚。所谓"只有想不到，没有做不到""人有多大胆，地有多大产"等说法是唯心主义的，是背离客观规律的。报告以大量的事实论证调查研究的重要性和必要性，并提出调查研究的许多方法问题。

月底，李琪在北京市经济学会作《认真学习和研究〈苏联社会主义经济问题〉》的长篇发言，重点讲了经济规律的客观性以及改造农业的根本道路诸问题。

9 月 25 日，李琪参加北京市政治学校第一期开学典礼。他在讲话中强调农村需要大批的知识分子干部，鼓励学员们毕业后，要踊跃到农村去，在那里施展自己的才干。

冬天，李琪在市委办的干部轮训班上，作了关于党内生活的报告。其中谈到这几年党内斗争存在的一些问题，妨碍着广大党员的积极性和创造性，主要原因则是由于党内机械过大斗争造成的，结果使我们有的同志不敢讲心里话。特别是，在广大农村搞反右是不妥的，农民没有什么右倾问题。三不（不戴帽子、不抓辫子、不打棍子）应是党的长期方针，不是临时措施。我们目前要尽快抓甄别工作，统一思想，明显错的，要及时解决。

1962 的春节，李琪在日见好转的形势下，挥笔作词："听春雷欢动，大野昭苏，辞旧岁，展雄图，趁良辰美景，同心戮力，坚持奋斗，切莫踌躇。革命翻身，新邦建设，万里长征无坦途。旷古中华好儿女，从今为主不为奴。"

6 月，李琪出席中共北京市第三届党代表大会，并作《共产党人在困难面前应有的态度》的发言。

10 月 25 日，李琪参加北京理论干部学习班的开学典礼，他在讲话中讲到学习理论的方法问题，提倡用整风的精神学习，现在人们一讲整风就好像是整人，这不对，要给整风恢复名誉。

11 月，北京市委召开宣传工作会议。李琪根据这次会议的讨论中提出的关于知识分子问题，给彭真同志写信汇报情况，明确表示不能用世界观作为划分知识分子阶级或分子的标准。

1963 年 1 月，李琪在市委宣传干部会议上谈到阶级斗争问题。他说，我们的国家还很穷，还很落后，应当把富裕中农看作是劳动人民，是工农联盟的一部分。在农村，不能人为地划成分，人为地紧张，对农民是说服教育问题，不是斗争问题。

李琪十分关心市委党校的工作，特别是关于师资的培养问题，最为关注。8 月，他到党校参加座谈会，勉励教职工要同心同德办好党校。他主张每个教员都有机会上台讲课，不讲不写，是培养不出有水平的教员的。特别是青年教师要多上讲台，给他们提供更多的方便。

9 月，李琪参加北京市文艺界下乡经验交流会，作了长篇讲话，强调文艺要面向现实，要在现实中汲取营养，既要深入生活，又要加强理论学习，这样才会写出好的作品。

冬天，李琪出于对京剧事业的热忱，亲自领导北京京剧团排练现代戏《芦荡火种》，主张京剧这个古老剧种排演现代戏，要战略上藐视，战术上重视，要在京剧传统特点的基础上推陈出新。他后来和邓拓同志一起召开京、昆、梆等剧本创作座谈会，提出这几个剧种整理改编传统戏、新编历史戏和现代戏三者不可偏废。他说不要赶浪头，要按剧种的特点搞，不要急躁。他具体指导写的《北京日报》社论《让现代戏之花盛开》中说："演现代戏光荣，演优秀的历史戏同样是光荣的。……过去的艺术实践证明，凡是经过认真推陈出新的传统剧目，或用新的观点来编的优秀历史剧目，同样地能很好为今天广大人民服务。"（1963 年 12 月 14 日《北京日报》）

1964 年元宵节，李琪和邓拓等同志到呼和浩特，和作家玛拉沁夫一起谈文艺问题，并作词《忆江南·归塞北》："阴山下，蒙汉亲一家。春宵佳节群英会，各写诗文显才华，艺苑放红花。"

5月，他热情支持《箭杆河边》的排演，鼓励大家说："我已经相当满意了，大家下了不少工夫，剧本中已经把正面人物加强了。""正面人物要强，但不要怕正不压邪，要把反面人物写足，然后正面人物再压过他，这样矛盾才尖锐，才能激动人心。"

8月，李琪在《红旗》杂志撰文论京剧革命问题。他拥护彭真同志关于"京剧要姓京"的指示，坚持现代戏、传统戏都要演，传统戏有精华和糟粕，因此不能一股脑抛弃传统戏，一定要保留京剧的特点。

8月14日，李琪在北京市文艺工作会议上作总结报告。说我们的文艺家，应该在自己的作品中反映革命的时代精神。在谈到现代戏问题时，他说有人主张百分之百演现代戏，我看不要这样提，说绝了将来又会走向反面。

这一年，李琪在市委和彭真同志领导下，根据小平和彭真同志的指示，坚决演传统戏和现代戏。他让有关部门开列一批优秀剧目交剧团上演，给电台广播。他反对摧残老艺人，说让赵燕侠到"渣滓洞"戴手铐脚镣"体验生活"是错误的。

1965年1月，李琪参加评剧院成立十周年庆祝大会，并讲了话。他充分肯定评剧院的成绩，说演现代戏要为社会主义服务，为工农兵服务。

二月，李琪在市委宣传工作会议上作《学习毛主席哲学著作，宣传唯物辩证法》的报告。他充分肯定和赞扬群众性学习毛泽东哲学著作的积极意义，要把唯物辩证法作为指导我们的实际工作的理论武器。

8月，李琪到京郊房山县黄辛庄"四清"点检查工作。当时，已是林彪、"四人帮"高喊空头政治之风盛行。他公开在群众大会上说："目前，突出政治之最大问题是变成空喊。"在所谓突出政治要落实到人的思想革命化的喧嚷声中，李琪实实在在地对农民说："我们要的是增加产量，改善生活。"李琪一贯热爱毛泽东思想，经常向干部群众作学习辅导，说："光学语录，太简单；只看语录本是不够的。学习，应当是系统地学，不能干什么学什么。"他又说："黄辛庄要是粮食上不去，养猪上不去，造林上不去，光靠念，几百遍也没有用。

生财之道，就是增加生产。建设社会主义新农村，我说就是亩产八百斤，每人一头猪，每人一百元。这就是革命的任务。"他反对一学习就对照检讨的庸俗做法，说现在的学习，多是讲思想意识方面的，真正学得好的，是思想方法和工作方法受到启发。学习的目的，应当是领会和掌握马克思主义的立场、观点、方法。李琪厌恶林彪的所谓"突出政治""立竿见影""政治可以冲击一切"的极左口号。他在市委党校说："不学马列、老祖宗的书，还叫什么共产党？共产党的党校要永远读马列的书。"他反对所谓"顶峰"论，说："理论是随着实践不断发展的，真理永远没有什么顶峰。"他针对林彪"突出政治是一个规律"，说："这是什么规律？这同经济决定政治、政治反作用于经济的辩证规律怎么统一起来？"又说："突出政治变成了空喊和大话，不以虚带实，促进社会主义建设，还叫什么突出政治？"他为此亲自指导和支持北京日报专门编发强调突出政治要落实到具体工作上去的文章。

其时，号称"文化革命"的乌云已在神州大地上空翻滚。1966年1月，李琪不同意姚文元评《海瑞罢官》任意拔高的做法，直接来到《北京日报》社说："吴晗的问题是学术问题，是历史人物的评价问题。"认为吴晗即使有错误，也是历史观的错误。

1月8日，李琪在《北京日报》显著地位发表长文，把批判吴晗问题引导到学术讨论范围，公开反对诬陷吴晗同志。这篇文章署名李东石，也是他一生唯一用过的笔名。文章一发表，便被"四人帮"一伙扣上"疯狂抵制和反对文化大革命"的吓人帽子。

2月，江清把李琪叫到上海，可又故意不见他，却叫张春桥做说客。李琪听完后，深知其意，便冷冷地说："不知道江青同志还有别的事没有，如果没有我就回北京了。"当江青见到李琪时，便是指责谩骂。李琪气得忍无可忍，心情沉重。他不满江青的专横跋扈，给领导写信反映……"江青比西太后还坏"，说江青如此胡来，我总有坐牢、杀头的一天，叮嘱家人要有思想准备。他给彭真同志的信中，控诉江青"主观武断，简单粗暴，像奴隶主对待奴隶一样对待我"。3月，他对一位市委常委说："江青品质恶劣，霸道，不赞成她，不跟她走，一定会遭受打击报复。"

　　李琪平素生活俭朴，克己奉公，严于律己，宽以待人。他对儿女要求十分严格，不允许他们滋长任何特权思想，说："我参加革命就是要打倒高高在上的老爷、太太、少爷、小姐，我不愿意看见我的孩子成为少爷小姐被别人打倒。"这些振聋发聩的忠告，他的儿女们至今仍感其言而铭刻在心。

　　5月16日，《红旗》杂志第七期公开点名批判李琪。6月25日，《光明日报》以整版篇幅和通栏大字标题发表署名文章，抵毁李琪。6月29日，《北京日报》在显著地位载文攻击李琪是"反毛泽东思想的急先锋"。尤其是北京市委被改组后，大多数中层以上干部被残酷迫害，李琪首当其冲。在逆境中，他没有屈服，说："我同江青在工作上有分歧，有不同意见，我究竟犯了什么错误！""报纸点名批判我包庇了一位历史学家，历史将证明，这个历史学家是不是犯了错误。""我没有做过对不起党、对不起人民、对不起毛主席的事，相信总有一天会弄清我的问题。"他在遗书中写道："坚信共产主义必定在全中国和全世界取得胜利！""我希望我的五个子女都能长大成人，做一个真正的革命者！"……

　　1966年7月10日，李琪满含悲愤，离开他深深热爱并为之奋斗的共产主义事业。他去世时，还不满五十二周岁。

　　李琪生命的最后时刻，曾遭受过催人泪下的劫难；去世以后，他的人格和著作在很长的一段时间里被蒙上一层厚厚的尘沙。林彪、江青反革命集团垮台后，多年的沉冤得到了昭雪。党的十一届三中全会以后，1979年6月8日，李琪的追悼会在北京隆重举行。悼词说："李琪同志是中国共产党的优秀党员，坚强的无产阶级战士，北京市宣传理论和文艺战线上的优秀领导人。"他的著作也陆续由出版社重印出版发行。历史尽管是那样曲折、坎坷，但是，他终归得到了公正的评价。

　　莫道谗言如浪深，莫言迁客似沙沉。

　　千淘万漉虽辛苦，吹尽狂沙始到金。

　　唐·刘禹锡《浪淘沙》第八首。廖沫沙同志曾以此诗挽李琪同志逝世。

1984 年 3 月 31 日

宣传理论战线上坚强的无产阶级战士

——深切悼念李琪同志

仲 怀

原北京市委常委、市委宣传部长、市委党校校长李琪同志，受林彪、"四人帮"残酷迫害，含恨而死快 13 年了，在林彪、"四人帮"横行嚣张的时候，他无私、无畏，坚持斗争到生命的最后一息。他死前坚信乌云即将过去，太阳一定出来，"历史将证明我是无罪的"。现在，在华国锋同志为首的党中央领导下，北京市委给李琪同志彻底平反昭雪了，北京市广大干部、党员，特别是宣传战线、文艺战线的同志听到这个消息，心潮起伏，思绪万端，对林彪、"四人帮"的罪行无比愤慨，对李琪同志的逝世深切悼念。

李琪同志一生努力学习马克思列宁主义、毛泽东思想，热爱党和人民，光明磊落，襟怀坦白，刚直不阿，爱憎分明，实事求是，坚持真理，不怕鬼，不信邪，不随波逐浪，敢于向一切违反党的原则和人民利益的行为进行斗争。李琪同志是一位正直的共产党员，是党的好干部，是宣传理论战线上坚强的无产阶级战士。

李琪同志是山西临猗人，只念过五年私塾，14 岁时到城市当学徒、店员。1936 年西安事变时，他正在西安一个纺织厂的筹备处当职员，在党的教育下，提高了民族、阶级觉悟。1937 年抗日战争爆发后，经林伯渠同志介绍奔赴延安，先后在青训班和陕北公学学习。1938 年入党，分配到晋西北工作，曾任汾阳县二区区长。他在党的领导下组织了人民群众和地方武装，勇敢机智地打击敌伪，在山西汾阳、平遥县的老民兵、贫下中农中长期流传李琪同志神出鬼没、消灭敌人的英勇事迹。1941 年在敌占区开展工作时，在徐沟县被日伪逮捕，他没有暴露身份，经组织营救，很快被释放；但在出城门的时候，为叛徒识出，又被关进了监牢。李琪同志在敌人软硬兼施面前坚贞不屈，背诵文天祥的《正气歌》，写了"才出蛇洞，又入虎穴，愿为民族，流尽鲜血"的誓言，决心为革命而捐躯。经李琪同志对看守监狱的伪军进行爱国教育，使他觉悟提高，在第四天的深夜，找到了一条粗绳，背了两条步枪，帮助李琪同志越狱，从城墙上缒绳而下，回到了解放区。当时山西清太区党政军召开了群众大会，表彰了李琪同志的坚定勇敢，并且安排到山西交城县治病养伤。晋绥分局对李琪同志两次被捕的问题经过审查作出了明确的结论，并分配他到晋绥分局宣传部，八地委、七地委宣传部工作。万恶的林彪、"四人帮"和那个窃据高位的"顾问""理论权威"，为了把李琪同志置于死地，竟然在李琪同志被捕的问题上大做文章，诬蔑李琪同志是"叛徒""反革命"。对这样一位忠贞、勇敢，为革命出生入死的好党员、好干部，竟如此颠倒黑白、混淆功罪，怎不令人发指！

建国前夕，李琪同志被党组选送到马列学院学习。他参加革命以来，长期渴望学习马列主义、毛泽东思想的愿望实现了。他废寝忘食，刻苦攻读，认真钻研，善于独立思考。他当时说："毛泽东思想所以正确，伟大，就是善于把马列主义的普遍真理同中国革命的具体实践相结合"；"实事求是，从实际出发是毛泽东思想的精华"。他对毛泽东同志的哲学思想认真钻研，收集和整理了许多资料。他认为《实践论》《矛盾论》是毛泽东思想的理论基础，必须很好学习和宣传"。后来，他写作和出版了《〈实践论〉解释》《〈矛盾论〉浅说》，对毛泽东同志的哲学思想作了深入浅出的解释，对广大干部、青年、知识分子学习毛泽东同志哲学思想起了重要作用。这两本书，毛泽东同志亲自看过，"文化大革命"以前曾赞许说："这两本书写得不错嘛。"这两本书不仅在国内多次再版，并且被译为外文，受到日本马列主义者的欢迎。而林彪、"四人帮"一伙竟在报刊上诬蔑这两本书是"反毛泽东思想的大毒草"，完全是颠倒是非，混淆黑白。

1953 年至 1960 年，李琪同志在政务院政法委员会研究室和人大常委会法律室工作，担任研究室、法律室的副主任和主任。当时我国的法制正在初创，李琪同志对这个工作虽很生疏，但是他表示："创立社会主义法制很重要，我国是一个半封建半殖民地国家，封建残余思想浓厚，发扬社会主义民主，建立和健全社会主义法制有许多工作要做。共产党员是党的螺丝钉，党安排在哪里，就应当在哪里生光发热，尽自己一份力量。"他愉快地接受了党分配的工作，孜孜不倦地研究马列主义的法制理论，贯彻执行毛泽东同志革命的路线、方针、政策，为加强我国的立法工作、健全社会主义法制，做了大量工作。特别是他负责起草《中华人民共和国刑法（草案）》时，日夜忘我劳动，反对照搬照抄苏联的刑法，坚持调查研究，走群众路线，制定具有中国特点的刑法。他在工作之余，还到政法学院授课，写出了一批文章，为加强我国社会主义法制的科学研究工作作出了贡献。

1960 年至 1966 年，李琪同志调到北京市工作。这一期间，他高举毛泽东思想的旗帜，全面地完整地宣传马列主义、毛泽东思想，坚持党的实事求是、群众路线的优良传统，亲自深入基层调查研究，注重从实际出发，发扬理论联系实际的学风，坚决反对和纠正"共产风""浮夸风"，贯彻党的"百家争鸣""百花齐放"的方针和知识分子政策，对北京市的宣传理论和文艺工作作出了贡献。特别是当林彪、江青一伙开始横行时，李琪同志坚决捍卫马列主义、毛泽东思想，光明磊落，刚直不阿，同他们的倒行逆施、篡党夺权活动进行了针锋相对的斗争，因而受到他们的残酷打击和迫害。

1960 年林彪窃取了军委领导大权以后，在"突出政治""政治可以冲击一切""立竿见影"等极左口号的掩盖下，不准学习马恩列斯著作，对毛泽东同志的著作，也只许学零零碎碎的语录，不许完整系统学习毛泽东思想。李琪同志对此进行了坚决的抵制和斗争。他一直强调广大干部，特别是宣传、理论干部要完整地、系统地阅读马列著作和毛泽东同志的著作，要学习马列主义、毛泽东思想的立场、观点、方法，要发扬理论联系实际的学风。李琪同志经常对宣传干部说："马列主义的书，毛主席的书，一定要系统地学，不能只是干什么，学什么"，"要完整地读毛主席著作，不能只学毛主席语录"，"学毛主席的著作不能现学现卖，更不能把毛主席的话当作整人的工具"。坚决反对学习中的简化，庸俗化和形式主义。他对市委党校一位负责同志说："不学马列、老祖宗的书，还叫什么共产党员，共产党的党校要永远读马列的书。"当林彪胡吹"毛泽东思想是顶峰"时，李琪同志说："理论是随着实践不断发展的，真理永远没有顶峰。"当时，有一些理工科大学院校，搞什么"语录进课堂"，不管讲什么自然科学原理都要先引用一条毛主席的语录。李琪同志坚决反对这种形式主义，指出：马克思主义、毛泽东思想应当指导自然科学的研究，但是不能代替自然科学，不能把毛主席语录同自然科学牵强附会地拼凑到一起，这不是尊重毛泽东思想，而是损害毛泽东思想。李琪同志对林彪叫嚷的"突出政治是一个规律"很反感。他常说："这是什么规律？这同经济决定政治，政治反作用于经济的辩证规律怎么统一起来？"还说："目前突出政治变成了空喊和吹大话，不以虚带实，促进社会主义建设，叫什么突出政治？"在他的指导和支持下，《北京日报》写了一篇社论，强调突出政治要落实在具体工作上。这篇社论是向林彪不可一世的淫威宣战，受到了广大群众的欢迎，曾受到罗瑞卿等领导同志的称赞。

1964年江青窜到北京，名曰搞京剧改革，实际上是进行他们蓄谋已久的阴谋篡党夺权的反革命勾当。她以特殊的身份凌驾于一切党委之上，称王称霸，瞎指挥，破坏党的文艺路线和政策。她不许京剧演传统戏，让京剧现代戏加进许多洋乐器，把京剧搞得不伦不类；她只许京剧一花独放，把话剧说成是"死了的"剧种，下令撤销北方昆曲剧院等剧团；她不许马连良、张君秋登台演戏；叫赵燕侠等去重庆渣滓洞戴上手铐脚镣"体验生活"，等等。北京市委对江青这一系列错误，针锋相对地进行了斗争和抵制。李琪同志在北京市委和彭真同志的领导下，面对面地同她进行斗争。他根据邓小平同志和彭真同志的指示，坚持现代戏、传统戏都要演，传统戏有精华和糟粕，不能一股脑地把传统戏都抛弃；他让有关部门开了一批优秀的传统剧目单，叫北京市的剧团上演，叫北京电台广播。他根据彭真同志"京剧要姓京"的意见指出，京剧改革要保留京剧特点；戏曲要百花齐放，不能一花独放；不应剥夺老艺人的艺术生命；叫赵燕侠等人那样体验生活是错误的。叛徒江青从此对北京市委更加不满和仇恨。她叫嚷："北京市委是大北京主义，不听党的话"，"反对毛主席的革命文艺路线"。江青一面骂李琪同志"骄傲自大"，"眼里没有我"，"只听彭真的，不听我的"；一面又多次找李琪谈话，偷偷摸摸地对李琪同志说"北京市委是错的"，拉李琪同志跟她走。在这种形势下，李琪同志怎么办？是向她承认错误，阿谀逢迎，还是旗帜鲜明、针锋相对地坚持斗争？要斗争，就必须不怕任何惊涛骇浪，不怕遭受灭顶之灾、杀身之祸。李琪同志不愧是一个真正的共产党员，他毫不动摇，坚定勇敢地选择了后一条道路。李琪同志从上海见过江青回来后，曾对他爱人李莉同志说："江青如此胡来，我总有坐牢、杀头的一天，你思想上要有准备。"1965年年底，姚文元抛出了臭名昭著的《评新编历史剧〈海瑞罢官〉》，林彪、江青一伙反动气焰十分嚣张，凡是不赞成、不按照他们调子批判吴晗同志的，统统被诬陷为"反毛泽东思想、反党、反社会主义"。李琪同志认为吴晗同志即使有错误也是历史观点的错误，也是学术讨论范围的问题，他署名李东石，在《北京日报》上发表了一篇《评吴晗同志的历史观》的文章，把问题引导到进行学术讨论，公开反对对吴晗同志的诬蔑。当林彪、"四人帮"为了向北京市委开刀，指名批判"三家村"是"反毛泽东思想、反党、反社会主义的大毒草"时，李琪同志也不同意，他认为邓拓、吴晗、廖沫沙三同志都是人民内部矛盾，不是敌我矛盾，积极保护这三位同志。林彪、江青之流处心积虑选择的打倒北京市委的突破口，一一遭到李琪同志的抵制和反对。因此他们把李琪同志看成眼中钉，要对他下毒手。李琪同志当时看到了这个形势，在1966年2月，给彭真同志的信中，控诉江青"主观武断、简单粗暴，像奴隶主对待奴隶一样地对待我"。1966年3月，他对北京市委常委一个同志说："江青品质极为恶劣、霸道，不赞成她，不跟她走，一定会遭受打击、报复。北京市委一定会被改组。"果然，到5月初，林彪、"四人帮"一伙就公开向北京市委开刀了，强加给北京市委"十大罪状"，诬陷彭真、刘仁同志为"反革命修正主义集团""独立王国的头子"，北京市委被改组。不久，市委领导同志和市委干部一律靠边站，有些被关进监狱，有些被隔离反省，有些被撤职，大多数中层干部都被批斗。当时李琪同志也是被批斗得最厉害的一个，"四人帮"的恶棍戚本禹在《红旗》杂志1966年第七期点名批判李琪同志，给他那篇保护吴晗同志的文章加上种种莫须有的罪名。他当时天天受批斗，还遭受了殴打和辱骂，爱人也被隔离批斗，子女被株连。在这种情况下，李琪同志仍然坚贞不屈，大义凛然。他理直气壮地说："我同江青在工作中有分歧，有不同意见，我究竟犯了什么错误？""报纸上点名批判我包庇了一位历史学家，历史将证明这个历史学家是不是犯了错误。""我没有做过任何对不起党、对不起人民、对不起毛主席的事，相信总有一天会弄清楚我的问题。""在这个特殊情况下，正是考验自己的时候，我更要实事求是，坚持真理。"在他的遗书里，他写道："坚信共产主义必定在全中国和全世界取得胜利。"并且说："我要做一个正直的共产党员。"他还告诫他的子女"要做正直的革命者"。在他被批斗的日子里，他真是这样接受考验，严格要求自己。最后，宁为玉碎，不为瓦全，他饱含愤恨，离开了他所热爱的党和崇高的革命事业。

李琪同志为人正派，平易近人，怎么想就怎么说，赞成什么，反对什么，一向态度明朗，对同志对工作有意见，总是摆在桌面上，从不背后议论。对领导同志的缺点、错误，敢于当面提出，在一些重大原则问题上敢于亮明自己的观点，甚至同市委领导同志争得面红耳赤。他工作认真负责，谨慎小心，兢兢业业，任劳任怨，出了问题，主动承担责任，决不诿过于人。他生活艰苦朴素，克己奉公，从来不搞特殊化。他爱护关心同志，主动了解同志们的工作、思想、学习、生活情况。对同志没有亲疏，而且知人善用，能够发挥干部的积极性。他严格区分和正确处理两类不同性质的矛盾，对犯了错误的同志坚持执行"惩前毖后，治病救人"和批判教育从严、处理从宽的方针，本着对党负责、对同志负责的精神，按照党的政策处理问题。《北京日报》的一位副总编辑，被人检举是"漏网右派"，李琪同志坚持到原来工作的单位深入调查，不轻信检举和间接的材料，使他的问题按照党的政策得到正确处理。北京市委党校一个年轻教员由于在理论问题上坚持不同的看法，有人认为这背离了毛泽东思想，要进行批判。李琪同志坚持要区分学术问题和政治问题，保护了这个同志，北京市文艺界的许多同志由于他的帮助，作品得到了出版，剧本得到了演出，重病得到了抢救，宿舍得到了解决，爱人得到了安置。他在作风上讲究实效，不搞形式主义，注重调查研究，反对空谈，因此解决问题比较实际。李琪同志的这种实事求是、群众路线的作风，在北京市广大宣传、文艺干部心中留下了难以磨灭的印象。

"天若有情天亦老，人间正道是沧桑。"李琪同志，你最愤恨的万恶"四人帮"，在华国锋同志为首的党中央领导下，早已被粉碎了；你最愤愤不平的"彭刘反革命修正主义集团""海瑞罢官""三家村"的冤案、错案，都一一平反了；

同你一样遭受打击、迫害的同志都一一昭雪了；被江青禁演的《海瑞罢官》《箭杆河边》《山村姐妹》……都一一上演了；你所关心的北京人民艺术剧院、北京京剧团、北京实验京剧团……都重新活跃起来，你关心的许多忠于党的文艺事业的老演员都重新登上了舞台，北京文艺界呈现了百花齐放、万紫千红的春天；你的冤案也彻底昭雪了，你的爱人、子女受株连的冤案也都平反了，历史评定了你不愧是伟大的中国共产党的优秀党员，是忠诚党的事业的好干部，是捍卫马列主义、毛泽东思想的坚强的宣传战士；在华国锋同志为首的党中央领导下，全党全国正在向四个现代化进军；你听到了这一切，一定会含笑九泉。

李琪在京剧改革中与江青的斗争

李 莉

一、江青对《芦荡火种》颐指气使，幸赖毛主席肯定化险为夷

1961 年我的丈夫李琪从全国人大常委会法律室调任北京市委常委、市委宣传部长，领导北京市的宣传理论和文艺工作。当时我也在北京市工作，任市林业局副局长。

1963 年 9 月，毛主席在中央工作会议上说："反修也要包括意识形态方面的问题，文学艺术、戏剧、电影、艺术等等都应该抓一下。"同年 11 月，毛主席严厉批评文化部："要好好检查一下，认真改正，如不改正，就改名'帝王将相部''才子佳人部'或者'外国死人部'。"毛主席还说中宣部不如改名叫"帝王将相部"。

1963 年 12 月 9 日，毛主席在中宣部编印的《文艺情况汇报》编发的《柯庆施同志抓曲艺工作》一文加了批语："社会主义改造在许多部门中，至今收效甚微。许多部门至今还是'死人'统治着……至于戏剧等部门，问题就更大了。许多共产党人热心提倡封建主义和资本主义的艺术，却不热心提倡社会主义的艺术，岂非咄咄怪事。"

1963 年 12 月 12 日，毛主席把这份材料批给彭真和刘仁同志，彭真和刘仁接到批语后，连夜紧急召集几位市委书记和相关常委开会，研究贯彻执行的问题，后来，又在更大的范围内对毛泽东的指示作了传达。1964 年 1 月 4 日，即刘少奇同志召集中宣部、文艺界 30 余人的座谈会的第二天，市委组织学院、文艺团体的党员领导 162 人开会，学习讨论毛主席的批示和传达刘少奇、邓小平、

彭真等同志在座谈会的讲话。会后，北京市委迅速行动起来，彭真同志亲自抓北京的文学艺术工作，强调戏曲特别是京剧要演现代戏，开展文艺界的思想革命。很快，"写社会主义""演现代戏"，成为北京文艺界最响亮的革命口号。

江青就是在这样的政治背景下插手北京的戏剧改革，北京市委领导曾与江青有一个正式的会面，郑天翔同志回忆了当时的情况：

1964 年，江青打着搞戏剧改革的旗号来北京，彭真、洁清、刘仁同志在住处接待她，我也在场。江青传达了毛主席对市委同志的问候，她还转告说，毛主席说了，北京市的工作很好，并说她想对京剧革命进行一些调查研究。彭真、刘仁同志对她来搞京剧改革表示了欢迎。江青离去后，彭真、刘仁同志和我研究，由李琪同志和江青联系，之后，彭真同志找李琪同志做了具体安排。那时，对于江青的人品，我、李琪、刘仁，甚至彭真同志都不了解，京剧改革是党的一项事业，我们自然会认真对待。

李琪对这个任务是有顾虑的，他觉得自己在北京市委工作时间不长，对文艺方面的事情不熟悉，直接与主席夫人打交道，责任太大。我也替李琪担心，隐约觉得这个工作不好做，一旦出了差错，没法向市委领导交代。看出我的担心，李琪安慰我说，市委还有彭真同志和其他领导同志都支持这项工作，平时多请示，认真对待，应该不会有什么大问题的。

"文革"后，1979 年彭真同志接见我和丁一岚同志时，也讲了江青到北京的过程。彭真同志说，他告知江青市委决定时，江青很不满，她认为应该由市委书记而不是宣传部长跟她联系，市委让宣传部长和她打交道是对她的轻视。彭真同志做了解释，说李琪的能力和人品都很好，江青这才同意了。彭真同志说，其实李琪还不愿意呢，他是从大局出发，才接受下来的。

后来知道，江青到北京进行京剧改革并不是一时兴起，早在 60 年代初，江青就开始关注文艺界特别是戏剧界的动向，江青说："在文教方面我算是一个流动的哨兵。我订了若干刊物报纸，经常翻着看，凡是我认为值得注意的东西，包括正面的，反面的材料，送给主席参考。""文革"前的五六年中，她审查过大量的京剧剧目，也看过多场京剧，江青的结论是"剧目混乱，毒草丛生"。江青 1962 年 7 月看了《海瑞罢官》，曾向毛主席报告这个戏有"严重的政治问题"，当时毛主席没有理会她。

1963 年冬，江青在上海观看沪剧《芦荡火种》后，向北京京剧团推荐，京剧一团将其改编为《地下联络员》，因仓促上马，彩排效果不佳，江青很不满意，甩手不管，到南方养病去了。此后，彭真同志亲自过问剧本的修改，多次召集有关人员开座谈会，市委还安排编剧住在颐和园修改剧本。经过三个月的努力，剧本、表演、唱腔有了很大的改进，全剧焕然一新。1964 年 3 月底，彭真等北京市领导人审看后，批准对外公演，演出大获成功，连演 30 多场，场场爆满，观众达 5 万多人次。

1964 年 4 月，江青从上海回到北京后，马上到剧院看了《芦荡火种》的演出。她给李琪打电话，不顾票已售出，命令马上停演。李琪非常生气，放下电话对我说，江青这样做是搞突然袭击，炫耀她的权势，给市委下马威。票卖出了还要收回，剧团很被动。江青居高临下，说一不二，没有商量余地，遇到这种人真没有办法。李琪马上给剧团打电话，通知他们取消演出，我听到他让剧团一定要做好解释工作。

1964 年 4 月 27 日，党和国家领导人刘少奇、周恩来、朱德、邓小平、董必武、陈毅等，观看了京剧《芦荡火种》，对该戏高度评价。这个戏陈毅同志就看过多次，周总理看的次数就更多了。当时，中央领导看戏，《北京日报》都要报道。有一次，周总理临时看戏，报社没能及时报道，李琪马上让报社补发消息。李琪说，周总理看戏是关心戏剧改革，一定要及时报道。

1964 年 6 月 5 日至 7 月 31 日，全国京剧现代戏观摩演出大会在北京举行。全国 19 个省、市、自治区的 28 个剧团参加演出，共上演 37 台戏。7 月 23 日，毛主席来看《芦荡火种》，彭真同志让李琪坐在毛主席身边，以便随时回答主席的问题。李琪推辞，彭真同志风趣地说："今天陪主席，你演主角。"毛主席肯定了这出戏，根据毛主席的意见，剧名改名为《沙家浜》，那天，毛主席上台与全体演员合影。

在此之前，江青曾命令剧团砍掉"沙家浜·智斗"这场戏，导演、编剧都不同意，这场戏的三方对唱很精彩，可以说是戏中之戏。李琪告诉我，如果没有毛主席的肯定，江青还会坚持砍掉"智斗"这场戏的，能够保留下来是大家的胜利。周总理后来也说过，这场戏保留得好，群众广为传唱，说明喜爱这些唱段。李琪说，会演期间，周总理经常来看演出，每次总理都把他和上海的同志叫到前面，听取大家的意见，江青的作风和总理相比，真是天上地下的差别。

李琪说，毛主席看戏很专注，有时还打着节拍。看戏是艺术欣赏，也是休息，毛主席和国家领导人身体健康，是全国人民的幸福。他把自己的两本书《〈实践论〉解释》《〈矛盾论〉浅说》送给了毛主席。毛主席说，你以后可以多写一些哲学方面的文章。

二、李琪对江青渐生反感

李琪知道与江青接洽工作的分量，一言一行都很谨慎，李琪对江青的态度是尊重的，总是随叫随到，凡是江青提出的要求和意见，李琪都及时向市委领导汇报，市委也尽量满足她的要求。江青最初对李琪的印象也不错，"文革"初期，红卫兵小报刊登了江青批判北京市委的讲话，江青说李琪这个人有才干，她曾经想"挽救"李琪，但他"顽固不化"，是彭真的"死党"。

李琪和江青接触后，很快领教了江青的盛气凌人、出尔反尔和蛮横无理的作风，他深感江青是一个以势压人、不懂装懂、专横霸道的人。江青到北京后，对市委的要求层出不穷，而且都是"大手笔"，今天要扩大她的试验剧团，明天要取消北方昆曲剧院，一会儿要禁止演传统历史剧，一会儿不让马连良、张君秋等老艺术家演戏。北京排演的剧目都受到江青的指责，几乎无一幸免，李琪对江青的行事风格渐生反感。

评剧《箭杆河边》反映了京郊农村的阶级斗争，江青说这个戏是正不压邪，反面人物太猖狂。李琪则明确肯定了这部戏，他认为，正因为反面人物的戏写足了，才能更好地塑造、表现正面人物。北京人艺的《矿山兄弟》刚上演几天，江青提出批评，说戏中的二哥是"中间人物"，丑化了工人阶级。李琪在座谈会上说，这个戏从剧本到演出他都审查过，如果有什么问题，也是他的责任。会上，一位山西的工人作家发言说，《矿山兄弟》符合生活的实际，工人也有先进落后之分，他的话给大家解了围。有人批判《矿山兄弟》是反现实主义的，其实恰恰是这些人在反对现实主义的作品。江青来后，随意扣帽子，剧团如履薄冰，不敢多排戏多演戏，风气很不正常。

北京昆剧院上演了昆曲《晴雯》，剧本是王昆仑副市长写的。李琪写了一篇剧评，彭真同志看到后提醒李琪写文章要注意，可能会引起一些人的不满。彭真同志当时可能已经知道江青对北京昆剧院有看法。果然，江青后来要求取消北京昆剧院，尽管市委不同意，但最终没能抵挡住江青的权势，北京昆剧院被撤销了。

北京京剧团排演了《杜鹃山》，裘盛戎饰乌豆，赵燕侠饰贺湘，马连良饰郑老万。江青说，党代表贺湘的唱词太少，没有突出党代表的作用；裘盛戎吸过大烟，他演乌豆有损英雄人物形象，她要求现代戏要由中青年演员来演。李琪则认为对从旧社会过来的戏剧名家不能太苛刻，观众喜爱他们的表演，而且他们本人也有演现代戏的要求，排练时很卖力气。中青年演员的培养有一个过程，其实北京一直很重视培养青年演员，像谭元寿、马长礼、李元春等人，在团里都很受重视。青年演员要有老年名家的传授，演员的唱、念、坐、打不是一日之功。李琪跟我说过，培养一个好演员比培养干部还要难。后来，《杜鹃山》这个戏被江青当成她的样板戏。

1964 年，北京京剧一团排演《江姐》，江青让演员到渣滓洞体验生活，甚至让演员们戴上手铐脚镣。赵燕侠对这种做法有意见，请病假回到北京。江青知道后很不满意，她说，演员体验生活都经不起，哪还能演出好戏？对这种人不能太迁就。李琪派人通知赵燕侠让她安心养病，又在宣传部的《文艺战线》上发了赵燕侠生病的消息。宣传部路奇同志说，李琪这样做了，才顶住江青对赵燕侠的不依不饶。李琪对我说，对人要讲人情，朝廷还不用病人呢。就是身体好的同志，也不能用刑具考验，江青自己怎么不去体验，站着说话不腰痛，就是胡来！

李琪说，江青对人态度很苛刻，不许别人提不同意见，哪怕是稍加说明，就被说成是不听她的话、骄傲自大，不说话，就说你心怀不满，找机会就大发淫威。和江青打交道，说也不是，不说也不是，让人无所适从。北京市委对于江青搞戏剧改革是非常重视的，尽量尊重她的意见，但江青仍不满意，刘仁同志看戏从来不陪江青，也不到休息室座谈，看完戏就离开了。江青对此很不满意，认为彭真和刘仁对她不尊重，是反对她进行戏剧改革。

江青的霸道作风，市委其他领导也是了解的，郑天翔同志回忆说：

几天后，由李琪同志安排在长安戏院看京剧，请江青观看。刘仁、李琪和我及文化局一些同志陪她看戏。中间休息时，江青说："你们看，演旧剧目观众就走了，演新剧目观众就来了。"这真是瞪着眼睛胡说，我们当时听了都为之一惊，但又不便多说。其实那天既有现代戏，也有传统剧目，都很受观众的欢迎，并不像江青说的那样。休息以后，刘仁同志先走了，我硬着头皮陪下来。而这以后，就只有李琪一个负责和江青联系了。时隔不久，彭真同志找刘仁和我说，江青向他抗议了，说你们这位宣传部长真厉害，不准我发言。我们说，李琪不可能这样做呀。找李琪问，原来是江青唯我独尊，不许李琪说话。以后的情况越来越严重了，但是李琪还得陪着搞"京剧革命"。而江青早已扎根上海，纠集张春桥、姚文元等一伙阴谋家在顾问康生的指点下舞文弄墨下了毒手。我们还以为工作中有不同意见，开诚布公交换意见是正常的，谁也没有料到这就是所谓的"针插不进，水泼不进"。

李琪对江青有意见，向彭真同志反映过。彭真同志说，市委对江青的意见都很尊重，中央领导同志都让江青三分，让李琪忍耐些。李琪做了最大的忍让，对江青是随叫随到，随时听取她的意见，但江青还是没完没了，李琪觉得很难办。江青经常给李琪打电话，一说就是几十分钟，李琪的秘书徐群同志对我说过，她看到李琪耐着性子接电话，连她听得都着急。徐群同志回忆说：

从1963年江青在北京京剧团搞京剧改革试验田起，李琪同志对江青那种飞扬跋扈的作风非常不满，但他从没有对我们工作人员透露出来过，我只是从他的行动中觉察出来。有一次江青给李琪同志来电话，我看到他拿着电话筒一言不发，对方讲个没完，足足有一个多小时，李琪同志表现出不耐烦的情绪，中间几次要将电话放下，可是对方还是讲个不断。最后李琪同志放下电话，他生气地说："京剧改革应抓大政方针，怎么连台步怎么走都要管。真是岂有此理。"

那时江青经常干扰李琪同志的工作，他对此厌恶已极。有一次下班正要吃晚饭时，江青办公室来电话要我通知李琪同志晚上陪江青去戏院审戏，当我告诉李琪同志时，他指示我给江青办公室打电话："说市委开常委会不能去，请白涛副部长陪她。"我说市委没有通知开常委会，李琪同志急躁地说："我不去，你就照我的意见办。"白涛同志陪江青审戏回来后很紧张，她对我讲："李琪同志没去，江青很不高兴，她提了几条指示，赶快告诉李琪同志。"第二天我速将江青的意见转告李琪同志，李琪同志不平地说："我不是文艺部长，我是宣传部长。"

江青每次将剧团演员叫到中南海都要找李琪同志去，开始他很认真对待此事，后来就借故不去了，江青大为恼火。有一段时间李琪同志总是闷闷不乐，有一次，他神色黯然地对我们说："我从跟江青抓京剧改革那天起，就预感到不知哪天要倒霉的。"

江青经常给李琪打电话，东拉西扯，一说就是很长时间，李琪虽然厌烦，但也是敢怒而不敢言，他的苦处也只能和我说。

我劝李琪少说话，不捧江青，但也不能过于直言。我说，历史上的吕后、慈禧都是心狠手辣，万一江青也是这样的人，我们全家都要倒霉。李琪说，现在是共产党领导的社会主义国家，不是封建皇朝。我们共产党是坚持真理、坚持原则、坚持实事求是的。工作不是儿戏，该说的就要说，毛主席提倡五个"不怕"（不怕罢官、离婚、穿小鞋、关牢房、杀头）。我说，你是搞意识形态领域的工作，现在报上批判的人还少吗？江青准许你提意见吗？李琪听了点头同意。李琪说，我现在是伴君如伴虎，又没法脱身。但是，江青不讲道理，还有中央领导，毛主席和周总理都关心干部，市委是集体领导，彭真同志也了解我，万一有什么差错，他们会出来说话的，江青能一手遮天吗？我这个人不会看人脸色行事，更不会吹捧人，只是靠自己努力工作。我劝李琪还是要少说话，好汉不吃眼前亏。李琪听了，笑着说，你现在也变狡猾了。他还说，江青这个人不好共事，又是主席夫人，万一出问题，对个人事小，对市委事大，必须要谨慎行事。

市委领导对江青的作风也是不满的，市委书记赵凡同志说过，江青究竟是干什么的，一个电话就把我们的部长叫走了。有一次，李琪和项子明同志到平谷县下乡，他们已经到田头，县委派人找到李琪，让他马上给江青回电话，李琪只好照办。回来后，项子明同志批评市委电话室的同志说，江青来电话，告诉她李琪下乡就行了，回来再回电话就是了，为什么还要县里派人找到田间。"文革"中，这些话都被揭发出来，成为他们攻击江青的"罪行"。

三、李琪对待传统戏的态度

1963 年，上海提出要"大写十三年"，歌颂社会主义、歌颂工农兵，大搞现代戏，在全国蔚然成风，同时，传统剧目被认为是歌颂帝王将相、才子佳人，受到打压。特别是毛主席批评文化部的讲话后，全国各地都大搞现代戏，很多剧团不敢演出传统剧目，极左思潮在全国蔓延。李琪作为市委宣传部部长，他必须顺应形势，特别是江青到北京后，在戏剧改革的问题上指手画脚，动辄训斥，李琪的处境很困难。回想起来，李琪在当时的政治背景下，他的头脑还是比较清醒的。他讨厌动辄给人扣大帽子的作风。"文革"结束后，原北京市委宣传部文艺处长路奇同志整理了她当年的会议记录，可以看到李琪对戏剧改革和文艺问题的观点。1964 年后，彭真同志和市委领导对文艺改革的问题非常重视，经常直接作出批示。市委宣传部更是把戏剧改革当作大事来抓，几乎每次部务会都要讨论研究，在鼓励现代剧的创作的同时，也积极改编传统优秀剧目。宣传部办了内部刊物《文艺战线》，李琪很重视，每期都是亲自审稿。

1964 年 10 月，李琪在文艺界负责人会议上讲话：不要赶浪头，不要急躁，戏曲、音乐一定要在原有基础上发展，脱离了原来基础就失去了剧种的特点，就等于宣布这个剧种的取消，百花齐放也就不存在了，也就脱离了群众。1964 年 1 月，《北京日报》举办了关于京剧改革的专题研讨。李琪提出两条矫正线、一个出发点。两条矫正线是既反对"绝对分工论"，也要反对"话剧加唱"。一个出发点，指既是现代戏又是京剧。

江青宣称她和传统戏决裂了，李琪认为全盘否定传统剧目是历史虚无主义的表现，这样搞会使历史剧绝迹于舞台，不是百花齐放，而是一花独放、百花凋谢。李琪和邓拓在昆梆剧本创作会上提出，传统戏、新编历史戏和现代戏，三者不可偏废，主张"三并举"。1963 年 12 月 14 日《北京日报》发表社论《让现代戏之花盛开》，李琪特别加了段话："演现代戏光荣，演优秀的历史戏同样是光荣的。……过去艺术实践证明，凡是经过认真推陈出新的传统剧目，或用新的观点来编写的优秀历史剧目，同样能很好为今天广大人民服务。"后来李琪说，江青对这篇社论很不满意，说它对京剧改革是假拥护、真反对。

李琪在文艺工作会议上说："我们主要应该演现代戏，历史戏也可以演一些，好的外国戏也可以演。有的同志讲要百分之百的演现代戏，我看不要把话说绝了，将来又会走向反面。历史戏不能完全不演，特别是京、昆、梆是长期演历史戏的，有些戏还是群众喜爱的。"李琪让市文化局提出100个历史戏的清单，准备在1965年初上报给中宣部，争取公演一些新编历史戏和传统戏。后来形势所迫，这个报告没有发出去。

1964年3月，李琪要求北京京剧团二队排演历史戏，剧团领导感到为难，李琪说，中国作为一个历史文化悠久的国家，为什么会不敢演历史戏呢？那年的"五一劳动节"的招待会上，还是给国际友人和观众演出了几场历史剧。

1965年7月，华北局在太原市举办京剧革命现代戏观摩会演，李琪是领队。李琪告诉我，北京的剧目和演出很受欢迎，说明剧团的改革取得了很大成绩，马连良等京剧名角都积极参加演出，他们的表演受到热烈欢迎。当时各地去的领导很想看到北京名家的演出。山西省委副书记池必卿同志和李琪商量，希望安排几场名家的戏，李琪说，这次可不能演出传统剧，如果江青知道了，肯定要大做文章。池必卿同志接受了他的建议，只在小范围请名角演出清唱。后来，池必卿同志和我说过，李琪的提醒让他们避免了麻烦。

李琪认为中国戏剧是中国传统文化的重要遗产，应该很好地保护、继承和发展，他本人也很喜爱京剧及一些地方戏，他特别喜爱家乡的蒲剧。1965年，山西蒲剧院到北京演出，李琪连续看了几场。他建议剧团领导提高阎逢春、王香兰等著名演员的待遇，要让演员生活得有尊严。

李琪到市委工作后，登门拜访了不少文艺界的名人，他多次看望老舍先生和曹禺同志。1965年，老舍先生打来电话，李琪说："你身体不好，休息一段吧，工作先交给别人去干，你安心养病，身体重要。"放下电话，李琪对我说："再这样批下去，谁还敢写东西，现在就连老舍这样热爱社会主义的著名作家都感到紧张，我让他休息，他还有顾虑呢。"

"文革"期间，我在同仁医院遇到曹禺同志，曹禺说："你们家很简朴，就是书多，没有像样的家具。"他还说："你很朴素，看上去像保姆，哪像是局长。"我说："我是搞林业的，经常下乡，回家又要做家务。"曹禺说："这样好，我喜欢这样的共产党干部。"

李琪对老艺术家是非常尊重的，有一次我和李琪去看戏，马连良夫妇也去了。马连良先生见到我们，马上向夫人介绍说："这位是李太太。"我一听称我"太太"，感到很不自在，脸也红了，李琪立刻说："这位是马连良同志的夫人。"我们握了手。戏演完了，又是马先生和夫人先对我说："李太太再见。"回家后，李琪说："以后你在各种场合要灵活些，主动和别人打招呼。你看他们对人多有礼貌。"我接受李琪的批评，我解释说对"太太"这个称呼不适应。李琪说："这只是文化不同而已，我们有些人对旧社会过来的人什么都看不惯，横挑鼻子竖挑眼，你算是一个。你不是说你们单位有个老工程师，一进门就跟大家点头哈腰地打招呼吗？这是个人的习惯，也是一种礼貌。"李琪还说："马连良是老艺术家，现在江青不让他演戏，张君秋演旦角也不行，说女扮男装是怪事，其实，她不让这些艺术家演戏才是怪事呢。"

1964 年，北京市文艺界批判焦菊隐、陈半丁等人。李琪在宣传部部务会上多次传达彭真同志的意见，先党内后党外，允许别人辩论、保留意见，对他们的问题不作政治结论，千万不要形成斗争会，更不能随意批判一个人。批评要采取与人为善、以理服人的态度。反右派和反右倾运动都伤害不少人了，有什么好处呢？

李琪多次说，文联的整风，不要抓住一点不放，老是检讨，要让大家早点下去搞创作。不能像要求党内人员那样要求党外人士。对小白玉霜可以作为统战对象对待，工作中有一些错误很正常。

四、江青向北京市委摊牌

1966 年初，李琪曾两次被江青叫到上海去见她。有一次他走得很急，给我留了张便条。李琪来信说，他正在等着江青接见，不管能否见上过几天就回北京。李琪回家时，我感到他心事重重，他说他要先休息一下，还要尽快到市委汇报。

　　李琪告诉我，他在上海等了十多天，江青一直不见他，他早想回来了，张春桥每天都看他，让他耐心等待，最后江青召见了他。汪曾祺同志回忆了他们在上海的情况：

　　江青虽然不让李琪过问我们的戏，我们还有点"组织性"，向李琪汇报了提纲，李琪听了，说了句不凉不酸的话："看来，没有生活也是可以搞创作哦！"……江青叫秘书打电话要我们去见她。李琪说他不去。他说：她找你们谈剧本。我说：不去不好吧，还是去一下。最后李琪才决定去。关于剧本的事江青没谈多少意见，她这次实际上是和李琪、薛恩厚谈"试验田"的事。他们谈了什么，我和阎肃都没有注意。大概是她提了一些要求，李琪没有爽快地同意，只见她站了起来，一边来回踱步，一边说："不叫老子在这里试验，老子到别处去试验！"声音虽不大，但语气很重。

　　回到东湖饭店，李琪在客厅里坐着，沉着脸，半天没有说话。薛恩厚坐在一边，汗流不止。我和阎看着他们。我们知道她这是向北京市委摊牌。我们回到房间，阎肃说："一个女同志，老子老子的！唉！"我则觉得江青说话时的神情完全是一副"白相人"面孔，即小人。我更感到李琪参与京剧改革不适宜。他的性格太直，不会应付江青，结果市委倒了，他也死了，我的这种心情持续了好几年。实际上市委领导尊重江青在北京市搞京剧实验是从工作出发，他们也没想到会招来横祸。

　　李琪回北京后，马上向市委领导转告江青的意见，市委和彭真同志作了研究，李琪及时给上海回了电话。市委讨论后，同意江青搞"试验田"的要求，彭真同志让李琪给江青回信告之市委的决定。信的内容如下：

江青同志：

　　我从上海回来后，即把您的意见向市委作了汇报。市委讨论以后，我当即把讨论的意见在电话中摭要地告知李鸿生同志，想已知道。

　　1. 关于把北京京剧团全团作为您的实验团的问题，市委又作了最后的确定。薛恩厚同志已向全团宣布，目前全团情况很好。

　　2. 关于取消北昆充实京剧团的问题，市委已做了决定。北昆现有一百人（演员四十余人），北京京剧团准备挑选七十人左右，包括你说的人，由文化局安排。当然还会有些同志有不同的意见。如果原来的昆剧演员要实验一点革命戏也可允许他们试验。

3. 关于马连良、张君秋、裘盛戎的问题。根据您的意见，裘仍然留在北京剧团（春节中他演出《雪花飘》小剧颇受观众的欢迎）。关于马连良、张君秋的问题，市委研究了您的意见。他们又有演现代戏的要求，也还有些观众看，因而决定他们到京剧二团，除了在戏校教戏外，也还可以演一些他们能演的革命现代戏，或演允许演的老戏。我昨日已找他们谈了，准备过几天他们就到二团去，可以演允许演的老戏。社会主义建设的革命现代戏，大型的革命现代戏，他们也可以学过来演。

以上就是市委讨论的意见，特此函告。

李琪二月二日

李琪写好信后，送市委书记处审阅，李琪在上面附言：刘仁、天翔、万里、邓拓同志，送上我给江青同志写的一封信，彭真同志说请你们看后再还给他看。

据宣传部的姜金海同志回忆，彭真同志对这封信改了三次。李琪对我说过，彭真的用语比较强硬，如把"照办"改为"最后的确定"等，他对此有顾虑，因为他了解江青的为人，担心会引起江青的不满，认为这是市委在压她。他给彭真同志提建议，此信不发为好，彭真同志坚持要发出，并让他不要胆小怕事。

信发出后，李琪的心情更沉重了。那时他就意识到，江青在北京的戏剧改革已成为政治漩涡，他深陷其中，想躲也躲不开了。

李琪从上海回来后，给彭真同志写过一封信，大意是他和江青接触两年的时间，深感江青以权贵自居，横行霸道，无事生非，作风恶劣，比吕后、西太后还坏，把别人当成奴隶，使他无法工作。信送走后，李琪对我说了这件事，我一听就紧张起来，说："你是不是说的太重了？"李琪说："我说得还不够。江青人品太差，不能想象主席怎么能和这种人一起生活。"听他这样说，我更害怕了，说："你的胆子也太大了！万一这封信失落，江青能饶得了你吗？！"我的话触动了李琪，他在屋里来回走，然后给彭真同志打了电话。电话是张洁清同志接的，她说彭真不在家，他们看到这封信了，李琪对江青的认识是正确的，江青的霸道不是针对李琪，也是针对市委和彭真，信由秘书保管，万无一失。打过电话，我们的心才放下来。李琪说，他有责任反映江青的问题，当然，和彭真同志面谈更稳妥。

"文革"开始后，李琪的这封信被揭发出来，这是李琪反对江青的铁证。彭真同志说，1966年他的家被抄后，信下落不明，建议我让专案组找出来。他说，这封信是李琪对江青的一份很好的控诉书。

遗憾的是，这封信最终也没能找到。

1965年11月10日，上海《文汇报》刊登了姚文元的文章《评新编历史剧〈海瑞罢官〉》，这是"文化大革命"开始的信号，当时我们对这篇文章的背景一无所知。

1965年11月中旬，北京市委召开常委扩大会议，传达贯彻中央工作会议的精神。开会时，我看到主席台上的几位负责同志两次离场。会后我问李琪发生了什么事。李琪说，现在北京市委的日子很不好过，彭真同志把他们找去研究工作。

李琪还说，姚文元的文章发表后，北京市和湖南省都没有转载，毛主席指示印成小册子向全国发行，各省都要得不多，北京市要得更少。毛主席生气了，批评了北京和湖南。彭真同志把他们找去研究如何贯彻毛主席的指示。北京市委对上海的做法有意见，认为上海发表文章批判北京的副市长，却事先不和北京打招呼。范瑾同志给上海打电话，但对方不作解释，碰了个软钉子，他们都摸不着头绪。现在看来，市委太大意了，忽略了这件大事，要抓紧补上。

11月29日，《北京日报》转载了姚文元的文章，《北京日报》的"按语"体现了彭真同志和市委的看法，"按语"强调指出："有不同意见应该展开讨论"，"实事求是地弄清是非"。

吴晗对姚文元的批判文章想不通，他说《海瑞罢官》并不是他要写的，而是奉命而作。1960年，毛主席号召干部敢于提意见，要向海瑞学习。胡乔木找到吴晗让他写海瑞，剧本完成后，胡乔木审阅过。迫于形势，吴晗写了检查，12月27日，《北京日报》刊登了吴晗的《关于〈海瑞罢官〉的自我批评》。

　　李琪在市委召开的会议上强调说，吴晗在民主革命时期是左派，反右斗争时也不是右派，海瑞罢官的问题属于学术问题。一天，李琪从机关带回一份简报，绝大多数知识界的人士对姚文元的文章表示反感，认为姚文元政治上搞构陷之风不可长。李琪看了简报很高兴，他认为这个问题已有公论，对吴晗的批判可以结束了。然而，问题没有这么简单。

　　1966 年 1 月 8 日《北京日报》发表了李东石（李琪）的《评〈海瑞罢官〉历史观》，他试图把对《海瑞罢官》的批判的性质限定为学术之争的范围。那时李琪正在房山县黄辛庄搞"四清"，彭真同志把他找回来写文章，李琪不愿意写，但彭真让他写，也只能服从。李琪借回来几本吴晗的著作，文章的清样彭真、周扬、许立群等同志都看过，李琪又根据他们的意见做了修改。

　　李琪说，三年困难时期，毛主席提倡干部要讲真话、敢于直谏，号召大家学习海瑞精神，现在毛主席又要姚文元写文章批判《海瑞罢官》。毛主席对彭真说，除了《海瑞罢官》，还有你们的《三家村札记》呢。看来北京的京剧改革不合江青的心意，她和上海串通，整北京市委已是定局。现在毛主席说话了，谁敢不批？

　　果然，接下来就是批"三家村"，李琪积极保护邓拓、吴晗、廖沫沙同志，1966 年 5 月 17 日人民日报点名批判李琪，在北京市委被改组，他被勒令停职检查的情况下，他仍然坚贞不屈宁折不弯，两个月后于 7 月 10 日含恨而死，时年 51 岁。13 年后，1979 年 6 月 8 日北京市委为李琪举行了追悼会，他终获平反昭雪。

《炎黄春秋》2015 年 12 期

一场短兵相接的斗争

群 艺

李琪同志和我们分别将近十三个年头了。他是如何离开人世的？罪恶的黑手怎样夺去了他的生命？每念及此，我们就不能不想起他和江青之间所进行的一场错综复杂、短兵相接的斗争。

"四人帮"的头面人物江青是打着"京剧革命"的招牌而发迹的。她为了攫取"旗手"的称号，首先插手北京市戏曲界，搞所谓"调查研究"。当她踌躇满志，摆出一副"钦差大臣"的架势，前呼后拥来到北京市的时候，使她始料不及的却是，她在文艺上推行的极左路线和专横跋扈的作风遇上了北京市委多种形式的抵制和反对。而受市委委派、站在第一线与江青进行斗争的，就是当时任市委常委、市委宣传部长的李琪同志。

1963 年冬，北京京剧团开始排练现代京剧《芦荡火种》。李琪同志根据市委领导同志的意见，亲自领导这次艺术实践。他提出，对京剧这个古老剧种排演现代戏的问题，要战略上藐视，战术上重视，要在京剧传统特点的基础上进行推陈出新。这次排练过程，是一次十分令人怀念的艺术实践，在京剧团许多同志的心中留下了对于李琪同志的亲切回忆。

在《芦荡火种》的创作过程中，江青不在北京；但当这个戏排出以后，她却别有用心地寻隙觅缝，插手进来。她硬让北京市委把北京京剧团给她作为"试验田"，并把《沙家浜》（由《芦荡火种》改名）据为己有。她颐指气使，骄横霸道，为了给她的"试验田"抽调演员，不惜拆散别的剧团；为了摆排场，她让"试验团"编制庞大的预算，不计工本，尽情挥霍。但是她的这种胡作非为却受到了李琪同志和其他一些同志的抵制：剧团不能随便解散，演员不能任意抽调，国家的财富不能挥霍浪费。李琪同志当然知道，这样做会触犯江青，但是为了维护党的原则，他偏偏敢"在太岁爷头上动土"。

江青是惯于打着极左旗号欺骗人们，以售其奸的；但在坚持实事求是的李琪同志面前，她却没有施展的余地。比如，江青虽然看传统戏入迷，而且越坏的越爱看（她初来北京搞"调查研究"时，就特意点了解放后早已不再演出的一些传统戏看），但她表面上却一本正经、扭捏作态地说："我是和传统戏决绝了"，"我的试验田不能演传统戏，要是演传统戏，我就不要（这个团）了"。她还倒打一把，指责"北京市委有人对传统戏很感兴趣"。但是，李琪同志并不为江青的淫威所动，他全面、正确地贯彻党的政策，坚持党的"双百"方针。他和市委书记处书记邓拓同志一起召开京昆梆剧本创作座谈会，提出这几个剧种整理改编传统戏、新编历史戏和现代戏三者不可偏废。他说："不要赶浪头，要按剧种的特点搞，不要急躁。"根据市委主要负责同志的意图，他具体指导起草了《北京日报》1963年12月14日的社论《让现代戏之花盛开》，其中明确指出："演现代戏光荣，演优秀的历史戏同样是光荣的……过去的艺术实践证明，凡是经过认真推陈出新的传统剧目，或用新的观点来编写的优秀历史剧目，同样能很好地为今天广大人民服务。"后来李琪同志曾向一作同志说，江青看了这篇社论后，很不满意，认为社论表面上拥护京剧革命，实际是反对京剧革命的。但是，江青的信口雌黄、任意诬蔑又吓得住谁呢？1964年8月，李琪同志在一个会议的总结报告中，又一次有针对性地提出："我们主要应该演现代戏，历史戏也可以演一些，好的外国戏也可以演……有的同志说要百分之百地演现代戏，我看不要这样提，说绝了，将来又要走向反面。"如今，当我们经历了江青一手制造的戏剧舞台上的一片荒芜，又经历了"四人帮"覆灭后戏剧的复苏，回顾这一反一正的历程，不是更加感到李琪同志的话是何等正确何等实事求是吗！

李琪同志在领导工作中坚持民主作风，无论政治上、艺术上，都注意发扬民主，尊重别人的劳动，尊重艺术创作的规律，贯彻党的知识分子政策。这同江表的滥施淫威、以势压人、大搞文化专制主义，形成了鲜明的对照。1964年5月，北京实验京剧团排练了现代京剧《箭杆河边》。按理说，主张京剧应该百分之百演现代戏的江青，对这个戏该是大力支持的吧？不然。她看了彩排后，只说了句这出戏"敌人写得太嚣张，正不压邪"，当场泼了一盆冷水，随即扬长而去。当江青退场后，李琪同志对这个戏作了全面的分析，热情地鼓励大家说："我已经相当满意了，大家下了不少工夫，剧本中已经把正面人物加强了。我看这个戏基本上过关了。"后来，他又说："正面人物要强，但不怕正不压邪，要把反面人物写足，然后正面人物再压过他，这样矛盾才尖锐，才能激动人心。"他并邀集文艺界的同志，对这戏进行讨论，肯定了成绩，指出了不足，还让人根据这个精神写了文章，发表在《北京日报》上，文中肯定这个戏加强了正面人物，肯定这个戏是新的题材、新的风格，根本不理江青的屁话。当江青对北京京剧团演历史戏下了禁令以后，剧团的一些老演员如马连良、张君秋等，积极要求演现代戏，但江青也不许演。如果照她的禁令办，这些为观众所熟悉和欢迎的老演员只能绝迹于舞台了。但是，北京市委支持了他们演现代戏的积极性，不顾江青的反对，让他们排演了《芦荡火种》《年年有余》等剧目。李琪同志在 1966 年 2 月写给江青的信中，提出了市委的意见：这些老演员"除了在戏校教戏外，也还可演一些他们能演的革命现代戏和可以允许演的老戏"。

对一个戏有不同的评价，对一个问题的处理有不同的看法，这本是正常的现象。谁的意见正确就应该听谁的，只要真理在手，就经得起实践的检验。但是，以"反我就是反党"为律条、具有封建主癖性的江青却把李琪同志坚持党的原则的做法视为大逆不道，怒气冲冲地说："李琪骄傲自大"，"眼里没有我"。

江青此话，前一句说错了：凡是和李琪同志一起工作过的同志，无不称赞他的谦虚朴实、平易近人。后一句却道出了一定的实情：李琪同志曾多次对人说："我是宁折不弯的。"他光明磊落，胸怀坦荡，只服从真理，而决不屈服于权势。在他同江青的接触中，越来越发现江青所奉行的路线和一整套思想、作风，同党的原则、同人民的需要格格不入，他再也压抑不住对江青的不满和厌恶。一次，江青让办公室来电话，约他一起去看戏，他让秘书回答说，"市委要开会"，避而不见；另一次正在开会，江青打来电话，李琪同志对秘书说，"说我下去搞四清去了"，拒不接触。在周围的同志们面前，他并不掩饰自己对江青的憎恶。当他在上海看到江青身穿拖地的长裙、妖里妖气的模样，看到张春桥那副趋炎附势、奸相弄权的丑态，更感愤怒和鄙视，不屑与之为伍，回京后曾和一些同志议论。他对江青那种称王称霸、不可一世的行径越来越无法忍受，愤然提笔，写信给市委主要负责同志，说江青"像皇太后"，"比西太后还坏"，"像奴隶主对待奴隶一样对待我"，"使我没法工作"……这是血泪的控诉，是李琪同志以自己的亲身体会，对当时已经开始了篡党夺权活动的野心家江青所作的深刻揭露。

在当时的历史条件下，为坚持党的原则、人民利益而斗争的李琪同志，终于在以江青为代表的那股邪恶势力的迫害下离开了我们。但是，他的"宁折不弯"、光明磊落的精神却永远活在同志们的心中。"历史将证明我是无罪的！"他逝世前所发的激愤之音，今天正在响出洪亮的回声。

原载 1979 年 3 月 28 日《北京日报》第二版

忆李琪同志对张春桥的批判

马　驹　柳晓明

编者按：李琪同志是中国共产党的优秀党员，坚强的无产阶级战士，北京市宣传、理论和文艺战线的优秀领导人。当林彪、"四人帮"和那个"理论权威"横行时，李琪同志在北京市委的领导下，同他们的倒行逆施、篡党夺权阴谋活动进行了针锋相对的斗争，因而遭到他们的残酷打击、诬陷和迫害，于1966年7月10日含冤逝世。1966年，林彪、"四人帮"一伙控制的《人民日报》曾经点名诬陷李琪同志，恶劣影响遍及全国。不久前，北京市委已为李琪同志彻底平反昭雪，并于6月8日为他举行追悼会。我们特转载马驹、柳晓明同志写的这篇文章，以示纪念。

原中共北京市委常委、宣传部长李琪同志受林彪、"四人帮"的残酷打击和迫害，1966年含愤逝世，最近得到彻底昭雪平反。李琪同志是思想理论战线上的一名坚强战士，为了捍卫马克思列宁主义、毛泽东思想的纯洁性，他不随波逐流，不见风使舵，坚持同各种修正主义谬论进行针锋相对的斗争。二十年前，在资产阶级权利问题上，他对张春桥反动谬论的尖锐批判，就是一个鲜明的例证。

1958年夏天，反革命两面派张春桥打着革命的旗号，抛出了《破除资产阶级的法权思想》一文，全盘否定社会主义历史阶段存在资产阶级权利的客观必然性和必要性，对社会主义的"各尽所能，按劳分配"原则进行恶毒攻击和诬蔑，给人们思想造成了极大混乱，从理论上为当时的"共产风"推波助澜。这株反映极左思潮的大毒草，立即遭到当时思想理论界坚持马克思主义立场的同志们的反击。李琪同志认为它"完全混淆了社会主义和资本主义的界限"，"是攻其一点，不及其余的形而上学的典型"。他写出了《关于资产阶级法权的几个问题》《怎样正确认识社会主义按劳分配制度》等文章，对张春桥的荒谬、反动观点进行批驳。

针对张春桥把我国实行"各尽所能，按劳分配"的社会主义分配原则等同于"资产阶级的法权"，诬蔑这是搞"资产阶级的等级制度"等谬论，李琪同志根据《哥达纲领批判》和《国家与革命》中阐明的原理，对"各尽所能，按劳分配"原则作了科学的解释。他指出：我国"在经济上由于生产资料已归社会所有，消灭了剥削，每个人都依靠自己的劳动过活"，因而决不能把"各尽所能，按劳分配"原则等同于"资产阶级法权"，这也绝不是什么"资产阶级的等级制"。还指出我国实行的"各尽所能，按劳分配"原则是"反资本主义剥削制度的社会主义分配原则"，"它比资本主义分配制度确实公平到几百万倍"。说它仍然表现出了资产阶级权利是因为以同一的尺度——劳动来计量报酬，看起来权利是平等的，而由于工作能力、家庭负担等方面的差异，实际上是不平等的。仅仅在这个意义上，马克思才说："在这里平等的权利按照原则仍然是资产阶级的权利。"

针对张春桥鼓吹应该废除按劳分配原则和"彻底破除资产阶级法权"，李琪同志指出：各尽所能、按劳分配虽然不是马克思主义者的最高理想，但在社会主义社会必须坚持贯彻，不能动摇，因为"社会的分配制度，不是由人们的主观愿望来决定，而是由社会的经济条件来决定"；"在今天社会生产力还没有过到高度发展，产品还不十分丰富的时候，共产主义的按需分配是无法实行的，因为没有那么多的东西可供分配"。"在这种情况下，为了促进社会主义生产的迅速发展，为了把人们的个人利益和集体利益结合起来，只有实行按劳分配。"他还指出："片面强调物质利益原则，忽视艰苦奋斗，忽视集体利益，否认政治挂帅，那固然是不对的；反过来，只强调政治挂帅，否认物质利益原则，否认按劳分配，也是不对的。""在努力搞好生产的同时，也关心群众的物质利益，关心群众的物质文化生活的改善，奖励先进的优秀的劳动者，这对我国的社会主义建设，只有好处，没有坏处。"

张春桥还对党中央在第一个五年计划期间决定取消供给制、实行工资制进行了恶毒诬蔑，胡说什么这是"接受资产阶级思想的影响"，使"资产阶级的法权"和"资产阶级不平等的制度""更加向前发展了"，"是向资本主义倒退"。李琪同志对此驳斥说："这种看法是错误的"，是"不顾中国当前的实际情况"，想把按劳分配的工资制"一棍子打死"，是违背唯物主义原则的粗暴、恶劣态度。针对张春桥强给按劳分配工资制度扣上的所谓会导致"滋长'三风''五气'"，会使人"强调等级，大摆官谱"，会"把人弄懒惰"等罪名，李琪同志理直气壮地指出：这一切并不是由于实行"各尽所能，按劳分配"的分配原则造成的，而是由于"旧中国资本主义不发达，长期是个半殖民地半封建社会"，"旧中国的这种情况，也影响着中国革命队伍中一部分人的思想"，他们"表现了某些封建等级制的意识"，必须加强教育，认真实行"各尽所能，按劳分配"，才能根除这些旧社会的遗毒。

　　二十年前，李琪同志能够坚持真理，旗帜鲜明，坚决批判张春桥之流的反动谬论，这样的革命精神和深刻见解多么可贵！今天我们要揭发批判林彪、"四人帮"的反动谬论，肃清其流毒和影响，就应该学习李琪同志这种"抓住真理，所向披靡"的革命战斗精神，为拨乱反正，促进"四化"，作出应有的贡献。

原载 1979 年 6 月 8 日《北京日报》

李琪同志给彭真同志的两封信

彭真同志:

　　送上徐水监委会关于党员杨光等人违法乱纪调查报告一份,是杨老献珍同志转来的,他希望能向您反映一下。

　　报告中所说之事是确实的。据许邦仪同志谈(他是党校下放徐水参加县委工作的),十多天前,县委曾讨论了这个问题,除已决定开除杨光党籍、李国志团籍外,行政上还未作处理。现在杨光还逍遥法外,在村里也不参加劳动生产,群众很有意见。

　　报告中说道,杨光曾说:死七个八个的没关系,还该着哪个干部偿命。李国志、李凤连也这么说。干部可以打骂社员,打死人可以不犯法,不偿命。在自己公社里死上七个八个人没有关系,这实在是一个可怕的思想。特别值得引起注意的是,今天在我们基层干部中有这种思想的人,还是不少的。我认为问题的严重性就在这里。长葛坡胡人民公社打过人的干部,共有四百二十二人之多。据统计,该社第一管理区打骂群众的九十四个干部中,百分之八十四是有缺点、有错误的好干部。杨光打死老贫农张苍尔,也是在社长王生同志带头打之下行凶的。由于许多干部打骂群众,对这种恶劣作风不视为耻,反以为荣,坏分子也就更敢肆无忌惮地鱼肉乡里,残害人民。事实告诉我们,哪儿的干部打骂群众,以至逼死打死群众,而又没有受到应得的处罚,哪儿的党群关系就不正常,群众就不敢讲真话,党的政策就不能很好贯彻执行,群众路线的工作方法也就谈不到。

　　常委办公厅这一时期,也不时接到一些申诉基层干部胡作非为逼死群众的信（这些事情许多都是发生在去年大跃进中），有的说，已向县省机关申诉，但未有任何答复。

关于严肃处理干部违法乱纪问题，主席和中央早有过不少指示，在问题上主席还亲自批示，应把检查结果在本省地方报纸上公布，以教育干部和群众。这一时期在整社工作中，多地已处理不少这方面的问题。整社成绩的好坏，在很大程度上和对这个问题处理的正确与否密切相关。但也有不少地方，由于领导对这方面问题还缺乏足够的认识，对坏分子还存在有姑息情绪，因而在处理上不够严肃认真，有的甚至错误地认为，对这些坏分子依法严惩，会伤害干部的积极性，会损害党和人民的光荣。领导机关对干部违法乱纪事件不重视，处理不坚决，自然就助长了坏分子的气焰，因而有些作恶多端的坏分子至今逍遥法外，杨光、李国志不过是其中之一而已。

我认为对极少数坏分子依法惩处，只能有利于党和人民的光荣，绝不会伤害干部的积极性，因为这些坏分子的胡作非为，打骂群众，真正的好干部也是极端不满的。报告中说到连长李宝增、李打拉二人因不执行杨光打群众的指示，结果被撤了职，即是明证。认为干部作奸犯科横行暴虐，可以不与民同罪，可以从轻以至免予处分，实是一种极为有害的观点，这种观点不但害了群众，也害了干部，杨光等人就是相信了这种观点，所以才敢说死个七个八个的没关系（杨光是贫农成分，李国志是中农成分，都是农民）。我说归根到底还是个领导问题。只要在领导干部中克服了上述有害观点，多级领导机关对这方面问题重视起来，并对已发生的问题严肃地认真处理，问题也就解决大半了。

当然，在今天中国条件上，要彻底消除干部打骂群众这种不良现象，也还不是短期的事。由于旧中国的前政愚昧、野蛮所给予我们中国人民在这方面的痛苦，在今后若干年内还难以完全消除。但只要加强对干部的社会主义教育（严禁打骂群众，打骂群众的人是可耻的、野蛮的，应作为教育内容之一），按照干部打人、杀人与民同罪的原则惩办极少数的坏分子，领导机关对干部违法乱纪问题应随时检查，严肃处理。只要我们这样努力做了，我想这种不良现象——特别是打人、死人事情，是可以少发生以至不发生的。

以上意见，是否妥当，请指示。

敬礼

李琪于五月

中共北京市委宣传部

彭真同志：

马庄生产大队，去年以来由于贯彻执行了党的各项政策，生产已获得迅速发展。去年粮食亩产平均为 247 斤（60 年是 166 斤，增长百分之四十八）。卖给国家饱粮 11 万 9 千斤（60 年只 3 万斤）。社员吃粮每人平均为 420 斤，还不算自留地粮。他们吃饱指标是 290 斤，加上超产粮，余粮奖售粮集体开办粮等，即可吃到 420 斤（全大队每人平均奖励粮，即有 130 斤）。最好的劳力吃粮在 600 斤以上。全大队总收入，去年为 8 万 3 千多元，比 60 年 6 万 1 千多元增加百分之三十四。每户平均收入 328 元，比 60 年 140 元增长百分之一百三十四。每人平均收入 78 元，比 60 年 34 元增长百分之一百三十一。收入最高的户到 1000 元。由于生产好，收入增多，群众生活改善了，情绪很高，干劲很大。这个村生产最高年产量，是 58 年，亩产平均为 254 斤，现在还没有达到这个水平。他们计划今年要达到 58 年的生产水平，今年包产 255 斤，力争 265 斤，就是说今年有可能即超过 58 年的平均亩产量。他们提出卖给国家饱粮今年要达到 15 万斤，油料是 5 万斤（花生），只要没有什么意外灾害，看来他们的指标是可以实现的。

驸马庄我已有好多日子没有去了，只知道他们去年的生产，为同其他许多村庄一样，搞得还不坏，但详情不太了解。昨天收到他们送来的一个"报喜书"（这种形式我认为一般不宜提倡），对他们一年辛勤劳动获得这样的收成，感到十分高兴，同时，也再一次证明了党的政策的正确性。驸马庄原是一个落后的二类村，支部领导并不强，基础也不很好（像这样的村庄，在全国恐怕是很多的——如果不是办教的话），只要认真贯彻党的政策，稳定调整级的生产关系，坚决贯彻按劳分配原则，不要瞎指挥，其生产的恢复和发展，并不很慢而是很快的。令人担心的是，我们干部中（包括一些高级领导干部在内）还有不少人对党的改革不好好研究，领会不深，因此也就贯彻不力，甚至还在那里瞎指挥，而重复过去的错误。国民经济的恢复和发展，困难克服的速度，不决定于老天，也不决定于群众，归根到底还是取决于党的政策，取决于党的干部对党的政策的贯彻执行的如何。

知您关心驸马庄的情况，及时函陈，不妥之处，请指示。

致以敬礼

李琪

1 月 21 日

自　传

李　琪

　　我本姓沈，幼时名乃庭，后改乃颐、乃挺。1938 年在晋绥工作时，始改今名。现年四十二岁，男，山西省猗氏县里寺村人（今改临猗县西里寺村）。生于 1914 年 10 月 30 日（民国三年九月十二日）。参加革命时，家庭是富农。现在老家还有继母闫氏，二弟乃明（自幼残废，不能劳动），六弟乃学（在运城中学读书，已加入合作社）。因母老弟幼，除他们在社里劳动，分得一部分农产品外，每月我给家里捎二十元，以维持他们的生活。

　　父名沈官陞，字正卿，做过几天买卖，已于 1944 年死于虎列拉病。我生母生我和妹妹两人。妹妹在抗战前嫁给本县马营村李俊民为妻。俊民家是地主，本人学生，现在本县文化馆工作。继母生我弟弟等五人（乃明、乃龙、乃惠、乃兴、乃学）。乃明、乃学在老家，乃龙在西安石油学校任教员。他在抗战时期毕业，即考入国民党空军，曾到美国留学一年多。解放上海后，即被接受参加我军。1953 年，由空军部队解雇下来，考入北京工学院专修科。1955 年毕业，到石油学校教书。这次评级，他被定为八级。工作还好。他的历史问题还没有作最后的结论，因为证人找不到。我对他的情况不了解。四弟乃惠少亡。五弟乃兴，解放后由我供他在北京上学，成绩优异，在八中入了党，并考入了留苏生，秋天出国，入列宁格勒林学院学习。

　　我妻李莉，山西交城人，家庭出身地主。父亲在阎锡山部做过事，任过军的军需处长。详细情况不清楚。解放后，在山西榆次晋华纱厂任总务科长。（解放后已为我们接收，他也随着转到该厂工作。）1951 年镇反时，判了他八年徒刑，现还在劳改中。我和李莉结婚，是在 1941 年 3 月。当时，她在永田中学学习，是党员，现在北京市农林水利局任林业处副处长。我们生有子女五人。长子海渊，在北师大附中上学；女海文，在女一中学习；女海浪，在女一中学习；女海平，在北海幼儿园；女海春现在托儿所。

我的猗氏原籍，家庭人口和家庭状况如上所述。

以下是我自己的历史。

我的祖父时代，家庭是富农。祖父名克震，字春业，是个不第秀才，为人较开明正直，耕读传家，在邻近小有声誉。他只活了四十多岁就死去。父年幼，十七岁，寡妇孤儿，常受本族欺侮。家庭遂走上没落和破产。父后自娶妻，未几，我母不幸去世，又娶继母。在这过程中，花钱很多，负债累累，不几年，在高利贷的盘剥下，就倾家荡产了。

我小时候的境遇是很不幸的。六岁丧母，七岁，父亲娶城内闫氏女为继室。是年下半年，父亲决定变产还债。当时家中已有三十余亩地，一头牲口，都一齐卖了，连同马房、厅房、东门都拆来顶账。仅剩祖茔薄田七亩，住院一所。当债主来拆房时，祖母和父母亲都痛心落泪，泣不成声。这件事，对我的影响很大。此后，就有了复兴家业，以解父母之忧的思想。庄稼种不成了，父亲即给我舅父（闫正辂，现在人世。其子闫遐，是我军干部，曾为一二九师政委，大校级，现在军委工作，和其父住北京）家开设的炭窑看账。年可赚三四十元（后到百余元），以维持家人之生活。由于人口多，继母和弟弟常寄居舅舅之家。我自幼就喜欢读书，爱听村人讲古说今，常听得入迷，连饭都顾不上吃。奈因家贫，无力供我读书。所以从八岁起，仅在初级小学校念了六七年书。到我十四岁的那一年（1928年）下半年，晋南大旱，粮价飞涨，家中生活更为困难。父亲不得已，遂令我辍学投亲。先在家住了几个月，次年（1929年）把我托付给二舅（严正辙。商人，已死）带往天津学商。是年我十五岁。

1929—1932年，我在天津学商。初到天津时，在针市街（后移估衣街）隆盛银号当学徒，月薪一元。每天扫地、倒茶、擦地板、提夜壶、侍候客人，谓之"跑拔马"。孔子曾说："予少亦贱，故多能鄙事。"这句话对我来说，也颇为适用。这时除了工作之外，我很用心读书、识字、写字，看小说、读报纸。晚间别人睡了，自己仍不休息，夜静更深，潜心苦读，从未间断。在这家银号里，干了不到二年，因受 1930 年蒋、冯、阎大战的影响而倒闭了。这时，正是世界经济衰败时期，天津各业倒闭甚多。后找到集义银号，干了七个月，该号又倒闭了。我另换了一个银号，名叫洛城，干了几个月也倒闭了。在天津前后四年，共住了三个银号。在这四年过程中，一方面由于自己不断努力学习读书读报，大大提高了我的文化水平（初到天津时，我连家信都写不通）。另一方面，生活在这样一个资本主义化的大城市中，所见所闻，也使我大大开了眼界。我喜欢看电影，这也增加了我不少知识。因我从小就爱读书，爱慕英雄豪杰的事业，学商原非所愿。这时，逐渐产生看不起商业、讨厌做商的念头。但是，当时却另有一种思想支配着我，就是想赚些钱，给家捎去，以解父母之忧。并希望能发财致富，振兴家业（我继母娘家，原也很贫苦，外祖父在城内开了个小馍铺，后我二舅在天津经商发了财，大舅也成为乡上的绅士，对我颇有影响，希望走二舅的道路）。因之，在商号里干很不顺心，但又不得不干，每思及自己前途的暗淡和家中祖父母的艰难，常常不禁潸然泪下，暗地哽咽。因我在商号能任劳任怨，工作勤快，所以，也深得掌柜们的青睐。不过，心里讨厌做商又不得不做商这一矛盾，却不时在脑海中起伏着。这一矛盾，经三次失业得到解决。我的发财致富的幻想打破了。我在最后一次失业中，我二舅还主张托人为我找事，我坚决拒绝了。这时，已是"九一八"事变的第二年，东北义勇军蜂起。九一八对我的刺激很大，启发了我不少的民族意识，很想从军抗日，去为国家民族出力报效，从这里来找自己的出路。这是我当时不愿再学商的重要原因。记得我当时最喜欢哼这么两句诗："何日奉命提劲旅，一战恢复旧山河。"对岳飞的还我山河的《满江红》词很感兴趣。当然，这时还仅是激于义愤，还谈不到无产阶级革命意识。为了想从军，我当时还买了一本《孙子兵法》，很用心去读，以为读熟了《孙子》十三篇，就可以领兵打仗。这是受了《东周列国志》的影响。也可以看到当时思想认识之低下了。为了了解日军侵华史，还买了一本大公报出版的《六十年来的中国与日本》，另外还看过一本大公报出版的《苏俄视察记》，使自己对苏联引起了兴趣。然而，我从军的愿望，并未达到。一方面没有人介绍，不敢去；一方面我二舅也不让去。他说："你父亲把你交给我，你不干了，我仍把你送回去。"此时，我二舅经营的几个商号，也都因经济恐慌，而相继倒闭了，每天都为债务在打官司。窜处津隅，也无办法。他决定先回老家，遂于是年（1932年）冬，我随他回家，经陇海路到潼关。不料碰上我姨夫许益民（现在西安，交通银行工作），他是我继母妹夫。益民父叫许海仙，是杨虎城的老友，曾任杨的旅长等职。现为西安市政协委员。在政治上是中间偏右的。那时，他刚接收了潼关善后清查处的事情（即后来的禁烟局，他为局长）。我二舅就把我留在他处，给禁烟局当会计，每月十六元。除伙食外，可拿八元。干了三个月，许即调任营业税务局局长，我也随之到税务局当文牍。营业税务局是一个穷机关，每月只赚十一二元。前后在潼关干了两年多。后来在林水、镇安、岐山、长武等地税局中干了二三年，平均每月能赚百余元。干这种差事，经常是干上几个月，就赋闲几个月（当时找事的人太多，即使税局局长一任也只能干几个月）。所以，每年余钱也不多。不过，因为我没有嗜好，不烟不酒，不逛窑子，克勤克俭，所以每年也还省些钱。除捎给家一部分外，多是买了书看。我虽贫苦，对钱却不吝惜，而喜欢仗义疏财和疏财仗义的人。很有一点受石达开的"黄金若粪土，肝胆硬如铁"的影响。由于自己好读书，没有坏嗜好（那时，局里人吸大烟、逛窑子的人很多），所以我姨夫对我也很信任。我在税局中干的这几年，周围环境和过去的商号不同了，这里多些知识分子出身的人，因而我在学习上，也就可经常向他们请教，"敏而好学，不耻下问"，就是我这时期的座右铭。因之，看的书比过去大大广泛了。由看通俗小说，而经、史、子、集，奇记野史，我的求知欲非常旺盛，每天拼命看书，尤其是历史，我最喜欢读。二十四史，我看过一半。对学问研究，我很感兴趣。可惜，当时所处环境太落后，周围的人多是些老朽昏庸、赚钱混饭吃的。要不然，就是公子少爷，过着吸大烟、逛窑子的腐化生活，很少有一个有革命思想的人。我看的书虽很多，却没有看到一本革命的书，甚至连一本资产阶级思想的书都没看到。因为他们都是一些思想守旧的人，只知道孔子孟子老庄，连三民主义也不谈，社会科学、社会主义，这些名词更不知道。我当时读书很多，思想上很想进步，但却不得其门而入。所以，我在思想上始终还没有超过封建主义思想境界，还是旧的思想范围。当时，和我相处很好的一个人叫雷仲明，现还活着，是我小时的老师，为人正直，清廉克俭。他对税局中的一些不好现象也是看不惯的，和我谈得来。不过。他所懂得的也只是四书五经的那一套。他善书法，每日苦练。我当时也就跟着他学起写字来，先学颜柳，后学赵子昂，最后学北魏郑文公碑，一天六张纸，从不间断。记得在潼关那一年，就写过两千多张麻纸，虽六月炎暑，也挥毫拂汗，苦写不辍，当时甚得大家好评。后来回忆起这段往事，把宝贵光阴花在这方面，真是可叹又可笑。直到1935年时，报载上海中华书局大减价，我捎去十二元钱，无意中买到梁任公的《饮冰室合集》，读之大悦，才知道世界上还有这么多学问呢！（当时，我以为除孔、孟、老、庄、佛外，再没有别的学问了。）这本书很启发了我的民主思想、科学思想。后来我又买了几本外国史，如《英史》《美国史》《德国史》《日本小史》等等。这些书都使我的眼界进一步扩大起来。在此以前，虽然读的书都是些古书、旧书，但在这种旧文化、旧思想的影响下，却也使我对历史上有气节有操守的人物引起敬仰之情。立志要向他们学习，并时时以这些人自勉。当时，我很喜欢朗诵诸葛亮的前后《出师表》，文天祥的《正气歌》，陈白沙的《崖山吊古诗》，等等。这一种烈士英雄的思想，在当时对我有一种很大的推动作用，鼓舞自己不断地努力上进。

后来，我家的生活不困难了，并日益向富农发展。这主要是我父亲在舅父家开设的炭园中（后为花店）从1930年后赚了些钱。到我从天津回来时，家庭已开始向上发展。后来一年比一年好了，并在1935年给我娶了亲——因为我当时没有回家，她家便在抗战结束后，买女归家，另嫁一个商人，现已死。到抗战前不久，我家已雇有长工二人，遂成为富农。由于我已无家庭负担，对税局工作也讨厌极了。西安事变前，我即回家，另找出路。西安事变后，西路已通，我立即到了西安。这时，我很想去参加红军。但没有人介绍，去不了。同时，自己对革命也还缺乏认识。所以打算在西安另找事干。但自己又不愿意去找我姨夫许道明。他虽让我住他家，我也没有去。我独自住在东大街客栈内。住了一个时期，还是找不到事干。走投无路，处处感到生活的压迫，悲观失望得很，甚至想当和尚去。我曾写下这样的话："世界苦，不可留，摆脱红尘上华峰。"看苏曼殊诗集，一度对佛学感到兴趣。最后没有办法，还是去求姨夫给我找事。经他父亲介绍，到西安裕秦纱厂当会计，月薪八元，管饭。该厂尚未开工，正在修理厂房，每天事情也不多。生活虽好，但精神却很苦闷。在此期间，曾读了一些新书，对共产主义思想有了一些模模糊糊的认识。七七事变后，当时对事变的认识也很差。只见报上说是地方事件，心中愤怒得很，还以为是老蒋不会打仗，全面抗战不会到来。这时，厂房已盖好，但没有机器。由于济南仁丰纱厂愿和厂方合作，把他们的机器搬到西安来。因此，厂方派工程师刘某（忘其名）代表厂方去交涉。刘和我处得不错，他要我和他同行。我没有去过济南，也乐意前去。到济南住了几天，他就到该厂交涉，条件谈不好，又住了几天。此时，全面抗战已经展开，敌军已下德州，逼近济南，我们遂回西安。自己非常愤恨，决心参加抗日。自己想法到八路军办事处报名，要求到延安去。但因无人介绍，终于不能去。不得已，只好去找许海仙，请他给写一封介绍信（当时他是冯钦西安第七军办事处处长），许不同意我去延安，愿介绍我到冯钦的部队中去，并说，延安如何苦，去了吃不了苦还得回来。我去说了两次，他坚决不写。当时，我对他很不满意。（1943年整风时，审查历史问题，我说当时亏了他不写，否则还会对自己的历史弄不清。）此时，正逢敌人轰炸西安机场。我们局离西安机场很近，在轰炸中，我们往房外跑，轰声如雷，房屋都在动摇，把材料室窗口上堵的很多砖给震下来。我正好跑到窗下，一块砖头砸在头上，顿时头破血流，昏倒在地，在医院看了半个多月才好。这时，我更下了决心，宁愿死在战场，不愿死在后方。伤愈后，我又去找许海仙，他还是反对我去延安，真叫我着急。后来，我想起工程师在西安认识的人多，便去找他，请他想个办法。他即慨然应诺，约我一同去找许权中（刘的哥哥，曾任过孙蔚如的师长，当时已不在职，闲住西安。许权中是孙蔚如的参谋长，住他哥哥家里，和他家是朋友。）我从不认识许权中。（1942年，高岗在陕甘宁边区代表大会作报告，始知大革命时，许是旅长，是共产党员，举行过渭章暴动。）当时，只知道他过去是共产党，坚决抗日，和八路军有来往。据刘说，许在山西作战和八路军有关系，孙怀疑他，才把他调回来，由旅长升为参谋长，明升暗降。于是，我随刘一起去见许。经许给林伯渠同志写了一封信，即到八路军办事处，是伍云甫处长和我谈的话。他说，林主席不在西安，延安招生已过，你可先到云阳青年训练班去学习。他当即写了介绍信。于是我辞去厂方的会计职，和我表弟

闫遐（他当时是民先，要去延安，他父亲不让他走，没路费，我帮他出了路费），
于是，在 1937 年 11 月 17 日二人一同离开西安，到了三原县的云阳镇战时青年
训练班，从此就走上了革命的大道。当时，心里真是高兴得说不出话来。不过，
我当时的思想主要还是民族觉悟。这从我当时一首诗中可以看出，此录如下：

> 华夏男儿志气豪，胸中猛气贯云高。
> 读书唯爱英雄史，壮志常怀烈士操。
> 家贫难增堂上喜，时穷每使仰天号。
> 愿为定远投军去，杀尽日寇添海涛。

在这里，不仅可以看出自己当时的觉悟程度，同时也可以看出受旧文化的
影响，即在我思想上存在着个人英雄主义的思想。这种思想参加革命后，即成
为我进一步提高的主要障碍。直到 1943 年整风，才作了彻底的清算，使自己在
思想上认识了个人主义的危害，以及它和马列主义的区别。

（许权中，在抗战时和八路军关系很好，成为西安反共分子的眼中钉。1943
年 10 月，被特务匪徒枪杀于成阳道中。）

参加革命后

（1937—1956）

1937 年十一月十七日，我和闫遐一起到云阳青训班后，是胡乔木同志和我
谈的话，编入青训班第三期。闫遐因是民先队员，学了不久，即考入抗大第三
期。我在青训班又住了一期，才考入陕北公学。在青训班里，我参加了西北青
年救国会（即共青团），并参加乔木同志领导的一次反托派的斗争。当时，青训
班的学生有千余人，考入陕公的 308 人，我考的是第三十六名。我心里真高兴。
三百零八人编成一个大队，步行到西安。这是 1938 年的事。在陕公，我见到了
毛主席。他经常到这里讲课。我在陕公学习进步很快，比较系统地学习了马列
主义的各种书籍，在陕公学习三个多月。4 月 1 日，在陕公加入了中国共产党，
介绍人是 廖 仁（我们队的协助员，后来我再也没有见到他）。后备期三个月，

到是年 7 月 1 日在晋绥省委宣传部时转的正。4 月 20 日，晋绥省委罗贵波同志到延安要干部，陕公抽我和另外三人（名字记不清了），还有党校、抗大一部分学生，共三十余人，由罗贵波同志带领，即离延安到晋西北苛岚县。在苛岚县晋绥省委（后又叫区党委）党员训练班学了一个月党课，即参加省委巡视团到五寨河曲巡视了一次支部工作。回来后组织留我在省委宣传部任宣传干事。部长是罗贵波同志。

这时，自己入党不久，个人英雄主义思想还很严重，对党的一切基本问题、原则问题还了解得非常抽象，缺乏实际工作的锻炼。此时，因为和刘俊明恋爱，组织上因她是新党员，没有批准，自己即不满意，和组织部长刘俊秀同志闹意见，认为他能结婚，自己不能结婚，向他提出质问，并坚决要求调换工作，离开省委机关。在我离开省委机关时，赵林同志（当时的省委书记）主持开了一个小会，给我作了一个鉴定，进行了批评，大意是组织观念不强，情绪孤独，傲慢自大，优点是工作积极，学习好，能吃苦。因我是新党员，不给什么处分了，并鼓励我要好好努力改正错误。为了给我锻炼，让我到一二〇师工作。1938 年 9 月，我到了岚县一二〇师部，分配我到清太王邦秀同志领导的敌区工作团工作，党对自己这次教育很大，使我初步地了解到自己的思想和党的原则。但了解还是不深刻的。

到清太区，我担任了工作团第三队队长，做扩兵动员工作和发展党的工作，后即担任清源县三区区委书记。一二〇师调河北时，王邦秀走时即把我转到地方，专做党的地方工作。1939 年调汾阳工作，任县委宣传干事，不久即担任汾阳二区区长，开辟汾南工作，后兼任汾南县佐，领导汾南二、三区工作。当时工作做得还好，和敌人斗争是很尖锐的，每天出生入死，在平川和敌人周旋。曾多次被包围，但都脱了险。敌人悬赏三万元捉我，由于我们和群众关系好，始终捉不住我。1940 年，晋西事变后，我们很迅速地肃清了我们地区的阎伪军，阶级斗争日益尖锐。这时，在晋绥领导上曾有左的偏向，提出肃清顽固分子的口号。我们地区也同样受到影响，杀人较多。但经这一次斗争，对自己锻炼很有帮助，大大提高了自己的政策水平和思想水平，因此之前，则往往表现了热情蛮干。

1940 年 5 月，八地委调我办永田中学，专员康世恩同志任校长，我为教务主任，实际由我主持工作。在这里，我和李莉同志结婚。1941 年 3 月，调我到八地委宣传部任宣传科长，专门从事绥沟、清源等地知识分子的工作。就在这一年 10 月，因叛徒告密，我被捕了。首次被捕，是 1941 年 10 月 20 日，在清源县小武村被徐沟特务队捉去，关押了 15 天。由于刘英同志（七地委副书记、组织部长）联络当地几个上层分子设法营救（小武村马行健通过汉奸花钱），因马云的帮助（马 1942 年被选为晋绥参议员，出席晋绥临时参会。现仍在山西工作），于 11 月 3 日释放。我在狱中曾有诗句如下：

阴房黑暗，不见阳光。冷气袭人，手冻足僵。谁使为之，受此凄惶。求仁得仁，我无怨伤。

出狱后，刚走到徐沟南门口，恰遇徐沟伪独立大队出发。这些人原是八地委机关的特务连，由副连长康某（解放后被捕）率领叛变投敌，他们都认识我，即又被捕。这时，我第二次被捕。我以为定死无疑。遂抱一死之心。曾这样写：

刚脱虎狼口，又入蛟龙穴，我已时穷矣，愿流最后血。

敌人请我吃饭，威胁利诱，我未动摇。第四天，我即瓦解了一个守卫士兵，名张培祥，汾阳人，是我在汾阳工作动员出来的，我们一人背一支长枪，准备敌人发觉时可进行自卫。然后越狱跳墙逃出。临行时房中还有一人，名李奎，是清徐区干部，比我早二天捉进去。他对我们跳墙有帮助，但他却因为胆小不敢走。我当时不跑也是个死，投敌我是决不干的，与其坐以待毙，不如乘机逃出，逃不出则死也无怨。在这样的决心下，竟然逃出了虎口。当时真出于我的所料。第二天敌人四处捉我，但也已无奈我何了。我们当夜赶不到山上，在城北小义村外的坟穴中藏了一天，晚上才回到山上。七分区军政机关团体为我开了欢迎大会。我在会上也讲了话。当即恢复我的党的关系，并调回晋绥分局工作。到分局，宋英同志（现任地质部副部长）和我谈了话，即分配到宣传部当宣传干事。

1942 年 5 月到 1947 年 7 月，这一时期，在晋绥分局宣传部工作，参加了整风学习，我担任总学委会巡视员，负责帮助抗战日报和师范学校的整风工作。整风对我思想教育很大，使我彻底了解了自己的思想，大大启发和提高了我的马列主义觉悟程度。分局把我写的思想自传登在《晋绥学习》第六期上。

从参加革命到整风运动（1937 年 11 月—1943 年 7 月）是我入党后在党的教育下思想发展的第一阶段。

从 1943 年 7 月，我又回晋绥八地委机关工作。1949 年 1 月，到马列学院第一期学习，是我历史的第二阶段。

这段时期，经过亲身参加和领导减租减息和土改群众运动，经过党的几次反右、反"左"的党内斗争锻炼，经过抗战和解放战争的锻炼，使自己对马克思主义理论的认识、对党的政策的认识及自己思想意识和思想方法的修养，都比以前进了一大步，思想也深刻得多了。

我的工作简历如下：

1943 年 7 月组织上让我回八地委帮助整风学习并做秘书，具体工作上帮助整风，介绍分局的整风经验。其次，搞地委机关的行政工作。不久，八地委成立干训队（整风队），我担任指导员，胡亦仁（地委宣传部长、干训队政委）、肖靖（队长）和我三人组成大队部，领导整风审干。到 1945 年 10 月，日寇投降，平川工作开展，整风工作即告结束。为了吸引平川青年学生参加革命，成立晋中中学，我任校长，大批招收学生。不久，阎锡山又来进攻，只好退出平川，回到山上，旋把晋中改为干训队，任政委兼队长。到 1946 年 4 月，晋西南局面打开，连下、中阳、隰县等地，成立吕梁区党委，任区党委宣传部科长。1946 年底，成立吕梁七地委，任宣传部长。时值土改，晋绥分区派文珍（秘书长）到七分区帮助土改，成立土改工作团，任副团长。在孝义土改，工作队200 多人，工作还好。1947 年初，七、八地委合并，加强孝义工作，和陈郁发（七地委组织部长）回到孝义任县委宣传部长，继续做土改工作。未几，区党委调我回去参加三查。三查完成后，留吕梁区党委，任宣传部科长。三查，主要是因为张永青的问题。回去时，问题基本解决，本人已回晋绥分局（现在西南师院）。1948 年 8 月，成立晋中区党委，仍任宣传科长，在平遥一带做支前工作。1948 年底，晋中干部决定南下。我要求到马列学院学习。1949 年 1 月 16日入学到了平山李家沟。我从此走上了一个新阶段。

1949 年 1 月 16 日到现在为一个阶段。

在马列学院学习理论，使我在理论上有了显著提高，写作能力也显著提高了。孔子说："四十而不惑。"我现在对一切事物还不能做到不惑，但也不是像过去那样盲目了，对许多问题的认识也比较明白了，这就是说，无产阶级觉悟有了一定的提高。

1949 年至 1953 年 8 月，在马列学院。1949 年 11 月 16 日到 1951 年 2 月，在院学习。此时，学院让我们一部分学员给北京、天津、张家口、通县等许多学校讲过"猴子变人"。我也是其中一个。给一些杂志报纸写过文章。1951 年 2 月到马列主义研究室工作，后成立党史研究室，调去后，开始做秘书，后决定担任该室副主任。因彭真同志要我到他那里去工作，我便离开学院到了彭真同志那里。

在马列学院四年中，由于受陈伯达、杨献珍、艾思奇等老师教诲，同学的帮助，由于对马列主义的系统地钻研，使我眼界大开，知识领域比前大为开阔了。此期，我写了《〈实践论〉浅释》、《〈矛盾论〉浅说》。后者写于 1955 年，中国青年出版社出版，颇受青年读者欢迎，连出了三版。

1951 年至 1952 年，给北京大学讲过一年哲学，给许多学校讲过课。以我一个还未上过多少学的人，今天能够著书立说，在大学讲台上上课，这完全是革命的赐予。如没有革命，没有党的培养教育，何能有此。我了解自己的知识、学问是很有限的，因而总是求进不已，不敢自满。

1953 年 9 月离开学院，到彭真同志办公室做政治秘书，工作中得到彭真同志不少的帮助，参加法院组织法、检察院组织法的起草工作，使自己研究重点转向法律科学方面。1954 年国庆五周年，我写了《新中国五年来的政法工作成就》，人民出版社出版。全国人大常委会成立，调我为常委会法律室主任，帮助武新宇同志起草刑法工作，同时仍兼任彭真同志秘书工作。

我参加革命二十年来，没有受过党或行政的任何处分。

关于我的社会关系，除文中所写的以外，还有些亲戚都是农民，在家种地，没有什么政治活动。

以上就是我个人的历史情况。

李琪　1957 年 1 月 1 日于复兴门外宿舍

五、纪念诗词

纪念诗词

不是诗，是凝聚在心头的几句话，以怀念李琪同志

张大中

投笔从戎图救亡，晋北山中露锋芒。

著书不为名和利，探求真理寝食忘。

妖狐煽动迷天雾，沉着周旋不寻常。

狂风恶浪临头日，署名东石写文章。

惊闻玉碎身先去，潸然泪下湿衣裳。

魑魅魍魉现形日，倍觉泰山石敢当。

1990 年 5 月 20 日

缅怀李琪同志

刘　涌

辛勤自学苦钻研，文武双全留美谈。

"两论"释文传海外，一身正气斗凶顽。

古来秀木易摧折，毕竟乌云难遮天。

学习哲学读君著，此时最是思联翩。

注：李琪同志宣传毛泽东哲学的著作《〈实践论〉解释》和《〈矛盾论〉浅说》分别于 1953 年和 1956 年出版，在短短几年中，单中国青年出版社就重印

十次。后来日本朋友相继把两书译成日文，介绍给日本读者。

庚午年夏日

祭思魂

赵　凡

茫茫黑夜旧社会，幼少岁月最堪悲。

遍寻光明心欲裂，"七一"晴天爆春雷。

倭寇入侵神州怒，恶战八年功成垂。

蒋美勾结打内战，全民奋起驱妖贼。

毅然参加共产党，呕心沥血献终身。

千难万险踩脚下，为党为国为人民。

"文革"风暴盖天地，敢以原则斗邪狂。

胸中自有真理在，无私无畏更无敌。

李琪同志入党后，革命事业忠心耿耿，历经 8 年敌后抗日战争、3 年解放战争，全国解放后 17 年恢复战争创伤及社会主义改造、社会主义建设历次伟大历史阶段斗争的考验。"文革"之初，他英勇不屈，以自己的生命去揭露、控诉错误路线，今忆及壮烈牺牲的情景，仍令人激动不已，潸然泪下。今特以此诗祭奠李琪同志。

1990 年 6 月

为怀念李琪同志书

王　宪

自强刻苦学识深，一生正直赤子心。

马列文章留青史，革命风范育后人。

1990 年 10 月 11 日

怀念李琪同志

王   纯

笃信马列力行"两论"，革命一生赤胆忠心。

对人对事爱憎分明，怀友继志勇往奋前。

1990 年 10 月 15 日

怀念李琪同志

张友渔

致力革命运动，功勋卓著。

潜心法学研究，造诣甚深。

1990 年 7 月 14 日

怀念李琪同志

张青季

才华超群遭劫难，生死为党忠烈魂。

纪念李琪同志

王汉斌

敢于实事求是，勇于面对真理。

忆李琪同志

刘淑坦

热情待人，朴实无华，始终实事求是。

严于律己，平易可亲，一生光明磊落。

怀念李琪同志

范   瑾

一身正直，实事求是。

不畏强暴，追求真理。

1991 年 3 月

缅怀李琪同志

薛凌云

士为知己重友情，逆境困惑不改容。

一身傲骨铮铮汉，笑洒人间留英名。

1990 年 11 月 2 日

纪念李琪同志逝世二十五周年

周游　罗雯

勤奋读书，深钻马列，堪为吾侪典范！

含冤早逝，痛失英才，令人惋惜悲叹！

悼念李琪同志

高西江　顾昂然

一身正气，两袖清风。

为党为民，尽力尽忠。

含冤辞世，众皆悲痛。

革命精神，后人继承。

1991 年 4 月 1 日

悼念李琪同志

史怀璧　孙亚民

三十年前正英豪，攻读马列不懈劳。

多论浅解传后世，品格与月一般高。

妖魔鬼怪虽猖獗，气愤推牛雄赳赳。

含冤逝世廿五载，仰天长啸泪滔滔。

1991 年 2 月 28 日

怀念李琪同志

齐岩　李健

京华初识友谊深，每读"两论"常忆君。

家贫无损凌云志，坎坷磨砺马列心。

探索彻悟经典著，阐释哲理得髓真。

健全法制立国本，废寝忘食凝心神。

京剧改革课题新，推陈开拓建功勋。

坚持真理弥天勇，冒锋顶矢大义凛。

赤胆横眉对妖丑，忠心无畏护党人。

公仆生活严律己，胸似海洋宽待人。

壮士未酬含冤去，泪洒长空祭忠魂。

大地回春乌云散，神州腾习堪慰君。

1990 年 12 月

怀念李琪同志

沈　勃

坚持原则，不畏奸邪。

忠于革命，精研马列。

平易近人，品德高洁。

英才早逝，感伤难遏。

怀念李琪同志逝世二十五周年

常浦　王又新

海瑞精神倡自上，先赞后批众迷茫。

江青戏改唯心统，奸妖猖狂害忠良。

1990 年

怀念李琪同志逝世二十五周年

王景铭

马列忠魂坚贞如铁，勤奋廉洁憨厚耿直，
为真理浩劫罹难。
人民万岁历史归根，正本清源团结安定，
偿遗愿告慰英灵。

怀念李琪同志

杜法舜

抗战对敌谋而勇，普及马列启觉醒。
实事求是作风好，憨厚平易联群众。
"文革"奸佞阴毒残，直言正行遭株连。
临难不苟宁玉碎，留得清白在人间。
世事沧桑思往昔，青松傲霜坚贞屹。
鉴古知今当共勉，良师益友念李琪。

1991 年 1 月

读"忆李琪"

陈希同

凛然面妖妇，
白眼对鸡虫。
大哉李公骨，
民赖柱苍穹。

缅怀李琪同志

王甲   张旭

洁廉为公，

忠义为仗。

文章在册，

功德在民。

怀念李琪同志

杜审微

坚持真理的榜样，高尚道德的楷模。

怀念李琪老领导（七律）

宋柏

卅年征途历暖寒，剑气未消毛发斑。

千里太行鸣鼓角，十月京华庆曙天。

思路翱翔高且远，笔底泉涌日复年。

手擎赤帜遗篇在，杜鹃啼血耀燕山。

卅载征途历暖寒，初酬壮志冀毛斑。

千峰晋陕鸣鼓角，百姓京华庆曙天。

意境鸿翔高且远，毫端浪清日复年。

捍卫马列遗篇在，浩气无边满燕山。

怀念李琪同志

殷汝棠

毕生坚贞为主义，

宁折不弯大丈夫。

1990 年 11 月

悼念李琪同志逝世二十五周年

汪小为

为人师表，平易谦恭。爱憎分明，文扫顽凶。

历史评价，为党尽忠。亮星陨落，碑树心中。

悼念李琪同志

高戈

铮铮铁骨，耿耿忠心。

熠熠篇章，拂拂和风。

哲人其萎，风范长存。

后继有人，堪慰英灵。

辛未大雪

永远向李琪同志学习

汪家

实事求是，坚持真理。

临危不惧，刚强不屈。

1990 年 10 月 10 日

痛悼李琪同志

赵琦

安吴青训多良朋，吕梁老区适相逢。

十年内乱人死后，三载惊忆战友情。

感君一身唯勤奋，求索真理本忠贞。

来自白云汾水上，敢唱革命倔强声。

1980 年秋于南京

缅怀李琪同志

田蓝

战斗一生，浩气英风。碧血丹心，松柏常青。

实事求是，光明磊落。才高德重，我等楷模。

1991 年 3 月 11 日

深切悼念李琪同志

王慧敏

在"四害"横行的年代，你含冤匆匆地离去。

但你的音容笑貌，永远留在我们心里。

你对真理忠贞不渝，对同志亲如兄弟。

在恶势力面前刚直不阿，在风浪里坚定不移。

你的形象如高山屹立，你的品德如松柏常绿。

我要学习你的榜样，用你的教诲激励自己。

在生活道路上不断前进，开拓，进取！

李琪同志千古！

1991 年 5 月 4 日

怀念李琪同志长歌权当酒奠

张文松

古来三晋多俊杰，忧国奋起出奇士。

与君一见乐相知，抵掌纵横天下事。

文采风流思致远，酒酣四座惊谈吐。

侠情肝胆聚良朋，造物忌才深毁誉。

平地风波旦夕间，料知贾祸因直语。

难明心迹舍一身，赤血忠魂昭凛冽。

化鹤谁呼丁令威，皤然老叟空追忆。

1991 年 6 月 24 日

纪念李琪同志

张国础

吕梁晋绥展雄风，黄河立马敌寇惊。

八载征战垂青史，十年京华建伟功。

箭杆河边持真理，芦荡火种齐争鸣。

只因妖妇吐毒液，随教九泉魂含冤。

1991 年

西江月——忆李琪

欧阳山尊

半世纪前初逢，

念五年后诀别，

神州大地遭浩劫，

漫漫十载长夜。

且喜昭雪沉冤，

魑魅魍魉泯灭，

旭日升起血雨歇，

当慰九泉忠烈。

辛未初春
1991 年 1 月 6 日

深切缅怀原市委宣传部李琪部长

金紫光　黄励

七七事变逢国难，投身革命奔延安。

马列真理学到手，为国为民做奉献。

金瓯残破山河变，抗日救亡上前线。

解放战争风雷激，出生入死斗志坚。

中华大地红旗展，胜利凯歌响彻天。

全民共建新中国，社会主义定实现。

革命理论勤钻研，思想建设您领先。

主席两论细阐释，佳作连篇育青年。

坚持真理伸正气，"文革"浩劫受屈冤。

赤胆忠心昭日月，革命豪情薄云天。

壮志未酬身先逝，英名磅薄留人间。

生前音容永不忘，慷慨悲歌敬前贤。

庚午冬

怀念李琪同志

吴垣

凛然正气，忠贞不渝；

提挈后进，春风化雨。

哭李琪同志

雷仲明

渭城分手四十年，为遂夙心赴延安。

大道康庄神圣地，光天化日新世间。

汾阳两次通消息，倭寇企图要上山。

从此八春行迹渺，北京雁到始开颜。

噩信卒来心痛酸，沾巾泪雨哭颜渊。

从学数岁甚称意，聆会每称在七篇。

马列读过能了解，主席思想注释言。

斗争正义沛塞气，取义杀身岂偶然。

十分恼恨四人帮，篡党夺权害忠良。

总理元勋加嫉视，沐猴而冠取灭亡。

欣逢盛世英明主，神州又见红太阳。

雪屈昭冤诚感谢，生死安慰德泽长。

怀念李琪同志

吴惟诚

京华初识友谊深，每读两论常忆君。

家贫勿损凌云志，坎坷磨砺马列心。

探索彻悟经典著，阐释哲理得髓真。

健全法制立国本，废寝忘食凝心神。

京剧改革课题新，推陈开拓建功勋。

坚持真理弥天勇，冒锋顶矢大义凛。

赤胆横眉对妖丑，忠心无畏护党人。

悼李琪同志

柳晓明

廿五年来，怀念殷殷；

恨天不公，哲人早殒。

高风亮节，记忆犹新；

实事求是，勤勤恳恳。

刚直不阿，正气凛凛；

学而不倦，博古知今。

一丝不苟，处事严谨；

多谋广问，豁达胸襟。

知人善用，出以公心；

雪里送炭，意挚情深。

昭昭典范，继承有人；

前程灿烂，愿公安寝。

李琪同志在"文革"初期（1966 年），不甘屈服，愤然辞世。多年来一直有这么多人怀念他、称颂他，说明他是一位深受人们尊敬的好领导，好师长。我是他领导下的普通一兵，也同大家一样，经常纪念着他，默默地学习他。他离开我们已经 25 年，聊述心声，以寄哀思。

1990 年 10 月

痛悼李琪

刘长虹

一

不是身后苦誉君，亦刚亦直亦温文。
居心朗如秦时月，重才情同岭上云。

二

读书万卷有经论，雄文隔世惠苍生。
斯人居然营"黑店"，可知秽笔失公平。

三

妖雾弥天日不明，血雨腥城满秋城。
临危一篇持平论，掷地犹作金石声。

四

光明磊落党性纯，对敌不屈对友亲。
岂料沉埋三字狱，辜负忠贞一片心。

五

年来政治曲如钩，千秋大业付东流。
忠贞之士陷罗网，优娼反能踞上游。

六

无声葬仪断肠篇，草枯木落八宝山。
相对遗属无可语，只从心底咒苍天。

七

敢抗逆浪不惜身，屠刀毒笔终烁金。
萧索灵堂哭声恸，尽是锋镝余生人。

八

玉碎珠沉已十年，风霜雪雨掩心问。

休将径恨逐逝水，应憎封建帝王权。

九

敝屉形骸久自知，蹉跎岁月两鬓丝。

哀诗写就余泪血，漫歌代哭吊前驱。

1975 年

悼李琪同志

阮章竟

踏平黑狱，

迎来光明，

哭君十年哭光明。

撬碎箍咒，

扶起民主，

思君千古思民主。

1979 年 6 月 3 日

悲歌悼我师

——写于李琪同志追悼会后

萨兆为

青松肃穆兮山悲泣，哀音阵阵兮悼贤公。莽原茫茫兮何难容君？时空浩渺兮我问苍穹？华茂之年，贤达早陨；万事波澜，何其不公。何其不公兮神鬼怒，哭我良师兮心血涌。

忆斯年，初识君，梧桐花开盛夏时。谆谆嘱我学哲理，寸阴是竞坚励志。一朝询君两心通，屡屡长谈兮深夜不止。党风浩荡君身传，剖史输丹兮为我良师。

君告我，志攻读，鏖战声中寻真理。蹇驴载卷兮随军移，漫天烽火兮学典籍。白昼奔波兮斗敌顽，深夜伏读兮静思笔。攀登高峰，求实辩证；理论纯真，善作启迪。领袖宏论兮悬日月，君著《解说》兮通灵犀。默默勤耕云，俯首尽挽力；忠心献赤胆，为国作石基。

呜呼！狂飙骤起兮恶风急，豺狼尽出兮树官旗。鼠变虎兮奸佞横载，龙为鱼兮国失辅弼。湘江之滨，屈原被逐；吴水之上，子胥遭弃。人妖颠倒兮妲己出，暗施冷箭兮忠良佚。

松柏树，本孤直，刚直不阿根固柢。不忍江山兮理不张，冰炭难容兮斥贼痟。宁为玉碎兮浩气存，浩气长存兮为真理。

嗟呼！九天之上君可闻？时艰国难群情激。万人砰擂震天鼓，神州大地民愤起。党除奸帮兮四海清，拨乱反正兮安社稷。风息气清兮不见，沉冤朝雪兮今恭祭。明辨真伪兮美玉存，且复归去兮得安息。江水东流兮去不还，笃志丹心兮我永记。

国威赫赫四化成，待我设酒重祭慰君魂！

1979 年 6 月 8 日深夜梦中哭醒急就

六、挽诗、挽词、挽联

挽诗·挽词·挽联

李琪同志追悼会在京举行

〔北京日报讯〕原中共北京市委常委、市委宣传部长、市委党校校长李琪同志，在林彪、"四人帮"和那个"理论权威"的恶毒诬陷和迫害下，于1966年7月10日含冤逝世，终年五十一岁。

李琪同志的追悼会，于6月8日在北京八宝山革命公墓礼堂举行。华国锋、王震、乌兰夫、吴德、胡耀邦、彭冲、李井泉、康世恩、彭真等同志送了花圈。薄一波、安子文、周扬、林默涵、张子意、林乎加、万里、白如冰、黄志刚、严佑民、胡亦仁、池必卿、赵凡、叶林、陈鹏、王宪、张文松、黄甘英、高沂、林浩、张希钦、周林、郭影秋、贾震、李伯钊、曹禺、赵起扬、欧阳山尊等同志送了花圈或挽联。中共中央宣传部、中央党校、文化部、中共北京市委、北京市革委会、中共山西省委、中共山西省交城县委、交城县革委会、中共山西汾阳县委、汾阳县革委会、中共山西临猗县委、临猗县革委会、临猗县里寺大队党支部等也送了花圈。

广东省委龚子荣、四川省委杜沁源、兰州大学刘冰等发来了唁电。

吴德、林乎加、郑天翔、贾庭三、蒋南翔、程子华、王磊、冯文彬、廖井丹、张香山、李琦、廖盖隆、牛荫冠、陈光、史怀璧、程宏毅、崔月犁、胡克实、张稼夫、高克林、段云、康永和、饶斌、李锡铭、聂真、王纯、刘绍文、赵鹏飞、毛联珏、王笑一、刘导生、佘涤清等参加了追悼会。

参加追悼会的还有李琪同志的生前友好和首都宣传、文艺单位的负责人，张苏、武新宇、连贯、刘仁轩、李创飞、杨献珍、范若愚、吴亮平、马济宾、杨往夫、龚士其、郝沛霖、许立群、罗贵波、王一夫、孙亚明、秦穆伯、张邦英、张凡、郭明秋、张震寰、梁蔼然、何长庆、雷任民、苗前明、戎子和、苏谦益、聂菊荪、韦明、郑新如、王凌、李正亭、张友渔、陈克寒、冯基平、王昆仑、杨述、范瑾、张南生、刘涌、王炯、项子明、贾星五、叶子龙、廖沫沙、王照华、高戈、张大中、王汉斌、赵鼎新、白涛、张梦庚、金紫光、肖甲、胡沙、张君秋、赵燕侠、草明、阮章竞、管桦、胡洁青、甘英、张洁清、丁一岚等。

中共北京市委第三书记贾庭三同志主持追悼会，市委书记王纯同志致悼词。

悼词说，李琪同志是中国共产党的优秀党员，坚强的无产阶级战士，北京市宣传、理论和文艺战线上的优秀领导人。李琪同志是山西临猗人，1937年到延安参加革命工作，1938年加入中国共产党。抗日战争和解放战争时期，李琪同志在晋绥边区工作，历任区长、县委宣传部长、地委宣传部长、区党委宣传科长等职。他在极其艰苦的条件下，组织人民武装，英勇打击敌伪。1941年深入晋中平川敌占区开展工作，在徐沟县被捕。在敌伪监牢里，他坚贞不屈，机智勇敢地向伪看守人员宣传革命道理，冒着生命危险，策动看守一起逃出虎穴，回到解放区，受到党组织的表彰。

悼词说，李琪同志在战争年代里，在对敌斗争、扩大和建设根据地、土地改革等斗争中，都做出了很大贡献；特别在党的宣传工作和干部培训方面，成绩更为突出。1948年至1953年，李琪同志在中央马克思列宁主义学院学习和工作，任研究员和党史教研室副主任，在此期间，他写作和出版了《〈实践论〉解释》《〈矛盾论〉浅说》，对毛泽东同志的两本哲学著作作了深入浅出的解释，受到毛泽东同志的赞许。1954年到1961年，李琪同志任政务院政法委员会研究室和人大常委会法律室副主任、主任等职，为建立、健全我国社会主义的法制做了大量工作，特别是对起草《中华人民共和国刑法（草稿）》做出了积极贡献。

1961年至1966年无产阶级"文化大革命"开始，李琪同志担任北京市委常委、市委宣传部长、市委党校校长，领导北京市的宣传理论和文艺工作，做出了很大的成绩。

悼词还说，当林彪、"四人帮"和那个"理论权威"横行猖獗时，李琪同志在市委领导下，同他们的倒行逆施、篡党夺权的阴谋活动进行了针锋相对的斗争。当林彪打着极"左"旗号，在学习毛泽东思想方面鼓吹一系列谬论时，李琪同志进行了不调和的斗争，反复强调系统地学习马克思列宁主义、毛泽东思想的重要性，引导干部注意掌握马克思列宁主义、毛泽东思想的立场、观点、方法，发扬理论联系实际的革命学风，反对学习中的简单化、庸俗化和形式主义。1964 年，江青窜到北京，在搞京剧改革的名义下，以特殊的身份，凌驾于各级党委之上，称王称霸，破坏党的文艺路线、方针、政策，李琪同志在北京市委彭真等领导同志的支持下，对江青的一系列错误进行了面对面的斗争。当林彪、"四人帮"和那个"理论权威"抛出臭名昭彰的《评新编历史剧〈海瑞罢官〉》，诬陷吴晗同志是反毛泽东思想、反党、反社会主义时，李琪同志撰写了《评吴晗同志的历史观》一文，公开反对他们对吴晗同志的诬陷。当林彪、"四人帮"和那个"理论权威"诬陷《三家村札记》是反对毛泽东思想、反党反社会主义的大毒草时，李琪同志顶住逆流，积极保护邓拓、吴晗、廖沫沙同志。因此，李琪同志遭受林彪、"四人帮"和那个"理论权威"一伙的残酷打击、诬陷和迫害。在北京市委被改组、李琪同志被勒令停职检查的情况下，他仍然坚贞不屈，表现了不屈不挠为真理奋斗终生的精神。

悼词最后说，我们沉痛地悼念李琪同志，要学习他热爱马克思列宁主义、毛泽东思想，热爱党的革命事业，热爱人民的革命精神；学习他光明磊落，襟怀坦白，刚直不阿，爱憎分明的共产党人的崇高品质；学习他工作认真负责，坚持实事求是，理论联系实际，密切联系群众，勇于自我批评，生活艰苦朴素，克己奉公的优良作风；学习他始终保持旺盛的革命斗志，勤奋学习，坚持真理，威武不屈的硬骨头精神。

追悼会结束后，中央和市委领导同志向李琪同志的家属表示了亲切的慰问。彭真同志也到李琪同志的灵堂吊唁，并向李琪同志的夫人李莉同志表示亲切的慰问。

1979 年 6 月 11 日

悼念李琪同志

每上宝山心绞痛，今祭阁下恨更深。

何物小丑构十罪，一月连伤八条命。

共制新图彻夜明，纵论书史乐何穷。

最爱临险难后顾，大义凛然顶江青。

狐鼠跳梁十几春，长安街上乱哄哄。

天门端门空余家，炙手可热敢驳正。

郑天翔

李琪同志千古

捍真理，战妖魅，刚直不移，一生捐大众；

读马列，为人民，鞠躬尽瘁，千古垂丹心。

赵凡　葛纯敬挽

李琪同志千古

先后管文宣，愧我不如，总为人民俱劳瘁；

十年同谤毁，悲君先去，敢挥笔阵扫沉冤。

杨述敬挽

悼念李琪同志

一生无私党性纯，传播马列主义真。

五年共事常承教，仰慕英才战友心。

灵前恸哭东石文，挥泪哀挽忆忠魂。

无限伤心劫后话，满目霞光倍思君。

范瑾敬挽

悼李琪同志

观古今，辨真伪，横眉对敌敌怯胆；

传马列，明爱憎，剖肝待友友知音。

王汉斌　项淳一　吴　垣　王　蓬

顾昂然　夏　瑜　杨景宇　刘文生

悼念李琪同志

服膺马列，宣传马列，鞠躬尽瘁，

不愧理论战线忠贞战士；

热爱人民，服务人民，死而后已，

足励同行吾侪奋进长征。

张大中　白涛敬挽

浣溪沙——吊李琪同志

虎穴高吟正气歌，导师学说领会多，

毕生宣扬无偏颇。

东石巨文讨奸贼，刚正不阿抗凌辱，

而今吊唁泪成河。

周游　罗雯敬挽

李琪同志千古（唁电）

李琪同志被林彪、四人帮迫害致死。但他对党的事业忠心耿耿的革命精神和谦虚谨慎、勤奋学习、艰苦朴素、光明磊落的作风，将永远留在我们的心中。

兰州大学刘冰敬挽

悼念李琪同志

万事不如公论久；

千秋难泯寸心丹。

丁一岚敬挽

悼李琪部长

君不见，

阴霾已过阳光灿，百花怒放慰君前！

胡沙敬挽

悼念李琪同志

光明磊落，赤胆忠心干革命；

谦虚谨慎，全心全意为人民。

金紫光黄励敬挽

悼念李琪同志

任何有意义的事业都不是由个人来完成的。在我们的文学创作和深入工农兵生活中，都得到过李琪同志您的支持、鼓励，生活上也得到过您热诚的关心。您是党的优秀干部，我们所爱戴所尊敬的领导。李琪同志，我们深切地怀念您。

杨沫　李学鳌　浩然　管桦哀悼

李琪同志千古

踏来黑狱，迎来光明，哭君十年哭光明；

撬碎箍咒，扶起民主，思君千古思民主。

李　克　李方立　雷　加　草　明
江　风　钱小惠　古立高　敬挽

悼李琪同志

风雨芸窗，飘摇世事，谁记蓬荜微寒？诗书马上，战火育英贤。多少枪林弹雨，还经历虎穴龙潭。研马列，精求哲理，高处许登攀。婵妍！偏他善舞，蛾眉见嫉，独恨权奸。剩一缕忠魂，谁为呼天？一十三年过也，终洗得，海底沉冤，重回首，良师益友，一瓣香煎！

肖甲　张君秋敬挽

李琪同志千古

替党司喉舌，宣输政策；
为民伸正义，愤拒奸帮。

李盛藻　李万春　龙文玮　敬挽

李琪同志千古

宣传马列，巩固社会主义；
繁荣文艺，贯彻二百方针。

崔子范　辛莽　庄言　田零　敬挽

悼念李琪同志

指导爱护，与群众成交融水乳；
扶持教育，对艺人如和谐一家。

刘景毅敬挽

深切悼念李琪同志

忠贞映日月，激扬正气斥丑类；
沉冤得昭雪，荡尽妖氛慰英灵。

于真　魏喜奎　关士杰
赵戈枫　关学增　张定华　敬挽

李琪同志千古

扶植新史剧，提倡古为今用；
关心现代戏，贯彻双百方针。

佟志贤　敬挽

李琪同志千古

何物妖姬，播弄是非，谗害忠良；

无愧战士，身殉马列，光照春来。

张天泰　陈希同　敬挽

李琪同志千古

云如墨，

霜飞六月众芳折。

众芳折，

万马齐喑，

杜鹃啼血。

漫道西风长凛冽，

寒极春生冰消彻。

冰消彻，

众芳再华，

忠魂不灭。

吕祖荫　程曼珍敬挽

李琪同志千古

痛悲战友长逝，誓步冷对奸佞。

四化激奋后人，美境慰君九泉。

苗前明　李友莲敬挽

痛悼李琪同志

钻马列，捍真理，宁可玉碎；

爱人民，忠主义，不为瓦全。

郝秉兴　秦穆伯敬挽

李琪同志千古

宣政策以育人，春风化雨；

导文艺于正轨，守正持平。

胡洁青敬挽

悼念李琪同志

待群众似亲人，谦谦友爱；

视奸邪如仇雠，铮铮不屈。

张梦庚敬挽

李琪同志千古

久掌宣传持平守正；

关心文艺善指方标。

北京京剧院敬挽

李琪同志千古

清错案正是非，沉冤千载得昭雪；

化悲痛为力量，实现四化慰忠魂。

北京出版社敬挽

李琪同志千古

实事求是，爱憎分明，横眉丧敌胆；

光明磊落，襟怀坦白，至死颜不改。

原中共北京市委宣传部工作人员敬挽

李琪同志千古

为真理呐喊，忠贞遭厄，怒斥妖婆宁玉碎；

幸玉宇澄清，四害刈尽，敬献心花慰忠魂。

原《前线》编辑部

徐关录　康式昭　刘福同　刘永平　刘景华

李筠　李琳　毕永彬　周福伦　敬挽

悼念李琪同志

光明磊落，刚直不阿，

凭妖婆软硬兼施又打又拉难摇撼。

实事求是，坚持真理，

任群小颠倒黑白混淆是非不低头。

原《支部生活》编辑部工作人员敬挽

李琪同志千古

抗妖风，战恶浪，坚贞不屈树楷模；

审真理，张正义，虽死犹生气凛然。

李开鼎　赵斌敬挽

悼李琪同志

苦战仍劬学，长年赴国仇。

冤深亲所痛，义在命何求。

绩业传青史，文章止黑头。

白云汾水上，世代仰风流。

陈曼若敬挽

痛悼李琪同志

燕云霭霭吊忠魂，汾水呜咽悲吞声。

两论注释捍马列，终身奋斗为人民。

龙潭虎穴缚敌顽，怒斥妖帮振乾坤。

昭雪平反四化日，安定团结可慰灵。

何长庆敬挽

李琪同志千古

顶逆风，战恶浪，刚正不阿，不愧坚强战士。

信马列，求真理，表里如一，堪为我辈良师。

马句　许九星　柳晓明　宋柏　敬挽

悼念李琪同志

一生为宣传马列，沥血呕心，

那知四害横行，沉冤遭惨害。

今日得落实政策，昭雪平反，

喜见万众祭奠，满腔热泪慰忠魂。

王致君　谭谊　王仆　唐棣华　李致远

董巨安　宋新生　郭志全　敬挽

悼念李琪同志

刚正廉直人称颂，

浩气长存天地间。

戴共锷　陈昌本　张春祥　张亢臣　敬挽

李琪同志千古

勤奋学习，足堪后人表率；

实事求是，蔚为革命新风。

佟建和　游兆丙　宋海波　王世俊敬挽

李琪同志千古

坚持真理，刚直不阿，横眉冷对千夫指；

捍卫马列，赤胆忠心，俯守甘为孺子牛。

姜金海　徐群　黄玉乾　卞铮
章千　陈爱生　敬挽

悼念李琪同志

宁折不弯斗群魔，宵小空怀恶意；
赤胆忠心为人民，吾侪长忆人间。

路奇　王慧敏　王衍盈　赵存义　王延庆
万泰和　薛凌云　邓可因　敬挽

李琪同志千古

耿耿丹心，终生向党，不期蒙垢，举国唾斥四害；
铮铮铁骨，宁死不屈，何惧构陷，永世播芳人间。

赵友福　赵文海　余梓林　李世凯敬挽

李琪同志千古

痛往昔，乱云滚滚，风急雨狂，刚直不阿惨遭害；
喜今朝，春风浩浩，万里清明，旷古沉冤终得雪。

夏觉　高振东　钟春发　虞士清
李养池　陈瑞美　敬挽

悼念李琪同志

战蒋汪，战日寇，战四人帮，抒太行无边浩气；
卫马列，卫党风，卫三家村，献燕山一片丹心。

吕祖荫　高树林　刘克恒　孙培芹
赵燕婉　张钦祖　关迪谦　罗铨宝
程曼珍　赵树枫　敬挽

悼念李琪同志

两编解说卫马列，

一片丹心耀燕山。

何其祥　王品　张慧雯

王金鲁　郑怀义　敬挽

悼李琪同志

忆昨日，战马驰骋，杀敌保国，有功解放。

惋今朝，捍卫真理，宣传马列，横遭摧残。

孟昭英　贺苇　敬挽

悼念李琪同志

坚持马列，无私无畏，狱中策反，荷枪越狱建奇功；

实事求是，明达哲理，两论解说树新人。

博学文史，善取精华，谦虚谨慎，刚直不阿得人心；

实学真才，坚贞不屈，横眉冷对四人帮。

朱立敬挽

李琪君千古

学马列，疏二著，遗传后世；

忆英姿，范亲友，倍思无穷。

李修伍敬挽

悼李琪同志

哀乐声声洒泪听，

思心切切悼英灵。

豪迈忠魂升天去，

冤已平，目可瞑，

誉满神州颂君功。

为了真理战终生，

铁骨丹心照汗青。

韵凤敬挽

悼念李琪同志

试问如君人有几，

悲伤此公我独深。

郝可铭敬挽

深切悼念李琪姐夫

无私献身革命，一腔热血，忠心耿耿，不愧坚强战士；

一生宣传马列，两篇解说，教诲谆谆，堪为亲朋良师。

李友荷　李友菱　李友芬　敬挽

李琪姐夫千古

重实践，秉真理，待人如亲严于己，

勤奋朴素，似水怀珠而川媚。

荡妖氛，仇奸邪，舍己为公死而后，

刚直不阿，如石韫玉以山辉。

李健民　李全民　李俊民　敬挽

悼念我们的姨夫

持忠诚心为党为社稷，孳孳为善；

抱赤热怀予民予事业，耿耿至勤。

李晓里　刘昌丁　敬挽

追念姨夫

重劳一生未遗桑，血汗浇干己卧荒。

怨地不思埋鬼孽，恨天总愿葬忠良。

叹息博艺无全使，遗憾华文断尾章。

董吏今朝何著史？英灵应置九霄堂。

苗小雄　苗小苗　苗小丰　苗秋丰　敬献

悼念我们的伯父

不记昔日伯父容，却知伯父崇高影。

伯父一生为革命，赤胆忠心是非明。

儿辈灵前祭伯父，革命红旗我们撑。

侄　　沈洁　梦溪　梦湜　梦洵　瑞雪　沈沉敬献

后 记

忆李琪最后的日子和我的遭遇

李莉

（一）

六十年代，北京市委积极响应毛主席对戏剧改革的指示，首先从现代戏剧入手。在各剧团的领导、剧作家、演员的共同努力下，呕心沥血，把传统艺术与现代剧融为一体，取得很大成绩，演出了《芦荡火种》《箭杆河边》《红灯记》等优秀的名剧。

李莉。

1963年春，江青突然提出来北京搞京剧改革。彭真同志和市委决定由李琪同江青联系。李琪认为自己管理文艺工作才两年又不懂京剧，后经彭真同志解释才勉强接受这一任务。他对我说："江青不好共事，又是主席夫人，万一出了问题，非同小可。对我个人事小，对市委事大。"因此，他在同江青打交道的过程中，一直谨慎行事。有时他给我讲一些情况，看到我很担心就对我说："有市委集体领导，又有彭真同志，不会出什么大错，你不必担心。"不料，事情的结果比我们预想的严重得多。

　　江青刚到北京时，李琪对她是很尊重的，谨言慎行。最初，江青对北京市委安排由宣传部长同她联系感到不满意，认为对她接待规格太低，要求由一位书记同她联系。彭真同志向她介绍了李琪的能力和人品后，她才勉强同意。经过一段接触后，她觉得李琪是一个思想敏锐，举止文雅，有才能的人，于是将李琪介绍给毛主席。在中南海，李琪将自己写的《〈实践论〉解释》和《〈矛盾论〉浅说》送给主席指正。后来，毛主席见到李琪说他写得好，要他多写些哲学方面的文章。在请毛主席观看京剧《芦荡火种》时，彭真同志要李琪坐在主席身旁，便于汇报，李琪推辞，彭真同志风趣地说："今天陪主席，是你演主角。"他只好遵命。主席看完戏，指示将剧名改为《沙家浜》，说这样更符合实际，然后上台接见演员，大家都很高兴。

　　我记得李琪为《地下联络员》的演出因江青的多变不许上演而为难。起初决定演出时，江青在场并表示同意，但当剧场售出好几场了，江青又不许演，把大家害得又忙着退票。江青还要把智斗一场去掉，李琪坚持智斗一场是重头戏不能减掉。在请毛主席看戏后，江青才不再说了。毛主席看后指示将这"芦荡火种"改名为"沙家浜"。这戏是反映新四军对敌斗争，陈毅副总理看了好几次。周总理也去看过。李琪教报社补报。彭真同志更是重视京剧改革，和名演员马连良、张君秋及青年演员马长礼等座谈，还找到作家谈话指示。戏剧改革在作家、演员等努力下取得很大成绩，但江青霸为己有，她倒成了京剧改革的旗手。不可一世！

　　李琪再三劝我，要我和江青见见面，我答应了可没这样做，李琪说我也和他作对，不关心他的工作，我说沾你大光，下次一定照办。他说那好！但以后再未提此事。"文革"后我曾和佘涤清、汪曾祺说到这事，他们都说我不理解李琪的困境，也许我在场，江青就不便指责他。我太固执，迟钝，我没有为李琪分忧解难，很后悔。

　　李琪没有想到的是，江青到北京后，作风越来越霸道，她想怎么干就怎么干。本来说好给她一个实验团，可她要求把其他实验团都合并过去，对演员也是挑三拣四，要把所有的好演员都调到实验团。尽管尽量满足她的要求，她仍然不满意，而且意见越来越多。李琪心里明白，江青这样做不仅是对着他来的，而是冲着市委和彭真同志来的。他对江青的蛮横态度只能忍耐和作些解释。一天，李琪心情沉重地对我说："主席的夫人哪像个女同志的样子，简直就像是泼妇，凭借主席耀武扬威。我真倒霉，碰上这么一个太后。"听了他的话，我心里一惊，不知说什么好，我们相对沉默了很久，忽然间，李琪笑了起来，我说："这么大的事你还笑！"他说："恐怕以后我们连笑的机会都没有了。""会不会出什么事？"他看到我很紧张，就又赶忙说："不会的，我只是说说而已。"看到他忧心忡忡的样子，我知道他哪儿有心情笑啊，只是以此宣泄一下。他曾对我说过，主席的夫人江青还不如封建社会的开明皇后。当李世民生气说魏征非杀不可时，皇后换上朝服向皇帝跪拜，李世民说你这是干什么？皇后说祝贺有你开明君主，才有敢直谏的大臣，皇帝笑了，扶起皇后。

　　1965年，李琪到房山县黄辛庄搞"四清"，他以为这样可以避开江青，感到很高兴。但江青还是把他叫到上海，他去了以后又不见他。每天张春桥都去看他，劝他在上海多看看，再等等。半个月后江青才召见他，一见到他就指责说："不准老子试验，老子到别处试验。"李琪于1966年春节前两天（1月19日）回来后，向刘仁、万里、天翔三位书记作了汇报。市委研究后同意了江青的意见，决定让李琪以个人名义给江青写一封信，向她告之市委的决定。"文革"后我看到了这封信：

　　江青同志：

　　　　我从上海回来后，即把您的意见向市委作了汇报。市委讨论以后，我当即把讨论的意见在电话中扼要地告知李鸿生同志，想已知道。

　　　　1.关于把北京京剧团全团作为您的实验团的问题，市委又作了最后的确定。薛恩厚同志已向全团宣布，目前全团情况很好。

　　　　2.关于取消北昆充实京剧团的问题，市委已作了决定。北昆现有一百人（演员四十余人），北京京剧团准备挑选七十人左右，包括你说的人，由文化局安排。当然还会有些同志有不同的意见。如果原来的昆剧演员要实验一点革命戏也可容许他们试验。

　　　　3.关于马连良、张君秋、裘盛戎的问题。根据您的意见，裘仍然留在北京剧团（春节中他演出《雪花飘》小剧颇受观众的欢迎）。关于马连良、张君秋的问题，市委研究了您的意见。他们又有演现代戏的要求，也还有些观众看，因而决定他们到京剧二团，除了在戏校教戏外，也还可以演一些他们能演的革命现代戏，或可允许演的老戏。我昨日已找他们谈了，准备过几天他们就到二团去，可以演允许演的老戏。社会主义建设的革命现代戏，大型的革命现代戏，他们也可以学过来演。

以上就是市委讨论的意见，特此函告。

李琪
二月二日

这封信写好后送市委主要领导同志审阅。他在上面这样写着："刘仁、天翔、万里、邓拓同志，送上我给江青同志写的一封信，彭真同志说请你们看后再给他看。"

这封信经过书记们的传阅，作了一些改动，如把"市委照办"改为"市委同意"。李琪对此是有顾虑的，担心江青认为这是市委在压她，激起她的不满，因此他向彭真同志建议不发为好，但彭真同志坚持要发，并要他不要胆小怕事。本来他从上海回来后心情就不好，给江青写信后心情就更沉重了。

李琪从大局出发，为了把工作做好，他对江青的恶劣作风一忍再忍，本想惹不起就躲，但躲也躲不开。他给彭真同志写过一封信，谈了他对江青的看法，大意是在与江青的两年多的接触中，感到江青以权贵自居，横行霸道，无事生非，比吕后、西太后还坏，把别人当成奴隶，使他无法工作，无法忍耐。他有责任反映这一切。他把信送走后回家告诉了我，我说："你是不是说得太重了？"李琪说："我说得还不够。江青人品太差。不能想象主席怎么能和这样的人一起生活。"我听了他的这番话，心里很害怕，我说："你的胆子也太大了！万一这封信失落，江青能饶得了你吗？！"他听后，很有触动，在屋里走来走去，随即给彭真同志打电话。张洁清同志说：彭真不在家，并说已看到了信，认为李琪对江青的认识是对的。江青不单单是对着他，也是针对彭真和市委。中央的同志对她都了解，但对她毫无办法。劝李琪还要忍耐。信由秘书保管，也可能已烧毁了，万无一失。这时我们才稍稍放心了。李琪对我说，他应该写这封信，这是一个党员的责任。当然他也认为当面说更为妥当，并让我不必为他担心。

"文革"开始后，有人揭发此信是李琪反对江青的证据。1978年彭真同志从陕西回来后接见我时，曾对我谈到，李琪给他的这封信不知下落，要我请专案组找找。彭真同志认为李琪的这封信有力地揭露了江青的真实面貌，也是对江青的一份很好的控诉书。可是这封信始终未能找到。

1966年2月，江青又将李琪叫到上海。这次与上次不同，江青马上见了他，还和他一起看了几场电影，并向他谈了她在军队召开文艺座谈会的情况，而对他写的那封信只字未提。江青态度大变，使他感到意外，摸不透江青的用意何在。他还以为江青改变了态度，以后的工作会好做一些了，心情也轻松起来。

令人意外的是，4月10日《人民日报》发表了《林彪同志委托江青同志召开的部队文艺工作座谈会纪要》，在这篇来头不善的文章中，江青大放厥词，说什么建国以来"文艺界被一条与毛主席思想相对立的反党反社会主义的黑线专了政"，"要坚决进行一场文化战线上的社会主义大革命，彻底搞掉这条黑线"。这篇文章措词的严厉令人震惊，充满了不祥之兆。李琪对我说：他不该与江青打交道。他做事过于认真，不灵活，得罪了江青，给自己也给市委带来大祸。

江青对李琪的手段是软硬兼施，又拉又打，李琪告诉我说，江青找他多次，但他在同江青的交往中，对江青的作风越来越反感。李琪为人正派耿直，对任何人都不会阿谀奉承，因此他对江青是敬而远之。"文革"中，我看到过印发的江青讲话的小报，江青讲她本来希望挽救李琪，但他是彭真的死党，是死不悔改的走资派。这都证明了李琪的人格和品德，他是不会向恶势力低头的。

（二）

1966年3月7日晚上，周总理找李琪和林默涵同志研究准备在六七月份在京举行京剧改革会演事宜，之后又单独把他留下，询问北京对预防地震的准备情况。谈完后已快12点了，总理一直把他送上车，他们边走边谈，并还记得李琪是晋南人。李琪回到家后很高兴地对我说："总理过问戏剧改革工作就好办了。江青如果有总理千分之一的能力和人品，事情就好办了。""四清"也快结束了，他要执行好总理的指示。他还说总理过去和他谈到反对干部特殊化的重要性，总理平易近人、关心干部，当时我也很高兴。第二天一早，他就回农村去了。

4月2日夜里12时，李琪突然回来了，脸色非常不好。我问他："你怎么这么晚还回来了？"他没有回答我的话，坐在桌前沉默不语，我给他倒了一杯开水，他喝完水后才对我说："告诉你一件事，你可不要紧张。"我以为又是江青找他的麻烦，没想到他说："今天晚上市委通知房山县委立刻派车送我回来，我进会议室一看，彭真同志也在，彭真是很少参加常委会的。我一坐下，刘仁就宣布开会。彭真同志说：毛主席派康生回京，要周总理找我谈话，毛主席批评我对抓文化工作落后了。总理劝我尽快表态，好向毛主席交代。彭真又指着邓拓说，你们写文章也不注意，又是和吴晗、廖沫沙合写三家村札记。邓拓马上检讨说他对不起市委和彭真同志。"李琪还告诉我说在场的人听了彭真同志的话都面面相觑，非常紧张。刘仁同志宣布马上组织批判"三家村"的文章，郑天翔宣布由刘仁、万里和他本人组成三人领导小组，李琪、范瑾、张文松、宋硕组成四人办公室，第二天就开始组织写文章，同时把吴晗从"四清"点调回来，要他作检讨，以便及早向党中央和毛主席有个表示。这次不仅要批判副市长吴晗，还要批判市委书记邓拓。听到这些，我真是目瞪口呆，完全不能理解发生的事情。

李琪等人忙了半个月，反复修改，终于4月16日在《北京日报》以"编者按"的形式发表了批判"三家村"的文章。他们当时都松了口气，以为这样可以过关了。万万没有想到的是，这篇编者按后来被批判为"丢卒保将"的反党文章。

吴晗同志从"四清"点回来后，对让他再检讨的事想不通，他说，《海瑞罢官》是胡乔木同志要他写的，乔木说毛主席说他是明史专家，希望他写这个题材，政治术语都是胡乔木加上的。现在却叫他检查。吴晗对此不服气。大家只好劝他以大局为重，再作个检查，好对中央有个交代。

4月19日，国务院副总理李富春打电话给中宣部副部长许立群同志，让他转告李琪停发对邓拓的批判文章，对吴晗则继续批判，何时批判邓拓要等中央通知。李琪立即向市委领导汇报了李富春同志的指示。记得李琪对我说，不知是因为批判得不够还是批判得过头了？不久后，中央停止了彭真的工作，"五一"

时彭真也没有见报，这一切都预示着北京市委的厄运。

4月份，毛泽东同志主持了中央政治局常委会，会议形成了"5·16文件"，决定撤销由彭真同志任组长的"文化大革命"五人领导小组。5月初，万里召集了北京市局级及大专院校负责人会议，会上，万里向大家逐字宣读了5·16文件。后来，王纯副市长又在体育馆召开的干部大会传达中央计委会的精神。市委还召开了市委委员扩大会议，对北京市委的工作作了检讨。所有这一切都是为了表明市委在认真执行中央和毛主席批示。但是，这一切努力都无济于事，对北京市委的批判由"独立王国"升格为"修正主义集团"。而"修正主义"就是"反党"的同义语，属于敌我矛盾。北京市的干部在这个突如其来的打击下发懵了，大家在几天之内由革命干部变成"修正主义分子"。

批判三家村发表后，我问李琪看邓拓没有，李琪说郑天翔和项子明同志先去看过，邓拓一言未发，要他不用去看。李琪说他给清华大学、北京大学打电话不要歧视被批判人子女，他又找邓拓夫人丁一岚谈过，丁说邓拓原来说他要好好想想过去的错误，但当看了北京日报编者按语后再也不说什么了。李琪安慰丁一岚，不要哭了，要他们保身体，说明市委也无奈。李琪还要邓拓秘书刘玉梅关照邓拓一家。我说你做的对，李琪说他想到的都安排了，人在难中才需要同志的关心帮助呢。

在5月20日李琪说他看邓拓临终前留给丁一岚的信时掉泪了，他想着邓拓才华出众，革命一生，落此结局，又说邓用死结束自己，这也是个好办法！我说你可不能有这种想法，他立即说："我要有此念头就不会说这话，放心吧，我还要跟着毛主席革命。"我又说他死了，这不成了真正的叛徒了吗？李琪说那屈原跳河而亡能说他不好吗？那能相比吗？他说让历史评论吧！我说怎么好好的一个人，能下死的决心呢？他说人总是自尊自爱，扣大帽子挨批好受吗？我们又陷入悲伤之中，无言相对！

（三）

5月7日《人民日报》刊登了关锋的署名为何明的文章。就在同一天，华北局工作组进驻接管了原北京市委的工作，5月8日，《解放军报》发表了江青化名为高炬的文章。6 月 1 日，《人民日报》发表了聂元梓在北京大学贴出的大字报，毛泽东将之称为全国第一张马列主义大字报，从此，"文革"运动正式拉开了序幕。6 月 3 日，原北京市委被改组，新市委成立，李雪峰任市委第一书记，吴德任第二书记。

在此之前的 5 月 23 日，在北京饭店召开了北京工作会议，市委机关和市政府各单位的一二把手参加。我和李琪都参加了会议。为了节约开支，规定家在城里的同志晚上都回家住。由于李琪在《人民日报》被中央"文革"领导小组戚本禹点名，我们的家受到群众的围攻，于是临时安排我们住在北京饭店，李琪住在三层，我住在一层。

在北京工作会议上李琪是受批判的重点，我在我们小组也成为被批判的重点之一，另外两位是清华大学党委副书记刘冰和团市委书记张进霖。尽管我在小组受到批判，但我自认为没有什么问题，因此我最担心的还是李琪，每次会议休息时我都去他的住处看他。那时北京市委处于非常困难的情况，会议的气氛非常紧张，人人自危，对眼前发生的一切难以理解，而对未来的形势更是一无所知，因此心情是非常忧虑的。在会议期间，我和李琪谈了许多事情，从过去谈到现在，又谈到将来……

李琪说："这次运动是对准彭真和市委来的，去年 11 月 11 日《北京日报》已经转发了姚文元批判吴晗的《海瑞罢官》的文章，市委还让范瑾给上海打电话，质问他们这样做是什么意思？为什么上海批判北京的副市长不向北京打招呼？结果对方置之不理。市委要我和邓拓写文章批判吴晗，周扬同志也写了文章。这三篇文章发表后，反映很好，大家都以为批判就结束了，没有想到竟被说成是假批判。"

5 月 17 日，戚本禹在《人民日报》发表文章，诬陷邓拓是叛徒，置邓拓于死地，并点名批判李琪为吴晗抛出第二个救生圈。他看了报纸说："如果能救了吴晗，倒是做了一件好事，我的文章对人家上纲上线已经够亏心的，还批判我是包庇，难道要把吴晗吃了不成？！吴晗是历史学家，历史会证明这位历史学家的对还是错。对邓拓、三家村的批判，北京发表了 4·16 编者按，调子定得够高了，还是过不了关，难道把他们都一棍子打死才算是真批判吗？！"

　　我问他怎么理解市委的"修正主义"的问题，他说："你不要问我，我也说不清，看报好了。不过要用自己的脑子想。把市委的领导干部都批成黑帮是不妥当的。"我是最怕听"黑帮"二字，我说帽子戴得多了，由他们去吧。李琪说批干部是"黑帮"是错误的。我问他："为什么总是批判你和范谨、张文松，不批判彭真呢？"他说："批判我们就是对着彭真的，彭真在国际上也有影响，不能公开点他的名。把我们批倒了也就是把彭真批倒了。"他又接着说："这也需要历史评定。"

　　当时，《光明日报》和《北京日报》都发表文章批判他写的《〈矛盾论〉浅说》是反党反毛主席，他生气地说："胡说！真是颠倒黑白，运动结束后我要写文章和他们辩论。吴传启带头写文章批判我，给我扣大帽子，他们倒成了革命派了！"

　　他看到《北京日报》批判他的文章，说他在"四清"中只抓生产，不抓阶级斗争。他说："这个村的群众都对大队干部郭月等人没有太大的意见。难道把所有的干部都撤职了就是才抓阶级斗争吗？前几个月还写报道说是好典型，现在又全部推翻。这是向我泼脏水，落井下石。"

　　我问他这些问题什么时候能够搞清楚，他说："历史上有过不少冤案，岳飞的冤案是到他孙子岳珂时才翻了过来。"

　　当时，我在小组会上也成为被围攻对象，我告诉他我准备检讨一下我抓生产多、抓政治学习不够的问题。他劝我说一定要表态同他划清界限，要批判他。还让我不要太紧张，要想得开。我告诉他我们组里有的人态度转变得很大，以前总是说市领导重用他，现在又说是排挤他，王纯、贾庭三等都当了副市长，他还只是个副局长，他要揭发市委。李琪说每个人的表现不同。

　　我在组里受到批判的主要原因是同李琪的关系，认为我不揭发市委和李琪的反党行为。我分辩说，他们没有反党，我没有什么可揭发的。有人就大声训斥我态度不好。我感到很委屈，哭了。同李琪说起这些情况时，我又哭了。他说："不要哭，哭是软弱的表现。这才是刚开始，要学会忍受。"李琪还说："我们对党和毛主席一片忠心，心中无愧，受点委屈不要太难过。那些开国元勋，如彭德怀等人，在庐山会议提意见。开始大家都很佩服彭老总，认为只有他敢说真话，但后来反被定为彭、张、黄、周反党集团，他们不委屈吗？说彭真市委修正主义集团，让人很难理解，前些时候还说北京的工作怎样好，现在一下子又成修正主义？林副主席讲不理解的也要理解，可是我们理解不了。"

有一次我们谈话时，我说是彭真把北京市委害了，李琪立即说："不能这样说，彭真是谁害的呢？各人有各人的责任。倒是我不会办事，得罪了夫人，害了市委。"我说："你就不应该接受彭真让你同江青搞戏剧改革的事。"他说："那不是个人的事情，是任务，党员哪能不听上级指示呢。"他还说："彭真有两个对头，一是江青，一是林副主席。"

他还说："我曾对你说过，江青如此胡来，我总有坐牢杀头的一天，要你思想上有个准备。其实当时也就是说说，杀头是不会的，这是毛主席的政策。可是林副主席讲要罢免一大批，关一大批。如果我坐牢了，咱们就离婚。"我说："你不要胡说，你真的坐牢了，我到监狱去看你。""如果我被送到边疆呢？""我跟你一块去！"他说："那孩子们怎么办呢？只有让两个大孩子照顾三个小的了。"说到这里我们都很伤心，他看到我掉泪马上安慰我："不说这些了，至多不让我们再工作，当教员我们还是够格的。"

我又跟他说到儿子海渊和吉玛的婚事，他说："为吉玛的前途着想，他们应该断绝关系。不过这要看吉玛的态度了，你不要想得太多。你看过《卖水》那出戏吗？男方的父亲被罢官，家被抄了，儿子和老母讨饭为生，女方知道，后花园相见，送钱相聚。"我说："但愿吉玛也能这样。"他说："你只为儿子着想，没有原则，不能只为自己的孩子着想。"他希望子女都能长大成人，并希望他们都做老实人。

他一再对我说，如果以后生活困难，就是把书和字画卖了也要供三个小女儿读书，他说："不要看现在批判知识界，没有知识是不行的。眼光要远一点，有知识才能对社会做出贡献。不过不要学政治，要搞技术。"他很后悔让大女儿海文学了政治，希望她毕业以后当个中文老师。"教语文就没有政治吗？"我问他。"那就让她去搞生产工作吧。"他又说："不说了，我的看法不一定对，这一切我们都管不了了，由他们去吧！"

有一天他拿着《参考消息》给我看，你看法国报上又登着"现在北京批判重点是市委宣传部长李琪"，我出名了。不过是被批判出名！

他还对我说："现在批判我与杨献珍划不清界限，每年都去看望他，还让他给市委干部作报告。批判杨的合二为一不见得对。就是他犯了错误，我又怎么不能去看呢，何况他还是我的老师。"

那时他经常劝我不要太紧张。他说："万里、赵凡、王纯、王宪同志他们都了解你，他们都还在工作，会为你说话的。你又是搞林业的，没有什么问题。另外池必卿、李立功同志也会关照你的。批判结束后会给你工作做。如果不给你工作，你愿意的话，咱们就到边疆劳动去，你是好妻子，我害了你，连累了你，我很痛心，很难过。"我说："不要说这些了，你想得太悲观了。"他说："不，我们要有思想准备！要吸取教训，过去我们看问题太简单、太单纯、太幼稚了！"

那时我最盼望的就是运动能早日结束，我问李琪的看法，他估计最早也要到年底，但春节时应该结束了，还说原则上运动的重点是文化艺术界。但现在教育界也开始搞运动了，南京大学也开始了。（6月16日《人民日报》报道了斗争南京大学校长匡亚明的消息。）我们那时哪里能想到这场运动竟持续了十年之久呢？

李琪那时还为他牵扯到其他人感到自责，他说："宣传部开始批斗处长，京剧团也在批斗胡斌、胡沙，是我连累了他们，内心感到过意不去。"

我告诉他在农口的大会上，赵凡还没有检讨完，就有人大声指责他，葛纯掉泪了，我也很难过。他说："幸好咱们不在一个系统，要不然你看到对我批判，就更伤心了。"

总之，我们那时交谈了很多，我们还回忆起过去的经历，想到在战争年代中他被敌人抓住，我在残酷的大扫荡中生孩子的危险境况。可是，那时我们从来没有感到害怕，而是勇敢快乐地生活和战斗，对前途充满希望。但是今天的运动使我们极为痛苦和忧虑。李琪还说你不要忘记当时帮助你脱离险境的刘光、华国锋、吴玉、尹尚芝等同志以及当地的群众。

他说："战争年代我们经常两地分居，就是进城后，在1954年才安了家。

我原来打算退休了看书写书，咱们过一个平静的晚年，没有想到今天会犯错误，是我害得你有家不能回。"我马上劝他说："这是暂时的。"他还说："会上批判我态度不好，说我满不在乎，我在检讨上写了，我就是满不在乎。"我说："为了我们这个家，你也不要满不在乎，要好好检讨。"他看我满面愁容，就安慰我说："好吧，你看，我把这几个字勾掉了。"

每次我们见面都无话不谈，从国家谈到家庭，从过去谈到现在，从个人谈到同志们。他说："现在有时间谈谈心好。"我说："运动结束我们就回家。"他说："但愿如此。"没有想到，他再也没能回家。我们的家也被抄多次，被赶到一个大杂院，全家六口人挤在 20 平米的小房子中。

（四）

1966 年，我有三个万万想不到。

第一个想不到是北京市委被定为"针插不进、水泼不进"的"独立王国"。市委的主要干部都被打成反党分子。1966 年 5 月 23 日起召开的北京饭店会议，名义上是工作会议，实际上是批判打倒北京市委的大会。

第二个想不到是李琪在报纸上被批判，5 月 17 日戚本禹在《人民日报》点了李琪的名以后，全国的报纸和电台都开始批判他，因此他在会议上成为批判重点，压力非常大。

第三个想不到是李琪想不通，满腔悲愤，于 7 月 10 日晚结束了自己的生命。

6 月 28 日吴德同志宣布暂时休会，但是李琪等人被留下继续接受批判。30 日，我要回机关了。临行前，我们紧紧握手告别，他再一次嘱咐我说："回到机关后，千万不要和群众辩解。你不要为我担心，一定要表态与我划清界限，安心接受批判。"我当时感到心如刀绞，含着泪与他告别，但我万万没有想到这次竟成为我们的永别。

我回到机关后，面对的是满墙的大字报和群众的声讨，每天要接受群众的批判，但我最担心的还是李琪的情况，真是度日如年。7 月 2 日我想给他打电话，但办公室的一位女同志不许我使用电话，我又转到值班室，刚好没有人，李琪接电话后，听出我的情绪很痛苦，立即说："千万不要有委屈情绪，不要说我们有错误，就是我们没有错误也要接受群众的批判，接受组织的审查。你要的药给你准备好了，我们一定要挺住，其他的见面再谈。"

我没想到这是与李琪的最后一次通话。当天饭后，工作组突然召集群众大会，批判我不老老实实地写检查，却给李琪打电话，还要求请假回家。在大会上宣布了对我的四条规定：不许打电话，不许写信，不许看大字报，不许找工作组。

于是，我与外界隔绝了，李琪打来的电话我不能接，他让家里的阿姨惠林到机关来看我又不许见，他很担心，给华北局书记池必卿同志写了信，请求允许我们联系，但是我们机关的工作组不听池必卿和范克让的通知，仍不许我们通电话。李琪每天都给惠林打电话询问我的情况，但惠林也不知道我的情况，这增加了他的不安。6日晚他回家看了当时在家里的两个小女儿。10日晚他给我留下一封简短的信，终于下决心离开了人世。他在信中写道：他对不起党，也对不起我，十分痛心。要我为了这个家，为了孩子们，为了革命一定要坚持活下去。并要我教育孩子读毛主席的书，做毛主席的好学生。最后他写道不要再让孩子们看古书，这是他一生最痛苦的教训。

我看到他留下的短信，心如刀绞，肝肠欲断，痛不欲生。李琪，在离开你后，我每天就盼望着与你再面的一天，我有多少话要对对你说啊，现在我还能对谁说呢？

你要我相信党，你为什么就不相信党会给你作出正确的结论，不等结论就走了呢！

你要我坚强地活下去，你却一走了之。你说我今后要受苦了，孩子们和家庭的责任都落在我一个人的肩上，你为什么不能为孩子、为我们的家、为我着想呢？

你说你死了好，活着也给我们增加麻烦。可是我和孩子们都没有说过一句责备你的话呀，我们都理解你的难处！你说不要叫孩子们看古书，这是一条痛苦的教训，你为什么不亲自给孩子们讲讲你的教训呢？

你要我把家里的书和字画卖掉以补助生活的不足，但是你也知道开始抄家了，这些东西就是不被抄走，当时的情况下能卖吗？就是卖了，能用它们养活孩子们吗？

你多次对我说，你最不放心的是三个小女儿，可是你却离她们而去，她们再也享受不到你的关心和教育了。以往你听到她们夜里咳嗽，总是亲自去给她们关窗、盖被子；孩子们有问题，你去给解释；有错误，你去提醒和教诲！现在你把他们留给我一个人，我能承担起来吗？

最后一张全家福，摄于1965年夏。你在信封上写道，这封信要在我的问题告一段后再交给我。你怕我痛苦，但是，你却把永久的痛苦留给了我。你知道我失去了自由，你却不能等我，再和我见一面！你竟然在我离开后10天就走了。你早就有了这个念头，却没有告诉我！

你含冤而死，你为了自己不再痛苦，一死了之，你太自私、太软弱了，太狠心了。我应该恨你、骂你。你走了，却把一切痛苦都留给我。你在信上要我恨你，批判你、指责你、忘掉你。可是我怎么能恨你、批判你呢？又怎么能忘记你呢？我恨不起来你，而是思念你。你只有51岁，正是年富力强、为党工作的时候，就是不能工作了，也还可以劳动。我不能怪你，你的处境太难了，报纸上批判你，会上斗你，有人当面骂你，有家不能回，亲人不能相见。你一生正直，勤恳工作，却被扣上反党的帽子，每天写检讨、挨批判，你痛苦地和我们永别了，默默地走了。我不恨你，我知道你的苦处。我不能批判你，我认识不到你有什么错误，我不能指责你，你是好同志、好丈夫、好父亲。你走了，你留给我和孩子们的却是深深的悲痛，无尽的哀思。

你留了封短信就和我永别了，你给我留下永远的悲痛！我和子女万分悲哀，这种刻骨铭心的悲痛永远不会淡忘。

后来，我听说池必卿、万里、马力、张铁夫同志批评我们机关的工作组说：你们限制了我们一个局长的自由，都不向我们汇报，我们派工作组的目的就是执行政策，你们还借口说这是群众的要求。当时，万里同志还嘱托徐督同志多照顾我一下，但是，不久后他们也被专政了。

池必卿同志12日晚找我谈话，他说："李琪的情绪一直正常。本来计划要在10号晚上找他谈话，因为吴子牧情绪反常，就先找吴谈话了，没想到他却突然死了，我们后悔也来不及了。如果那天能同他谈一谈，或者你回来了，都可能不会发生这个情况。人有时一时想不开，一失足成千古恨，后悔也无济于事！"

我说："他一直表示他坚决革命到底。他说两个大孩子已经成人了，就是对三个小女儿放心不下，有我在，他也放心，要我不要有委屈情绪。最后一次通电话时，他还在做我的工作，叫我从大局出发，不要挂念他。可是他把我们都抛弃了。我知道，他太痛苦了，他热爱党，宣传马列主义、毛泽东思想，积极投身革命，建设社会主义，却批判他是老反革命、反党的急先锋！三反分子！家被围攻不能进门，老婆、孩子不能见。报纸上批他，会上要他什么都要交代、揭发，哪有他活的余地！他这些天太痛苦了！我也是三反分子，我理解他的心，死了比活着好受些，人死了什么也不知道了，什么也不用管了。"

池必卿同志说："本来他的问题已快完了，他的问题已经交代到4月中旬，交代到我们进驻市委即可告一段落。他却等不及了。他想不通可以找我。我真没有想到他会这样做，我们为他的死难过！"池含着眼泪劝我说："可能经过这些天的会，李琪把问题看得严重了，会上批他抵制、反对江青同志，批他这就是反对毛主席，我是了解李琪的，我说过他没有什么问题，但是经过揭发批判，他倒不讲话了。听说他说过：士为知己者死，死而无怨。这也没有引起人们的注意。他死了才想到他的说法，他是把彭真当知己。"他劝我说："你要坚强些。"我说："从大局出发，是为了革命工作，从家庭说，为了我的子女，我也要活下去！"他说："我就要你的这句话，我相信你能挺过来。"池必卿同志一直对我很关心，后来亲自给我打来电话，要我不要着急回机关，等精神好一些再回去。但机造反派很快要求我回机关接受批判，池必卿同志知道后专门让范克让同志到机关来看望我，劝说我作两次检查就可以了，但很快他们自己也被撤回华北局挨批斗了。对池必卿、万里等同志的关心，我一直都不能忘怀。

1966年7月14日，市委办公厅总务处干部老樊打电话告诉我，要在那一天去火葬场，问我是否去。我说："我要去，人死了也要再见一面。"惠林坚持与我一起去，我们先到友谊医院，老樊和几个工人一块把李琪的遗体抬到车上。到火葬场后，他们把遗体抬放到太平间，这才叫我进去。我走到停尸床前，大声说：“把白单子全拿掉！”我看到李琪的神态非常安详，就像睡着了一样，只是脸上有一点血渍。我抱住他失声痛哭，他们说：“你哭吧，哭哭也好。”过了一会，老樊和司机来拉我，他俩含着泪说：“去挑个骨灰盒，还得刻字。”但要求保密，不能写李琪的真名，于是改成“王其”，下面是他的生卒年月，左边是家属的名字，我说：“我的名字重名的太多了，就用我的曾用名李蓉吧。”老樊说：“存放五年。”当时大家都以为运动五年怎么也结束了。一切都办完后，老樊劝我说：“你对得起他了，你这样的处境和身体，这么痛苦，还亲自送葬，你对他尽到责任了。人死了不能复活，活人要紧。我们也都为他的突然离去而难过，不过不敢说就是了，你要想开些。”我说：“谢谢你们的帮助。”

李琪和我们永远分别后，我听说钢铁学院的校长党委书记高云生同志也走了绝路，我十分难过！云生同志我不熟悉，但和他的夫人吴清华同志一块工作，她像大姐一样地对待我，她于1941年春调到太行边区和云生相聚。她们夫妇给我们来信中曾提到我们两对夫妇都要努力工作，白头到老。清华同志1943年英勇牺牲，李琪和云生都在“文革”开始后被迫害致死，只留我是个幸存者。每逢想起就思绪万千！

李琪走后，我痛苦万分，还得接受批斗，被专政三年之久。当时，我们局处以上干部都被专政揪斗了，我们被关进牛棚，每天除了被批斗和写检查交代以外，就是繁重的体力劳动，而且长时间不许吃菜和细粮。那些年真是度日如年，泪水往肚子里面流。而我作为局里的主要领导之一，再加上同李琪的关系，更是被批斗的重点。现在回想起那时批判我的罪行，真是颠倒黑白，无理可讲，越是积极工作，罪过越大。很多都是捕风捉影、胡拉乱扯，正常的工作都被说成是阴谋。

就连我执行郑天翔同志指示，给刘少奇主席要北京酸枣接大枣措施和情况材料，执行赵凡同志批示送给彭德怀元帅新疆核桃种子，及机关造林展览有一张习仲勋副总理植树照片，都批成是和反党分子“串通”勾结活动。传达彭真同志的《比学赶帮超》的讲话是反对农业学大寨，对林场招收的7000多名知识青年进行技术培训说成是培养修正主义黑苗，就连万里同志同我和园林局长丁洪同志到郊区检查造林情况，李琪与我到过百花山林场这样的事情都被说成是为"二月兵变"侦查情况，1965年夏，崔月犁同志我和教育局韩作黎同志，商量暑假组织大学生到密云水库造林和军训一个月，是为"二月政变"做准备。张大中同志召开作家会议，要韩伯平、王宪、杨益民和我介绍工业、农业、林业和劳模情况，要作家选择深入基层了解情况便于创作。批判这是为北京"独立王国"竖碑立传。万里、王纯、赵凡批评我们写报告，开头结尾写着毛主席思想、三面红旗等空话，要我们写事实，不要老穿鞋戴帽。"文革"开始就批判这也是反党，反毛主席的言行，加重罪行！总之都是无稽之谈。

我们这些"黑帮"分子受到了残酷的迫害，没完没了的批斗会、体罚，有时被打得头破血流。我曾多次想步李琪的后尘一死了结，但我想到我们的子女，同时也要等待对我们的结论，终于活了下来。我的命很大，一没有被整死，二没有病死。我和孩子们在被围攻、批判、歧视的环境中，克服种种困难，坚强地活过来了。就是在最困难的时刻，我也能感到同志们对我的关心，与我一起被关进牛棚的杨益民、王金秋、董四留、袁平书、霍玉杰、郝可铭、邢云增、贺苇等人，都在劳动和生活中照顾我。1971年9月我患肺结核吐血病倒，是王金秋、葛纯、石磊、李伯运、林轩、李友荷、苏棣、项惠利同志想了很多办法才使我住进了友谊医院。在我住院治疗期间，凌冰、孟铁汉、韩凯、杨益民、刘长虹、贺苇、周淡、张越霞、赵学忠、左连璧、王世芬、杜法舜、罗柔曼、朱先智、姜省吾等同志多次看望和帮助。1972年，我的老朋友齐岩同志来看我，她一见到我就泪流满面。丁一岚同志到我们家来时，我们不禁抱头痛哭。当我看崔月犁同志时他呆呆地看着我，看到张大中同志他放声大哭。这些坚强的革命者被整被关得发呆、落泪。我也很难过！我们分区的老领导和老同志康世恩、杨华甫、周凤鸣、张雨、尹尚芝、李立功、王恒芳、王增谦等人；北京的老同志张进霖、赵彪、林璐、懿犬夫和甘英、宋汀、白烈飞、刘淑坦、闫纯、项子明、宋汝棻、等同志，都给我很多帮助。杨益民同志从顺义给我配好中药送来。常浦同志为了来看我，请王新毅同志查户口找我的住处。赵鹏飞同志从外地回京治病，特意到家里来看我。范瑾同志从监狱中出来后我们去看望她，她紧握着我的手掉眼泪。王纯同志见到我后，热情地接待我，他说："我一直打听不到你的下落，有人说你病了，有人说你疯了，还有人说你死了。"我见到万里同志，他关切要我治好病。他们都对李琪的死感到很悲痛。我的姐姐李友莲从"文革"一开始就与我失去了联系，后来她终于通过李立功同志打听到我下放劳动的地点，当她知道我大病住院的消息后，悲痛不已。当我同以前的老领导陈鹏、冯基平、郑天翔、万里、王纯、王宪、赵鹏飞、赵凡、张大中、武新宇、池必卿、华国锋、严佑民、陈光、李健等同志见面时，大家都是既高兴又难过。喜悦的是我们活着，伤感的是李琪等离开了人间！他们关照我！帮助我！

我看到康世恩和华甫同志，他们难过地惋惜李琪，愤恨"文革"，他曾对造反派说，你们要把我党的干部定为叛徒、特务、走资派，这是对我们共产党的污辱。

（五）

1975 年，在大批老干部被平反的情况下，当时也给李琪作了结论，是所谓的"人民内部矛盾"。中央专案组一办的负责人（某军区负责人）找我谈话说："李琪的主要错误是反对中央首长江青同志。"我说："你把这一条写上。"他说："写上对你们不利。"我说："我们从原则出发，不能考虑个人利益。"后来我对彭真同志说到时，他说他们不能写也不敢写。

对于我们提出的召开追悼会的要求，市委组织组姓王的组长的答复是：由家属自己来办，不能用大礼堂，不能放哀乐，不致悼词，参加的人数不得超过一百人。我们只好自己写信和发信。就在这个时候，形势急转直下，"四人帮"开始了"批邓"和"反击右倾翻案风"，政治环境非常严峻。尽管如此，11 月12 日那天，仍然有许多同志参加了李琪的追悼会：康世恩、程子华、池必卿、李昌、叶子龙、柴泽民、严佑民、张香山、孙少礼、许立群、张友渔、佘涤清、范儒生、王汉斌、刘涌、范谨、宋汝棼、丁一岚、甘英、李昭、齐岩、项淳一、马驹、杜若、韩雪、赵友福、薛恩厚、夏觉、宋柏、梁蔼然、孙亚民、高西江等；还有晋绥边区的老领导王达成、张稼夫、王一夫、郭明秋、饶斌、张矛夫妇、楼化蓬与庄静夫妇、老领导牛荫冠和赵辉、吴亮平和杜凌媛、张凡和张育英、秦穆伯和郝秉兴夫妇等。原市委领导郑天翔和宋汀、陈鹏和刘淑坦、赵鹏飞和崔月英、王纯和刘智、崔月梨和徐书麟、张大中和安杰夫妇等同志。秦铁、加农忙着关照大家。

李琪的表弟阎遐和张侠夫妇，参加了我们家属的守灵，严佑民和林轩夫妇是我们的亲家，他们一直站在告别室门前等候我们。我局杨益民、赵华达、左连璧、王金秋及局许多干部，中央党校的龚士其、张震寰、李文，以及著名剧作家曹禺、欧阳山尊，画家蒋兆和，周扬同志和他的夫人苏灵扬的到会特别引起人们的注意。万里同志还从外地给我局打来电话表示慰问。

骨灰安放的那一天，寒风习习，由于不允许我们使用大礼堂，到会的同志就站在礼堂外的青松翠柏下，气氛凝重，秩序井然。贺苇之子曹一凡同志手捧留声机，放着我们自己设法买到的哀乐唱片，在哀乐声中，大家默默无语，缓缓步行，把李琪的骨灰一直送到骨灰堂安放。他们一一同家属握手，很多同志流下了眼泪甚至失声痛哭，曹禺同志默默地走到李琪遗像前，深深地鞠了三个躬。那天，到会的人超过了 500 人，许多同志是从别人那里听到消息后主动赶来参加的。梁蔼然同志对我说："武新宇同志本来要来参加安放骨灰，但是市委通知人大常委只能有四个人参加，武新宇同志就没有来。"后来才知道，当市委了解到武新宇同志已经恢复人大常委秘书长的职务后，为了尽量降低规格，减少影响，专门通知他不能参加李琪的骨灰安放仪式，他们还通知了有关单位参加的人数不得超过四个。叶子龙同志后来对我说："市委是限制不住的，人们参加安放，既是向死者致哀，也是对他们的无声反抗。"安放后，来看我们的同志很多，原晋绥老领导张子意同志住院了，派他的秘书来看我们。接到罗贵波同志信不久，李涵珍同志来了，她说罗的处境使他们不便参加李琪同志的安放。李立功同志对我们的帮助很大，他说他如不是在市委工作，他还要帮助办安放。连贯同志到安放骨灰快结束时晚来了一步，经他说好话才许到灵堂致哀，派他女儿来看我。

阎子祥老领导从外地回来，来家看我们，悼念李琪安慰我，并说宋应同志追悼会未赶上，他去看肖琪同志去。

由于李琪的安放仪式参加的人很多，"四人帮"在北京的爪牙谢静宜说这是右倾翻案风的典型，一定要追查。我们听说市委已经向辛毅夫人要安放骨灰时参加人的签名册，他们准备向参加者兴师问罪。为了不牵连同志们，我将很多材料销毁了，其中包括张香山等同志的来信，同时也把 1972 年万里同志和张铁夫同志给我的信都烧掉了。

张永青和李兰夫妇、张献奎和景路夫妇来京治病，调京工作的傅子和、鲍枫夫妇我们分别 30 多年了，我们见面既高兴又难过，他们每年打听我的下落！

1976 年 1 月 8 日周恩来总理逝世使人们悲痛万分，接着朱德委员长、毛泽东主席先后逝世，"四人帮"的猖狂活动，使人们为国为党担忧，焦虑不安。

最使人民高兴的事情是 1976 年 10 月 6 日，在华国锋、叶剑英等同志的领导下，将"四人帮"一举粉碎。这真是大快人心事，我们得知这个消息时，激动心情难以言表，禁不住流下了喜悦的泪水，大家都说："苦难的十年终于结束了！"从那以后，干部得到解放，重新走上了领导岗位，被迫害死的同志得到平反昭雪了。华国锋、叶剑英同志扫除"四人帮"的壮举，是历史大转折，这一里程碑将永记史册，流芳千古。

彭真同志和夫人张洁清同志于 1978 年冬从陕西回到北京，程子华、郑天翔等领导和同志们数百多人到机场迎接，大家非常高兴！他们回来不久就接见我和丁一岚同志，快乐地聚会。彭真同志深切地说，他们知道我们和子女都好，他很高兴！

光阴荏苒，"文革"已经结束 35 年了，但"文革"中那些令人不堪回首的经历，仿佛就在昨天。"文革"是一段黑暗的历史，在那个没有法制、没有自由和正义的年代里，数十万的干部受到了残酷的迫害，数百万的知识分子被流放，数千万个家庭受到牵连，就连工人农民都无法进行正常的生产和生活，上至国家主席、元帅，下至普通百姓，无一幸免，不少人死于这场运动，经济也到了崩溃的边缘。如果没有周恩来总理等老一辈领导人的支撑，后果不可设想。我们要永远记住这一段历史的悲剧，总结历史经验教训，一定要安定团结，千万不能内乱了。

李琪同志去世三十五年了，我们将同志们写的回忆文章编集成册，自费印刷出版，并请华国锋同志题写了书名，以此来纪念他。在此，我及孩子们对于一直在关心和帮助我们的老领导、老同志和老朋友们，深表感谢。

记住他那严肃忧郁的眼神

——父亲李琪印象散记

李海文

小学未上过，就给大学生讲课

我的父亲李琪离开我们已经49年了，但是他的言传身教影响了我们的一生。现在我已经到了古稀之年，回头看走过的路，这点看得就越来越清晰。

父亲出生在一个富农家庭，只读过四年私塾。家乡流传蒲州梆子，他从小喜爱看，从戏剧中学习到知识和做人的道理。因为灾荒，他十几岁就到天津当学徒，全凭自学，能看报写信，当上了职员。

1937年父亲到延安入陕北公学，参加共产党。毕业时主动要求到山西前线，从干事、区长到地委的宣传部长，抗日战争时深入敌后，在艰苦、危险的地区坚持了8年，两次被敌人抓捕，越狱而出。1948年他到马列学院学习，1949年后组织派他到北京大学讲哲学。第一节课，他自我介绍："我连小学也没有上过，今天给大学生讲课。"

在马列学院深造时，父亲边学习边写作，开始写《〈实践论〉解释》《〈矛盾论〉浅说》。不管冬天还是盛夏，父亲总是伏案疾书，节假日从不休息。妈妈以床为桌，坐在小板凳上帮他誊写。这两本书终于在1953年、1956年分别出版，多次翻印，成为20世纪50年代的畅销书。日本友人还将其翻译成日文，并发表文章论述介绍，引起日本学界对研究、学习毛泽东思想的兴趣。

父亲后来改行搞法律，潜心研究刑法，发表文章，成为研究员，真像人们所说的那样，"干一行，爱一行，钻一行"。1999年我到河南碰到一位同志，向我打听理论家李琪的下落。我又惊又喜，真没有想到父亲去世 30 多年了还有人记得他。我忙说："他是我的父亲。他只是理论工作者，不是理论家。"

父亲出身农民，长期在底层生活，参加革命后，从基层干起来，了解农村、了解中国国情。在早期的革命生涯中，他虽然职务不高，但是当过一把手，独立到一个区开展工作，在实践中他明白党的政策必须和当地的实际情况相结合，结合得好，才能取得人民的拥护和支持，才能取得胜利。

他学习、研究哲学，坚持人的认识从实践中来。他告诉我，毛泽东的《实践论》写得比《矛盾论》好。

在长期的革命斗争中，父亲坚持原则、坚持党性、坚持理论联系实际，从不趋炎附势、见风使舵。

1958 年人们头脑发热，全国刮起浮夸风。他给我们讲"大跃进"存在的问题，当时就认为"人有多大胆，地有多大产"是主观唯心主义的口号。我当时上初二，哥哥上高一。我对他讲的事似懂非懂，他讲的许多内容都记不清了，但是，我一直记得他像个农民一样坐在炕上，那严肃、忧郁的眼神。我现在想他当年太焦虑了，又无处可讲，只好讲给我们兄妹两人听。日常生活中，他也不准我们用"最、特"这类绝对化的词语。

早在 1958 年，父亲就与张春桥是对头

1958 年张春桥写了名为《破除资产阶级法权》的文章，认为按劳分配属于资产阶级法权，全盘否定按劳分配，把军事共产主义的供给制说成是共产主义的分配原则。该文在上海的党内刊物《解放》上发表，引起很多意见。10 月毛泽东让《人民日报》转载，写了编者按："这个问题需要讨论，因为它是当前一个重要问题。我们认为张文基本上是正确的，但有一些片面性，就是说，对历史过程解释得不完全。但他鲜明地提出了这个问题，引人注意。文章又易懂，很好读。"（见《建国以来毛泽东文稿》第 7 册第 447 页。）

张春桥出身于城市，中学文化程度，30 年代在上海一向以文人自居。他到延安后，加入了共产党，派到晋察冀，在文化单位工作，从来没有担任过一把手。敌人扫荡时，他掉队跟着其他单位突围，受到组织上的批评。抗战胜利后，

张春桥与叛徒李文静结为夫妻，还利用职权，为文静制造假档案，多方包庇。（见史云《张春桥、姚文元实传》。）他不了解农民，不了解实际情况，再加上品质恶劣，养成揣摩上级意图、曲意奉迎的作风。上面说到正一，他就说到正十，当政策发生改变为负一，他马上就能说到负十。不是在实际工作中弥补中央政策的不足，而是一味鼓吹、扩大政策中的不合理部分。他写这篇文章是知道上面的想法后写的。

我不知道父亲是否知道张春桥发表此文的背景，他有感而发，针锋相对地在当年12月的北京市委机关刊物《前线》上发表了《怎样正确认识社会主义按劳分配制度》一文，文章开宗明义地写道："按劳分配制度，从它的本质上讲，不能说是资产阶级法权，资本主义的分配制度，不是按劳分配，而是在等价交换形式下实行不等价交换的残酷剥削工人的制度。"他明确指出不顾生产力发展水平，全凭人们的愿望搞供给制，"其结果只能出现农民的'粗鄙'的平均主义"，只能阻碍生产力的发展。

父亲的文章击中了张春桥的要害。事过18年，1975年4月张春桥发表《论对资产阶级的全面专政》，成为人们必须学习的文章。有好事者内部重新印发张春桥1958年的文章时，还把父亲的文章作为反面材料公布，再次批判他。此时父亲已去世8年，我们这才知道早在1958年他俩就是对头。

父亲说："江青的出现是我们党的不幸"

1963、1964年，父亲在京剧改革时敢于向江青提出不同的意见。他看不惯江青的颐指气使，曾经对妈妈说："江青如此胡来，我总有坐牢杀头的一天。"妈妈劝他谨慎小心，不要过于认真固执。父亲严肃地说，江青这个人身上一点共产党员气味都没有，这是革命工作，是党的事业，不是儿戏。江青的出现是我们党的不幸。

1965年底姚文元抛出《评新编历史剧〈海瑞罢官〉》，矛头直指北京市委和广大的知识分子。父亲于1966年1月在《北京日报》发表《评吴晗同志的历史观》，不同意用政治大帽子压人，不同意把吴晗一棍子打死，认为学术问题应坚持百花齐放、百家争鸣的方针。

　　江青又打又拉，想让父亲给他提供炮弹，打开北京市委的缺口。但是，无论江青怎样提醒、暗示和训斥，给他多少次所谓的"机会"，父亲从不向她谈北京市有什么问题。

　　1966年1月江青筹备召开部队文艺座谈会之际，把父亲叫到上海，故意不约定见面时间，想让父亲主动求见，对她顶礼膜拜。父亲耿直不阿，偏偏不肯主动上门。江青派张春桥做说客，父亲听完后冷冷地说："不知道江青同志还有别的事没有，如果没有我就回北京了。"他坚持原则、不卑不亢的态度使江青大为恼火，江青一见到他就大加指责，漫骂大闹一场。父亲气得忍无可忍，回到北京后，给市委书记彭真写信反映了他对江青的认识。同时他又强调，他已做好思想准备，江青如此胡来，自己总有坐牢杀头的一天，可能为期不远了。

　　父亲在信中说：江青以权贵自居，盛气凌人，独断专行，横行霸道，耀武扬威，无事生非，仗势欺人。"她比吕后、西太后还坏，把别人当成奴隶，像奴隶主一样对待我，使我无法工作，无法忍耐。""我的感受太深了，有责任反映这一切。希望我们党警惕她。"

　　1966年5月中旬，"中央文革小组"成员戚本禹在《人民日报》写文章点名批判他，他受到围攻，有家不能回。但是他没有屈服，以死抗争。他决不后悔自己参加革命的选择，留下的遗书让我们好好读毛主席的书。十年浩劫，鬼蜮伎俩，群形毕现，我常常想父亲给我们讲《李斯列传》的神态。父亲那种宁折勿弯的精神，支撑我们在逆境中奋进、向上。

　　1964年江青到上海活动，张春桥说："人家说我们拍江青的马屁，这个马屁就是要拍，这个马屁就是拍定了。"姚文元和张春桥一样紧跟江青。1967年5月在上海纪念延安文艺座谈会上的讲话25周年，姚文元明知道批判"海瑞罢官"一文是毛主席部署的，却说江青"点燃了无产阶级文化大革命的熊熊火炬"。1964年、1966年，江青曾两次要求上海市公安局、警卫处查找她30年代在上海被捕的档案，企图收集起来销毁。1967年11月姚文元污蔑参与工作的人员是"对无产阶级司令部使用特务手段"和"窃取革命机密"，讨好、效忠江青。江青封姚文元为"无产阶级的金棍子"，公开说："文艺工作不许别人插手，我死了，叫文元当主帅。"（见 1977 年 5 月上海人民出版社揭发材料。）

张春桥 30 年代在上海参加过国民党复兴社外围组织的历史，成为他的一个心病。1968 年 4 月 12 日他知道上海图书馆藏书楼收藏的报纸，登有他的文章和江青活动的报道，在 6 月即下令查封了徐家汇藏书楼 30 年代的报刊资料。1970 年借一打三反之机，对上海负责人说："你们为什么不追查。在藏书楼查了那么多的资料，杀了他们的头也不解恨。"凡是在此工作过的人连勤杂人员在内，统统办学习班。短短几年内由于揭发攻击鲁迅的狄克就是张春桥，株连、迫害了四五十个同志，有的自杀，有的逼成精神病。（见 1976 年 12 月上海图书馆总支书记潘皓平揭发材料。）

"李斯临死说这个话，真没有出息！"

父亲常说："现在你们有学习的机会来之不易，一定要好好学习。"他给妹妹写下"少小不努力，老大徒悲伤"条幅贴在墙上。常常从书架抽出书，给我和哥哥讲马克思主义基本理论，讲哲学，讲历史，讲古文，讲司马迁、项羽、李斯，讲历史兴衰，讲做人的道理。

他带我们去的最多的地方就是书店，给我们买书，买《中华活页文选》、吴晗主编的《历史小丛书》。我们穿的是打着补丁的衣服，衣服是大的穿了给小的，小妹妹永远穿的是旧的。吃的粗茶淡饭，家具是旧的，只有书架是新的，是父母买的，有六七个之多。

父亲生活简朴，除了爱下围棋外，不抽烟，很少喝酒，每月工资留下二三十块钱的零花钱，其余都给妈妈。他珍惜东西，永远都收拾得整整齐齐。他说："物贵有用，人贵自知。物品就是让人用，不要损坏。"不像有的读书人不准孩子动书架上的书籍，他总是鼓励我们读他书架上的书。哥哥更胆大，经常能找到一些内部书，他看完了自然传给我看。

父亲有钱就买书，买字画，买《四库备要》。他和妈妈都喜爱书，买人物传记，阅读五四时期、30 年代作家的小说、历史书籍，有时间他们在一起交谈书的内容和心得体会。耳闻目睹，我们也爱读书、买书，钱不够，就站在书店看，到图书馆借。

2002 年全家在北京。

　　哥哥和我上高中后，父亲经常和我们谈论形势，为了培养我们独立思考的能力，常常让我们先说，他再评论。他的言传身教，潜移默化影响着我们兄妹五人，"文革"时最小的妹妹海春只有小学五年级，三个妹妹都下乡插队，大家一直坚持自学，粉碎"四人帮"后海浪、海春考上研究生，海萍考上大学。我能坚持研究党史一辈子不动摇，就是受父母的影响。

　　父亲夸奖李斯的《谏逐客令》写得好，但是特别告诫我们：不要学他为了保住自己的宰相位，支持宦官赵高篡改秦始皇令，杀扶苏，立胡亥为太子，助纣为虐。最后李斯还是被赵高所杀，临死前他对儿子说："吾欲与若复牵黄犬俱出上蔡东门逐狡兔，岂可得乎？"父亲读到这里时说："人要有原则，不能为五斗米折腰，更不能为了自己的私利损害国家的根本。人做了选择不要后悔。李斯临死说这个话，真没有出息！"

"我不愿看见我的孩子成为少爷小姐被别人打倒"

父亲从不计较钱。50 年代是以版税计算稿费，出版社没有想到他的书会印那么多，打电话征求意见，要将版税降低。当时我正坐在旁边听他和外公聊天，父亲在电话中欣然同意。他放下电话说："我们是宣传马列主义、毛泽东思想，不是为了挣稿费。"平时他常说："钱算什么，就是让人花的。但是不要胡花。"他说这话时，保留着国难当头时毁家纾难、仗义疏财的豪气。他常说："我没有财产，只给你们留下革命精神。"妈妈常说："金钱如粪土，脸面值千斤。"

父亲反对特权思想，他从不允许我们享有任何特权，常常告诫我们不要特殊，不要脱离群众。1950 年十一国庆他带我和哥哥去天安门看烟火，告诉我们：一颗烟火的费用是一家中农一年的费用。60 年代初期，他直言不讳地告诉我们人们生活的困难情况。平时他很少带我们去饭馆吃饭，仅是出书后带我们到晋阳饭庄吃过一次，所以印象深刻。在日常生活供应不正常的时期，我对他说："爸爸，你再带我们去一次。"他说："现在我们党、国家非常困难，我们要与群众同甘共苦。等情况好了，我再带你们去。"后来他忙于工作，我们再也没有去过晋阳饭庄。

记得有一次，正逢困难时期，我上高中，没有带钥匙，将门上一块小玻璃打破，进了家门。当时住房、家具都是公家的。父亲知道了，一连三天找我。他回来得晚，我一听见他进门的声音就赶快关灯装睡。几天后，我以为事情过去了，就没有及时关灯，他将我叫到他的房间，批评我，最后非常严肃地对我说："我参加革命就是要打倒高高在上的老爷太太少爷小姐，我不愿看见我的孩子成为少爷小姐被别人打倒。"字字千钧的话给我以巨大的震动，促使我觉醒成长。这话今天仍然回响在耳边，鞭策我不断前进。这就是一个共产党员对后代的要求，表现了父亲对劳动人民事业的忠诚。

我们在政治上、理论上有了难题找父亲，我们做了错事，他严厉批评，但是讲道理，从来没有骂过我们，更别说打了。他不苟言笑，对我们要求严格，孩子们都敬畏他。

　　1960 年暑假，我一个人到四川看友莲姨姨，16 岁第一次出远门有些胆怯。正好父亲出差，我搭他的车一起去火车站。妈妈送我们下了楼，不停地叮嘱我，一连说了十几个"要注意"。等她说完了，父亲淡淡地说："行了，是要注意，不过，也不要过于紧张。"一句话，我紧张的心情放松了。他们配合默契，齐心协力教育我们。

　　高中时我当团支书，因为一点不愉快的事情在妈妈面前倾诉，说着说着哭起来。妈妈批评我："哭有什么用。现在我们国家这么困难，我们都哭吧，能解决吗？共产党员干什么的？就是解决问题，克服困难，做工作的。没有问题，没有困难，没有工作，还要共产党员干什么。"那时，我还不是共产党员，但是这句话，我永远记在心里。父亲死后，我们没有眼泪，只有努力，埋头苦干，做出成绩，让事实说话才是最有力量。

　　1982 年我搬家到平安里，我的孩子按政策可以转入北京市重点学校——黄城根小学。我请妈妈帮忙，她正言厉色，说："机关那么多同志都搬家了，别人的孩子都没有转，你就转，合适吗？！"说得我哑口无言。后来机关与学校联系，所有的孩子都可以转，只有四年级的两个孩子因名额有限不能转，其中一个就是我的孩子。后来 9 岁的孩子每天带着钥匙，坐六七站车上学，他的学习状况可想而知。但是，长期严谨的家教信念和习惯深入我们心中，只能咬牙克服困难。

　　回忆父亲的一生，我不仅更加了解我父母的为人，而且通过他们了解经历过战争岁月那代人的情怀。中国人需要这种情怀。

2015 年 3 月 27 日《北京青年报》